ウィキッド 上
WICKED

誰も知らない、もう一つのオズの物語

グレゴリー・マグワイア・著
服部千佳子／藤村奈緒美・訳

WICKED

The Life and Times of the Wicked Witch of the West by Gregory Maguire

Japanese translation rights arranged with HarperCollins Publishers
through Japan UNI Agency Inc., Tokyo.

この本を、ベティー・レヴィンをはじめ、
善を愛し畏れることを教えてくれたすべての人々に捧ぐ。

謝辞

この本を最初に読んでくれた人々に感謝を送る。モーゼス・カードナ、ラフィク・ケシャヴジー、ベティー・レヴィン、ウィリアム・リース。いつも役に立つ助言をしてくれた。この本にまだ不備な点があれば、それはすべて私の責任だ。

それから、ジュディス・リーガン、マット・ロシュコフ、デーヴィッド・グロフ、パメラ・ゴダード、『ウィキッド』を熱烈に歓迎してくれてありがとう。

最後に、この数年間、悪についてのおしゃべりに付き合ってくれた友人に礼を述べたい。大勢なので全員の名前はとても挙げきれないが、リンダ・カヴァナー、デビー・カーシュ、ロジャー・モックとマーサ・モック、ケイティー・オブライエン、モーリーン・ヴェッキオーネ、それに、マサチューセッツ州エドガータウンの悪友たち。そして、弟のジョゼフ・マグワイアからは、いくつかアイデアを拝借した。訴えないでくれるといいのだが。

オズの国

The Land of Oz

フリアンへ
ランシブル山
ギリキン
Gillikin
ウガブ
Ugabu
パーサ・
ヒルズ
フロッティカ
ウィッティカ
セッティカ
レッドサンド
ディキシー・
ハウス
ギリキン川
シズ
サースク砂漠
キアモ・コ
エメラルド・シティ
The Emerald City
ヴィンカス
The Vinkus
ヴィンカス川
ケルズ湖
レスト湖
千年平原
大ケルズ山脈
カンブリシア山道
小ケルズ
クウォン・
オルター
カドリング
Quadling Country
イブへ続く砂漠

もくじ

プロローグ

黄色いレンガの道で

オズの国の空高く、魔女は風の先っぽに乗っかってバランスを取っていた。まるでつむじ風に巻きあげられ、くるくると旋回しながら運ばれていく緑色の土のかけらのように。まわりでは、ところどころ紫色がかった白い夏の入道雲がむくむくと湧きあがっている。地上には黄色いレンガの道が、ゆるんだ輪縄のように円を描きながら延びている。冬の嵐に荒らされた上、デモ隊がふるったかなてこでかなりひどい状態になっていたが、それでも道は迷うことなくエメラルド・シティへと続いていた。見れば一行がレンガ道沿いにどうにか歩を進めている。崩れた部分は大回りし、穴ぼこをよけ、なんともないところではスキップなどしながら。これからどんな運命が待っているか気づいてもいないようだ。だが、教えてやる筋合などない。

魔女はほうきを手すりがわりに使って、手下の空飛ぶ猿たちがするように、するすると空から降りてくると、クロネコヤナギの木のてっぺんの枝につかまった。その木の下では、葉の茂みに隠れて姿は見えないが、例の一行がひと休みしているところだ。ほうきをわきの下にはさむと、魔女は蟹《かに》のようにそろそろ、じりじりと降りていき、ほんの五、六メートルのところまで近づいた。風に吹かれ、垂れさがった柳の枝が揺れる。魔女は下をのぞき込み、聞き耳を立てた。

全部で四名。巨大な猫みたいなのがいる。ライオンだろうか？　それに、やたらピカピカした木こり。ブリキの木こりはライオンのたてがみのシラミを取ってやっているところで、ライオンは何やら低くうなりながら、いらいらした様子で身をくねらせている。その傍には生きたかかしがのんびりと腰を下ろし、タンポポの綿毛を吹いて風に飛ばしている。揺れる柳の枝のとばりにさえぎられ、少女の姿は見えない。

「そうそう、聞いたところじゃ、頭がおかしいのは生き残った姉のほうらしいよ」と、ライオンが言う。「なんてやつだろう。心はひねくれてる、悪魔にはとりつかれてる。おまけに正気じゃないときた。ぞっとするね」

「生まれたときに去勢されたんだってさ」とブリキの木こりが落ち着いた様子で応じた。「もとはふたなりか、もしかしたら完全に男だったのかも」

「おいおい、また去勢かい。そればっかりだね」

「オレはただ、人が噂してるとおり言ってるだけだよ」と木こり。

「そりゃ、誰だって意見を言う権利はあるさ」と、ライオンが陽気な調子で言う。「なんでも母親に愛されなかったとかで、さんざんひどい扱いをされて育ったんだと。おまけに肌の色を治療するために、薬漬けにされてたそうだ」

「愛情に恵まれなかったんだな」とブリキの木こりが言う。「オレたちと一緒だ」そう言うと言葉を途切らせ、いかにも悲しげに手を胸の真ん中に置いた。

「女とつきあうほうが好きらしいよ」と、かかしが座り直しながら言った。

「妻子もちの恋人に捨てられたって」

「いや、妻子もちの男ってのが実は魔女なのさ」

魔女はあっけにとられ、あやうく枝から手を放しそうになった。人の噂など気にしないが、ずっと世間と没交渉だったためか、得体の知れぬ連中のあからさまな物言いにびっくりしてしまったのだ。

「暴君なんだよ。ぶっそうな独裁者ってわけさ」と、ライオンがきっぱりと言った。

そのたてがみを、ブリキの木こりはわざと強く引っぱる。「臆病者のきみにしてみれば、何でもかんでもぶっそうなんだろう。聞いた話じゃ、ウィンキーとやらの部族の自治権を守るために戦っているそうだよ」

「暴君だろうとなんだろうと、妹さんが死んだのですもの、きっと悲しい思いをしているわ」と少女が言った。年端《としは》もいかない子供とは思えない、情のこもった、おごそかな声だった。魔女は背中がむずむずした。

「おや、この期《ご》におよんで情けをかけるのかい。オレはごめんだね」ブリキの木こりが、すこしばかにしたように言う。

「いや、ドロシーの言うとおりだ」とかかしが言った。「誰だって、悲しいときは悲しいさ」

恩着せがましいあて推量にすっかり辟易《へきえき》した魔女は、少女の姿を見てやろうと、木の幹をぐるりと回り、背伸びをした。風が強まり、かかしがぶるっと身震いする。ブリキの木こりはライオンにもたれて、たてがみの掃除を続けている。そんな木こりをライオンは優しく支える。「嵐がやってきそうだ」と、かかし。

遠くの方で、雷鳴がとどろいた。「ほーら、魔女がやってくるぞー」そう言いながら、ブリキの木こりがライオンをくすぐる。おびえたライオンが半べそをかきながらかかしに覆いかぶさるように抱きついたために、ブリキの木こりがさらにその上から倒れこんだ。

「ねえみんな、嵐には用心しなくちゃ」と、少女が言った。

風が巻きあがり、柳の枝のとばりが動いたので、魔女はやっと少女の姿を見ることができた。脚を曲げて座り、両手で膝を抱えている。可憐《かれん》というよりは、体格のいい田舎の娘といった風情《ふぜい》。青と白のチェック柄のワンピースを着て、エプロンをつけている。その膝では、薄汚い子犬がおびえてくんくん鳴いていた。

「嵐が怖いのかい。あんな目にあったあとだから無理もない」ブリキの木こりが声をかけた。「なに、だいじょうぶさ」

魔女は木の皮につめを食いこませた。まだ少女の顔がよく見えないのだ。見えたのは、がっしりした腕の肘から下、それと黒い髪を引っつめてお下げに結った頭のてっぺんだけ。心してかかるべき相手なのか、それとも吹き飛ばされて場違いなところに落ちたタンポポの種ほどに取るに足らない存在なのか。顔さえ見えたら、それがわかるのに。

魔女は木の幹から首を伸ばす。ところがちょうどそのとき、少女は顔をそむけ、向こうを向いてしまった。「嵐がやってくるわ。どんどん近づいてくる」風が強まるとともに、その声はかすれ、まるで涙でのどを詰まらせながら言葉を絞りだそうとするように緊迫感をおびていった。「嵐って本当に恐ろしいものなんだから。そりゃ、ひどい目にあうのよ！」

「ここにいれば安全だよ」と、ブリキの木こりが言う。

「ちっとも安全じゃないわ」と少女が言いかえす。「だって、この木はこのあたりでいちばん高いでしょ。雷が落ちるとしたら、きっとここよ」少女はぎゅっと犬を抱きしめた。「この先に小屋がなかったかしら？　いいこと、かかしさん。もし雷が落ちたら、あなたなんてあっという間に燃えちゃうのよ！　さあ、急ぎましょう！」

　少女は立ちあがり、あたふたと駆け出した。仲間たちもすっかり恐ろしくなって、あとを追う。大つぶの雨がぽつぽつと地面を強くたたきはじめた。そのとき、魔女は少女の姿に目を留めた。その顔ではなく、靴にである。あれは妹の靴ではないか。薄暗くなってきた空の下でも、その輝きは見てとれる。まるでイエローダイヤモンドのように、血のように赤いおき火のように、またたく星のように、まばゆい光を放っていた。

　最初に靴に気がついていたら、少女と仲間の会話にのんきに耳を傾けたりはしなかったものを。だが、少女の足はスカートの下に隠れていたのだ。今こうして目にしたとたん、あの靴を欲しいという思いがあふれ出した。あれはわたしのものだ！　もう我慢はしない。わたしにはあの靴をもらう権利がある。すぐにもここから少女に飛びかかり、あのずうずうしい足から靴を引っぱがしてやる！　そうしたいのは山々だった。

　一行は嵐を逃れようと黄色いレンガの道をわき目もふらずに駆けていく。が、魔女は魔女で、嵐をひどく恐れていた――雨にぬれながら駆けていった少女よりも、雷が落ちると燃えてしまうかかしよりも。ずぶぬれになるに違いない、こんなたちの悪い雨の中に飛び出していく気にはどうしてもなれない。追いかけるのはやめて、クロネコヤナギのむき出しの根っこのすきまに身を潜め、嵐が通り過ぎるのを待つことにした。ここなら雨がかかる心配はない。

このまま泣き寝入りはしない。いつだってそうしてきたじゃないか。オズの過酷な政治情勢に叩きのめされ、干され、打ち捨てられた末、干からびてもう根を張れなくなった苗木のようにあちこち流れ歩いてきた。だが、結局災いを受けたのは魔女ではなく、あきらかにオズの国の方だ。オズのせいで波乱に満ちた人生を歩む羽目になったが、そのおかげでこれだけの力を身につけることができたのだから。

やつらを逃したとしても、かまうことはない。待つとしよう。いずれ再会の時はきっと来る。

第一部

マンチキン国の人々

悪の起源

くしゃくしゃのベッドの上から妻が言った。「きっと今日だと思うわ。だってほら、こんなにおなかが下がってきてるもの」

「今日だって？　まったくきみらしいな。あまのじゃくで、人の都合なんかおかまいなしだ」戸口に立って外を眺めていた夫は、からかうように言う。湖の向こうには野原、さらにその先には樹木の生い茂る丘が続く。目を凝《こ》らすと、ラッシュ・マージンズの町並みの煙突がかろうじて見えた。朝食の支度をする煙が立ちのぼっている。「僕の仕事にとって最悪の間の悪さだ。どうせこんなことだろうと思ったよ」

妻はあくびをする。「どうしようもないでしょ。なんでも、おなかがこんなに大きくなってしまったら、赤ん坊のいいなりになるしかないんだそうよ。ねえあなた、どうしても困るっていうんなら、いっそのこと放っておいてちょうだい。もういつ産まれてもいい頃なんだし、今となったらどうしたって止められやしないんだから」そう言いながらベッドに手を突いて体を起こし、膨《ふく》らんだおなかの向こうを見ようとする。「なんだか自分の体に乗っ取られたような気分。というより赤ちゃんにね」

「ここはなんとか自分を抑えて、我慢してくれないか」妻のもとに近づき、起きあがるのに手を貸す。「精神修行だと思うんだ。感覚をコントロールして。心だけじゃなく、体を制してこらえるんだよ」

「自分を抑える?」ベッドの端ににじりよりながら、妻が笑う。「自分なんてこれっぽっちも残ってないわ。赤ちゃんに寄生されてなすがままになっているってだけ。わたしって存在はどこにいっちゃったのかしら。あの懐かしいくたびれたわたし、いったいどこに置いてきちゃったんだろう」

「僕の身にもなってくれ」口調が一転して、真剣なものになる。

「フレックス」妻が先回りして言う。「火山が今にも噴火しそうってときに、どんなにえらい司祭さまが祈ったって止められっこないでしょ」

「牧師仲間がなんと思うか」

「みんなで声を合わせて、こういうでしょうよ。『フレックスパー牧師よ。村が火急の問題を抱えているというときに、奥さんに第一子を産ませるとは。なんと軽率な。まったくしめしがつきませんな。クビですぞ』」今度は妻がからかう番だ。夫をクビにできる者など誰もいないのだから。一番近いところにいる主教からさえもかなりの距離があり、こんな田舎に住む一介のユニオン教牧師の私事などにいちいち構ってはいられない。

「とにかく、間が悪いったらない」

「間が悪いっていうんだったら、あなたにも半分責任があるんじゃないかしら」と、妻が返す。「だって、ねえ、そうでしょ、フレックス」

「まあ、確かに理屈ではそうなんだが。でも、どうかな」

「どうかな、ですって?」妻は頭をのけぞらせて笑う。耳からのどのくぼみにかけてのラインが優美な銀のひしゃくを思い起こさせる。朝のしどけない寝起き姿でも、貨物船のようなぼってりとした腹をしていても、はっとするほど美しい。その髪はつややかで、樫《かし》の濡れ落ち葉が太陽の光を浴びてきらきらと輝いているかのようだ。妻が名門の生まれであることをフレックスは苦々しく思っていたが、あえて自分の生まれにとらわれまいとしている姿に心を打たれてもいた。いずれにしても、妻を愛していることに変わりはなかった。

「つまり、自分が本当に父親か疑ってるわけ？」と言いながら、片手でベッドの木枠をつかむ。フレックスはもう一方の腕をとり、妻が立ちあがるのを手伝った。「それとも、世の殿方一般が本当に父親になる資格があるかどうかってこと？」立ちあがったその姿は巨大で、まるで小さな島に足が生えたかのよう。のろのろとした足取りで戸口から出て行きながら、妻はこのやりとりがおかしくて笑い声をあげる。夫が今日これからの戦いに備えて身を整え始めたそのときにも、まだ屋外の厠《かわや》から妻の笑い声が聞こえていた。

フレックスはひげを櫛《くし》で整え、頭皮に油をすり込んだ。革と骨でできた留め具で髪を首の後ろでまとめて、顔にかからないようにする。今日は遠くからでも表情がよく見えるようにしておかなければならない。自分が伝えようとすることに一点の曇りもあってはならないのだ。炭の粉を使って眉を濃くし、赤い蝋《ろう》を少量、のっぺりした頬に塗りこむ。唇にも濃淡をつける。ぱっとしないよりは見た目のよいほうが、多くの人々を悔い改めさせることができるというものだ。

中庭の炊事場では、メリーナが妊婦らしからぬ軽やかな身のこなしで動き回っていた。まるでぱんぱんに膨らんだ大きな風船が、地面に紐を引きずりながら移動しているかのようだ。片手にフライパン、片手に数個の卵と秋採りハーブの細長い葉先を持ちながら、何やら歌を口ずさんでいる。といっても、とぎれとぎれに歌っているだけで、フレックスが聞いているとは思っていない。

憎服の襟元までボタンを閉め、脚絆《きゃはん》にサンダルの紐を巻きつけると、フレックスはたんすの下に隠してあった書類を取り出す。スリー・デッド・ツリーズの村から牧師仲間が送ってきた報告書だ。その茶色の紙片を腰帯に隠す。フレックスはこの報告書が妻の目に触れないようにしてきた。これを読めば、あいつのことだ、おもしろそうなことだったら楽しみたいから、恐ろしそうだったらスリルを味わいたいからと理由をつけて、一緒に来たいと言い出すに決まっている。

フレックスが深呼吸して、今日の演説のために息を整えているころ、メリーナはフライパンの中で木さじをゆっくりと動かし、卵をかき混ぜていた。カウベルの音が湖の向こうから聞こえてくるけれど、その音はメリーナの耳には届いていない。何か別の音、そう、おなかの中から響いてくる音に耳を傾けているのだ。それはメロディのない音――まるで夢の中で聞くように、メロディの印象が残っているだけで、ハーモニーなどは思い出せない――そんな音楽だった。おなかの赤ちゃんが、生まれてくる喜びをハミングしているんだわ。きっと歌の好きな子になるわね。

家の中からはフレックスの声が聞こえてくる。即興で演説の練習を始めたのだ。よどみない言葉で次から次へと持論を展開していきながら、自分がいかに正しいか、改めて確信している様子だ。

あれはなんといったっけ？　ずっと昔ばあやがよく子供部屋で口ずさんでくれた、あの唄は――。

朝に生まれたあかんぼは

やにわに悲嘆にくれはじめ
午後に生まれたあかんぼは
嘆き悲しみ手がつけられぬ
夕方生まれのあかんぼは
悲しみ高じてむせび泣く
晩に生まれりゃ生まれたで
朝生まれの子と変わりゃせぬ

メリーナはこれをただの戯《ざ》れ唄《うた》だと思い、懐かしい気持ちで思い返していた。確かに悲しみは人生につきものだけれど、それでもわたしたちは赤ん坊を産みつづけるじゃない。

いいえ。ばあやの声が、例のごとく滔々《とうとう》と自説を述べ立てながら、メリーナの心の中に響く。

――いいえ、違いますよ、おませな駄々っ子ちゃん。あたしたちはいつまでも子供を産みつづけたりしませんよ。それははっきりしてます。赤ん坊を産むのは、まだ若くて人生がどんなに辛いものかわかっていない娘のときだけですよ。人生がどんなものかよおくわかってくれば、すっかりうんざりして干上がってしまうんです。やっと分別がついて子供を産むのをやめるってわけですよ。物わかりが悪いんですねえ、あたしたち女ってものは。

でも、男は干上がらないでしょ。メリーナは反論する。死ぬまで子供がつくれるもの。

ばあやが言い返す。ええ、女は物わかりが悪いだけですがね、男ってやつは、そもそも物がわかるってことがないんですよ。

「朝ごはんよ」木皿に卵を取り分けながら、メリーナは声をかける。この子は世の男どもみたいにぼんくらにはならないわ。苦難つづきの人生にも敢然と立ち向かうような男に育ててみせる。

「今、我々の社会は危急存亡のときを迎えています」フレックスが諳《そら》んじている。世俗の快楽を糾弾する牧師にしては、実に優雅に食事をする。メリーナは、夫の指が二本のフォークをあやつるさまを見るのが好きだった。いかにもご立派に聖人ぶってるけど、心の底ではもっといい暮らしがしたいってひそかに思ってるんじゃないかしら。

「毎日が我々の社会の、まさに危急存亡のときなのであります」メリーナはわざとふざけて、男のような口調でまぜ返した。ああ、ほんとに鈍いんだから。わたしの皮肉にも気がつかないのね。

「我々は岐路に立っています。偶像崇拝が世にはびこりつつあり、古き良き価値観は揺らいでいる。真理は攻撃され、美徳は打ち捨てられつつあるのです」

これは、妻に話しかけているわけではなく、これから始まる暴力と魔術の見世物を批判するため、予行演説をしているのだった。フレックスには、つねに絶望と背中あわせというところがあった。が、世の多くの男たちとは違って、絶望を天職に活かすことができるのだった。メリーナはよっこらしょとベンチに腰を下ろす。頭の中では、いまも歌詞のない歌がコーラスとなって鳴り響いている。赤ちゃんが産まれるときって、誰でもこうなるのかしら。午後には村のおせっかいな女連中が来てくれることになっている。このおなかを見て、ひそひそ文句を言うに決まってるけど。あのひとたちに尋ねてみようか。でも、そんなことできるわけない。たとえ気取っていると思われようと、上品な言葉づかいをかなぐり捨てることなどできやしないだろう。それより、こんなあたりまえのことも知らないなんてと思われないようにしなくちゃ。

フレックスは、妻が黙りこんでいるのに気づいた。「怒っているんじゃないだろうね。今日きみのそばにいられないからって」

「怒ってる？　わたしが？」メリーナは思ってもみなかったというように、眉を上げた。

「ささやかな個人の人生にも確かに歴史が刻まれていく」とフレックス。「だが時を同じくして、世の中に末永く影響を与える大きな力が結集している。一度に両方に立ち会うことはできないんだ」

「この子の人生は、ささやかじゃないかもしれないわ」

「言い合いをしている場合じゃない。今日の神聖な任務を放棄しろっていうのかい。ラッシュ・マージンズで悪の権化《ごんげ》に立ち向かおうとしてるんだよ。この任務を放棄するようなことになれば、僕は自分を許せないだろう」フレックスは本気だった。そんな熱い人だからこそ、メリーナは恋に落ちたのだ。だがもちろん、その熱意ゆえにうんざりすることもあった。

「悪いことは、また何度でもあるわ」最後にもう一言《ひとこと》だけ。「でも、あなたの息子が生まれるのはただ一度きりよ。お腹の中で羊水が盛りあがっているこの感じがそうなら、きっと今日生まれるわ」

「子供なら、また生まれるさ」

メリーナが顔をそむけたので、夫は妻の顔に浮かんだ怒りを見ることはなかった。

だが、メリーナはいつまでも夫に腹を立ててはいられなかった。おそらく、これが道徳心に欠けるところでもあるのだろう（メリーナは普段から、道徳心に欠けていることに胸を痛めることはあまりなかった。牧師を夫にしていればそれだけで、一組の夫婦には十分なほどの敬虔な気持ちが持てるというものだ)。メリーナは不機嫌に黙りこんだ。フレックスはぼそぼそと朝食を口に運んでいる。

「悪魔が」フレックスはため息をついた。「悪魔がやってくる」

「子供が生まれるっていう日に、そんな言葉、口にしないで!」

「ラッシュ・マージンズに迫る誘惑の魔の手のことじゃないか! メリーナ、わかっているくせに」

「でも、そう言ったことは確かでしょ。いったん口にしたら、もう取り消せないのよ!」とメリーナ。

「わたしのことだけ考えてとは言わない。でもね、フレックス、ちょっとぐらいは考えてほしいわ!」

小屋の壁ぎわに置かれたベンチに、大きな音を立ててフライパンをたたきつける。

「それはこっちのせりふだよ」とフレックス。「今日僕がどんなことに立ち向かわねばならないと思う? どう民衆を説得すれば、偶像崇拝の乱痴気騒ぎから目を背《そむ》けさせることができるだろう。今夜、僕はよくできた見世物に尻尾をまいて帰ってくることになるだろうよ。きみは満足げに赤ん坊を抱いているかもしれない。せいぜい敗北を甘んじて受け入れることにするさ」こう言いながらも、夫の顔はどこか誇らしげだ。気高い道徳的大義のもとで敗北するなら本望なのだ。肉、血、汚物、騒々しさがつきもののお産など、比べ物にならないということろか。

やがてフレックスは、出かけようと立ちあがった。湖から吹いてくる風が、台所から立ちのぼる煙の先端をかき乱す。まるで水の渦がだんだん小さくなりながら、排水溝へぐるぐると吸い込まれていくみたい、とメリーナは思った。

「がんばるんだよ、メリーナ」フレックスはそう言ったが、頭のてっぺんから爪の先まですっかり牧師になりきっていて、取りつく島もない。

「ええ」と答えて、メリーナはため息をつく。そのとき赤ん坊が下腹を蹴《け》った。また厠《かわや》へ急がなくては。「あなたもね、牧師さま。ご無事を祈っているわ。あなたはわたしを支える背骨であり、わたしを守る胸当てよ。無茶をして殺されたりしないでね」

「名もなき神の思し召しに従うばかりさ」

「わたしの思し召しにもね」メリーナが不遜なことを言う。

「きみの思し召しには、ほかにもっと似つかわしいものがあるだろう」とフレックス。自分は聖職者で、おまえは罪びとだと言わんばかりだ。メリーナはおもしろくなかった。

「いってらっしゃい」ラッシュ・マージンズへの道を急ぐ夫を、その姿が見えなくなるまで手を振って見送るよりも、メリーナは悪臭ただよう厠《かわや》で用を足すほうを選んだ。

ドラゴン時計

フレックスは、メリーナが思っている以上に妻のことを気づかっていた。最初に目に入った漁師小屋に立ち寄ると、戸口で主人と立ち話をした。一人か二人、ご婦人をうちによこしてもらえないだろうか。今日一日、場合によっては今夜も、メリーナに付き添ってやってもらえたらありがたいんだが。しかめ面をしてうなずきながら謝意を伝える。妻がこの界隈《かいわい》であまり好かれていないのはわかっていると、暗黙のうちに伝えたのだ。

それから、そのままイルズ湖の端をまわってラッシュ・マージンズへ向かう前に、倒れた木の前で立ち止まり、腰帯の中から二通の手紙を取り出した。

手紙は、フレックスの遠縁で、やはり牧師をしている男からのものだった。何週間か前に、この牧師は時間と貴重なインクを費やし、ドラゴン時計とやらについて知らせてきた。今日の神聖な闘いに向けて心構えをするために、フレックスは崇拝の対象となっている時計についてもう一度読み直しておくことにしたのだ。

フレックスパー牧師。私なりの印象を、忘れないうちに取り急ぎお伝えします。

ドラゴン時計は台車に乗っていて、その高さはキリンほどもあります。四方に額縁状の舞台やアルコーブが打ちつけてあるだけで、それ以上の支えもなく、今にも倒れそうな見世物小屋にすぎません。平たい屋根の部分に時計仕掛けのドラゴンが乗っています。緑色に塗った革で作られており、銀色の爪を持ち、目には赤いルビーがはめ込まれている、ただの作り物です。皮には銅や青銅や鉄でできたうろこが無数に重ねられ、折り重なったうろこは伸縮自在で、その下にぜんまい仕掛けで動く骨格が組みこまれています。ドラゴンは台座の上でとぐろを巻き、革でできた小さな翼を動かしたと思うと（この翼が動くとヒューヒューとふいごのような音が出ます）、硫黄のような悪臭を放つオレンジ色の火の玉を吐き出します。

その下には何十もの戸口や窓、ベランダがあり、そこにからくり人形、マリオネット、置き人形などが並べてあります。どれも民話の登場人物で、農民も王族も同じように戯画化されています。動物、妖精、それにフレックスパー牧師、あろうことか我らユニオン教の聖人の像もあったのです。こっそり盗み出されたにちがいありません！　はらわたが煮えくりかえる思いです。人形は歯車で動く仕掛けになっていて、戸口を出たり入ったりします。腰の部分が曲がって、踊ったりふざけあったりするのです。

いったい誰がこのドラゴン時計、いや、このえせ神託所を作ったのか。ユニオン教と名もなき神の力に刃向かって、邪悪の種をそこらじゅうにまき散らすこんなしろものを。ドラゴン時計を操作しているのは一人の小人とその手下、帽子を回しておひねりを集めるしか能のなさそうなきゃしゃな造りの少年たちだ。小人とこの美少年たち以外に、誰か利益を得る者がいるのだろうか。

遠縁の牧師からの二通目の手紙は、ドラゴン時計が次にラッシュ・マージンズに向かっていると警告したもので、さらに具体的に様子が書かれていた。

見世物は、弦をはじく音と、骨をカタカタ鳴らす音で始まりました。見物人は奇声をあげながら、われ先に前へ押し寄せます。舞台上の明かりのついた窓の中では、からくり人形の夫婦がベッドに入っていました。眠っている夫の横で妻がため息をつき、木でできた両手を動かして、夫のものがとても小さいのでがっかりだと無言のうちに語ります。見物人はどっと声をあげて笑いました。妻が寝入り、いびきをかきはじめると、夫はこっそりベッドを抜け出します。

このとき、舞台の上方では、ドラゴンが台座の上で向きを変え、かぎ爪を聴衆に向けました。その爪はまっすぐに、グラインという名の実直な井戸掘り職人を差しています。夫として気が利かないところはあっても、妻を裏切ったことはない男です。それからドラゴンは後ろ足で立ちあがると、二本の指を伸ばしてレッタという未亡人とその娘で反《そ》っ歯《ぱ》の生娘を指さし、こっちへ来いという身ぶりをしました。群集はしんとなり、グライン、レッタ、そして頬を赤らめた娘からさっと離れていきます。まるで、三人の体から突然膿が流れ出しでもしたかのように。

ドラゴンは再び寝そべったかと思うと、片方の翼を別の戸口に降ろしました。すると、そこに灯りがついて、からくり人形の夫を照らし出します。夫は夜の闇の中をふらふら歩いています。そこへ、ぼさぼさ頭で赤ら顔のからくり人形の未亡人が、いやがる反っ歯の娘を引きずるようにしてやってきました。未亡人はからくり人形の夫に接吻すると、その革のズボンを脱がせました。

そこには立派な男のものが二つもついています。一つは前に、もう一つは尾てい骨のところに。三体の人形は、喜悦の声をあげながら、跳ねあがったり揺れたりして動きます。ことが終わると、未亡人とその娘は体を離し、夫に接吻しました。それから二人でしめし合わせたように、前から後ろから膝げりをくらわせたのです。夫は股間を押さえながら、バネ仕掛けのようにぴょんぴょん飛び回ります。

聴衆はどよめきました。井戸掘り職人のグラインは、ぶどうの実のような大つぶの汗をかいています。レッタはそ知らぬそぶりで高笑いしていますが、娘は恥ずかしさのあまり、すでに姿を消していました。夜が明ける前に、興奮した隣人たちはグラインを襲い、そのおぞましい異形ぶりが本当かどうかとくと検分したようです。レッタは村八分にされ、娘の姿はそれからというものぱったりと見かけなくなりました。最悪のことが起きたにちがいありません。

とりあえず、グラインは殺されずにすみました。しかし、これほどにあざとい劇を見せつけられたのでは、我々の魂は汚されてしまうに決まっています。人間の魂は肉体から逃れられないものですが、こうした下劣なものを目にすれば、魂が腐敗し、病んでいくのは避けられないのではないでしょうか。

フレックスは時々、明らかにまやかしのえせ呪文を操るオズの流浪の魔女や三流呪術師がウェンド・ハーディングズの奥地に住みついて、なんとか日銭を稼ごうとしているのではないかと思うことがあった。ラッシュ・マージンズの人々は貧しい。生活は厳しく、希望もない。干ばつが長引いたために、古くからのユニオン教の信仰も揺らいでいた。ドラゴン時計が、巧妙なからくりと魔術の魅力をあわせ持つものだということはわかっていた。だから、それに打ち勝つためには、宗教的信念を総動員して対抗しなければならないだろう。だが、もし信者たちが見世物と暴力に心を奪われ、いわゆる快楽信仰の誘惑に負けてしまうことになったら、いったいどうしたらいいのだろうか。

いや、勝ってみせる。自分は村の民を導く牧師ではないか。これまでずっと、村人たちの歯を抜いてやったり、赤ん坊を埋葬したり、炊事鍋にお清めを施してやったりしてきた。村人たちのためにみっともないようなまねもした。可哀想なメリーナを一人牧師館に残して、托鉢用の椀を持ち、ひげもぼさぼさのまま何週間も小さな集落から集落へと旅を続けた。皆のために身を捧げてきたのだ。だから、こんなドラゴンごときに村人たちの心が奪われるはずはない。村人たちは僕に恩義を感じているはずだ。

フレックスはあごを引き、胸を張って目的地に向けて出発した。胃から酸っぱいものがこみあげてくる。空は舞いあがる砂ぼこりで茶色にかすんでいる。風が、フレックスの目からは見えない尾根の岩の裂け目を通っているかのように、ヒューーッと震える音を立てて丘の上を高く吹き渡っていた。

魔女の誕生

　フレックスが勇気を奮い起こし、ラッシュ・マージンズのみすぼらしい村へと入っていったのは、もう夜といっていい時刻だった。汗をびっしょりかきながら、かかとで地面を蹴《け》り、握りしめたこぶしを振りあげて、しわがれてはいるがよく通る声で呼びかける。「静粛に！　汝自信なき者たちよ！　今ここに集《つど》え。誘惑の手が間近に迫り、汝らに試練を与えようとしている！」滑稽といっていいほど古めかしい言葉だったが、効果はあった。仏頂面の漁師たちが、桟橋から空っぽの網を引きずりながらやってきた。この干ばつでやせた土地からほとんど収穫があがらず、かつかつの暮らしをしている農夫たちもやってきた。説教を始める前から、皆後ろめたそうな顔をしている。

　村人たちはフレックスのあとについて、カヌー修理小屋の今にも崩れそうな階段まで歩いてきた。ドラゴン時計の到着を今か今かと待っているのが手に取るようにわかる。うわさの伝わる速さといったら、疫病なみだ。浮き足立っている民衆に向かって、フレックスは声を荒げる。「汝らの無知は、まるで美しいおき火にさわろうと手を伸ばす幼な子のようではないか！　ドラゴンの腹から生れ落ちた子のごとく、火炎の乳首を吸うというのか！」この使い古された説教文句では、その夜には力不足だった。疲れていて、今ひとつ調子が出ない。

「フレックスパー牧師」と、ラッシュ・マージンズの村長であるブフィーが口を開いた。「その誘惑ってのがいったいどんな目新しいなりで現れるのか見届けるまで、お説教は控えてもらえんだろうか」

「誘惑がどんな形をとろうと、あなた方に抵抗するだけの精神力はないでしょうな」と、フレックスは吐き出すように言う。

「あんたはこの何年か、わしらをしっかりお導きくださったんじゃないのかね?」とブフィー。「罪への抵抗力を証明するまたとない絶好の機会というわけですな! わしらは、その、ほら、精神的試練とやらを、ぜひ受けてみたいんですがね」

漁師たちがどっとはやし立てた。フレックスはきっとにらみつける。そのとき、ガタガタと石だらけの道のわだちをたどってくる聞きなれない車輪の音が聞こえてきた。信者たちはいっせいに振り向き、しんとなった。説教を始めもしないうちから、信者たちの注目はフレックスから離れてしまった。

時計の台車は四頭の馬に引かれ、小人と手下の少年たちに付き添われていた。その広い屋根の上にはドラゴンが鎮座している。それにしても、なんというおぞましいけだものだろう! 今にも飛びかからんばかりで、まるで生きているかのようだ。台座の外板はけばけばしい色に塗られ、金箔が貼ってある。台車がどんどん近付いてくるのを、漁師たちはぽかんと口をあけて見つめている。

小人が開演を告げるすきも与えず、また少年の一団がこん棒を取り出すひまもないうちに、フレックスは台座の一番下の段に飛び乗った。蝶番《ちょうつがい》のついた折りたたみ式の舞台だ。「このどこが時計といえるでしょう。たしかに文字盤がひとつあるが、のっぺりしていて造りも雑。ごてごてと飾り立ててあるせいで見逃してしまうほどではないか。それに、針も動いていない。ほら、自分の目で確かめてごらんなさい。時計の針は一二時一分前を指すように描き込んであるだけだ。皆さん、これから始まることは、すべて機械仕掛けなのです。嘘ではありません。麦畑で麦が育ち、月が満ち欠けし、火山が赤と黒のスパンコールの付いた布を吐き出すのも、すべて機械仕掛けなのです。本物の時計なら、なぜ文字盤の上を長針と短針が回っていないのです？　なぜでしょう。あなたたちに尋ねているんですよ。ゴーネットさん、どうですか。ストイさん、それに、ペリッパさん。どうして本物の時計を使わないのでしょうか」

牧師の言葉など、誰一人聞いていない。ゴーネットも、ストイも、ペリッパも、それ以外の誰も。人々は皆、いったい何が始まるかと、かたずを飲んで一心に見つめているばかりだったのだ。

「その答えは言うまでもありません。この時計は現実の時間ではなく、魂の時間を指しているからです。そう、贖罪《しょくざい》と審判の時間を。魂にとっては、一瞬一瞬が常に審判の一分前なのです。

審判の一分前ですぞ、皆さん！　今から一分後に死んでしまうことになったら、偶像崇拝の報いを受け、永遠に堕落の淵であえぎ苦しむ羽目になるのですぞ」

「今夜はやけに騒がしいな」と、暗がりの中で誰かが言った。見物人がどっと笑う。フレックスが首をめぐらせると、頭上では小さな戸口から子犬の人形が姿を現し、キャンキャン吠え立てた。その毛は黒く、フレックスの髪そっくりに縮れている。子犬はバネの上で飛び跳ねながら、甲高い声でうるさく吠えつづける。笑い声がさらに大きくなった。日はすっかり暮れ、笑っているのは誰か、「見えねえじゃねえか、脇へどけよ」と言ったのは誰か、フレックスには見分けがつかなくなった。

それでもその場から動かずにいると、ぞんざいに舞台から追い立てられてしまった。小人がもっともらしく歓迎の挨拶をする。「人生とは空虚な出来事の連続です。ネズミのように身を潜め、ネズミのように身をよじり、最後にはネズミのように墓の中へ放り込まれるのです。時には予言の声を聞いたり、霊験あらたかな舞台を楽しんだりするのもよいではありませんか。たとえ我らの人生がまがいものや恥ずべきものに見えたとしても、掘り下げれば少しでも模範になることや意義あることが見つかるものです！　さあ、寄ってらっしゃい、見てらっしゃい。ここで皆さんにお見せすることは、きっと人生のお導きとなりますよ！　ドラゴン時計はあなた方のみじめな人生の真実を、過去、現在、未来にわたって見通します。さあさ、とくとご覧あれ！」

群集は前へと詰め寄る。月が昇った。その光は、怒りと復讐に燃える神の目のようだ。「やめてくれ、放してくれ」とフレックスが叫ぶ。こんなことになろうとは思いもしなかった。信者たちにこんなふうに手荒に扱われたのは初めてだ。

ドラゴン時計が披露したのは、表向きは敬虔な人物で通っている男の物語だった。子羊の毛でできたあごひげと黒い縮れ毛の男で、質素、清貧、寛容を説きながら、名門出の気弱な娘の、蝶番《ちょうつがい》が二つついた胸の中に、金やエメラルドが入った箱を隠し持っている。この悪党は、長い鉄の棒で無残にも刺し貫かれ、「牧師のわき腹肉のロースト」と札をつけて、飢えた群集にふるまわれた。

「この見世物は、皆さんの最も卑しい本能につけこんでいるのです！」と、フレックスは腕を組み、顔を怒りで真っ赤にして叫んだ。

だが今や、あたりはもうすっかり暗闇に包まれていた。誰かが後ろから近づいて、フレックスの口を封じようとした。腕が首に回される。フレックスは身をよじり、このような狼藉《ろうぜき》を働く村人の顔を見ようとしたが、どの顔も頭巾で覆われている。股間を膝で蹴《け》られ、体がくの字に曲がった。顔が地面にこすりつけられる。尻の間を蹴《け》りあげられ、おもわず失禁してしまう。けれども、群集は誰もこちらを見ていない。ドラゴン時計が繰り広げる別の出し物に歓声をあげている。未亡人らしく黒いショールをはおった女がかわいそうに思って、腕をつかんで連れ出してくれた。だが、フレックスは汚物にまみれていたし、あまりの痛みに体を起こすこともかなわず、顔を上げてその人物が誰か確かめることができない。「うちの地下の貯蔵庫へおいでなさい。麻袋の下に隠れていなさるといい」と、女は小声でささやいた。「連中は今夜、干し草用の鋤《すき》を持って追っかけてくるだろうから。まったく、あいつらのやり方ときたら！　牧師様の住まいまで探しに行くだろうけど、うちの貯蔵庫までは調べますまい」

「それではメリーナが」フレックスはかすれた声を振り絞った「メリーナが見つかってしまう」

「奥さんのことはまかせときなさい」と女は言った。「それくらい、女だけでもなんとかなりますよ！」

牧師館では、メリーナが意識を失うまいと、必死でがんばっていた。二人の産婆の姿が見えたりかすんだりする。一人は魚売り女、もう一人は中風病みの老婆で、かわるがわるメリーナの額《ひたい》に手を当てたり、脚の間を覗きこんだりしている。その間にも、部屋にある美しい装身具や置物をちらちら盗み見ていた。メリーナがコルウェン・グラウンドから、ほんの少しだけ持ち出してきたものだ。

「ピンロブルの葉を噛むといいよ、奥さん。さあ。いつのまにか気を失ってるから」と、魚売り女が言う。「そしたら体の力が抜けて、赤ん坊がするりと出てくるんだ。朝になったら、すっかり元気になってるさ。奥さんはバラ水や妖精の露のようなにおいがするのかと思ってたけど、あたしらとおんなじ、臭いったらありゃしないね。そうそう、そのままずっと噛んでるんだよ」

戸をたたく音がした。チェストの前にひざまずいて中をかきまわしていた老婆が、びくっとして顔を上げる。チェストのふたをばたんと閉めると、目を閉じて祈りを捧げるふりをした。「お入り」

柔らかい頬をした血色のいい娘が入ってきた。「あら、よかった、いてくれて。どんな具合？」

「もうちょっとで気を失うとこさ。赤ん坊ももう出てくる頃だろう」と、魚売り女が答えた。「あと一時間かそこらだね」

「ことづてを頼まれたの。酔っぱらいたちがうろついているから、気をつけるようにって。ほら、あのドラゴンの魔法の時計を見て興奮して、牧師を殺してやるって探してるんだって。時計が殺せって言ったそうよ。きっとここまでやってくるわ。奥さんを安全なところへ移したほうがいいと思うわ。動かしてもだいじょうぶかしら」

だめよ、動かさないで、とメリーナは思った。村人たちがフレックスを見つけたら、わたしの代わりになぶり殺してしまうように言って。だって、生まれてはじめてこんな痛い思いをしているんだもの。痛すぎて目の玉の奥から血が出そうなくらい。こんな目にあわせた罰として、あんな人、殺されてしまえばいい。そう思ったとたん、メリーナは気が抜けて微笑み、気を失った。

「奥さんは放っておいて、逃げましょうよ！」と娘が言った。「時計は奥さんも殺せと言ったのよ。それに、生まれてくる小さなドラゴンもね。わたし、捕まるのはいやだわ」

「産婆としての名がすたるよ」と、魚売り女が言う。「今にも赤ん坊が生まれるっていうのに、こんなか弱いご婦人を見捨てるわけにはいかないさ。時計がなんと言おうとかまうもんか」

老婆は、またチェストの中に頭を突っ込んでいる。「誰か、ギリキン製の本物のレースはいらないかい?」

「下の牧草地に、干し草を運ぶ荷車が置いてある。逃げるなら今だ」と魚売り女。「さあ、荷車を取りに一緒に行っておくれ。ほらほらばあさん、肌着入れなんか放っておいて、きれいなばら色の額《ひたい》を濡れタオルで拭いておやり。じゃあ、行くよ」

数分後、老婆と魚売り女と娘は、秋の森のニシキギやワラビを踏み分けながら、今はほとんど使われていない道に荷車を押し進めていた。風が強くなり、クロースの丘の木の生えていない前斜面を越えて、ヒューッと吹きつける。メリーナは毛布をかぶせられて力なく横たわり、意識はないものの、痛みにうめき声をあげている。

干し草用の鋤《すき》とたいまつを持った、酔っぱらいの集団が通り過ぎる音が聞こえた。女たちは声も出せず、恐ろしさに立ちつくして、ろれつの回らないののしり声に耳をすませる。それからさらに足を早めて進むと、霧の立ちこめた雑木林に出た。不浄の亡骸《なきがら》が埋葬された墓地に隣接した場所だ。林の奥にはドラゴン時計の輪郭がぼんやりと浮かんでいる。小人がここなら安全と置いていったのだろう。なかなかの知恵者だ。夜もふけて、こんなところに臆病な村人たちが探しにくることはあるまいと踏んだのだ。「小人と手下の少年たちも、居酒屋で飲んでいたわ」と娘が息を切らして言う。

「だから、誰もやってこないわよ」

「おやまあ、居酒屋の窓から男たちを覗いていたのかい？　このふしだら娘が」老婆はそう言いながら、ドラゴン時計の後ろにあるドアを開けた。

人がやっと這えるぐらいのスペースがあった。暗がりの中に、振り子がいくつか不気味にぶら下がっている。その巨大な歯車は、まるで侵入者をソーセージのように輪切りにしてやろうと待ちかまえているかのようだ。「さあ、奥さんをここまで引きずっておいで」

夜が明けた。たいまつと霧の夜が去ったかと思うと、巨大な岩壁のように雷雲がそそり立ち、稲妻が骸骨のダンスのように光っている。青空が一瞬顔を覗かせたが、やがて雨が激しくなった。まるで水ではなく、泥が降ってくるように思えるほどだ。産婆たちが時計を乗せた台車の後ろから、四つんばいになって出てきた。やっとお役目が終わったのだ。雨樋から落ちるしずくがかからないよう、赤ん坊をかばっている。「ごらんよ、虹が出てる」老婆はひょいと頭を動かして言った。空には淡い色をした光のスカーフがかかっている。

赤ん坊から羊膜と血を拭き取ったあと、三人が目にしたものは、単なる光のいたずらなのだろうか。嵐のあと、草は生き生きした色を取り戻し、バラの花は茎の上でまぶしいほどに生き生きと咲き誇っている。だが、雨上がりの光と大気による目の錯覚として考えようとも、産婆たちの目にしたものは疑いようもなかった。母親の羊水にまみれた赤ん坊は、あろうことか淡いエメラルド色に輝いていたのだ。

赤ん坊は泣きもせず、産声《うぶごえ》もあげない。口をあけて息をすると、そのまま黙りこんでしまった。「さあ、泣いてごらん」と老婆が声をかける。「あんたの最初の仕事だよ」赤ん坊はうんともすんとも言わない。

「また性悪の男の子かい」と、魚売り女が言った。「始末しちまおうか」

「かわいそうこと言いなさんな」と老婆。「女の子だよ」

「そうかしら」と疲れて目をしょぼしょぼさせた娘が言った。「よく見てよ、アレがついてるじゃない」

裸の赤ん坊を目の前にしても、女たちはしばらく結論が出せないでいた。何度かこすって、やっぱり女の子だと判定を下した。おそらく分娩の際に、母親の胎盤か何かが脚の間にくっつき、それが乾いたのだろう。タオルできれいに拭いてみると、品のある長い頭、形のよい前腕、きゅっと締まった小さなお尻、ちっちゃな鋭い爪のついたかわいらしい指をした、様子のいい赤ん坊だ。

そして、肌はやはりどう見ても緑色がかっていた。頬とお腹はサーモンピンク、きゅっとつむったまぶたのまわりはベージュがかって、頭皮には黄褐色の縞模様。この先どんな具合に髪が生えてくるか目に見えるようだ。けれども、ぱっと見にはまるで野菜といったところだ。

「あんなに苦労したのに、こんなことって」と娘が言った。「小さな緑色のバターのかたまりみたいね。始末したほうがいいんじゃない。みんながなんて言うか」

「腐ってるんじゃないか」魚売り女はしっぽが付いてないかお尻を調べ、手足の指を数える。「うんこみたいなにおいがする」

「ばかだね、みたいじゃなく、うんこのにおいさ。あんた、牛の糞の中にしゃがんでるじゃないか」

「この子は病気で弱ってるんだ。だからこんな色をしてるんだよ。水たまりに放り込んで、始末してしまおう。奥さんにはわかりゃしないさ。あと何時間かはお上品に気を失っているに決まってる」女たちはくすくす笑った。順番に赤ん坊を腕に抱くと、揺すって重さを確かめる。殺してやるのがこの子にとっていちばんの親切だろう。問題は、どうやって始末するかだ。

そのとき、赤ん坊があくびをした。しゃぶらせるつもりで、魚売り女が何の気なしに自分の指を口の中へ入れてやる。すると赤ん坊は、その指を第二関節から噛み切ってしまった。噴き出す血で窒息しそうになっている。口から吐きだされた指は、糸巻きのように泥の中へ転がり落ちた。女たちは蜂の巣をつついたような騒ぎになった。魚売り女は赤ん坊に飛びかかって首を絞めようとし、老婆と娘は必死になってそれを止める。女は指を泥の中から拾うと、エプロンのポケットにしまい込んだ。縫いつけたら元に戻るかもしれない。「男のアレみたいね。自分にはないって気づいたんじゃないの」娘は甲高い声で言い、地面に笑い伏した。「最初にこの子と楽しもうっていうバカな男の子は気をつけなくちゃ！　この子、記念に噛み切っちゃうわよ！」

産婆たちはもう一度時計の中へ入り込み、赤ん坊を母親の胸の上に置く。よかれと思ったとしても、この子を始末しようだなんてもうこりごり、今度は何を噛み切られるかわかったもんじゃない。「お次は母親の乳首でも噛み切るのかね。そしたら、眠れる美女もたちまちお目覚めだろうさ」そう言って、老婆は含み笑いをした。「それにしても、なんて赤ん坊だろう。母親のお乳よりも先に生き血を吸うとはね！」女たちは水の入った手桶をメリーナのそばに置くと、再びやってきたスコールにまぎれて、ピシャピシャ音をたてながら帰っていった。息子や夫、兄弟を探さなければ。もし生きていたら、うんと叱って叩きのめしてやろう。もしお陀仏だったら、そのときは土に埋めてやるさ。

暗がりの中、規則正しく動いている時計の歯車を、赤ん坊はじっと見あげていた。

悪魔ばらい

　数日の間、メリーナはそれをまともに見ることができなかった。母親の務めとして抱いてはみた。母性愛が地下水のように湧き出して、自分が呑み込まれるのを待った。メリーナは泣かなかった。ただピンロブルの葉を噛んで、この不幸な現実から逃避した。

　女の子だ。女の子なのだ。一人でいるとき、メリーナは頭の中でこう繰り返して思考を転換しようとした。このピクピク動いている不幸な生き物は男の子じゃない。中性でもない。女の子なのだ。眠っているその姿は、まるで洗って水を切るためにテーブルの上に置いた山盛りのキャベツの葉のようだった。

　パニックに陥ったメリーナは、コルウェン・グラウンドに手紙を出し、隠居生活に入っていたばあやを無理やり呼びよせた。フレックスはばあやを迎えに、馬車でストーンスパー・エンドの停車場まで出かけた。ばあやは家へと向かう道で、何か悪いことでもあったのかとフレックスに尋ねた。

「悪いことがあったのかって」そう言うとフレックスはため息をつき、考え込んでしまった。ばあやは言葉の選択を誤ったことに気づいた。今やフレックスは気もそぞろに、悪の性質についての一般論をつぶやき始める。名もなき神の不可解な不在が引き起こした空白、そこへ霊的な毒が流れ込んだにちがいない。渦を巻いて。

「あたしが聞いてるのは、赤ちゃんのことですよ！」ばあやはかんしゃくを起こして言い返した。「知りたいのは世界情勢じゃなくって一人の赤ん坊のことですよ、あたしに何かお手伝いができるとしたらですけどね！　どうしてメリーナ様は、母親じゃなく、あたしを呼びつけなさったのかね。どうしてお祖父様に手紙を書かれないのかね。かのスロップ総督だっていうのに！　メリーナ様が自分の義務をすっかりお忘れになるわけないじゃありませんか。それとも、田舎の暮らしは思ってた以上に大変だっていうんですか」

「ああ、大変なことになっている」と、フレックスが険しい顔で言う。「赤ん坊は――ばあや、悲鳴をあげないように心の準備をしておいてくれ。赤ん坊には、問題があるんだ」

「問題ですって！」ばあやは旅行かばんをぎゅっと握りしめると、目を逸らし、道の端に植わっている赤い葉をしたパールフルーツの木を眺める。「フレックス様、何もかも話してくださいな」

「女の子なんだ」と、フレックス。

「そりゃまた確かに問題ですねえ」とばあやは茶化すように言ったが、毎度のことながら、フレックスは皮肉に気づかない。「ともかく、家名の継承者ができたことは間違いないってことですね。それで、手足はそろっているんでしょうね？」

「ああ」

「余分についているとか？」

「いや」

「おっぱいは吸ってます？」

「それが、吸わせられないんだよ。歯が尋常じゃなくて。サメの歯か何かみたいなんだ」

「なあに、乳首の代わりに哺乳瓶や布きれを吸って育つ赤ん坊はいくらでもいます。心配するほどのことじゃありませんよ」

「それに、とんでもない色をしてる」

「とんでもない色って、いったいどんな?」

しばらくの間、フレックスは首を振るばかりだった。ばあやはこの男のことが好きではなかったし、これから先もとうてい好きにはなれないだろうと思っていた。が、ここは態度を和らげる。「フレックス様、そんなに思いつめちゃいけません。いつだって解決法は見つかるもんです。さあ、お聞かせくださいな」

「緑色なんだ」やっとの思いでフレックスは言った。「ばあや、苔のような緑色なんだよ」

「緑色ですって? 女の子が。ああ、神さま!」

「神様なんて言わないでくれ」フレックスは泣きだした。「この子の存在が神の世に貢献するわけもないし、神もお喜びになるわけもない。ああ、どうすればいい!」

「泣くのはおよしなさい」ばあやは泣き虫男が大嫌いだった。「そんなにひどいことになるはずがありませんよ。メリーナ様には、卑しい血はこれっぽっちも流れていないんですから。その子がどんな問題があろうと、ばあやの腕にかかればなんとかなるってもんですよ。あたしにすべてお任せくださいな」

「名もなき神にすべてをお任せしていたのに」フレックスはすすり泣いた。

「神さまとばあやだって、たまには協力することもありますよ」とばあや。ばち当りな物言いとは承知していたが、フレックスに言い返す気力も残っていないのを見ると、からかわずにはいられない。

「ご心配は無用ですよ。メリーナ様のご家族には一言《ひとこと》も申しません。どうせすぐに解決するんですから、知らせる必要もありませんよ。で、名前はなんて言うんです?」

「エルファバだ」

「滝の聖人、アルファバにあやかってってわけですか?」

「ああ」

「古風ないい名前ですねえ。愛称はファバラってとこかしら」

「愛称を使うようになるまで生きているかどうか」まるでそれまで生きてほしくないとでもいうような口ぶりだ。

「あらまあ、ちょっと変わった土地だこと。もうウェンド・ハーディングズに入ったのかしら」ばあやは話題を変えようとして尋ねた。だが、フレックスは物思いにふけっていて、馬が正しい道を行くように手綱を取るのがやっとだった。この地方は、鄙《ひな》びて、薄汚れているうえに、住民といえば貧民ばかり。ばあやはいちばん上等の旅行着を着てこなければよかったと思い始めていた。このあかぬけた老女なら金目のものを持っているはず、と道端にひそむ盗人に思われるかもしれない。それは間違いといえなかった。というのは、何年か前に女主人の部屋から盗まれたはずの金の靴下留めを、これみよがしにつけてきていたからだ。もし何年も前に盗まれた靴下留めが、老いてもなお形のよい太ももから見つかりでもしたら、なんと不面目なことだろう! だが、そんな心配は取り越し苦労に終わり、馬車は無事に牧師館の庭に到着した。

「何はさておき、赤ちゃんを見せてもらいましょうか」とばあや。「どんな様子か知っておいたほうが、メリーナ様によけいな気苦労をかけなくてすむでしょうからね」だが、それは難しいことではなかった。メリーナはピンロブルの葉のおかげで気を失っていたし、赤ん坊はテーブルの上に置いたかごの中で弱々しく泣いていたからだ。

その場で卒倒しても怪我《けが》をしなくてすむように、ばあやは椅子を引き寄せる。「フレックス様、ここから顔が見えるように、かごを床の上に置いてくれませんかね」フレックスは言われたとおりにすると、馬と馬車をブフィーに返しに行った。本業ではめったに使わない馬車をこうして人に貸し出すことで、村長のブフィーはコツコツと活動資金を稼いでいるのだった。

ばあやがのぞき込むと、赤ん坊は産着《うぶぎ》にくるまれ、口から耳にかけて三角巾でしばってある。呼吸ができるように突き出した鼻は、まるで腐ったキノコの傘のよう。目はぱっちり開いている。

ばあやは腰をかがめて顔を近づけた。生まれてから確か三週間もたっていないはずだ。けれどもおつむの状態を確かめてみるために、ばあやが左右から額《ひたい》の形をためつすがめつしていると、赤ん坊の目もきょろきょろと動いてその姿を追っている。瞳は深みのある茶色。きらきら輝く雲母《うんも》を宿した、掘り返されたばかりの土のような色だ。上下のまぶたが合う眼の両隅には、細く赤い線が網目状に走っている。まるで一生懸命目を見開き理解しようとしたために、充血してしまったかのようだ。

そして、肌。そう、まさに緑色の肌だった。醜い色というわけじゃあない、とばあやは思う。ただ、人間の肌の色ではないだけ。

ばあやは手を伸ばし、指で赤ん坊の頬をなでてみた。赤ん坊はびくっとして、背骨を弓なりに反らせる。すると、首から足先まですっぽり包んでいた産着《うぶぎ》が豆のさやのように割れた。ばあやはひるんでなるものかと歯を食いしばった。胸から脚の付け根までがむきだしになる。胸の皮膚も、顔と同じ緑色だ。「お二人とも、この子に触れたこともないんじゃないのかね」とばあやはつぶやき、手のひらを赤ん坊の波打つ胸に置く。指が、目に見えないほど小さな乳首に触れる。それから手を下に滑らせ、下の方の器官を調べる。大と小のお漏らしをしていたが、別段異常はないようだ。肌ざわりは驚くほどなめらかで、メリーナの幼いときとそっくりだった。

「さあ、ばあやのところへいらっしゃい、困ったお嬢ちゃん」ともかく赤ん坊を抱きあげようとかがみこむ。

赤ん坊は触られるのをいやがるように体をよじり、籐《とう》で編んだかごの底に頭をぶつけた。

「お腹の中でダンスを踊ってたのね、きっと」と、ばあやは言った。「誰の歌に合わせて踊ってたの？　しっかりした手足だこと！　あたしから逃げようとしても無駄ですよ。こっちへおいで、ちっちゃなかわいい悪魔さんや。ばあやは気にしませんよ。お前さんが大好きですからね」これは明らかに嘘だったが、フレックスと違って、こんな嘘なら神様もお許しくださるとばあやは信じていた。

エルファバを抱きあげると、膝の上に乗せる。小さな声で歌いながら、ときおり窓の外へ目をそらしては、気持ちが落ち着くのを待つ。赤ん坊のお腹をさすってなだめようとしたが、今のところはどうにもうまくいかなかった。

夕方近くになって、ばあやが紅茶とパンを乗せた盆を持っていくと、メリーナは肘をついて起きあがった。「お邪魔してますよ」とばあや。「赤ちゃんともうお友達になりましたよ。さあお嬢様、目を覚まして、ばあやにキスをさせてくださいまし」

「まあ、ばあや！」メリーナは甘えるように言った。「来てくれてうれしいわ。あのおそろしい赤ん坊、見たでしょ」

「可愛いじゃありませんか」

「嘘も気遣いもやめてちょうだい。手を貸してくれるんだったら、何でも正直に話してくれなくちゃ」

「あたしの手が必要だっていうんなら、そっちこそ正直に話してくれなきゃいけません」とばあやは言った。「何も今すぐにっていうわけじゃありませんが、何もかも知っておく必要がありますから。どうすればいいか決められるようにね」二人は紅茶をすすった。エルファバがやっと眠ったので、しばらくの間、コルウェン・グラウンドの懐かしい日々が戻ってきたようだった。あの頃のメリーナは、よく颯爽《さっそう》とした若い紳士と午後の散歩から戻ってくると、そ知らぬそぶりのばあやに、その男前ぶりを自慢したものだった。

数週間たつうちに、次から次へと赤ん坊に関する心配ごとが出てきた。

ばあやが三角巾をはずそうとすると、エルファバは自分の手を食いちぎろうとするありさまで、その唇の薄い、可愛いらしい口の中の歯はまさにサメのようだった。自由にさせておいたら、かごを噛んで穴を開けてしまうだろう。自分の肩にかぶりついて、すり傷を作ったりもした。まるで窒息しようとするかのように。

「床屋に歯を抜いてもらうわけにはいきませんかね」と、ばあやが尋ねた。「せめて、どうにか分別がつくまで」

「どうかしてるわ」とメリーナ。「あの子が歯の根まで緑色だって、村中に広まってしまうじゃない。やっぱり、肌の問題が解決するまでは、あごをしばっておきましょう」

「それにしても、いったいどうして肌が緑色になったのやら」ばあやはうっかり口にしたが、これはまずかった。メリーナは蒼白になり、フレックスは赤くなる。そして、赤ん坊も息を止めた。まるで青くなって、みんなを喜ばせてやろうとするかのように。ばあやは息を吹き返させるために、背中をぴしゃぴしゃ叩かねばならなかった。

　ばあやは庭でフレックスからいろいろ聞きだすことにした。赤ん坊の誕生と公衆の面前での恥辱という二重の打撃のあと、まだ牧師としての活動には復帰しておらず、樫の木をナイフで削って数珠を作っては、名もなき神の紋章を彫り込んでいる。エルファバは家の中に寝かしつけてきた。あの子に話を聞かれるかもしれない、いやそればかりか、あの子が話を理解するかもしれないという、ばかげた不安を打ち消すことができなかったのだ。そうしてばあやは庭に座り、夕食用にかぼちゃのワタをかき出していた。

「フレックス様、あなたの家系に緑色の血が混じってるってことはありませんよね」とばあやは切り出した。権力者であるメリーナの祖父のことだ、孫娘の結婚を許可する前に、こうした遺伝の問題は当然確認していたことだろう。よりどりみどりの相手がいながら、よりにもよってユニオン教の牧師と結婚すると言い出したのだから！

「僕の家系はお金や権力とは無縁だが」フレックスは気を悪くした様子も見せずに答える。「僕の前には、父から息子へと直系で六代聖職者が続いていて、聖職者の間では一目おかれている。ちょうどメリーナの一族が、社交界やオズマの宮廷で幅をきかせているようにね。もちろん、緑色の血なんて一滴もない。どの血筋をたどってもそんなこと聞いたこともない」

ばあやはうなずいた。「よくわかりました。一応お尋ねしてみたまでのこと。あなた様を悪鬼の殉教者どものように思っているわけではありませんよ」

「だけど、ばあや」フレックスは遠慮がちに言い出した。「今回のことは僕のせいじゃないかと思ってるんだ。実は子供が生まれるって日に、つい口がすべって、悪魔がやってくるなんて言ってしまった。ドラゴン時計のことを言ったつもりだったんだ。だが、あんなことを言ったばかりに悪魔に付け入る隙《すき》を与えたとしたら……」

「あの子は悪魔じゃありませんよ!」ばあやはぴしゃりと言った。天使でもないですがね。そう思ったが、口には出さなかった。

「あるいは」と、フレックスは少し落ち着いた声で言った。「赤ん坊は、はからずもメリーナの呪いを受けたのかもしれない。メリーナは僕の言葉を誤解して泣いていた。おそらく、それでメリーナの内面に隙ができて、さまよっていた精霊が入り込んで赤ん坊に色をつけたのでは」

「あの子が生まれるっていうその日に、ですか?」とばあやは尋ねた。「ずいぶん腕のいい精霊ですこと。あなた様があまりに高く徳を積まれたから、異形《いぎょう》専門の精霊の中でもよっぽど腕利きのを引き寄せてしまったんでしょうかね」

フレックスは肩をすくめた。数週間前なら同意していたかもしれない。だが、ラッシュ・マージンズの無残な経験で、自信などこっぱみじんになっていた。胸の中にくすぶる不安をとうてい口にはできなかったが、子供の異常は、快楽信仰から信者を守れなかった自分への罰ではないのかと考えていた。

「それで……」ばあやはてきぱきと尋ねた。「呪いによって善が損なわれたっていうんなら、どうしたら悪の呪いが解けるんでしょうね」

「悪魔ばらいだな」

「そんなこと、できるんですか？」

「もしあの子の色を変えることができたら、僕にその力があるってことだ」と、フレックスは言う。目標ができたことで俄然《がぜん》元気がでてきた。これから数日間断食しながら祈祷《きとう》の稽古をして、秘儀に必要なものを集めなければ。

フレックスは森へ入っていった。エルファバはまだ昼寝をしている。ばあやはメリーナの固い寝台の端に腰かけた。

「旦那様は、悪魔が来ると言ってしまったばっかりに、お嬢様の心の中の窓が開いて悪い霊が入り込み、赤ん坊に悪さをしたんじゃないかと考えてますよ」ばあやは不器用にかぎ針でレースの縁を編んでいる。針仕事は苦手だが、手ざわりのいい象牙のかぎ針を操るのは好きだった。「お嬢様、あっちの窓もお開けになったんじゃありませんか？」

メリーナは、いつものようにピンロブルの葉のせいで意識がもうろうとしていたが、狼狽《ろうばい》して片方の眉をつり上げた。

「旦那様以外の人とお楽しみなさったでしょう」

「ばかなこと言わないで!」とメリーナ。

「お嬢様のことは何でもわかりますよ」とばあや。「悪い奥さんだと責めているのではありません。でも、お屋敷の果樹園で若造に囲まれてちやほやされておられたころ、あなた様は日に何度も香水をつけた下着をお着替えになってましたっけね。あれがお好きで、手練手管に長《た》けていて、ごまかすのがお得意でいらっしゃった。軽蔑しているわけじゃありませんよ。ただ、男に興味がないふりをするのはおやめなさい」

メリーナは枕に顔を埋め、「ああ、あの頃に戻りたい!」とむせび泣いた。「フレックスを愛していないわけじゃないのよ。でも、そのへんのバカな女たちよりいい子にしていなくちゃいけないのがたまらないの!」

「じゃあ、緑色の赤ん坊が生まれた以上、お嬢様も今やそのへんのバカな女たちとどっこいどっこいってとこでしょうから、喜ばないといけませんねえ」と、ばあやが意地悪く言った。

「ばあや、わたしはフレックスを愛しているわ。でも、あのひとったらしょっちゅうわたしを一人残して、どこかへ行ってしまうのよ! 通りがかりの行商人から、錫製のコーヒーポットよりいいものが買えるなら、なんだってするわ! あのひとほど信心深くなくって、もっと想像力豊かな男のためなら、どんなサービスだってしてあげるわよ!」

「それはこれからの問題ですね」と、ばあやが分別顔で言う。「あたしが聞きたいのは過去のことですよ。それもごく最近の。あなた様が結婚されてからのね」

しかし、メリーナの表情はあいまいで、どちらとも読み取れない。うなずき、肩をすくめ、首を振るばかり。

「じゃ、小妖精のしわざってことにしておきましょうか」

「小妖精と寝たりなんかしないわ！」と、メリーナが甲高い声で叫ぶ。

「あたしだってごめんですよ」とばあや。「ただ、緑色というのが引っかかるんです。このあたりに小妖精はおりませんかね」

「木の小妖精なら、丘の向こうのどこかに何匹かいるらしいわ。でも、ラッシュ・マージンズのおばかな住民どもよりまだまぬけなのよ。わたしだってまだ一度も会ったことがないし、遠くからちょっと見かけたことがあるくらい。そんなこと考えるだけでもぞっとするわ。小妖精って、何を見てもくすくす笑うのよ。知ってた？　仲間が木から落ちて、頭がカブみたいに粉々に砕けてしまっても、そのまわりに集まってくすくす笑ってるだけ。そして、死んだ仲間のことはすっかり忘れてしまうんですって。そんなことを言うなんて、わたしに対する侮辱だわ」

「もしこの問題を解決できないままだったら、そう思われるのにも慣れるしかありませんよ」

「とにかく、答えはノーよ」

「それじゃあ誰か別口ってわけですね。どこかから来た男前で、病気持ちの。それに感染したのかもしれませんねえ」

メリーナはショックを受けたようだ。エルファバを産んで以来、自分の体のことなど考えたこともなかったのだ。わたしは危険な状態なんだろうか。

「本当のことをお言いなさい」とばあや。

「本当のことなんて、知りようがないわ」メリーナは気のない返事をした。

「どういうことです?」

「ばあやの質問には答えようがないってことよ」そして、こう説明した。牧師館は人里離れたところにあるから、当然のことながら、このあたりの頭の鈍い連中とは、ごくそっけない挨拶を交わす以上のつきあいはしていない。でも、ばあやが思ってる以上に、たくさんの旅人が丘や森へ通じる道を通る。フレックスが布教に出かけてしまうと、よく一人で手もち無沙汰に座っていたが、そのうち通りかかる人に簡単な食事をふるまったり、気軽な会話を交わしたりすることになぐさめを見出すようになった。

「それ以上のおもてなしがあったってわけですね?」とばあや。

でもそんなとき、あんまり退屈なものだから、とメリーナはぼそぼそと続ける。ピンロブルの葉を噛む癖がついてしまって。それで、目がさめると、太陽が沈んでいくところだったり、フレックスがいてしかめ面をしてたり、にこっと笑ってたりするんだけど、ほとんど何も覚えていないの。

「つまり、不貞をはたらきながら、せっかくいい思いをしたことは全然覚えてないってことですか?」

ばあやはあきれかえった。

「そんなことしたかなんてわからないわ!」とメリーナ。「頭がはっきりしていたら、そんなことしようと思うわけないでしょ。でも、あるときおかしな訛《なま》りのある行商人が、緑色のガラス瓶《びん》から強い煎じ液を一杯ついでくれたことがあった。そしたら、不思議で突拍子もない夢をいくつも見たの。こことは違う世界の夢。ガラスと煙でできた街で、騒々しくて色彩にあふれていた。この夢は覚えておかなくちゃと思ったの」

「じゃあ、やっぱり小妖精にいたずらされたって可能性もおおいにありうるってことですね。お嬢様がフレックス様にどんなに大事にされているかわかったら、お祖父様もさぞお喜びになることでしょうよ」

「やめて!」と、メリーナが叫ぶ。

「どうしようもありゃしない!」ついにばあやの堪忍袋の緒が切れた。「誰も彼もいいかげんなんだから! 結婚の誓いを破ったかどうかさえわからないっていうんなら、傷ついた聖人みたいな顔をしたってどうにもなりませんよ」

「あの子を湖に放りこんでしまえばいい。そしたら最初からやり直せるわ」

「やれるもんならやってごらんなさい」ばあやがぶつぶつと言う。「あたしゃあの子を引き受けさせられる湖に同情しますよ」

そのあと、ばあやはメリーナが集めた薬のたぐいを調べてみた。薬草、点眼薬、木の根、ブランデー、草の葉。大して期待はしていないが、あの子の肌を白くする薬でも作り出せないものだろうか。チェストの後ろに、メリーナの言っていた緑色のガラス瓶《びん》があった。照明が暗かったし、目も悪くなっていたが、瓶《びん》の表面に貼った紙に〈奇跡の霊薬〉と書いてあるのがなんとか読み取れた。

ばあやは民間療法には通じていたが、肌の色を変える薬を調合することまではできなかった。牛乳風呂を試みても、肌は白くならない。だが、湖の水を張った桶に入れようとすると、赤ん坊は錯乱した猫のように身をよじっていやがる。ばあやは牛乳風呂を続けることにした。布できれいに拭き取らないと、すえたいやなにおいがしたけれど。

フレックスはろうそくを点け、聖歌を歌いながら、悪魔ばらいを執り行った。ばあやは離れたところから見守った。目をギラギラさせたフレックスは、朝方は冷え込むようになっていたにもかかわらず、気合を入れたために汗をかいている。エルファバは三角巾をしたまま絨毯《じゅうたん》の真ん中に寝かされ、儀式には気づかずに眠っていた。

何も起きなかった。フレックスは精も魂も尽き果てて倒れこんだ。それから、ついに秘密の罪の証拠を受け入れたかのように、緑色の娘を腕に抱き、揺すってあやしはじめる。メリーナは顔をこわばらせた。

いよいよ残された道はあとひとつ。コルウェン・グラウンドに戻ることになっていたその日、ばあやは勇気を奮い起こして、それを持ちかけてみた。

「民間療法は効果がない、祈祷も通じないとくれば、いっそのこと、思い切って魔術を試してみてはいかがでしょうかね。赤ん坊の体から緑の毒を取り出せる魔術師はこのあたりにおりませんか？」

フレックスは立ちあがると、こぶしを振りあげてばあやに襲いかかった。ばあやは腰掛から仰向けにころげ落ちた。メリーナは金切り声をあげながら、ばあやのそばでおろおろしている。「よくもそんなことが言えるな！」とフレックスが叫ぶ。「よりによってこの家で！　緑色の娘が生まれただけでも、十分な屈辱じゃないか？　魔術など、道徳的観念のない者の逃げ場所だ。まったくのインチキか、さもなくば危険なまでに邪悪なものに決まってる！　悪魔と手を組めというのか！」

ばあやは言った。「ちょっと、いったい何をするんです！　ええ、あなたはご立派な方ですよ。でも、毒をもって毒を制すという言葉をご存知ないんですか」

「ばあや、もうやめて」とメリーナ。

「か弱い年寄りを叩くなんて」ばあやは悲しげだった。「お役に立ちたいと思っただけじゃありませんか」

翌朝、ばあやは荷物をまとめた。これ以上できることはなかったし、たとえメリーナのためであれ、狂信的な世捨て人や呪われた赤ん坊と余生を過ごす気にはなれなかったのだ。

フレックスはストーンスパー・エンドの宿までばあやを送っていった。そこからばあやは四頭立て馬車に乗って帰途につく。お嬢様はまだ赤ん坊を殺そうと考えているのだろうか。でも、まさか実行はしないだろう。またも強盗を恐れて、豊満な胸に旅行かばんをしっかりと抱えこむ。金の靴下留めはかばんの中に隠した（かばんの中なら、知らないうちに誰かが入れたと言い張ることができるけれど、いくらなんでも知らないうちに脚にくっついていたと言いつくろうのは難しいだろう）。ほかにせしめたものは、象牙のかぎ針、フレックスが作った数珠が三つ（彫刻が気にいったのだ）、それにきれいな緑色のガラス瓶《びん》。例の、夢と情熱と眠りを商いにしている行商人が置いていったものだ。

いったい、どう考えていいものやら。エルファバは悪魔の子なのだろうか。それとも小妖精のいたずらか。父親が牧師の役目をしくじった罰なのか、あるいは母親の身持ちと記憶力の悪さの罰なのか。はたまた単なる肉体的疾患なのか――いびつな形のりんごや五本脚の子牛などと同じように。悪魔だの信仰だのえせ科学だのが錯綜して、ばあやは自分の世界観がもやがかかったように混沌としているのを感じた。けれども、メリーナもフレックスも、生まれるのは男の子だと固く信じていたことには気がついていた。フレックスは七番目の息子で、その父もまた七番目の息子だ。これだけでもかなり強烈な数字の連続なのに、そのうえ直系で六代続いた聖職者の跡継ぎときている。男であれ女であれ（あるいはそれ以外の性であっても）栄《は》えある七代目を継ぐのはあまりに荷が重いのではないか。

ばあやは思う。あの小さな緑色のエルファバはきっと、自分の性も色も、自分で選んで生まれてきたんだろう。親の都合など知ったことかとばかりに。

カドリングのガラス吹き

　次の年が明けてすぐのこと。ひと月という短い間ではあったが、雨が降ってしばらく干ばつがやんだ。春の訪れは青々とした泉の水のようで、生け垣で泡立ち、道端で渦を巻き、蔦《つた》や蔓《かずら》に咲く花を花冠のようにつけた牧師館の屋根からしぶきをはねあげた。メリーナは青白い肌に陽光を浴び、冬の間中恋しがっていた暖かさを体中で感じたくて、控えめながら肌も露わに庭を歩きまわった。戸口では、一歳半になったエルファバが椅子にくくりつけられて、スプーンの背で朝ごはんの小魚を叩いていた。「まあ、お口に入れなさい。つぶしちゃだめよ」と、メリーナがやさしく言う。赤ん坊のあごを縛っていた三角巾が取れて以来、母と娘はたがいに多少は関心を持ちはじめたようだ。メリーナは、普通の赤ん坊なみにはエルファバを可愛いと思うことがあり、自分でも驚くのだった。

　メリーナは生家の立派なお屋敷を出て以来、この景色しか見たことがない。これからもこの景色だけを見続けるのだろう。吹きわたる風に波立つイルズ湖の水面、池の対岸にあるラッシュ・マージンズの黒っぽい石造りの小屋と煙突、その向こうに眠るように横たわる丘の連なり。頭が変になりそう。この世には水と欠乏しかないのかしら。もし小妖精たちが足取りも軽くこの庭を通り過ぎでもしたら、一緒におしゃべりするにしろ、セックスするにしろ、皆殺しにするにしろ、メリーナは飛びついたにちがいない。

「おまえのお父さんはペテン師よ」と、メリーナはエルファバに言う。「自分探しの旅に出かけて、冬の間中戻って来なかった。おまえとわたしだけを残してね。さあ、朝ごはんをお食べ。地面に捨てたりしたら、もうあげませんよ」

エルファバは小魚をつまみあげると、ポイと地面に投げ捨てた。

「おまえのお父さんはえせ牧師よ。宗教家のくせして、ベッドの中ではとても上手だったの。これがお父さんの秘密よ。神に仕える人は、世俗のお楽しみなんか目もくれないものでしょう。でも、おまえのお父さんは真夜中の取っ組み合いをとても楽しんでいたの。だけど、それも昔のことだわ！お父さんがペテン師だってこと、絶対に言っちゃだめよ。お父さんが悲しむから。お父さんを悲しませたくないわよね？」そう言うと、メリーナは甲高い声で笑い出した。

エルファバはにこりともせず、無表情のまま小魚を指さす。

「朝ごはんね。泥まみれになっちゃったわね。虫さんたちにあげましょう」メリーナはそう言いながら、春用の部屋着の襟ぐりを少し下へずらせた。ピンク色をしたむき出しの肩が動く。「今日は湖のほとりをお散歩しましょうか。もしかすると、おまえも溺れてくれるかもしれないしね」

だが、エルファバが溺れることなどありえなかった。湖の近くへ行くのをいやがったからだ。

「ボートに乗るのもいいかもね、そしたらお舟がひっくりかえっちゃうの！」メリーナは金切り声をあげた。

エルファバは、母親の言葉から葉っぱやワインで酩酊していない部分を聞き分けようとするかのように小首をかしげた。

雲に隠れていた太陽が顔を出した。エルファバが顔をしかめる。メリーナが部屋着の襟をさらにずり下げると、薄汚れた襟もとのフリルから乳房がのぞく。

なんてことかしら、とメリーナは心の中で叫んだ。このわたしが、噛み切られるのが怖くてお乳も飲ませられないわが子に向かって胸をはだけているなんて。ネスト・ハーディングズのバラの花と言われたわたし、同じ年頃の娘の中でも、際立って美しかったこのわたしが！　むずかってばかりでギザギザの歯をした子供の、したくもないお守りをするまでに落ちぶれてしまった。ガリガリの太もも、山形の眉、棒みたいに尖った指。これじゃ女の子というより、まるでバッタじゃない。ほかの子と同じように物事を学習してはいるけれど、何に対しても喜びを見出さない。うれしそうな顔ひとつせず、ものを押しのけたり、壊したり、かじったりするだけ。まるで、自分には人生のありとあらゆる失望を吟味する役目があるとでもいうように。失望ならラッシュ・マージンズにいくらでもある。ああ、名もなき神様！　この薄気味悪い子にお慈悲を。ほんとに、この子ときたら——。

「それとも、森へお散歩に行って、フユイチゴの最後の実でも摘みましょうか」メリーナは母親らしい感情が持てないことを、ひどく後ろめたく感じた。「そしたらパイを焼きましょう。フユイチゴのパイをね。どう？」

エルファバはまだ言葉を話さないが、こくんとうなずくと、椅子から下ろしてくれと言うように身をくねらせた。メリーナは手を叩いてあやし始めたが、エルファバはまったく興味を示さない。不満げに声をあげて地面を指さし、すらりと長い脚を曲げ、どうしたいのか伝えようとする。それから、菜園や鶏小屋の向こうにある門を身ぶりで示した。

一人の男が、門柱にもたれて立っていた。控えめな様子で、どうも腹を空かせているようだ。肌の色は黄昏《たそがれ》どきのバラのような、浅黒く暗い赤。肩と背中に革のかばんをいくつか掛け、杖を持っている。どきりとするほど整った顔立ちだが、うつろな表情をしている。メリーナは思わず甲高い声をあげそうになったが、思いとどまって声のトーンを下げた。むずかる幼児以外の人間と話をするのは本当に久しぶりなのだ。「まあ、びっくりした！　食事ができるところでも探してらっしゃるの？」メリーナは人づきあいの感覚を失っていた。たとえば、こんなふうにむき出しの胸を男性に向けるべきではない。けれども、部屋着の胸元をかき合わせようとはしなかった。

「ご婦人のお宅に、突然見知らぬよそ者現われました、どうぞお許しくださいと男は言った。

「ええ、もちろんよ」メリーナはじれったそうに答える。「どうぞお入りになって。お姿を見せてくださいな。さあ、どうぞ！」

エルファバはこれまでほかの人間をほとんど見たことがなかったので、スプーンで片方の目を隠し、もう片方の目で様子を窺っている。

男が近づいてきた。疲れているのか、その動きはぎこちない。足首は太く足は大きかったが、腰と肩はほっそりしていて、首からがまた太くなっている。まるで、木の人形を旋盤《せんばん》にかけて作るときに、両端はさっとしか削らなかったかのようだ。かばんをさげている両手は、独立した意志を持つ獣のようだ。並外れて大きく、立派な手。

「旅人、今どこにいるのかわかりません」と男。「ダウンヒル・コーニングスから丘を越え、二晩でした。スリー・デッド・ツリーズで、宿探そうと思います。休むため」
「道に迷ったのね。方向を間違えたのよ」メリーナは、男のたどたどしい話し方は気にしないことに決めた。「だいじょうぶ。うちでごはんを食べていけばいいわ。そして、あなたのことを聞かせてちょうだい」自分の髪をさわってみた。昔は真鍮《しんちゅう》の糸ほどに、貴重なものと思われていたのに。いちおう、きれいに洗ってはある。

男はしなやかで引き締まっていた。帽子を脱ぐと、ぎとぎとした髪が束になって落ちてきた。夕陽のような赤い色だ。シャツを脱ぎ、ポンプを使って体を洗う。また男の胴のくびれを見られるとはうれしいことだとメリーナは思った（フレックスは情けないことに、エルファバが生まれてから一年かそこらの間にすっかり太ってしまった）。カドリング人は皆、こんなに魅力的な、くすんだバラ色の肌をしているのだろうか。聞けば、名はタートル・ハートだという。ほとんど未知の国、カドリングのオッベルズという町から来たガラス吹きだそうだ。

メリーナはしぶしぶではあったが、やっと乳房を服の中にしまいこんだ。エルファバはひもをほどいてくれとうるさくぐずっていた。旅の男がそのひもをほどいてやり、彼女を空中に放り投げ、また受け止めても、エルファバはおびえた様子さえ見せなかった。びっくりして、いやむしろ喜んで、キャッキャッと声をあげたので、タートル・ハートはこの遊びを繰り返した。メリーナは男が子供をあやすのに気を取られているのをいいことに、泥の中から手付かずの小魚を拾いあげ、水で洗った。それを卵とつぶしたタールの根と並べて皿に乗せる。どうかエルファバが突然しゃべり出して、わたしに恥をかかせてくれませんように。あの子ならやりかねない。

だが、エルファバはすっかりこの男に心を奪われており、騒ぎもぐずりもしなかった。タートル・ハートが食事をしに椅子のところへ来て座ってしまっても、むずかって泣きもしない。エルファバは男の滑らかで毛のないふくらはぎ（脚絆《きゃはん》を脱いでいたのだ）の間へ這って行き、満足げな笑みを浮かべながら低い声で歌らしきものを歌っている。メリーナは、自分がまだ二歳にもならない娘に嫉妬しているのに気づいた。わたしだって、タートル・ハートの脚の間にぺたりと座り込みたいものだわ。

「カドリング人に会ったのは、あなたがはじめてよ」メリーナはかなり大きな、弾んだ声で言った。数カ月におよぶ孤独がたしなみを忘れさせている。「わたしの家族にとって、カドリング人をうちに呼んで一緒に食事をするなんてもってのほかだったの。といっても、うちの地所のまわりの農地にそんなにはいなかったと思うけど。もしかしたら、一人もいなかったかもしれない。とにかく、カドリング人はずるくて、本当のことを言わないってことになってたわ」

「カドリング人、嘘つきと思われているなら、カドリング人、この疑いをどう晴らせばいいですか」男はメリーナに微笑みかけた。

メリーナは、温かいパンに乗せたバターのようにとろけた。「あなたの言うことなら、何でも信じるわ」

タートル・ハートはメリーナに、辺境の地オッベルズでの暮らしぶりを話した。家々が徐々に朽ち果てて、沼地へと飲み込まれていく様子、かたつむりや黒海藻の収穫、集団生活や祖先崇拝の慣習。「じゃあ、先祖があなたを守ってくれていると信じているの？」とメリーナが突っ込んだ。「立ち入ったことを聞くつもりはないのよ。でも、自分でも意外なんだけど、最近信仰に興味がわいてきたの」

「奥さま、先祖がお守りくださっていること、信じますか」

メリーナは質問をよく聞いていなかった。男のきらきら輝く目があまりに魅力的で、奥さまと呼ばれることがあまりに心地よかったのだ。メリーナは居ずまいを正した。「わたしのすぐ前の先祖は、とても遠いところにいるの」と打ち明ける。「わたしの両親のことだけど。まだ生きているけど、わたしにとっては死んでるのと同じくらい、遠い存在なの」

「死んだら、奥さまのところへ、たびたび来るでしょう」

「迷惑だわ。シッシッよ」メリーナは笑いながら、手で追い払うまねをする。「幽霊のことを言っているの？　幽霊なんてごめんだわ。この世でもあの世でも、最低のものよ。もしあの世《アザー・ランド》があればの話だけど」

「あの世《アザー・ランド》はあります」とタートル・ハートはきっぱりと言う。

メリーナはぞっとした。エルファバを抱きあげて、しっかりと抱きしめる。腕の中のエルファバは、まるで骨がないみたいにぐにゃりとして、むずからない代わりに抱きついてもこない。母親に抱かれた珍しさから、ただぐったりと体の力を抜いている。「あなたは霊能者なの？」とメリーナは尋ねた。

「タートル・ハート、ガラス吹き」と男は言う。それが答えだというように。

ふいにメリーナは、以前よく見た夢を思い出した。それは見たこともない異国の景色で、自分の悪い頭ではとても考えつかないようなものだ。「牧師と結婚しているけど、わたしには本当にあの世《アザー・ランド》があるのかどうか、わからないのよ」と、メリーナは白状した。夫がいることは告げるつもりはなかったのに。まあ、子供がいるのを見れば察しはつくだろうけれど。

だが、タートル・ハートは会話を続けなかった。皿をテーブルに戻すと（小魚は残してある）、かばんから小さな瓶《びん》とパイプ、それから砂、ソーダ灰、石灰、ほかの鉱石の入った小袋を取り出した。そして、「タートル・ハート、奥さまのおもてなし、お礼をしていいですか」と尋ねた。メリーナはうなずいた。

台所で火をおこしたタートル・ハートは、取り出した材料を分類して混ぜ、道具を準備すると、パイプについている小袋の中にたたんであった専用の布を取り出して、パイプのボウルの部分を拭いた。エルファバは緑色の手を緑色のつま先の上に置き、潅木の茂みのように座って、細くとがった顔に好奇心を浮かべている。

メリーナはガラスを吹くところを見たことがなかった。紙をすくところ、布を織るところ、木の幹から丸太を切り落とすところも見たことはなかったが。その様子は、夫に呪いをかけて牧師としての気力を奪った、例の旅まわりの時計台にまつわる噂話に負けず劣らず度肝を抜くものだった。夫は努力はしているものの、無気力状態からまだ完全にはたち直っていない。

タートル・ハートは、熱い緑がかったガラスを、いびつな電球のような形に吹きながら、鼻だかパイプだかを通して歌を口ずさんでいた。ガラスは空気にふれて湯気を上げ、シューシューと音をたてている。慣れた手際。まるでガラスの魔術師だ。エルファバがそれに手を伸ばそうとするので、メリーナは火傷《やけど》しないように押さえていなければならなかった。

瞬く間に、まるで手品のように、これといった形のないドロリとしたものがみるみるうちに冷え固まって形を成していった。

つるりとした楕円形で、少し縦長の円皿のようにみえる。タートル・ハートが作業をしている間ずっと、メリーナはそこに自分の姿を見ていた。若々しいエーテルだったものが、硬い殻を成していく。透明で空っぽの。おまけに壊れやすい。けれども、そのまま後悔の念に流される前に、タートル・ハートはメリーナの両手を取って、ガラスの表面に触れないように近づけた。

「奥さま、ご先祖とお話しください」だがメリーナには、あの世《アザー・ランド》にいる年老いた退屈な死者たちとわざわざ話をしたいとは思えなかった。男の大きな手が自分の手を包んでいるのだ。朝食（果物とワイン一杯、いや、二杯だったかしら？）のあと、ゆすいでいないままの口が匂わないよう鼻で呼吸する。気が遠くなりそうだ。

「ガラスの中、ごらんなさい」とタートル・ハートが促す。けれどもメリーナの目にはその首筋と、ラズベリーと蜂蜜を混ぜたような色をしたあごだけしか映っていない。

タートル・ハートはメリーナのかわりにガラスを見た。エルファバもやってきて、男の膝に小さな片手をついて体を支え、覗きこむ。

「ご主人、近くにいます」とタートル・ハート。これはガラスの皿のお告げなのか、それともわたしに尋ねているのだろうか。だが、男はこう続けた。「ご主人、馬車に乗って旅をしています。年取ったご婦人、ここへ連れてこようとしています。ご先祖、訪ねてくるのですか」

「昔の乳母《うば》、たぶん」メリーナは臆面もなく男に好感を抱いていたので、そのぎこちない話し方まで伝染しかけていた。「本当に見えるの？　あなた、ガラスの中」

タートル・ハートはうなずいた。エルファバもうなずいたが、いったい何にうなずいているのか。

「夫はいつごろ、ここに着くかしら」

「今夜」

二人は、それから陽が沈むまで言葉を交わさなかった。火に灰をかけると、エルファバをベルトにつないで、冷えつつあるガラスの皿の前に座らせた。皿はレンズか鏡のように、ひもをかけて吊るしてある。それがエルファバに催眠術をかけたのか、気を鎮めたようだ。無意識に手首やつま先をかじることもなかった。母屋へ通じるドアは開けておいた。こうしておけば、ベッドから時々外を覗いて、子供の様子を見ることができる。こんな晴れた日には光がまぶしくて、子供の方からは家の中の暗がりに目の焦点を合わすことはできないだろう。いずれにせよ、エルファバは一度も家の中を振り返りはしなかったが。タートル・ハートはたまらなく美しかった。メリーナは男とともに身をくねらせ、男の体をキスで覆い、両の手にしっかりと抱きしめた。男の輝きを熱し、冷まし、思うままの形に造りあげるのだ。男はメリーナの空しさを満たした。

二人が体を洗い、服を身につけ、夕食の支度がほとんど整ったとき、湖の少し先で馬のいななきが聞こえた。メリーナの顔が赤くなる。タートル・ハートはパイプのところに戻り、再びガラスを吹きはじめた。エルファバは馬の声がした方向に顔を向け、青りんごのような色の地肌の中でいつも黒く見える唇をぎゅっと結んでいる。考えごとでもしているように下唇を噛んでいるが、血は出ていない。試行錯誤を繰り返して、歯の力をコントロールする方法を身につけたのだ。そして、きらきらきらめいている皿の表面に手を触れる。ガラスの円盤は暮れゆく空の最後の青色を映していたが、いつのまにか、冷たく銀色に輝く水だけが映っていた。まるで、魔法の鏡のように。

目に見える景色とまだ見ぬところ

　フレックスがストーンスパーでばあやの馬車を出迎えてからというものずっと、ばあやはぼやき続けていた。腰が痛い、腎臓が弱った、土踏まずがむくむ、歯ぐきが痛む、お尻がひりひりする。では、エゴ肥大症のほうはどうなんです？　フレックスはこう言ってやりたかった。しばらく人づきあいを断ってはいたが、そんなことを言ったら失礼にあたることぐらいわかっていた。馬車が揺れるたび、ばあやは跳び跳ねては体の節々を撫で、しっかりと座席にしがみついていた。そうこうしているうちに、馬車はラッシュ・マージンズにほど近い牧師館に到着した。

　メリーナは痛々しいくらいおどおどと、フレックスを迎えた。「わたしを支える背骨であり、わたしを守る胸当てであるあなた」とはっきりしない声で言う。厳しい冬を経てメリーナはほっそりし、以前より頬骨が出たように見える。肌は画家が太い絵筆でさっと刷《は》いたかのようだ。とはいっても、メリーナには常にエッチング画の中から抜け出てきたような風情があった。いつもは大胆にキスを仕かけてくるのに、今日はいやにおとなしい。フレックスはいぶかしく思ったが、夕闇の中に人影を認めて合点した。互いに紹介をすませると、メリーナとばあやはばたばたと騒がしく食事をテーブルに並べた。フレックスは外へ出て、馬車を引かされたあわれな老いぼれ馬にカラスムギを与える。それが終わると、春の宵の薄明かりの中に腰を降ろし、娘と対面した。

エルファバは父親を前にして警戒心をあらわにしている。フレックスはポーチの中から、娘のために木を削って作ったおもちゃを取り出した。翼を広げた小さなスズメで、かわいいくちばしがついている。「ほら、ファバラ」と、娘にささやいた（メリーナはこの呼び名を嫌っていた。だから、フレックスはわざとこう呼ぶ。これは彼とエルファバだけの絆《きずな》であり、世間とは隔絶した父と娘の同盟だった）。「見てごらん、お父さんが森の中で見つけたんだ。楓《かえで》の木でできた小鳥さんだよ」

娘は小鳥を手に取った。そして、そっとなでると、小鳥の頭を口の中に入れた。フレックスは、娘がまたバリバリ噛みくだくものと覚悟を決め、落胆のため息をこらえた。だが、エルファバは噛まない。小鳥の頭をしゃぶったあと、口から出して、もう一度しげしげ眺めている。小鳥は唾液でぬれて、いっそう生き生きと見えた。

「気に入ったんだね」とフレックス。

エルファバはうなずき、翼を触りはじめた。気を取られている隙《すき》に、フレックスは娘を膝の間に引き寄せた。縮れたひげの生えたあごを、娘の髪にこすりつける。石けんと薪の煙、それにトーストが焦げるにおいがした。健康的な、いいにおいだ。目を閉じる。やっぱり家はいい。

フレックスは、グリフォンズ・ヘッドの風上の斜面に建つ、寂れた羊飼いの小屋で冬を過ごした。祈りを捧げ、断食しながら、自分の内面の深く、そして自分を超えた世界を探求した。そうする必要があったのだ。家にいると、息詰まりそうなほど狭苦しいイルズ湖の谷の住民が皆、自分を嘲笑しているように感じられた。人々はドラゴン時計が見せた穢れた牧師の中傷話を異形の子の誕生と結びつけ、自分たちなりの結論を出した。礼拝に出席しなくなったのだ。だから、少なくともしばらくの間隠遁者として生活をすることで、贖罪《しょくざい》と、そして何か新たな、次の段階への心構えになると思えたのだが――しかし、いったい何に向けての心構えだというのか。

メリーナは、まさかこんな結婚生活が待っているとは思っていなかっただろう。血筋からいっても、フレックスは遠からず聖職代議員に、そしていつかは司教の位まで昇進するものと思われていた。メリーナには上流社会の婦人として、祝祭日のディナーやチャリティーの舞踏会、教会主宰のお茶会を取りしきるといった、幸福な生活を送らせてやれると思っていた。それなのに――妻がかまどの火に照らされながら、魚を煮た鍋の中へしなびた最後の冬ニンジンをすりおろしている姿が目に浮かぶ。日の当たらない寒い湖畔で厳しい結婚生活を送りながら、妻はやつれていく。こうして自分が時々家を空けるのを、メリーナはさほどいやがってはいないのではないだろうか。留守にしているおかげで、帰宅時には機嫌よく夫を迎えることができるのだから。

考えにふけっているうちに、フレックスのひげがエルファバの首をくすぐった。すると、エルファバは木でできたスズメの翼をポキンと折ってしまった。翼の取れた小鳥を笛のように吸っている。そして身をよじって父から逃れると、ひさしにぶら下げてあるガラスのレンズのところへ駆けていき、ぴしゃりと叩いた。

「だめだよ、壊れるじゃないか！」と父親。

「それ、壊せません」カドリング人の旅人が、食器を洗っていた流し台からやって来た。

「今もおもちゃを壊したところなんだ」フレックスは壊れた木の小鳥を指さした。

「その子、壊れもの、好きです」とタートル・ハート。「私、思います。この小さな女の子、壊れもので遊ぶの、上手」

何を言っているのかよくわからなかったが、とりあえずフレックスはうなずいた。何カ月も人の声を聞かずに過ごしたために、自分でもまだ会話がぎこちないのがわかる。ストーンスパー・エンドまで迎えに来てほしいというばあやの頼みごとを伝えに、グリフォンズ・ヘッドを登ってきた宿の少年は、ぼさぼさ頭でブツブツ言っているフレックスを、てっきり野蛮人だと思ったようだ。フレックスは少なくとも文明人であることを示すために、オズの叙事詩『オジアッド』を少しばかり引用してみせねばならなかった。「緑あふれる国、果てしなく葉の茂る国」——思い出せたのはこれだけだったが。

「なぜ壊れないんだね?」と、フレックスは尋ねた。

「壊れるもの、私、作りません」とタートル・ハート。といっても、微笑みを浮かべていて、言い返しているといった感じではない。エルファバといえば、きらきら輝くガラスを抱えてよちよちと歩きまわり、まるでおもちゃで遊んでいるかように、そのいびつな表面に影や像や光を映している。

「これからどこへ行くつもりなのです?」フレックスがそう言うのと同時に、タートル・ハートが「どこのご出身ですか」と聞いた。

「マンチキンだよ」とフレックス。

「マンチキン人、私やあなたより、もっと小さいと思います」

「多くは小柄だよ」とフレックスは言った。「でも、血筋のいい家系はどこも、どこかで背の高い人種の血が入っている。で、きみは? 確かカドリングの出身だったね?」

「はい」とタートル・ハートは答える。家で洗ったらしい赤みがかった髪が乾きはじめて、後光のように輝いている。フレックスは、メリーナが親切に通りすがりの人に風呂を使わせてやったことをうれしく思った。きっと田舎の暮らしにもやっと慣れてきたのだろう。メリーナからすれば、カドリング人は自分にふさわしい階級とはいえないからだ。

「でも、私、わかりました」とカドリング人。「オッベルズ、小さな世界です。オッベルズを出るまで、私、丘というもの、知りませんでした。丘がたくさん、それに険しい山脈を越えると、こんなに広い世界、広がっているとは。あんまり遠いところばかり見て、目、痛くなりました。目、こらしてもよく見えません。旦那様、この世界のご存じのこと、教えていただけますか」

フレックスは棒切れを拾うと、地面に横長の卵を描いた。「僕が教わったところでは」とフレックス。「この円の中がオズの国だ。ここにXを書いてみよう」そう言うと、楕円の中にXを書いた。「大まかに言えば、パイを四等分したようなものだ。いちばん上がギリキン。大きな町や大学や劇場がたくさんある。いわゆる文化的生活ってやつだね。産業も発達している」そして、棒切れを右回りに動かした。「東が今僕たちがいる、マンチキン。農地が多く、オズの穀倉地帯といったところだ。ただし、山の南側は別だ。ここはウェンド・ハーディングズ地区で、きみはこれからこの山に登るんだ」そう言って、くねった線を描きなぐった。「オズの中央から真南にあたるのがカドリング。荒地らしいね。湿地で、耕作には適さず、さまざまな病原菌や熱病がはびこっている」これを聞いてタートル・ハートは当惑したようだったが、それでもうなずいた。「そして、西がいわゆるウィンキーの国。乾燥していて、人があまり住んでいないということぐらいしか、僕も知らない」

「この円の外は?」とタートル・ハート。

「北側と西側は砂岩の砂漠で、東側と南側は霰石《あられいし》の砂漠だ。昔は砂漠の砂には猛毒が含まれていると言われていた。お決まりのおどしだね。イブやクオックスからの侵入者を防ぐためさ。マンチキンは豊かで理想的な農業地帯だ。ギリキンもまずまずだね。そして、この上の方にあるグリカスには」と言いながら、フレックスはギリキンとマンチキンの国境の上、北東の方角に線を描く。「エメラルドの鉱脈と有名なグリカス運河がある。このグリカスがマンチキン人とギリキン人のどちらに属すのかという議論があるそうだが、僕にはなんとも言えない」

タートル・ハートは手のひらを丸め、土の上に書かれた絵の上にかざして動かした。まるで上から地図を読み取っているかのようだ。「では、ここは?」と尋ねる。「ここは何ですか」

オズの国の上空のことを言っているのだろうか。「名もなき神の王国のこと?」とフレックス。「それとも、あの世《アザー・ランド》のことか? きみはユニオン教徒かい?」

「タートル・ハート、ガラス吹き」

「信仰のことを聞いているんだ」

タートル・ハートはうつむき、フレックスと目を合わそうとしない。「タートル・ハート、これをなんと呼ぶのか知りません」

「カドリング人のことはよく知らないが」改宗させることができるかもしれないと、フレックスは勢いこむ。「ギリキン人とマンチキン人のほとんどはユニオン教徒だよ。異教のラーライン信仰がすたれて以後はね。何世紀にもわたって、オズのいたる所にユニオン教の神殿や教会が広がってきた。

カドリングにはひとつもないのかい？」

「タートル・ハート、何のことかわかりません」

「それなのに、今では立派なユニオン教徒たちがこぞって快楽信仰に走っている」フレックスはフンと鼻を鳴らした。「あるいは、宗教とさえ言えないような時計信仰にね。昨今の無知な連中ときたら、派手な見世物ばかりにかまけている。大昔のユニオン教の修道士や修道女は、宇宙における自分たちの位置づけを知っていた。名前をつけるのもはばかられるほど崇高な、生命の源が存在することを認識していたのだ。それなのに今や、胡散《うさん》くさい魔術師が現れるとなれば見境なく追いかけまわしている。快楽主義者に無政府主義者に唯我主義者！　個人の自由と享楽がすべてだと思い込んでいるやつらめ！　魔術などに曲がりなりにも倫理的要素があるとでもいうのか！　まじない、安っぽい手品、耳をつんざくばかりの音とけばけばしい光のショー、いかさまの変身術！　ペテン師、妖術使いの大先生、薬品や薬草のご大人《たいじん》、まやかしの快楽主義者！　やつらは、えせ処方箋やら、老いぼれ婆さんの金言やら、子供だましの呪文やらを売り歩いているだけだ！　ああ、吐き気がする！」

「タートル・ハート、水、持ってきますか、それとも横になりますか」タートル・ハートがそう言って、子牛の皮のように柔らかい指先でフレックスの首筋に触れた。フレックスはびくっとし、自分が大声を出していたのに気づいた。ばあやとメリーナが魚を煮た鍋を持ち、ぽかんとして戸口に立っている。

「言葉のあやだよ。ほんとに気分が悪いわけじゃない」とフレックスは言ったが、この異国からの客人が見せた気づかいに心を打たれていた。「さあ、食事にしよう」

食事が始まった。エルファバは食べ物には目もくれず、焼いた魚の目玉をつつき出して、翼の取れた小鳥にくっつけようとしていた。ばあやは、湖から吹きつける風や、寒気、背骨、消化についての不満を、おもしろおかしく話している。ばあやがおならをしたのが一メートル以上離れたところからでもわかったので、フレックスはできるだけさりげなく風上へ移動した。気がつくと、客人と並んで長椅子に座っていた。

「これでわかったかい?」フレックスはフォークでオズの地図を指した。

「エメラルド・シティ、どこでしょう」とタートル・ハートが言った。魚の骨が、唇の間から突き出している。

「この真ん中さ」

「そこにオズマ、いるのですね」

「オズマ、オズの国の女王に任命されし者、か」とフレックス。「ただし、我々の心の中では、名もなき神こそが真の支配者であるべきだが」

「名前のない者、どうやって支配する――」とタートル・ハートが言いかけたとき。

「食事中に、神様の話はしない」とメリーナが大きな声で口を挟んだ。「わたしたちが結婚したときからのルールなのよ、タートル・ハート。ずっと守っているの」

「それに、あたしは今でもラーライン信仰を続けておりますしね」とばあやが言い、フレックスの方にしかめっ面をしてみせた。「あたしのような年寄りなら、おとがめなしですからね。あなた、ラーライン様を知ってますか」

タートル・ハートは首を振る。

「神様の話がだめなら、異教のばかげた話だって――」とフレックスは言いかけた。が、客人であり、また都合の悪いときには決まって耳が遠くなるばあやは、かまわずに続けた。

「ラーライン様は妖精の女王で、砂地の荒野の上を飛んでおられたときに、緑に覆われた美しいオズの国を見つけられたのです。そして、ご自分が不在の間この国を支配するようにと、娘のオズマ姫を残していかれました。そして、この国が最も暗い闇に沈んだときにかならず戻ってくると約束されたのです」

「それはそれは！」とフレックス。

「茶化すのはおやめなさいな」とばあやは言い、ふんと鼻を鳴らした。「あなたと同じように、あたしにも自分の信仰を信じる資格はあるんですよ、敬虔なフレックスパーさんや。少なくともラーライン様は、あんたの神様ほどひどい目にはあわせませんよ」

「ばあや、落ち着きなさいよ」となだめながらも、メリーナはこの成り行きを楽しんでいた。

「くだらない」とフレックス。「オズマはエメラルド・シティで治世しているし、その姿や肖像画を見れば、オズマがギリキン人の血を引いていることは明らかさ。ギリキン人特有の広い額《ひたい》、少し隙間のある前歯、逆立ったブロンドの巻き毛、それに気分がころころ変わる。まあ、たいていはかっかとしてばかりなんだが。これらはすべて、ギリキン人の特徴だよ。メリーナ、きみはオズマを見たことがあるんだろう。話してあげなさい」

「あら、オズマ様はそれなりに気品のある方だわ」

「妖精の女王の娘さん？」とタートル・ハート。

「またか、ばかばかしい」とフレックス。

「ばかばかしいとは何ですか！」と、ばあやが噛みつく。

「オズマは不死鳥のように何度でも生まれ変わると言われているが」とフレックス。「そんなバカなこと、あるものか。三〇〇年間、それぞれ別のオズマが何人もいただけさ。〈嘘つきオズマ〉は熱心な修道女で、修道院の塔のてっぺんにある部屋から、詔《みことのり》をバケツに入れて降ろしていた。フンコロガシみたいに頭がいかれてたんだな。〈戦士オズマ〉はグリカスを少なくとも一時的に征服してエメラルドを奪い取り、エメラルド・シティを飾りつけた。〈司書オズマ〉は生きている間、家系図を読んでばかり。それから、オコジョを飼ってた〈愛されないオズマ〉。黄色いレンガの道の建設に取りかかるにあたって、農民たちに重い税金を課したんだ。今になってもなかなか完成しないようだけど。まあ、がんばってくれってとこだね」

「今のオズマ、誰ですか」とタートル・ハートが尋ねる。

「実は」とメリーナ。「エメラルド・シティの社交の季節に、前のオズマ様にお目にかかる光栄に浴したの。祖父のスロップ総督がエメラルド・シティに別宅を持っていて、わたしは一五歳の冬に社交界にデビューしたのよ。〈気むずかし屋のオズマ〉って呼ばれてたけど、それは胃が悪かったせいらしいわ。湖にいるイッカククジラみたいに大柄だったけど、美しく装っておられた。〈歌と情感のオズ祭〉のときよ。ご主人のパストリアス様とご一緒だったわ」

「今もう、女王ではないのですか」タートル・ハートは混乱したように聞く。

「不幸な事故で亡くなったんだ。ネズミ捕りの毒だったかな」とフレックス。

「ええ、お亡くなりになりました」とばあや。「というか、オズマ様の霊はその娘、オズマ・チペタリウス様に乗り移ったのです」

「現在のオズマ様は、エルファバと同じぐらいの年なのよ」とメリーナ。「だから、父君であるパストリアス様が摂政オズマ《オズマ・リージェント》になっているの。オズマ・チペタリウス様が即位できる年齢になるまで、あの方が政治をあずかっているってわけ」

タートル・ハートは首を振る。フレックスは苛立《いらだ》っていた。誰もがだらだらと世俗の統治者のことばかり話して、永遠の王国のことを話題にしようとしない。そのうえどうやらばあやのおなかの調子が悪いらしく、皆、鼻が曲がるほどの不快感を覚えていた。

ともかく、いらいらすることはあっても、家に帰ってきてよかったとフレックスは思った。メリーナがえもいわれず美しかったからだ。その夜太陽が沈むにつれて、妻は輝くばかりに美しく見えた。それに、自分の隣で気取りなく微笑んでいる思いがけない客人のせいもある。おそらく、タートル・ハートは何の宗教にも染まっていない。フレックスはそんな客人の姿に、やりがいと好奇心、そして魅力さえも感じた。

「それでね、オズの国の地下の秘密の洞窟には、ドラゴンがいるんですよ」と、ばあやはタートル・ハートに話しかけている。「このドラゴンはね、この世界のことを夢見ていて、目が覚めたら燃やし尽くしてしまうんで——」

「ばかげた迷信を教えるんじゃない！」とフレックスが叫んだ。

エルファバが四つんばいになって、でこぼこの床板の上を這っている。歯をむきだしにして、ウォーと吠える。まるで、ドラゴンがどんなものか知っていて、そのまねをしているかのように。緑色の肌のためにいっそう迫力が増し、本当にドラゴンの子のようだ。エルファバがもう一度吠える。「こらこら、いい子だから、もうやめなさい」とフレックスがたしなめる。エルファバは床におしっこをすると、満足と嫌悪の入り混じった顔で、そのにおいを嗅いだ。

遊び仲間

　夏も終わりに近づいたある日の午後、ばあやが言った。「外に何か獣がいるみたいですね。夕暮れ時に、羊歯《しだ》の茂みに潜んでいるのを何度か見かけましたよ。ここらへんにはいったいどんな動物がすみついているんです？」

「地リスより大きな生き物はいないはずよ」とメリーナ。二人は小川のほとりで洗濯をしていた。春に少しばかり雨が降ったが、それきり降らなくなってずいぶん経つ。またも干ばつがやってきたのだ。川の流れもほんの形ばかり。水のそばには決して近寄らないエルファバは、野生の梨の木から育ちの悪い実をもいでいた。両手と広げた両足で幹にしがみつき、頭をめぐらせては歯で酸っぱい実にかぶりついて、種と芯を地面に吐き出している。

「でもあれは地リスよりは大きかったんですよ」とばあや。「ほんとうにいたんですから。このあたり、熊は出やしませんか？　小熊かもしれませんねえ。逃げ足はとんでもなく速かったけれど」

「熊なんていないわ。岩場には山猫がいるって噂だけど、長い間一度も目撃されてないらしいし。それに、山猫はものすごく臆病らしいから、人里近くまで降りてきたりしないわよ」

「じゃあ、オオカミかしら。オオカミならいますかね？」ばあやはシーツを水の中でゆすいだ。「オオカミだったかもしれませんねえ」

「ばあや、ここが砂漠だとでも思っているの？　ウェンド・ハーディングズはたしかに辺鄙《へんぴ》な荒地だけど、ちゃんと人が住んでいるのよ。オオカミだの山猫だのって、わたしを怖がらせようっていうの？」

まだ言葉を話そうとしないエルファバは、のどの奥からウーッとうなり声をあげた。

「ああ、いやだ」とばあや。「洗濯はおしまいにして、家で乾かすとしましょう。もうたくさん。それに、あなた様にお話があるんです。あの子はタートル・ハートに見てもらうことにして、場所を変えて」と、身震いして言う。「どこか、安全なところでね」

「話があるんだったら、エルファバにならば聞こえても平気よ」とメリーナ。「どうせ言葉なんてわかりっこないんだから」

「まだ言葉を話さないからって、人の話もわからないとは限りませんよ」とばあや。「あの子はよくわかってるんじゃないでしょうか」

「ほら、梨の実を首にこすりつけているわ。香水みたいに」

「わたしと張り合うつもりなの、とおっしゃりたいのですか？」

「もう、ばあやったら、ばかなこと言わないで。このシーツ、もっとごしごし洗ってちょうだい。汚れてるのよ」

「どなたの汗で汚れたのか、いわずと知れてますけどね――」

「ええ、おまえにはお見通しね。だけど、分別くさいお説教はやめてちょうだい」

「ですが、いずれ旦那様は気づかれますよ。あんなに激しいお昼寝なんかしていればね――そうそう、お嬢様は昔から、立派なものをお持ちの殿方を見分けるのがとてもお上手でしたっけね」

「ばあや、いいこと、口出ししないでちょうだい」

「ほんとうに、情けないったらありゃしない」とばあやがため息をつく。「年を取るって、まるでたちの悪い詐欺に引っかかったみたいなものですよ。あたしだって、元気な殿方といい事ができるっていうんなら、苦労して手に入れた知恵袋なんかいつだって放り出しますよ」

おだまり、とばかりにメリーナは手のひらで水をすくうと、ばあやの顔にひっかけた。老女は目をしばたたいて言う。「ええ、ご自分のお庭のことですから、お好きなものの種をまき、お好きなものを刈り取られたらいい。あたしがお話ししたいのは、あの子のことです」

エルファバは今、梨の木のうしろにしゃがんで、目を細めて何か遠くのものを見つめている。まるで石でできた獣、スフィンクスのようだわ、とメリーナは思う。ハエが一匹顔に止まり、鼻筋を横切って這っているが、それでも身動きひとつしない。と思ったら、突然飛びあがってハエに襲いかかった。まるで毛の生えていない緑色の子猫が、見えないチョウに飛びかかるように。

「あの子がどうしたっていうの?」

「メリーナ様、あの子をほかの子供になじませなきゃいけません。ほかの子供が話しているのを見たら、少しは言葉を話し始めるでしょうから」

「子供の輪の中に入って話をするなんて、とうてい無理な話よ」

「またそんないい加減なことを。あの子があたしたち以外の人間に慣れなきゃいけないってことぐらい、おわかりでしょう。どっちにしろ、人と交わるってのは、あの子にとっちゃ大変なことのはずですよ。成長してあの緑色の皮膚を脱皮できるっていうんなら別ですけどね。とにかく、ちゃんと人と会話できるようにならないと。あの子にお手伝いを言いつけたり、童謡を歌ってあげたりしても、ほかの子みたいに反応しないじゃありませんか」

「かわいげのない子なのよ。そんな子もいるわ」

「遊び仲間が必要です。そしたら、楽しいという感情も芽生えるでしょうよ」

「言っておくけど、自分の子供が何か楽しいことをしたがるなんて、フレックスは良く思わなくってよ」とメリーナ。「世間の人は、楽しむことに重きを置きすぎてるって言ってるもの。わたしも、これについては同じ意見よ」

「じゃあ、あなたがタートル・ハートさんとなさってる、あのくねくねダンスはなんなのです？聖なるお務めってわけですか？」

「意地悪を言うのはやめてって言ってるでしょ！」メリーナは腹立ちまぎれに、タオルの洗濯に力を入れた。ばあやはこのことをとことんまで追求するつもりらしい。いったいどういうつもりなのかしら。確かにばあやの言うことは図星だった。メリーナが菜園での朝の作業に疲れて休んでいると、タートル・ハートが館のひんやりした暗がりにそっと忍び込んでくる。そして、メリーナを神聖な感覚ですっぽりと包む。ベッドのシーツの上を二人があえぎながら転がるとき、メリーナの体からはがれていくのは下着だけではなかった。罪の意識もはがれ落ちていくのだった。

人の道を踏みはずしていることはわかっていた。それでも、ユニオン教の法廷に姦通の罪で引き出されることがあれば、ありのままを話すつもりだった。何と言おうと、タートル・ハートはメリーナを救い、恵みの感覚を、そしてこの世で希望を持つ気持ちをよみがえらせてくれたのだから。善なるものを信じる気持ちは、緑色の小さなエルファバがこの世に生まれて出てきたときに、こっぱみじんに砕かれていた。エルファバは、犯したかどうかさえ自覚がないほど小さな罪に対する、あまりにも大きな罰だった。

メリーナを救ったのは、行為そのものではなかった。それは恐ろしいほどにめくるめく体験ではあったけれど。メリーナが救われたのは、フレックスが現れてもタートル・ハートは顔を赤らめたりせず、忌まわしいエルファバを見てもたじろがなかったからだった。庭のすみに仕事場をこしらえ、ガラスを吹いては磨く。まるでメリーナを救い出すため、ここに遣わされたのだとでも言うように。タートル・ハートがどこかよその土地をめざしていたことなど、すっかり忘れてしまっていた。

「わかったわよ、このお節介やきの意地悪ばあさん」とメリーナ。「それで、結局何が言いたいのよ?」

「エルフィーをラッシュ・マージンズに連れて行って、遊び友達を見つけてやりましょう」

メリーナはぺたんとお尻をつけて座りこんだ。「冗談でしょ!」と叫ぶ。「エルファバはのろまで物覚えがわるいけど、ここにいれば少なくとも傷つくことはないわ。確かに母親らしい気持ちはあまり持てないかもしれないけど、わたしはあの子にちゃんと食べさせてやってるし、怪我《けが》をしないように見守ってるわ!　あの子に外の世界を押しつけるのはあまりにも残酷よ。緑色の子なんて、あざけりといじめの格好の対象になるに決まってる。それに、子供は大人よりたちが悪いわ。自制心なんてないんだもの。あの子があんなに怖がっている湖に放り込むほうがましよ」

「いいえ、それは違います」ばあやは肉づきのいい両手を膝の上に置き、太い声できっぱりと言った。

「この件については、お嬢様がうんと言うまでとことんお話しするつもりですよ。いつかあたしの意見の正しいことがおわかりになるときがくるはずです。いいですか、よおくお聞きなさい。あなたはただの甘やかされたお金持ちのお嬢様だから、同じように金持ちで愚かな近所の子供たちと、やれ音楽のレッスンだ、ダンスのレッスンだと飛び回っていればよかったんです。もちろん、あの子は残酷な目にもあうでしょう。でも、エルファバはおのれを知らなけりゃいけないし、早いうちに世間の残酷さに直面しておくべきなんです。心配するほどひどい目にはあいやしませんよ」

「わかったようなことを言わないで。そんなことはさせないわ！」

「ばあやは引き下がりませんよ」と、ばあやも負けずに言い返す。「あたしはあの子だけじゃなく、お嬢様の幸福も長い目で見て考えて言ってるんですよ。いいですか、嘲笑から身を守る武器と鎧《よろい》を与えてやらなかったら、あの子の人生はみじめなものになるでしょう。あなたの人生だっておんなじことですよ」

「それで、あんなうす汚いラッシュ・マージンズの悪たれ小僧たちから武器と鎧の使い方とやらを教えてもらえってわけ？」

「笑い方、楽しみ方、からかい方、微笑み方をね」

「いいかげんにしてよ、もう」

「そのためなら、メリーナ様、あなたを脅迫することも厭《いと》いません」とばあや。「なんでしたら今日の午後ラッシュ・マージンズへ出かけて、フレックス様が再起をかけておられる集会所を見つけて、二言《ふたこと》三言《みこと》ささやいてくることだってできるんですよ。必死でラッシュ・マージンズのろくでなしどもの宗教熱を煽《あお》ろうとなさっているときに、奥さまがタートル・ハートと何をしているか、お知りになりたいでしょうかねえ」

「どこまで破廉恥《はれんち》な性悪ばあさんなの！　下品で下劣な卑怯者！」とメリーナが叫ぶ。

ばあやは勝ち誇ったようににやりと笑った。「そうと決まったら、さっそく明日にでもでかけて、あの子の人生の幕を開けてやりましょう」


翌朝は、強い風が山から容赦なく吹きつけていた。風は枯れ葉や不出来な作物や菜園の残り物を吹き払っていく。ばあやは丸い肩にショールを巻きつけ、帽子を目深《まぶか》にかぶった。ばあやの目にはしきりに辺境の野獣の姿が浮かぶ。山猫らしき生き物や狐を見かけたかと思ってしょっちゅう振り返っては、よく見ると結局は落ち葉やゴミのかたまりだったりするのだった。

ばあやはクロサンザシの杖をどこかから見つけてきた。石ころやわだちのある道を歩くのによさそうだが、実際は腹をすかせた獣を追っ払う武器にするつもりだったのだ。「からからに乾いて寒い土地だこと」と、独り言のようにつぶやく。「それに、ほとんど雨が降らないときてる！　そりゃ、大きな獣が山から下りてくるに決まってるわねえ。さあ、固まって歩きましょうね。先に走っていっちゃだめですよ、緑のおちびさん」

三人は黙々と足を運んだ。ばあやは怯《おび》え、メリーナは午後のあいびきがおじゃんになったことに腹を立てていた。エルファバはぜんまい仕掛けのおもちゃのように、ぎこちなく一歩一歩足を踏み出して歩いている。湖岸が後退したため、天然の波止場は今や小石や乾いて腐りかけた海草の散らばる歩道と化していた。

　ゴーネットの家は、今にも崩れそうなわらぶき屋根がついた石造りの小屋だった。腰痛を抱えるゴーネットには、網を引いたり、荒れていく菜園で膝をついたりする仕事はできない。さまざまな年頃の裸に近い子供たちがいる。大声をあげている子、すねている子、小さな群れをなして汚い庭を走り回っている子など、目が回りそうだ。メリーナたちが近づいていくと、ゴーネットは顔を上げた。

「こんにちは、ゴーネットさんですね」と、ばあやが愛想よく話しかける。たとえあばら家であれ、門を開けて庭の中に入ってしまえば安全だ。「フレックスパー牧師から、ここに来ればあなたに会えると教えてもらったんですよ」

「ああ、驚いた。噂は本当なんだ！」とゴーネットは言い、エルファバに向かって祈りのしぐさをした。「たちの悪い嘘だと思っていたけど、本当なんだね！」

　子供たちがこわごわ近づいてくる。色の黒い子も白い子もいるが、どの子もうす汚く、見慣れない者への好奇心をあらわにしていた。歩いたり、我慢くらべやごっこ遊びをしているが、子供たちの視線はじっとエルファバに注がれている。

「こちらはメリーナ様、もちろん、ご存知ですわね。あたしはその乳母です。お会いできてうれしいですわ、ゴーネットさん」とばあや。ゴーネットはメリーナに視線を移すと、上唇を噛んで会釈した。

「お会いできてうれしいですわ、本当に」と、メリーナが冷ややかに答える。

「実は、お知恵を借りたいと思って。あなたの評判を聞いてうかがいましたんですよ」とばあや。「この子が困ったことになっているんです。いろいろ頭をひねってみるんですが、いい考えが浮かばなくて」

ゴーネットがいぶかしげに身を乗り出す。

「この子、緑色なんです」ばあやは打ち明け話をするようにささやいた。「この子があんまり愛らしいものだから、お気づきじゃないかもしれませんけどね。もちろん、ラッシュ・マージンズの人は皆いい方ばかりですから、こんなこと気になさらないでしょうが。でも、緑色だってことで、この子、すっかり引っ込み思案になってしまって。ほら、見てやってください。おびえた亀の子みたいでしょう。この子を外に引っぱり出して、もっと幸せにしてやりたいと思うんですが、いかんせん、どうしたものやら」

「確かにどこから見ても緑色だね」とゴーネット。「どうりで、あのぼんくらのフレックスパー牧師がずっと説教をしてなかったはずさ!」そう言うと、頭をのけぞらせて、ガハハと意地悪く高笑いをした。「それで、今になってやっとこ始めようって気になってきたってわけか！　たいした度胸だねえ、まったく」

「フレックスパー牧師は」と、メリーナが冷ややかに口をはさんだ。「聖典の言葉を忘れぬようにと説いておりますす。魂の色は誰にもわからない――ゴーネットさん、あなたにはこの言葉を思い出してほしいと言っておりました」

「さいですか」とがめられて、ゴーネットはもごもごと言った。「それで、あたしにどうしろっていうんです?」

「あの子を遊ばせて、学ばせてやってほしいのです。ここに来させますから、面倒をみてもらえないでしょうか。あなたにならば安心してお任せできますから」とばあや。

まったく、食えない婆さんだ、とメリーナは思った。ばあやは真実を語りながらももっともらしく聞かせるという、ざらにはお目にかかれない戦術を試みている。メリーナたちは、そこに腰を下ろした。

「そうはいっても、うちの子供たちがその子を仲間に入れてやれるかどうかねえ」ゴーネットはなかなかうんと言わない。「それに、このとおり、あたしゃ腰が悪いからねえ。子供たちがどこかへ行っちまいそうになっても、さっさと捕まえに行けやしないし」

「もちろん、お礼はさせていただきますよ、現金で。メリーナ様も了解されてます」菜園に何も植わっていないことに気づいていたばあやが言った。貧しい生活をしているのだ。ばあやはエルファバの背中を押した。「さあ、仲間に入れてもらって、一緒に遊んでごらん」

だが、少女はぴくりとも動かない。まばたきさえしなかった。すると子供たちのほうから寄ってきた。男の子五人に、女の子二人だ。「すげえ色だな」と、年かさの男の子が言い、エルファバの肩に触れた。

「お行儀よくね」メリーナは飛びあがらんばかりだったが、ばあやがそれを制した。黙って見てなさい。

「鬼ごっこしようよ」と、その男の子が言う。「鬼はだれだ?」

「ぼくじゃないよ」、「わたしじゃないよ！」ほかの子たちは口々に叫びながら、エルファバに駆け寄って軽くタッチし、また駆け出していった。エルファバは訳がわからず、下げた両手のこぶしを握りしめて立ちつくしていたが、やがて二、三歩走り出した。だが、そこで立ち止まってしまう。

「そうそう、子供は元気に運動しなくちゃね」とばあやがうなずきながら言った。「ゴーネットさん、あなた、天才だわ」

「自分の子供のことなら心得てるよ」とゴーネット。「もちろんじゃないか」

動物の群れのように、子供たちが走って戻ってきた。エルファバはあとを追いかけようとしない。子供たちがまた近くに寄ってくる。エルファバに軽くタッチしては、また駆け出していく。だが、エルファバはあとを追いかけようとしない。

「汚らわしいカドリング人がお宅にいるって、本当かい？」とゴーネットが尋ねた。「草と糞しか食べないって、本当かい？」

「何ですって！」とメリーナが叫ぶ。

「みんなそう言ってるよ。本当なのかい？」とゴーネット。

「あの人は立派な人よ」

「でも、カドリング人なんだろう？」

「ええ、まあ、そうだけど」

「ここへは連れてこないでおくれよ。疫病をまき散らされると大変だから」とゴーネット。

「そんなもの、まき散らすもんですか」と、メリーナがぴしゃりと言った。

「ものを投げちゃだめですよ、エルフィー」と、ばあやが声をかける。

「人から聞いたことを言ってるだけだよ。夜になってカドリング人が眠ると、その魂が口から這い出して、外へ出て行くんだってさ」

「ばかな人たちってばかなことばかり言うのね」メリーナがずけずけと大きな声で言った。「眠っている最中に、あの人の口から魂が出て行くところなんて、一度も見たことがないわ。寝てるところは何度も見たけ――」

「エルフィー、石はだめですよ」とばあやが甲高い声で叫ぶ。「ほかの子は誰も石なんて持ってないでしょ」

「石ならみんな持ったとこだよ」とゴーネットが口を挟む。

「あのひとほど神経の細やかな人、ほかにいないわ」

「そんなもの、魚売りには大して役に立たないね」とゴーネット。「牧師や牧師の奥さんには役に立つのかい？」

「あら、血が出てるじゃないの。困ったわね」とばあや。「みんな、エルフィーをこっちへよこして。傷口を拭かなくちゃ。でも、布きれがないねえ。ゴーネットさん、お借りできるかしら？」

「血が出るのは、子供たちにはいいことさ。血が出りゃそんなに腹もすかないってもんだ」とゴーネット。

「神経が細やかな方が、ばかよりはずっとましだわ」メリーナは怒りではらわたが煮えくり返る思いだった。

「噛みつくんじゃないよ」とゴーネットが一人の男の子に言う。が、エルファバが仕返しをしよう

「噛みつかないでおくれ、悲鳴をあげた。

と口を開けたのを見るや、腰が痛いのも忘れて立ちあがり、悲鳴をあげた。「噛みつかないでおくれ、後生《ごしょう》だから」

「子供って、すばらしいじゃありませんか」とばあやが言った。

広がる暗闇

二、三日おきに、ばあやはエルファバの手を引き、ラッシュ・マージンズへの薄暗い道をよたよたと歩いていった。そこでエルファバは、無愛想なゴーネットの監視のもと、汚らしい子供たちに混ざって遊んだ。フレックスは再び家を空けるようになり（自信が回復したのか、はたまた絶望しきったのか）、みすぼらしい集落を訪れては、その伸び放題のあごひげと信仰に対する冷徹な見解とで住民を震えあがらせた。一度出かけると、八日も一〇日も帰ってこない。フレックスが木を削って作ってくれた音の出ない、しかし精巧に作られた作り物の鍵盤で、メリーナはピアノのアルペジオの練習をした。

タートル・ハートは、秋が近づくにつれ、元気をなくしていった。二人の午後の情事も、火傷しそうな熱さを失い、穏やかな温もりに変わっていった。メリーナは常にフレックスの心遣いに感謝し、自分も夫に心を配ったが、夫の体はタートル・ハートにくらべるとどうもしなやかさに欠けた。メリーナはタートル・ハートの唇が片方の乳首を吸い、その大きな手が感覚の鋭い小動物のように体じゅうをさまようのを感じながら眠りに落ちていく。目を閉じると、タートル・ハートの体がいくつかに分かれたように感じられる。あちこちをさまよう唇。高まり、そっと突き、押し付けられる男のもの。無言のまま、優雅に耳に吹き込まれる息も、まるで口ではないところから感じられるようだ。

そして、鐙《あぶみ》のようにがっしりした腕。

けれども、この男のことは、フレックスを知るようには知らなかった。周囲の人々を見抜くほどに、タートル・ハートという人物を見抜くことはできなかった。メリーナはそれを、その落ち着いた物腰のせいにしていたが、ある夜のこと、いまも油断なく目を光らせるばあやが、カドリング人はみなあんなものだと指摘した。メリーナは、タートル・ハートが自分とは人種が異なるという事実から、それまでずっと目を背けていた。

「人種って、人種が何よ」とメリーナはものうげに言った。「人間であることに変わりないわ」

「あなたに歌ってあげた童謡をお忘れですか？」ばあやはそう言うと、ほっと息を吐き、縫い物を脇に置いて歌いはじめた。

男の子は学び、女の子は知っている
教訓とはそういうもの
男の子は覚え、女の子は忘れてしまう
教訓とはやっぱりそういうもの
ギリキン人はナイフのように頭が切れ
マンチキン人は野暮な人生を送る
グリカス人は醜い女房をなぐりつけ
ウィンキーはミツバチのように群がってる

だけどカドリング人、そう、カドリング人ときたら
いやしい愚か者、神にむかってつばを吐き
子供を食らい、年寄りを埋める
明くる日には自分も冷たくなるってのに
りんごを一つくれるなら、もう一度歌ってあげる

「あの人について、何を知ってるっていうんです?」とばあやが尋ねる。「奥さんはいるんでしょうか。ローワー・スライムピットとかいうふるさとを離れたのはどういうわけでしょう。もちろんこんな個人的なこと、聞ける立場じゃありませんけどね」

「おや、おまえはいつから自分の立場をわきまえるようになったのかしら」

「あたしが本当に立場をわきまえない行動に出たら、こんなの比じゃありませんよ」とばあや。

初秋のある夜、遊び心で、皆で庭でたき火をした。フレックスは家におり、機嫌がいい。ばあやがコルウェン・グラウンドに帰るつもりになっていたため、メリーナも機嫌がよかった。タートル・ハートは夕食に、小さな酸っぱい採れたてのりんごに、チーズとベーコンというありあわせの材料を使って、まずいシチューをこしらえた。

フレックスは晴れ晴れとした気分だった。ありがたいことに、あのいまいましいチクタク仕掛けの作り物、ドラゴン時計の影響もようやく薄れてきて、罰当たりな貧乏人たちが説教を聞きにくるようになっていた。スリー・デッド・ツリーズでの二週間にわたる布教もうまくいった。小さな財

布いっぱいの銅貨や物々交換券の寄進を受けたうえに、何人かの信者の顔に神への献身、あるいは渇望さえもが浮かんだのを目にして、フレックスは報われた思いがした。

「ここにいるのも、あとわずかかもしれないな」とフレックス。両腕を頭の後ろで組み、満足げにため息をついている。メリーナはそれを見て思う。男って、いつもこう。幸せになると決まって、幸せの終わりを口にするんだから。夫は続けてこう言った。「ラッシュ・マージンズから続く道は、我々をより高い目標へと導くことだろう。メリーナ、人生のさらに崇高なステージへと」

「やめて」とメリーナ。「わたしの一族はつつましい階級から身を起こして、九代かけてここまで昇りつめたけれど、結局わたしときたらこんなど田舎で、かかとまで泥に埋まっているのよ。より高い目標なんて信じないわ」

「気高い大志を抱く心のことを言っているんだ。何もエメラルド・シティに出て行って、摂政オズマ《オズマ・リージェント》付きの聴罪司祭になろうっていうわけじゃない」

「もっと出世なさって、オズマ・チペタリウス様の聴罪司祭になられたらいかがです?」とばあや。フレックスがそこまで出世したなら――エメラルド・シティの宮廷で一目置かれる自分の姿が目に浮かぶ。「オズマ様はたしか、まだ二歳か三歳でしたっけ。それでまた男性の摂政《せっしょう》が政治を行っているのでしたね。そんなのすこしの間だけの話ですよ、男がかかわるとたいていのことは長持ちしませんしね。あなたはまだお若いんですし、オズマ様はどんどん成長します。そしたら政治を動かす高い位置に就かれて……」

「宮廷で誰かの司祭になりたいなんて、これっぽっちも思ってやしないよ。たとえ、〈熱狂的に信心深いオズマ〉がいたとしても」フレックスはサルヤナギのパイプに火をつけた。「僕は、虐げられた貧しい人々のために伝道するのだ」

「それなら、ぜひカドリングへお越しください」とタートル・ハート。「カドリングの人々、虐げられていますす」

タートル・ハートが自分の過去について話したことはほとんどなかった。相手のことを何も知ろうとしないといって、ばあやにからかわれたのをメリーナは思い出した。そこで、パイプの煙を手で払いながら、「どうしてオッベルズから出てきたの？」と尋ねてみた。

「恐怖のためです」とタートル・ハート。

碾《ひ》き臼の上を蟻が這ってきたら石でつぶしてやろうと待ちかまえていたエルファバは、碾き臼の浅いくぼみ越しにふと顔を上げる。大人たちは、タートル・ハートの話の続きを待ちかまえていた。メリーナは胸騒ぎを感じた。この穏やかなすばらしい夜のまさにこの瞬間、突然すべてが変わる予感がしたのだ。ようやく落ち着いてきたというのに、すべてが台無しになろうとしている。

「どんな恐怖なんだい」とフレックスが尋ねる。

「なんだか寒気がしてきたわ。ショールを取ってくるわね」とメリーナ。

「それかやっぱりパストリアス様の司祭ですよ！　摂政オズマ《オズマ・リージェント》の。どうです？」とばあや。「メリーナ様のご家族のつてがあれば、招待ぐらいなんとでも――」

「きょうふ」とエルファバが言った。

生まれてはじめて発した言葉だった。が、それを迎えたのは凍りつくような沈黙だった。木々の間からほのかに光る丸い盆のような月でさえ、一瞬輝きを止めたように見えた。

「きょうふ?」エルファバが周りを見回しながら、もう一度言う。口元はとりすましているが、目は輝いている。自分のお手柄がわかっているのだ。もうすぐ二歳。その鋭い大きな歯も、これ以上言葉をとどめておくことはできなかった。「きょうふ」と、今度はささやくように言う。「きょうふ」

「さあ、ばあやのお膝にいらっしゃい。ちょっと静かにしていましょうね」

エルファバは従ったが、クッションみたいなばあやの胸からは離れて、前かがみに座った。ばあやの手が自分の胴に回されるのは仕方ないとしても、それ以上の接触はごめんだとでもいうように。そして、タートル・ハートをじっと見つめ、待った。

タートル・ハートは畏怖の念に打たれたように言った。「その子、初めて話したと思います」

「うん」とフレックスは言って、煙の輪を吐き出した。「それに、この子はきみの言う恐怖とはどんなものか、聞きたがっているようだね。さしつかえなければ、話してくれないか」

「タートル・ハート、お話しすることあまりありません。タートル・ハート、ガラスの仕事します。お話なら、旦那様、奥さま、ばあや様でどうぞ。そう、お嬢さまもお話できますね」

「少しならいいじゃないか。言い出したのはきみなんだから」

メリーナが身震いした。まだショールを取ってきていなかったのだ。体が石のように重く、動くことができない。

「エメラルド・シティから、ほかの国から、仕事する人、カドリングに来ます。空気、水、土を調べ、味見し、標本作りました。幹線道路の計画、立てました。カドリング人、それ、時間と労力の無駄とわかります。でも、その人たち、カドリング人の声、聞きません」

「カドリング人は道路技師ではないんだろう」と、フレックスが感情を交えずに言った。

「私の国、こわれやすい」とタートル・ハート。「オッベルズでは、家は木々の間に宙づりになっています。作物、ロープで吊るした小さな台の上で育てます。男の子たち、水の浅瀬にもぐって野菜を採ります。木、多すぎると、作物と健康に充分な日光、当たりません。木、少なすぎると、水面が上がり、植物の根も浮きあがって、土の中へ伸びません。カドリング、貧しい国です。でも、豊かで美しい。生きていくには、念入りな計画と協力、必要です」

「それで黄色いレンガの道に抵抗運動を――」

「それは話のほんの一部分。カドリング人、道路作る人、説得できません。あの人たち、泥と土で堤防を作って、カドリングをばらばらにしたいのです。カドリング人、議論し、嘆願し、証言しました。でも、言葉では勝てないのです」

フレックスはパイプを両手で持ったまま、タートル・ハートが話すのを見つめている。タートル・ハートに惹《ひ》きつけられていた。人の熱意に惹かれるのが常なのだ。

「カドリング人、闘うこと、考えています」とタートル・ハート。「これ、ほんの序の口と考えています。建設者、土の検査して、水を調べたら、カドリング人がこれまでずっと知っていたこと、でもずっと秘密にしていたことがわかるでしょう」

「それはいったい？」

「タートル・ハート、ルビーのこと言ってます」そう言うと、大きなため息をついた。「水脈の下に、ルビーあります。鳩の血のように赤いルビー。技師たち、『沼地の下を走る結晶質石灰岩層の中に赤色鋼玉あり』と言います。カドリング人、『オズの血』と呼びます」

「あなたが作る、赤いガラスみたいなの?」とメリーナ。

「ルビー色のガラス、塩化金を加えて作ります」とタートル・ハート。「でも、カドリング、本物のルビーの鉱床の上に乗っているのです。この知らせ、労働者たちによってエメラルド・シティに届けられるでしょう。そうすれば、たくさんの恐怖、襲います」

「どうしてわかるの?」とメリーナ。

「鏡の中、見るとわかります」タートル・ハートはエルファバのおもちゃに作ってやった円盤を指さす。「未来、見えます。血とルビーの未来」

「未来が見えるなんて、信じられないね。快楽信仰と似たようなものだ」フレックスが激しい口調で言う。「ドラゴン時計の運命論しかり。くだらない。名もなき神は我々のために、名もなき歴史を刻んでくださっている。だが、予言などただの当て推量で、恐怖をあおるだけじゃないか」

「それなら、タートル・ハート、カドリングを出た理由、恐怖と当て推量だと思ってくださっていいです」カドリング人のガラス吹きは弁解しなかった。「カドリング人、自分たちの信仰、快楽信仰と思っていません。でも、兆しに耳を傾け、お告げに目を光らせています。水がルビーで真っ赤に染まるとき、カドリング人の血も流れるでしょう」

「ばかばかしい!」フレックスは真っ赤になって吐きすてた。「たっぷり説教してやらねば」

「それにしても、パストリアスってぼんくらだと思わない?」この中で、王室について内情に通じた意見が言えるのはメリーナだけだ。「オズマ様が成人するまで、何をしてるつもりかしら。馬で狩りに出かけたり、マンチキン人が作るパイを食べたり、こっそり頭の弱い召使いに手をつけたりするぐらいしかやることがないじゃない」

「危険なのはよそ者です」とタートル・ハート。「この国で育った王や女王ではありません。老婆、巫女《みこ》、死の床にいる者、皆見たのです。残酷で横暴なよそ者の王を」

「そんな荒れ果てた沼地に道路工事を計画するなんて、摂政オズマ《オズマ・リージェント》は何を考えているのかしら」とメリーナ。

「発展だよ」とフレックス。「マンチキンの国に黄色いレンガの道を作るのと同じことさ。発展と支配、軍隊の移動、税の制度化、軍隊による防衛」

「誰から防衛するの」とメリーナ。

「ああ」とフレックス。「それがいつも大きな問題なんだ」

「ええ」とタートル・ハートが、ほとんどささやくように言った。

「それで、きみはこれからどこへ行くんだい？　もちろん、ここから出ていけと言ってるわけじゃない。メリーナもきみがここにいてくれて喜んでいる。みんなそう思っているんだ」

「きょうふ」とエルファバが言った。

「しーっ」とばあや。

「奥さま、おやさしいし、旦那様もタートル・ハートに親切です。最初、一晩だけ泊めていただくつもりでした。タートル・ハート、エメラルド・シティへ行く途中、道に迷いました。タートル・ハーと、残酷なよそ者の王のことを警告しようと謁見《えっけん》を願い出るつもりでした。えーと、オズマ――」

「今は摂政《オズマ・リージェント》オズマだ」

「カドリングのために慈悲を請うつもりでした。そして、

――」

「きょうふ」とエルファバは言い、うれしそうに手を叩いている。

「この子のおかげで、タートル・ハート、任務を思い出しました」とタートル・ハート。「話しているうちに、過去の苦しみの中から、使命、よみがえってきたのです。タートル・ハート、忘れていました。でも、言葉を口にした以上、行動しなければなりません」

メリーナが憎々しげにばあやをにらみつけた。ばあやはエルファバを地面に降ろすと、そそくさと夕食の皿を片づけはじめる。ほらばあや、よけいなことを詮索したらどんなことになるか、わかった? 私のこの世でのたったひとつの幸せが消えてしまった。何にもいいことなんてないじゃない。メリーナは忌まわしい自分の子供から顔をそむけた。子供は微笑んでいるように見える。それとも顔をしかめているのかしら。メリーナは打ちのめされて夫を見た。どうにかして、フレックス! 「きっと、これが我々の求めていた、より高い目標なんだろう」とフレックスはつぶやいた。「メリーナ、カドリングへ行こう。僕たちはマンチキンでの恵まれた生活を捨て、真に困窮した状況に身を置き、その試練を受けるべきなんだ」

「マンチキンでの恵まれた生活ですって?」メリーナが悲鳴のような声を出した。

「名もなき神が身分卑しき者を通して語られるとき」と、フレックスは再び思いつめた表情をして

いるタートル・ハートを指さし、話しはじめる。「その声を聞くこともできるし、心を閉ざして知らぬふりをすることもできるが――」

「じゃあ、聞いてちょうだい」とメリーナ。「フレックス、わたし妊娠しているの。旅なんてできっこないわ。動けないのよ。もう一人赤ん坊を抱えながら、エルファバを育てなくちゃならないのに、沼地を歩きまわれだなんてあんまりだわ」

しんと静まりかえった空気からいくらか衝撃もおさまったころ、メリーナは続けた。「まあ、こんなふうに知らせるつもりはなかったんだけど」

「それはおめでとう」とフレックスが冷ややかに言った。

「きょうふ」とエルファバが母親に向かって言う。「きょうふ、きょうふ、きょうふ」

「軽はずみなおしゃべりは、これくらいにしておきましょう」とばあやがその場を収めにかかった。「メリーナ様、ここにおられるとお風邪を召しますよ。夏の夜でもまた冷えるようになりましたからね。中にお入りになって。さあさ、もうお開きにしましょ」

だが、フレックスは立ちあがり、妻のところへ行ってキスをした。タートル・ハートの子ではないかと考えているのかどうか、誰にもわからなかった。メリーナでさえ、夫の子か愛人の子かはっきりわからないのだ。本当はそんなことはどうでもよかった。ただタートル・ハートにどこへも行ってほしくなかった。こんなに急に、惨めなふるさとの村人たちへの正義感に駆り立てられて、いてもたってもいられなくなっている男を激しく憎んだ。

フレックスとタートル・ハートは、メリーナには聞こえない低い声で何やら話していた。二人は焚き火のそばでうつむいて顔を寄せ、フレックスは片手をタートル・ハートの震える肩に回している。ばあやはエルファバを外にいる男たちに任せておいて、中へ入って寝支度を整え、それからホットミルクと薬のカプセルの入った小さな椀を盆にのせて、メリーナのベッドに向かった。

「いつかこうなると思ってましたよ」と、ばあやは穏やかに言った。「さあ、ミルクをお飲みなさいな。そして、めそめそするのはおやめなさい。またそんな態度、まるで子供みたいですよ。いつ頃わかったのです？」

「そうね、六週間ほど前かしら」とメリーナ。「ミルクなんかいらないわ。ばあや、ワインをちょうだい」

「ミルクになさいませ。赤ちゃんが生まれるまで、ワインはだめです。また悲劇を繰り返したいんですか」

「ワインを飲んだからって、お腹の子の色が変わるわけないでしょ」とメリーナ。「おつむは悪いかもしれないけど、それくらいの生物学の知識はあるわよ」

「ワインはメリーナ様の精神状態に害があります。それだけですよ。さあ、ミルクをどうぞ。そして、薬をひとつお飲みなさい」

「何の薬？」

「いつかお話ししたことを実行したまでですよ」と、ばあやはあたりをはばかるように言う。「昨年の秋、あなたのために、美しき首都のローワー・クォーターのあたりを訪ねて回ったんです」

メリーナは俄然身を乗り出した。「ばあや、嘘でしょう！　なんて気がきくの！　怖くなかった？」

「それは恐ろしゅうございましたよ。でも、ばあやは、どんなにおばかさんでも、あなたが可愛いのです。ちゃんと錬金術師の秘密の看板のかかったお店を見つけましたよ」ばあやは腐りかけのショウガと猫のおしっこのにおいを思い出して、鼻にしわを寄せた。「シズの生まれだという厚かましそうな老婆と向き合って座りました。ヤックルとかいう婆さんですよ。そして、お茶を飲みほしてカップをさかさにすると、ヤックルがお茶の葉を読むんです。自分の手先も見えないほど目が悪いくせに、未来なんか読めるのかって思いましたけどね」

「茶番に決まってるじゃない」と、メリーナがそっけなく応じる。

「旦那様は予言など信じちゃいないんですから、声を落としてくださいまし。それで、最初のお子が緑色だったのだけれど、どうしてそんなことになったのかよくわからないのだと説明し、二度とこんなことは起きてほしくない、そう申しました。するとヤックルは、何種類かの薬草と鉱物を臼で挽《ひ》き、ガンバ油で煎《い》って、何やら異教の祈りを唱えました。そして、近くで見ていたわけじゃないのですが、どうもその中へツバを吐いたような。ともかく、九カ月分買ってきましたよ。妊娠したと気づいたら、すぐに飲みはじめるといいそうです。ひと月遅れてしまいましたが、何もしないよりはましですよ。あたしはこの老婆に絶大な信頼を置いています。メリーナ様、あなたもお信じなさいませ」

「どうしてよ？」メリーナは九個のうちの一つ目を口に入れながら言った。ゆでたカボチャのような味がした。

「ヤックルは、あなたのお子たちが偉大な人物になると予言したんです」とばあや。「エルファバは思っている以上に大物で、二番目の子も同様。だから、人生をあきらめてはいけないと言ってましたよ。これから歴史が大きく動いていく。この一家はその一翼を担うだろう、ともね」

「わたしの恋人についてはなんて？」

「困った人ですねえ」とばあや。「心配無用、安心していいということです。祝福すると言ってましたよ。ヤックルはうす汚い女ですけど、言うことは確かですからね」ヤックルは次の子も間違いなく女の子だと言っていたが、そのことは口にしなかった。メリーナが流産を試みるのを恐れたからだ。歴史は一人ではなく、二人の姉妹によって作られるとヤックルは明言したのだ。

「それで、無事に家に戻れたのね。誰にも怪しまれなかった？」

「ただの年老いたばあやがローワー・クォーターまで非合法の薬を買いにいくなんて、誰が思うものですか」と、ばあやは笑う。「あたしは編み物などして、勝手にしておりますよ。さあ、お休みなさい。これから二、三カ月の間、ワインはだめです。この薬をきちんと飲むんですよ。そうすれば、あなたとフレックス様に健康で立派な赤ちゃんが授かります。そしたら結婚生活もめでたく元どおりうまくいきますよ」

「結婚生活はこの上なくうまくいってるわよ」とメリーナが掛け布団の下にもぐりこみながら言った。薬が効いてきたのだが、ばあやには知られたくなかった。「沼地にさえ行く羽目にならなければね。あんな土地で人生の夕暮れ時を迎えるなんて、まっぴらよ」

「太陽が沈むのはカドリングのある南じゃなく、西の方ですからだいじょうぶですよ」と、ばあやがなだめるように言う。「それにしても、今晩妊娠のことを言い出すとはお見事でしたねえ。でも、あなた方がカヌーを漕いでカドリングの沼地に行ってしまったら、もうあたしはお伺いいたしませんよ。今年で五〇ですからね。このばあやにできないこともあるんですよ、こんなに年を取ってしまえばね」

「みんな、どこへも行かないのが一番よ」とメリーナは言い、うとうとしはじめた。

ばあやはほっと一息つくと、自室に引きあげようとして、窓の外にもう一度ちらりと目を遣った。フレックスとタートル・ハートはまだ話し込んでいる。ばあやは見かけよりずっと勘が鋭い。タートル・ハートがふるさとの人々に脅威が迫っていることを思い出したとき、ばあやはその顔を見ていた。卵が割れてあどけない黄色のひよこがよちよちとでてくるように、そこから真実がこわごわと顔を出したのだ。そう、いかにも傷つきやすい様子で。フレックスが、悩めるタートル・ハートにあんなふうに寄り添っているのも無理はない。でも、ちょっとくっつきすぎのような気もするけれど。それにしても、この家族には次から次へと奇妙なことが起こるようだ。

「エルファバを中に入れてくださいな。もう寝かしつけますから」ばあやが窓から声をかける。二人の親密さを妨げようという魂胆も含まれていた。

フレックスはあたりを見回した。「中にいるんじゃないのか」

ばあやはあたりを見回した。エルファバは家でも村の悪童たちとも、まだかくれんぼはしたことがなかったはずだ。「いいえ、ご一緒じゃないんですか」

男たちはきょろきょろ見回している。ばあやは、野生のイチイの木が作る青みがかった影の中で、何かが動いたのがぼんやり見えたように思えた。思わず立ちあがり、窓枠にしがみついた。「探してくださいな。獣がうろつく時間ですよ」

「ここには何もいない。ばあや、考えすぎだよ」フレックスの口調はのんびりしていたが、男たちはそそくさと立ちあがると、あたりを探しはじめた。

「メリーナ様、まだお眠りになっちゃだめですよ。エルファバがどこにいるかご存じないですか。ふらふら出て行くのをご覧になりませんでしたか」

メリーナは片方の肘をつき、体を起こそうともがいている。目にかかる髪の間から、ぼうっとした目でばあやを見る。「何のこと?」ろれつが回っていない。「誰がふらふら出て行ったって?」

「エルファバですよ」とばあや。「さあ、起きてください。どこへ行ったのかしら。いったいどこに」ばあやはメリーナを助け起こそうとしたが、それにとても時間がかかり、ばあやの心臓は早鐘のように打ちはじめる。メリーナの両手をベッドの柱になんとかつかまらせると、言った。「さあ、起きてください。困ったことになりましたよ」そう言うと、クロサンザシの杖に手を伸ばした。

「誰?」とメリーナ。「誰がいなくなったの?」

男たちは紫色に染まった黄昏の中で、子供の名を呼んでいる。「ファバラ、エルファバ! エルフィー! 小さな蛙さん!」火の消えかけた焚き火から離れると、庭の外をぐるぐると回り、茂みの低い枝の中をのぞいたり、叩いたりした。「小さなヘビさん、トカゲさん、どこにいるんだい?」

「きっと、あいつですよ。例のやつが丘から降りてきたんですよ。どんな獣だかわかりゃしないけど!」とばあやが叫ぶ。

「そんなものはいないよ、ばかなことを言うんじゃない」とフレックス。そう言いながらも、いっそう必死な様子で岩から岩へと飛び移っては、枝を払いのけながら家の裏を探している。タートル・ハートはじっと立ったまま、ぽつぽつと輝き始めた星々のほのかな光を手のひらに受けようとでもするかのように、両手を空に向かって伸ばしていた。

「エルファバなの？」と戸口から声をかけながら、ようやく頭がはっきりしてきたメリーナが寝巻き姿のまま姿を現した。「あの子がいなくなったの？」

「ふらふら出ていったんですよ。さらわれてしまったんだわ」ばあやが鼻息も荒く言う。「あの役立たずの男どもったら、女学生みたいにいちゃついていたんですよ。丘から降りてきた獣がうろうろしてるってのに！」

メリーナがおびえた甲高い声で叫ぶ。「エルファバ、エルファバ、聞こえる？　すぐ出てらっしゃい！　エルファバ！」

聞こえるのは風の音だけだ。

「そんなに遠く、行ってません」少し間をおいて、タートル・ハートが言った。深まる闇の中で、その姿はほとんど見えない。一方、白いポプリンの寝巻きを着たメリーナは、まるで内側から光を放っているように、天使のごとく輝いている。「そんなに遠く、行ってません。ただ、ここにいないだけ」

「いったい何が言いたいんです」とばあやが泣きながら言う。「謎かけみたいなふざけたことばかり言って」

タートル・ハートが振り向いた。その場に戻ってきていたフレックスが、腕を回してその体を支える。メリーナがもう一方の側に寄る。一瞬、タートル・ハートは気を失ったようにぐったりした。

メリーナが驚いて叫び声をあげたが、彼はしゃんと立ち直り、歩きはじめた。一同はそのまま湖の方へ歩いていく。

「湖のはずはありませんよ。あの子は水を恐がっていたじゃありませんか」とばあやは叫んだが、転ばないように杖で地面を探りながら、今や小走りになっている。

これでおしまいだ、とメリーナは思った。頭がぼんやりして、ほかには何も考えられないまま、この言葉を何度も繰り返す。まるで、そうしていると現実にならずにすむとでもいうように。

これは始まりだ、とフレックスは思った。だが、いったい何の？

「そんなに遠く、行ってません。ここにいないだけ」と、タートル・ハートが繰り返す。

「あなたが邪悪なことをした罰ですよ。この二枚舌の快楽主義者」とばあや。

水面が後退した湖の、その静かな水辺に向かって地面は下り坂になっている。水の引いた湖岸に立つ桟橋は、下るうちに足元からだんだん腰の高さになり、ついには何もない空中に架けられた橋のように頭上でとぎれた。

桟橋の下の乾いた闇の中に、目が浮かんでいる。

「ああ、ラーライン様」とばあやがささやいた。

タートル・ハートが作ったガラスの円盤を持って、エルファバは桟橋の下に座っていた。両手でガラスをしっかり持ち、片方の目をつむってじっと見ていた。目を細め、凝視している。だが、開いているほうの目は、遠くを見ているようにうつろだ。

水面に映る星の光が反射しているのだ、とフレックスは思った。いや、そう思いたかった。けれども、その瞳がうつろに輝くのは、星の光に照らされているせいではなかった。

「きょうふ」とエルファバがつぶやく。

タートル・ハートは崩れるようにひざまずき、「この子、あの男が来るのを見ています」としわがれた声で言った。「あの男が来るのを見ているのです。空からやってきます。今、着陸するところ。空から気球、降りてきます。血の泡のような色。巨大な深紅《しんく》の球体。ルビー色の球体。空から落ちてきます。摂政《せっしょう》、失脚します。オズマの王室、倒れます。ドラゴン時計、正しかった。審判の一分前」

そう言うと、タートル・ハートはばったりと倒れた。あやうくエルファバの小さな膝の上に倒れるところだったが、エルファバは気づいてもいないようだ。そのすぐ後ろで低いうなり声がする。獣がいるのだ。山猫か、あるいはオレンジ色に光る目を持つ虎と、ドラゴンとの間にできた子なのか。エルファバは、そのそろえられた前脚の間に座っている。まるで王座であるかのように。

「きょうふ」と再びつぶやく。片目だけで、ガラスの面をじっと見つめている。両親とばあやが目を凝らしても、そこに見えるのは暗黒ばかりだ。「きょうふ」

第二部

ギリキン

ガリンダ

1

「この列車はウィッティカ、セッティカ、レッドサンド、ディキシー・ハウスに停車します。シズへお越しの方はディキシー・ハウスでお乗換えください。東方面のテニケン、ブロックスホール、それにトラウムまでの各駅へお越しの方は、この車両にそのままご乗車ください」ここで車掌はひと息ついた。「次はウィッティカ、ウィッティカ！」

ガリンダは、着替えを入れた包みをしっかりと胸に抱きしめた。向かいの席では、年老いた山羊が脚を投げ出して寝そべっていて、ウィッティカの駅に着いても目を覚まさなかった。乗客が汽車に揺られて眠気を催すのは、ガリンダには好都合だった。山羊の視線を避けつづけるなんてごめんだ。

汽車に乗る直前のこと、付き添ってきた世話係《アマ》のクラッチが錆びた釘を踏んづけてしまった。顔面凍結症にかかるのをおそれたアマ・クラッチは、近くの治療院で薬や癒しの呪文で手当てをしてもらっていいかと願い出た。「シズくらい、一人で行けるから大丈夫よ。わたしのことなら心配しないで、アマ・クラッチ」と、ガリンダはそっけなく言った。実際、世話係は心配などしていなかった。ちょっとばかりあごでも凍っちゃえばいいんだわ。どうせ傷が癒えてシズへやってきたら、わたしのやることなすこと、目を光らせるに決まってるんだから。

いかにも旅慣れた、退屈そうなそぶりを自分ではしているつもりだった。実のところ、小さな市場町フロッティカの自宅から馬車で一日以上かかるところへは行くのは、これが初めてなのだ。一〇年前に鉄道が敷かれた結果、古くからの酪農場は切り売りされ、シズの商人や製造業者の私有地に変わっていった。だが、ガリンダの家族は、狐が出没し、露に濡れる小さな谷や、ひっそりとラーラインを祀る古い異教の聖堂があるギリキンの田舎の暮らしを好んだ。一族にとって、シズは脅威を感じる遠い都会であり、たとえ鉄道ができて便利になったとはいっても、厄介事や珍しいこと、よからぬことばかりの都会へわざわざ出ていく気にはとうていなれなかったのだ。

ガリンダは窓の方へ顔を向けていたが、緑あふれる外の景色ではなく、窓に映る自分の顔を見ていた。若者にありがちな、目先のことしか見えないところがあって、自分は美しい、だから価値があると思っていた。どんな価値があるのか、あるいは誰のために価値があるのかは、まだよくわかっていなかったのだが。首を振ると、柔らかい巻き毛が揺れる。陽光を浴びて、髪はまばゆい金貨の束のように輝いている。完璧な形をした唇にはあざやかな赤い口紅が塗られ、少しとがらせたところは、開きかけたマヤの花のようだ。黄土色の縦布が縫い込まれた緑の旅行着からは裕福な家の子女であることがうかがえ、肩にかけられた黒いショールを見れば、シズ大学生だということが一目でわかる。そうよ、あたしはやっぱり頭がいいからシズ大学に向かっているんだわ。

だが、頭がいいにもいろいろある。

ガリンダは一七歳。フロッティカでは町中総出でガリンダを見送ってくれた。女性でシズ大学入学が決まったのは、パーサ・ヒルズ初の快挙なのだ！　入学試験で「自然界からいかなる道徳性を学びとることができるか」（摘みとられて花束になるとき、花は悲しむか、雨は自らを節制しようとすることができるか、動物は善であろうとすることが本当にできるのか、春季における道徳哲学についてなど）という問いに、優秀な論述を書いた。『オジアッド』からふんだんに文章を引用したその妙なる文章は、試験官を魅了した。そして、見事クレージ・ホールでの三年間の奨学金を得たのだった。あいにくとクレージ・ホールは大学内でも特にレベルの高いカレッジというわけではなかったし、そうしたカレッジはまだ女性に門戸を閉ざしていた。それでもやっぱり、シズ大学であることに違いはない！

コンパートメントの相客は、車掌が戻ってきたときに目をさまし、あくびをしながら脚を伸ばした。そして、「申し訳ないが、私の切符を取ってもらえませんか。上の棚に置いてあるんですが」と言った。ガリンダは立ちあがり、切符を見つけた。あごひげを生やした老山羊が、自分の美しさに見とれているのはわかっている。「はい、どうぞ」と言うと、山羊は「いえ、お嬢さん、私にではなく車掌に渡してください。便利な親指ってやつがないもので、こんな小さな紙切れはとてもつかめないのですよ」と答えた。

車掌が切符にパンチを入れながら言う。「一等車で旅ができる獣なんて、ざらにはおらんね」

「その、獣というのはやめてくださらんか。我々が一等車で旅をすることは、まだ法律で認められていると思うが」と山羊。

「金さえありゃ何でもできる」ガリンダの切符にパンチを入れ、返しながら、車掌は悪気のない様子で言った。

「いや、一概にそうとも言えんよ。現に、私の切符の値段はこの若いご婦人の二倍もするんだからね。こうしてみると、金は旅券みたいなものさ。私はたまたま持っていたというだけだ」

「シズへ行かれるのですね」車掌は山羊の話は無視して、ガリンダに尋ねた。「その学生用のショールを見ればわかりますよ」

「ええ、まあ、そんなところですわ」車掌とは話をしたくなかったのだ。しかし、車掌が車両の先へ行ってしまうと、険しい顔で自分を見ている山羊よりはずっとましだったと思った。

「シズ大学で何か学べると思っているのですか」と山羊。

「おかげさまでもう、見知らぬ人と話すべきじゃないってことを学びましたわ」

「では、自己紹介をしましょう。そうすれば、もう見知らぬ人ではない。私はディラモンドといいます」

「べつにお知り合いになりたいとは思いませんわ」

「シズ大学生物学部の教員です」

山羊とはいえ、なんてみすぼらしい格好をしているの、とガリンダは思った。金で買えないものもあるようだ。「では、わたしもこの引っ込み思案の性格を克服しないといけませんわね。ガリンダと申します。母方がアーデュエンナ一族ですの」

「それでは、シズへようこそ。この大学でいちばん最初にあなたを歓迎させていただきますよ、グリンダ。新入生ですか？」

「あの、ガリンダ、ですわ。よろしければ、由緒正しい昔ながらのギリキン語の発音でお呼びくださいな」ぞっとするような山羊ひげと、まるで酒場のじゅうたんを切って作ったようなみすぼらしいチョッキを見たら、とても先生《サー》、と敬称をつける気にはなれない。

「オズの魔法使いが旅行禁止令を発議したことについて、どう思いますか？」山羊のまなざしは好意的で温かかったが、ガリンダは背筋がぞくっとした。禁止令のことなど、聞いたこともない。そう伝えると、ディラモンド——ディラモンド先生と呼ぶべきか？——はくだけた口調で説明した。〈動物〉が特定の交通機関以外の公共の乗り物を使って移動するのを制限しようと、魔法使い陛下は考えているのだという。でも、動物ならずっとこれまで別貨物で満足してきたじゃないですか、とガリンダは言った。「いや、私が言っているのは〈動物〉のことですよ」とディラモンド。「精神を持った者たちのことです」

「ああ、〈動物〉たちのこと」とガリンダはそっけなく言った。「特に問題はないと思いますけど」

「なんと」とディラモンド。「本気でそう思っているのかね」山羊はわなわなと震えている。どうも気に障ったようだ。そして、〈動物〉の権利について、ガミガミと講釈を始めた。現状では、自分の年老いた母親は一等車に乗るだけの余裕がないので、シズにいる自分に会いに来たいと思ったら檻《おり》のついた畜舎貨物に乗らなければならない。もし魔法使いの案が承認会議を通過すれば——その可能性が高いのだが——、自分が長年かかって勉学に励み、研鑽《けんさん》を積み、金を貯めてやっと手に入れた特権も、法に従って手放さざるを得なくなる。「精神を持つ生き物にふさわしい扱いといえるだろうか」とディラモンド。「ここからそこまでちょっと移動するにも、檻に入らねばならないとは」

「おっしゃるとおりですわ。旅をすると本当に見聞が広がりますわねえ」と、ガリンダは答えた。
二人はそれからずっと、ディキシー・ハウスで乗り換えてもなお、冷ややかな沈黙の中で旅を続けた。

終点シズ駅の大きさと賑わいに驚いているガリンダを見てちょっとかわいそうに思ったのか、ディラモンドは、馬車を雇ってクレージ・ホールまで送ってあげようと申し出た。屈辱的だと思ったが、ガリンダはできるだけ顔に出さないようにしてついていった。二人のポーターが荷物を背中にかついで、あとからついてくる。

これがシズ！　ガリンダは、ぽかんと口をあけて見とれそうになるのをこらえた。道行く人は皆せわしげで、笑ったり、急ぎ足で歩いたり、キスしたり、馬車をよけたりしている。駅前広場の建物は茶色や青のレンガ造り。蔦《つた》や苔で覆われた外壁は、日差しを浴びてかすかに蒸気を発していた。それに動物――そう、〈動物〉たちがいる！　フロッティカでは妙なニワトリがコケコッコと哲学的な話をしているところなど、まず見たことはなかった。だがここシズでは、戸外のカフェに派手に着飾った四頭のしま馬が座っている。サテンの服は白黒のストライプで、もともとの体の模様と斜めに交差している。こちらで象が後ろ脚で立って交通整理をしているかと思えば、あちらには、修道士か修道女かわからないが、異国の僧服らしきものを着た虎がいる。そう、あれは〈しま馬〉、〈象〉、〈虎〉、そしてたぶん、〈山羊〉なのだ。早くカッコ付きの発音に慣れなくちゃ。さもないと、田舎者まる出しだ。

ありがたいことに、ディラモンドは人間の御者が乗った馬車を見つけ、クレージ・ホールへ行くよう指示し、料金を前金で払ってくれた。こうなると、ガリンダも弱々しく微笑んで感謝の意を表すほかはない。「またどこかでお会いすることになるでしょう」まるで予言でもするかのように、ディラモンドはぶっきらぼうではあったが慇懃《いんぎん》に言う。そして、馬車が動きはじめると、どこかへ去っていった。ガリンダはぐったりとクッションにもたれた。アマ・クラッチが釘を踏んづけたことが、恨めしく思われてきた。

クレージ・ホールにはほんの二〇分ほどで着いた。ブルーストーンの塀の後ろに、さざ波が立ったようなガラスがはまった大きなランセット窓のある建物が並んでいる。四つ葉やぎっしりと詰まった多葉のモザイク模様が、屋根のラインを華やかに飾っていた。誰にも明かしたことはなかったが、ガリンダは建築物の鑑賞が大好きだった。建物の細部は蔦《つた》や苔に覆われてほとんど見えなかったが、これはと認識できる特徴をしげしげと見つめた。だが、早々と案内されて、なごり惜しげに建物の中に入った。

クレージ・ホールの学長は上流階級のギリキン人女性で、魚のような顔をして、七宝焼きの腕輪をいくつもはめていた。正面玄関を入ったところの吹き抜けのホールで、新入生たちを出迎えている。ガリンダの予想とは違い、教師らしい地味な服装はしていない。地味どころか、その堂々とした女性のまとったドレスはアカスグリ色で、身ごろには楽譜に散りばめられた強弱記号のような、渦を巻いた黒い模様が付いている。「マダム・モリブルです」と学長はガリンダに言った。その声はバス歌手のような深い低音で、握手ときたらこちらの手が折れそうなくらい。まるで軍人のように姿勢がよく、ラーラインマスのツリー飾りのようなイヤリングをぶら下げている。「部屋中に花が咲いたようですね。まず応接室でお茶を召しあがれ。その後、大ホールに集合して、ルームメイトを決める予定です」

応接室には若い娘があふれていた。皆、緑か青の服を着ている。床に引きずった黒いショールがくたびれた影のようだ。ガリンダは亜麻色の髪に生まれてよかったわ、と思いながら、その巻き毛がさらに輝くように、日の当たる窓際に立った。お茶にはほとんど口をつけない。控えの間では、娘たちに付き添ってきた世話係のアマたちが金属製のポットからお茶をついで、すでに同郷の旧知の友のように、親しげに笑ったりおしゃべりをしたりしている。ずんぐりした女たちがたがいに笑顔を交わしながら、がやがやと市場さながらに騒音を立てている様子はいささか異様だ。

ガリンダは詳細が書かれた印刷物をよく読んでいなかったので、「ルームメイト」を持つことになるとは思ってもみなかった。もしかしたら、両親が追加料金を払って、個室に入れるようにしておいてくれたのかも。でもそうしたら、アマ・クラッチはどこに入ることになるのだろう。周りを見回すと、娘たちの中には、自分よりずっといい家の子女が何人かいることがわかった。真珠やダイヤモンドなんか身につけて！　ガリンダは、メッタナイトのアクセントのついたシンプルな銀のネックレスを選んでよかったと思った。旅行するのに宝石を身につけるのは、なんだか下品だ。これは確かに言えてると思って、ガリンダは格言を作った。今度よい機会があれば、この格言を口にして、わたしが一家言ある人物だということ、それに、旅慣れていることを証明してやろう。「旅人が着飾るのは、実は見ることよりも見られることに関心があるからだ」ためしにつぶやいてみる。「一方、真の旅人にとっては、周囲の新しい世界こそが最高のアクセサリーなのだ」うん、なかなかいいわ。

マダム・モリブルは人数を数えると、自分のティーカップを持ちあげ、皆を大ホールへ追い立てた。そこでガリンダは、アマ・クラッチを治療院に行かせたのはとんでもない間違いだったことを知ることになる。アマたちが談笑していたのは、ただのくだらない社交ではなかった。どの娘とどの娘がルームメイトになるかを、アマたちの間で決めるように言い渡されていたらしいのだ。学生自身に決めさせるより、アマたちに任せたほうが早いというわけだった。誰もガリンダを推してくれなかった——口をきいてくれるアマがいないのだから！

たいして印象にも残らない歓迎の挨拶がすむと、学生たちはそれぞれのアマと連れ立って、宿舎へ落ち着くためにホールから出て行った。ガリンダはどうしていいかわからず、すっかり青ざめてその場に立ちずさんでいた。あの役立たずのおいぼれめ。アマ・クラッチがいたら、社会的階級が一つか二つ上の娘とうまく話をつけてくれたはずなのに！　こちらが恥をかかない程度に階級が近く、付き合っていく価値がある程度に階級の高い子を。でも、すでに家柄のいい子は皆、相手を見つけてしまった。見る限り、ダイヤモンドはダイヤモンドと、エメラルドはエメラルドと！　ホールががらんとしてくると、ガリンダはマダム・モリブルのところへ行って話に割り込んで、事情を説明すべきではないかと考えた。なんといってもわたしは、たとえ母方だけにしろ、アップランドのアーデュエンナ一族の血が流れているのよ。これはとんでもない間違いだわ。目に涙がにじんでくる。

しかし、ガリンダにそれだけの度胸はなく、そのまま古ぼけてガタのきた椅子の端に腰かけていた。部屋の中央にはガリンダのほかは誰もいなくなり、部屋の隅の陰に引っ込み思案で役立たずの少女たちが残されているだけだ。からっぽの派手な椅子が障害物競走のコースのように並ぶ中で、ガリンダは引き取り手のないスーツケースのように、一人ぽつんと座っていた。

「さて、ここに残っているのは、アマが付いていない方たちね」マダム・モリブルが小ばかにしたように声をかけた。「誰か付添いがいないといけませんから、あなたたちには三つある新入生用の大部屋を割り当てましょうね。一部屋に一五人ずつです。言っておきますが、大部屋に入ったからといって、社会的に不名誉なことはありませんよ」だが、これは明らかに空々しい嘘だった。

ガリンダはついに立ちあがった。「あの、マダム・モリブル、これは手違いですわ。わたしはアーデュエンナ一族のガリンダと申します。わたしのアマは、旅の途中で足に釘が刺さり、一日か二日遅れて来ることになりました。わたしはごらんのとおり、大部屋に入るような階級ではありません」

「それはお気の毒に」マダム・モリブルが微笑みながら言う。「あなたのアマは、きっと喜んで大部屋のお目付け役となってくれるでしょう。そうねえ、なでしこ部屋はどうかしら。四階の右側にある――」

「いいえ、喜ぶわけありませんわ」と、勇敢にもガリンダは話をさえぎった。「わたし、なでしこであれ何であれ、大部屋なんかで眠りませんわ。マダムは勘違いしていらっしゃいます」

「勘違いなんてしていませんよ、ミス・ガリンダ」とマダム・モリブル。目を見開いたためによけい魚に見えてくる。「事故は起こるものですし、遅れることもあります。でも、決めるべきことは決めなければなりません。アマの不在によってあなたが自分で決めることができなかった以上、私には代わりに決める権限があります。いいですね、私たちは忙しいのですよ。さあ、なでしこ部屋であなたと同室になる娘さんたちの名前を呼び——」

「折り入ってお話ししたいことがあります、マダム」ガリンダは必死で食い下がった。「わたしだけのことなら、大部屋であろうと二人部屋であろうとかまいません。でも、わたしのアマにほかの生徒まで監督させるのは、お薦《すす》めできません。実は、人前ではお話しできない事情があるのです」ガリンダは間髪入れずに、マダム・モリブルよりもうまく嘘をついた。マダム・モリブルは、とりあえず聞いてみる気になったようだ。

「ずいぶん強引な人ですね。驚いたわ、ミス・ガリンダ」と、穏やかに言った。

「驚かれるのはこれからですわ、マダム・モリブル」ガリンダは大胆にも、とびきりの笑顔を作って答えた。

マダム・モリブルは根負けして言った。「勇敢なお嬢さんだこと！　では、今夜私の部屋へおいでなさい。そして、あなたのアマのいたらないところとやらを話してくださいな。耳に入れておくべきでしょうから。それで、こうしましょう、ミス・ガリンダ。あなたさえよければ、あなたのアマに、あなたともう一人、アマのいない娘さんのお世話をしてもらいましょう。知ってのとおり、アマのいる生徒は全員ルームメイトが決まっていて、あなた一人だけが半端になってしまったのですから」

「それくらいのことならできると思いますわ」

マダム・モリブルは名簿に目を通した。「いいでしょう。アーデュエンナ一族のガリンダには二人部屋に入ってもらいます。ネスト・ハーディングズからいらした、スロップ家四代目のエルファバはいますか？」

誰も身動きしない。「エルファバ？」マダム・モリブルは腕輪を直し、首元に指を二本当てて繰り返した。

その娘は部屋の後方にいた。けばけばしい雷文模様のついた赤いワンピースを着て、年寄りが履《は》くような不恰好なブーツを履いている、貧相な子。最初ガリンダは、それは光のいたずらだと思った。蔦《つた》や苔に覆われた隣の建物に反射した光のせいだと。けれども、古くさい布製の旅行かばんを引きずりながら前へ歩いてくるのを見て、その娘自身が緑色であることがわかった。腐りかけたような緑色をした、細く尖った顔。異国風の長い黒髪。「生まれはマンチキン、子供時代のほとんどをカドリングで過ごす」マダム・モリブルがメモを読みあげる。「まあ、なんて興味ぶかい経歴なの、ミス・エルファバ。珍しい土地や暮らしぶりのお話が聞けるのを楽しみにしていますよ。ミス・ガリンダ、ミス・エルファバ、これがあなたたちのお部屋の鍵よ。二階の二二一号室です」

ガリンダが進み出ると、マダム・モリブルはにっこり笑いかけた。そして、「旅というのは、本当に見聞が広まるものですわねえ」と歌うように言った。ガリンダはぎょっとした。自分が口にした言葉が、災いとなって戻ってきたのだ。膝を曲げてお辞儀をすると、そそくさとその場を離れる。エルファバは目線を床に落としたまま、あとに続いた。

2

翌日、足を包帯で三倍にも膨れ上がらせたアマ・クラッチが到着したときには、エルファバはわずかばかりの荷物を片づけ終えていた。薄っぺらでだらんとしたワンピースが何枚か、これみよがしにフープや肩パッドや肘当てのついたガリンダの衣装に恥じるかのように、ぼろ雑巾みたいに戸棚の隅のフックに掛けてある。「あなたの世話係《アマ》を仰せつかってうれしく思いますよ。どうぞ気兼ねしないでくださいね」アマ・クラッチは、エルファバに向かってにっこり微笑んだ。ガリンダはアマ・クラッチが一人になるときをねらって、世話係の件を断るように言うつもりだったが、間に合わなかった。「パパはわたしの世話係をさせるためにお給料を払っているのよ」とガリンダがそれとなく釘をさすと、アマ・クラッチは「そんなふうに言われるほどもらっておりませんよ、お嬢様。自分のことは自分で決めさせていただきます」と答えた。

「ねえ」エルファバがかび臭い手洗いに立ったとき、ガリンダは言った。「おまえ、目が見えないの？あのマンチキンの娘は緑色じゃないの」

「奇妙なことでございますね。マンチキン人は皆、背が低いのかと思っておりましたけど、あの子の背丈はふつうですわねえ。体格はいろいろなんでしょうね。あら、緑色が気になるっておっしゃるんですか？　ご一緒に生活されれば、かえってよい経験になるってものでございましょう。お気になさいますな。あなたは世間を知っているような気でおられますが、まだ何もご存じないのです。

あんがいおもしろいことになるかもしれませんよ。そうですとも、いいじゃありませんか」

「世間のことであれ何であれ、わたしが何を学ぶか決めるのは、アマ・クラッチ、おまえの仕事じゃないわ！」

「そのとおりですよ、お嬢様」とアマ・クラッチ。「このごたごたも、すべてあなたが一人でお決めになったことです。私はただ、お仕えしているだけでございます」

そう言われると、ガリンダには言い返す言葉がなかった。昨夜マダム・モリブルと少し話をしたが、それでも逃げ道は見つからなかったのだ。ガリンダは、レースの胴着に水玉模様のふわりとしたスカートというでたちで、いそいそとマダム・モリブルの部屋へ出かけた。わたしったらまるで、夕暮れの紫と真夜中のブルーに包まれた美しい幻影のようだわ、と思いながら。マダム・モリブルは、応接室に案内した。そこには長椅子が一脚、そして革張りの椅子が何脚か並べてあり、その必要がないのに火が入れてある暖炉の前に置いてある。学長はミント茶を入れ、パールフルーツの葉に包んだ砂糖漬けのジンジャーを出してくれた。そして、ガリンダには椅子を勧め、自分は獲物を狙う狩人のように、マントルピースの脇に立った。

上流階級がそのぜいたくをいつくしむ洗練された慣習にしたがって、二人はまず黙ってお茶をすすり、菓子をかじった。この機会に、ガリンダはマダム・モリブルをじっくり観察した。顔立ちだけでなく、ドレスも魚みたいに見える。クリーム色のゆったりしたドレスは、高いフリルのついた襟《えり》ぐりから膝まで大きな魚の浮き袋のように膨らみ、膝のところできゅっと締まってそのまま床まで落ち、ふくらはぎと足首を、ごたいそうなドレスにしては少し拍子抜けするほどシンプルなプリーツで覆っている。どう見ても、よく男性の社交クラブにいる巨大な鯉のようだ。それも、心を持った〈鯉〉ではなく、鈍くてくたびれた鯉。

「さて、あなたの世話係《アマ》ですが、どうして大部屋を切り盛りするのは無理なのか、聞かせてもらいましょう」

ガリンダは午後中頭をひねらせて、答えを準備していた。「あの、学長先生、人前ではお話ししたくなかったのです。実は、アマ・クラッチは去年の夏、パーサ・ヒルズへピクニックに行ったとき、恐ろしい事故にあいました。野生のハーブを採ろうとして、崖から真っ逆さまに転落したのです。何週間も昏睡状態が続き、やっと意識が戻ったと思ったら、事故のことは何も覚えていないと言うのです。もし先生がお尋ねになったとしても、何のことかさえわからないでしょう。頭を強く打って、記憶喪失になってしまったのです」

「なるほど。あなたにしてみれば、面倒なことでしょうね。でも、それがどうしてお目付け役に不適当ということになるのかしら」

「頭が混乱するんです。アマ・クラッチは時々、命のあるものとないものを混同するんです。たとえば、座ったと思ったら、ええと、そう、椅子に話しかけたりするんです。そして、椅子がこんなことを話してたって、わたしたちに伝えるんです。椅子の野望とか、秘密とか――」

「椅子の喜びや悲しみを、ですか」とマダム・モリブル。「なんて珍しい話でしょう。家具に感情があるなど、聞いたこともありません」

「それだけならばかげたことですみます。何時間か笑って聞いていればすむんです。でも、それに付随する症状はもっと危険なのです。マダム・モリブル、実は、アマ・クラッチは時々人間が生きていることすら忘れてしまうんです。それに、動物も」ガリンダはここでいったん言葉を切り、それから付け加えた。「〈動物〉さえも」

「お続けなさい」

「わたしは大丈夫ですわ。アマ・クラッチはわたしが生まれたときから世話係をしていましたから、あれがどんな人か、どんな振る舞いをするのかわかっています。でも時々、人がそこにいることや、助けを求められていること、それに、相手が人であることも忘れてしまうんです。一度など、衣装だんすの片づけをしていたとき、たんすを召使いの上にひっくり返して、背骨を折ってしまったことがありました。自分のすぐ足元で召使いが悲鳴をあげているのを気にも留めないで、寝巻きをたたみながら、母のガウンに話しかけているのです。どうでもいいことをいろいろ質問して」

「なんて興味深い症状なの」とマダム・モリブル。「あなたにしてみれば、なんとも厄介なことでしょうけど」

「ですから、わたしのほかに一四人もの生徒さんを預かることなど、とうてい無理だと思ったのです」ガリンダの打ち明け話は続く。「わたしだけでしたら、問題ありません。わたしはあの愚かな老女をそれなりに大切に思っていますから」

「でも、あなたのルームメイトは大丈夫かしら。危ない目にあうことになりませんか？」

「あの人のためにお願いしているのではありませんわ」ガリンダはまばたきもせず、目を据えて学長を見た。「あのみすぼらしいマンチキン人は、つらい目にあうのに慣れているようです。うまく順応するか、さもなければ、きっと先生に部屋を変えてほしいと頼みにくると思います。もちろん、先生があの人の安全のために、別の部屋に移そうとお考えなら話はべつですが」

「私たちが提供した条件にがまんできないと思ったなら、ミス・エルファバは自らの意志でクレージ・ホールを去るでしょう。そう思いませんか?」

「私たちが提供した条件」――マダム・モリブルはこの「私たち」という言葉で、ガリンダにこの策略の片棒をかつがせようとしている。ガリンダもそれを感じ取り、なんとか自分の意志を確保しなければとあせった。しかし、悲しいかな、まだ一七歳。それに、数時間前に仲間はずれの屈辱を味わったばかりだ。マダム・モリブルはエルファバの外見以外にも、何か気にいらないことがあるのかしら。いや、何かある。明らかに何かがある。なんだろう? ガリンダは、何かおかしいと感じた。「そう思いませんか?」マダム・モリブルは、まるで魚がスローモーションで跳ねるように、少し身を乗り出しながら尋ねた。

「ええ、もちろん、できるだけのことはしないといけないでしょうが」ガリンダは精一杯はぐらかした。自分自身が魚になって、巧妙な釣り針に引っかかってしまったような気がする。

応接室の物陰から、チクタクという音とともに何やら小さな時計仕掛けの物体が出てきた。高さは一メートル足らず、光沢のある銅でできていて、前に製作者の名前を書いたプレートがねじで止めてある。プレートには飾り文字で「スミス・アンド・ティンカー社」と書かれている。時計仕掛けの召使いは、空のティーカップを集めると、また音を立てながら下がっていった。いつからそこにいたのか、何を聞いていたのか、ガリンダにはわからなかった。チクタク時計の作り物なんて、とうてい好きになれないわ。

エルファバは、ガリンダの言葉を借りると、重症の「不機嫌な本の虫」だった。エルファバは背中を丸めず――ぎすぎすしすぎていて丸められないのだ――体をV字型に折り曲げて、開いたページの中に尖った緑色の妙な鼻を突っ込んでいた。本を読んでいる間はずっと、ほとんど甲殻類の足さながらの小枝のような細い指に、髪の毛を巻きつけたりほどいたりしてもてあそんでいる。エルファバがこれほどしょっちゅう指に巻きつけても髪はカールしない。健康なヤマネズミの皮のようなつやがあり、風変わりでうす気味悪くはあるが、美しい髪だ。黒い絹。糸につむいだコーヒー。夜の雨。ガリンダはさほど隠喩《メタファー》に凝っているわけではないが、エルファバの髪は、それ以外が醜いだけになおさら、はっとするほど印象的だ。

二人はあまり話をすることはなかった。ガリンダは、自分にふさわしいルームメイト候補の上流階級の娘たちと仲良しグループを作るのに忙しかった。たぶん半年先か、遅くとも来年の秋には、部屋を変われるはずだ。それで、ガリンダはエルファバを一人残してホールへ駆け降りていき、ミラ、ファニー、シェンシェンら、新しい友人たちとのおしゃべりに興じた。寄宿学校を舞台にした子供向けの本そのままに、新しくできた友は前の友よりお金持ち、というわけだった。

最初、ガリンダはルームメイトの名前を口にしなかった。それに、エルファバもガリンダと友達になりたそうなそぶりは見せなかったので、ガリンダはとりあえずほっとした。だが、噂は遅かれ早かれ広まるものだ。初めてクラスメイトたちの間で話題に上ったのは、意外にもエルファバの服装、それから一目瞭然の貧しさだった。まるで、見ただけで胸がむかむかするようなその肌の色など、気に留めることさえはしたないとでもいうように。「聞いた話ではあの人、ネスト・ハーディングズ出身で、スロップ家の四代目だと学長が言ってたそうよ」とファニーが言った。自分もマンチキン人だが、スロップ一族のような並の体型ではなく、小柄なほうの家系だ。「スロップ家の名は、ネスト・ハーディングズだけじゃなく、それ以外の土地にもとどろいているわ。スロップ総督は在郷軍を組織して、私たちがまだ小さかったころ、摂政オズマ《オズマ・リージェント》が敷設していた黄色いレンガの道をめちゃめちゃにしたのよ。名誉革命が始まる前のことよ。スロップ総督とその奥様、そしてその孫娘に当たるメリーナを含めた一族の誰にも、肌の異常は見られなかったそうよ。それは確からしいわ」異常という言葉で、緑色の肌のことを指しているのは明らかだ。

「でも、一族もずいぶんと落ちぶれたものね！　あの子ったら、あんなみすぼらしい格好をして」とミラ。「あんな安っぽい服、見たことあって？　あの子のアマは首にすべきよ」

「あの子にアマはいないいんじゃないかしら」とシェンシェン。事情を知っているガリンダはだんまりを決めこんでいる。

「カドリングにも住んでいたことがあるそうよ」とミラが続けた。「きっと、家族ごと犯罪者として追放されでもしたんじゃない？」

「それとも、ルビーの相場師だったとか」とシェンシェン。

「でも、それならお金持ちのはずよ」とミラが突っこむ。「ルビーの相場師は濡れ手に粟だったんだから、ミス・シェンシェン。ミス・エルファバは、一文だって持ってないじゃないの」

「もしかして、信仰上の使命ってわけかもね。自ら清貧に甘んじているとか」とファニーが言い出したが、これはあまりにもばかばかしい考えで、娘たちは頭をのけぞらせてケタケタと笑った。ちょうどそこへ、コーヒーを飲もうと売店にやってきたエルファバが姿を見せたために、娘たちの笑い声はいっそう高まった。エルファバは知らん顔をしていたが、ほかの学生たちは一斉に目を向け、楽しげな一団に加わりたそうにした。それで、新しく仲良くなったこの四人組はすっかり気分がよくなった。

ガリンダはなかなか勉強に身が入らなかった。シズ大学へ入学できたことで、自分の聡明さは証明済みだと考えていた。わたしの美しさと折々に口にする才気あふれる格言が、学問の殿堂を華やかに飾るんだ、と。浮かぬ顔でガリンダは思う。きっと大理石の胸像みたいにちやほやされるに決まってると思ってたのに。「ほら、これが『瑞々《みずみず》しい知性』よ。すばらしいでしょう？　本当にきれいねえ！」なんて――。

実際、学ぶべきことがまだまだたくさんあるということだけでなく、勉学に励む義務があるということも、ガリンダはまだよくわかっていなかった。新入生の娘たちが第一に望んでいる教育とは、マダム・モリブルや〈動物〉たちが、教卓や演壇でまくしたてていることとはまったく別のものだった。娘たちが学びたがっているのは、方程式でも、引用句でも、話法でもない。シズそのものだったのだ。都会の生活。ありふれた人生と活気のある〈人生〉が見分けがつかぬほど入り混じった、鼻につくけれどすばらしい大都会。

アマたちが計画する「お出かけ」に、エルファバが一度も参加しなかったので、ガリンダはほっとした。軽食をとるために食堂によく立ち寄ることから、この週に一度のお出かけグループは、仲間内で「チャウダーとお散歩の会」と呼ばれるようになった。大学町は、見渡すばかり秋の色に染まった。それは木々の紅葉だけでなく、屋根や尖塔にはためいている、男子友愛会《フラタニティ》の色とりどりのペナントのせいでもあった。

ガリンダはシズの建築物を満喫した。おもに大学の保護区域や脇道のあちこちに、現存する最古のギリキン建築がかろうじて残っており、古い泥壁やむき出しの骨組みが、まるで中風の老婆のように、もっと若くしっかりした建物たちに両側から支えられている。それから、それに続いて、見たこともないくらいすばらしい建物群が目もくらむほど壮観に立ち並んでいる。中世ブラッドストーン様式、マーシック様式（ごく初期の目立たぬ形式のものもあれば、後期の奇抜なスタイルのものもある）、シンメトリーとシンプルなつくりが特徴のギャランティーヌ様式、けばけばしい反曲線と断片的な破風《はふ》が特徴の新ギャランティーヌ建築、ブルーストーン復興様式、帝国華美様式、それに、産業近代建築。これは、リベラルな新聞の批評家の言葉を借りると「嫌味のあるがらくた様式」とでも言うもので、近代志向のオズの魔法使いによって広がった建築スタイルだ。

建築物のほかには、別段これといって胸が躍るようなことはなかった。ただ、ある日のこと、その場に居合わせたクレージ・ホールの女生徒にとって、忘れられない出来事があった。運河を隔てたスリー・クイーンズ・カレッジの最上級生の男子学生が、悪ふざけと度胸だめしを兼ね、〈白熊〉のバイオリニストを雇ってきたのだ。そして、昼間からビールをしこたま飲み、ぴったりしたズボン下と学生スカーフだけを身につけた格好で、柳の木の下でダンスを踊っている。しかも、古びてところどころ欠けた妖精の女王ラーライン像を三本足のスツールの上に載せていたために、わくわくするほど異教的な光景だった。ラーライン像もこの浮かれ騒ぎを微笑みながら眺めているようにみえる。女学生とアマたちはショックを受けたふりをしようとするが、うまく行かない。ぐずぐずとその場にとどまりながら、この騒ぎを見物していたが、そのうち仰天したスリー・クイーンズ・カレッジの学生監たちが大慌てでやってきて、騒いでいる学生たちを追い立ててしまった。裸同然の姿だったことも問題だが、冗談にせよ公衆の面前でのラーライン信仰はとんでもなく時代に逆行していて、王党派と見られてもしかたがない。オズの魔法使いの治世では、許されないない行動だったのだ。

ある土曜の夜、アマたちが珍しく休暇を取り、ティクナー・サーカスで開かれた快楽信仰の集会へ出かけたあと、ファニーやシェンシェンとくだらないことでちょっとした口げんかをしたガリンダは、頭痛がすると言って早めに自室へ引きあげた。エルファバは、学校の売店で買った茶色の毛布にくるまり、ベッドの上に座っていた。例によって本の上にかがみ込んでいる。髪の毛が腕木のように、顔の両側に垂れ下がっている。博物学の本に、よくウィンキーの山に住む奇妙な女たちを描いたエッチングの挿絵が出てくるが、ガリンダにはエルファバが、ショールを頭からかぶって風変わりな外見を隠しているその女たちのように見えた。エルファバはりんごの実の部分を食べ終え、芯をかじっている。「ずいぶん居心地よさそうね、ミス・エルファバ」ガリンダは気を引こうと声をかけた。この三カ月で、ガリンダがルームメイトにまともに話しかけたのはこれが初めてだった。

「そう見えるだけだわ」エルファバは顔も上げずに言った。

「暖炉の前に座ってもいい？　気が散るかしら？」

「そこに座られたら、影ができるわ」

「あら、ごめんなさい」ガリンダは場所を移動する。「影ができちゃだめよね、夢中で本を読んでるときに」

エルファバはすでに本の世界に戻っていて、返事はない。

「いったい何の本を読んでいるの？　昼も夜も」

まるで周囲から隔絶した静謐《せいひつ》な水底から、息をするために浮かびあがってきたかように、エルファバは答える。「毎日同じ本を読んでるわけじゃないけど、今夜読んでいるのは、初期ユニオン教の牧師の説教録よ」

「どうしてそんなもの、読もうと思うの？」

「さあ、どうしてかしら。自分でも本当に読みたいのかどうかもわからないわ。ただ読んでるだけよ」

「でも、どうして？　不可解なミス・エルファバ、どうしてなの？」

エルファバは顔を上げ、ガリンダに向かって微笑んだ。「不可解なエルファバ、か。気にいったわ」

抑えようとする間もなく、思わずガリンダは微笑み返した。そのとき、強い風が吹いて窓ガラスにひとかたまりの雹《ひょう》がぶつかり、掛け金が壊れてしまった。ガリンダは急いで開き窓を閉めにいったが、エルファバは体が濡れないように、部屋の隅に逃げこんだ。「ミス・エルファバ、旅行かばんにかける革のひもを取ってちょうだい、わたしのバッグの中にあるから。その棚の上、帽子箱の後ろ――それよ、明日守衛に直してもらうまで、それで留めておくわ」エルファバはひもを見つけた。だが、探しているときに帽子の箱がひっくり返り、色とりどりの三つの帽子が冷たい床にころがった。ガリンダが椅子によじ登って窓を閉めている間に、エルファバは帽子を箱に戻した。「ねえ、その帽子、ちょっとかぶってみたら?」とガリンダ。何か笑えるネタをこしらえて、ミス・ファニーやミス・シェンシェンに教えてやろう。そうしたら仲直りのいいきっかけになるわ。

「お断りよ、ミス・ガリンダ」とエルファバは言い、帽子を箱にしまおうとした。

「だめよ、かぶってみて」とガリンダ。「ちょっとした気晴らしに、ね。わたし、あなたがきれいなものを身につけているところを、見たことないんだもの」

「きれいなものなんて、身につけないもの」

「いいじゃないの。ここにはわたししかいないし。ほかに誰も見ていないわ」

エルファバは暖炉の方を向いて立っていたが、肩越しに振り向くと、まだ椅子の上に立ったままのガリンダを、まばたきもせずにじっと見つめた。エルファバはレースの縁取りもひも飾りもついていない、くすんだ色のゆったりした寝巻を着ていた。小麦色がかった灰色の布の上で、緑色の顔が輝いているように見え、つやつやした長い黒髪が胸の上まで――本当に胸というものがあればの話だが――まっすぐ垂れている。ただの動物と〈動物〉の間の存在、ただ生命をもつだけの存在以上だが、まったき〈生命〉をもつ存在とは言えないようなところがエルファバにはあった。何かが起ころうとしているということはわかっているが、何が起ころうとしているのかは知らない状態、とでも言えばいいだろうか。いい夢を見なさいと言われても、そもそも夢というものを見た覚えがなくて途方にくれている子供のような。まだ洗練されていないと言ってもいいかもしれないが、それは社会的な意味ではなく、性格的にまだ完成されていない、いまだ自分になりきれていない、そんなところがあった。

「ねえ、帽子をかぶってみて。お願い」とガリンダ。内面の考察なんて、もうたくさんだ。

エルファバは応じた。パーサ・ヒルズの最高級の帽子店で買った、つばのある愛らしい帽子。オレンジ色の花飾りと、垂らし方によって自在に顔が隠せる黄色いレースのネットがついている。似合わない人がかぶったら、それこそぶざまに見えるしろものだ。つい笑いだしてしまわないように、唇の内側を噛まなくちゃならない羽目になるわ、きっと。子供向けのおとぎ芝居で少年が少女のふりをするときにかぶるような、とびきり少女趣味な帽子なのだ。

ところが――エルファバは砂糖菓子のような帽子をその奇妙に尖った頭に載せると、大きなつばの下から再びガリンダを見た。その姿は、珍しい花のようだった。真珠のような光沢を放つ肌が茎で、帽子は咲き乱れる花。「まあ、ミス・エルファバ」とガリンダ。「驚いたわ。あなた、とてもきれいよ」

「まあ、今度は嘘をつくのね。ユニオン教牧師のところへ行って、懺悔《ざんげ》してらっしゃい」とエルファバ。「鏡、あるかしら?」

「もちろんあるわよ。廊下の先の洗面所に」

「あそこはだめよ。これをかぶっているところを、あいつらに見られたくないわ」

「じゃあ」とガリンダ。「暖炉の灯りをさえぎらない角度から見てみたら、暗い窓にあなたの姿が映るんじゃない？」

　二人は雨に濡れた古いガラスに映る、暗闇に縁どられた緑色の花のようなぼんやりとした姿を見つめた。窓に打ちつける激しい雨が向こう側に透けて見える。すると、先の尖っていない星にも、いびつなハート型にも見える楓の葉が一枚、夜の闇の中から突然現れ、ガラスに映ったエルファバの影に貼りついた。ガリンダが立っている角度から見ると、ちょうど心臓のあるところだ。暖炉の火に照らされ、赤く輝いている。

「すてきだわ」とガリンダ。「あなたには、何か一風変わった、エキゾチックな美しさがあるのね。気がつかなかったわ」

「驚きね」とエルファバは言い、ふっと顔を赤らめた――深緑色が赤らむことができるならの話だが。「つまり、驚きであって、美ではないのよ。『あら、そうだったの』っていう驚きよ。美しさとはちがうわ」

「あなたがそういうなら、反論の余地もないわね」とガリンダは言い、巻き毛を振ってポーズを決めた。これにはエルファバも笑い出し、ガリンダも笑い声をたてる。思わず笑い返してしまった自分に半ば愕然としながら。エルファバはさっと帽子を脱ぐと、箱に戻した。そして、再び本を取りあげたとき、ガリンダが言った。「ところで、美しき姫君は何を読んでいるのでしたっけ？　本気で聞いてるのよ。どうして昔の説教録なんか読んでるの？」

「わたしの父はユニオン教の牧師だったの」とエルファバ。「だから、それがいったいどんなものなのか知りたい。それだけよ」

「どうして直接お父様に聞かないの？」

エルファバは答えなかった。何かを待ちかまえているような、こわばった表情を浮かべている。まるで、今にもネズミに飛びかかろうとしているフクロウのような。

「それで、どんなことが書いてあるの？　何かおもしろいこと、ある？」とガリンダ。ここで話を打ち切りたくない。ほかにすることもないし、嵐のせいで目が冴えてしまい、眠れそうもない。

「いま読んでいる説教は、善と悪について考察したものよ」とエルファバ。「本当に善と悪が存在するかどうかについてね」

「ああ、あくびが出ちゃうわ」とガリンダ。「悪は存在するわよ。退屈って名の悪がね。中でも、牧師というのは一番罪深い連中じゃないの？」

「本当にそう信じてるわけじゃないんでしょう」

ガリンダは、自分が言ったことを信じているかどうかなど、いちいち考えたりはしない。会話で肝心なのは流れだ。「あら、あなたのお父様を侮辱するつもりはなかったのよ。きっとあなたのお父様って、人を楽しませるすばらしい説教をなさるんでしょうね」

「ちがうわ。わたしが聞きたいのは、悪が実際に存在すると信じているかってこと」

「自分が信じているかどうかなんて、どうしてわかるの？」

「それは、自分の心に尋ねてみるのよ、ミス・ガリンダ。悪は存在するかしら？」

「わからないわ。あなたはどうなの？　悪は存在すると思う？」

「そんなこと、わかりっこないわ」エルファバはふっと目をそらし、どうやら内にこもってしまったようだ。それとも、再びヴェールのように顔の前に垂れた髪のせいだろうか。

「どうしてお父様に直接聞かないの？　わたしにはわからないわ。お父様ならご存じでしょう、それが仕事なんだから」

「父はたくさんのことを教えてくれた」と、エルファバがゆっくりと言った。「父は高い教養を身につけていたわ。そして、わたしに読むこと、書くこと、考えることを教えてくれた。それ以上のこともね。でも、それだけだった。思うに、有能な牧師って、ここの先生たちもそうだけど、問いかけをして相手に考えさせるのが上手な人じゃないかしら。べつに、答えを持っていなくてもかまわないのよ。かならずしもね」

「まあ、その言葉、わたしのふるさとの退屈な牧師に聞かせてやりたいわ。何にでも片っ端から答えて、それで料金をとるのよ」

「でも、あなたの言うことにも一理あるわね」とエルファバ。「悪と退屈のことよ。悪と倦怠。悪と刺激の欠如。悪と血の巡りの悪さ」

「まるで詩みたいな言い方。でも、どうして女の子が悪に興味をもったりするの？」

「興味があるってわけじゃないわ。ただ、初期の説教のどれもが悪を取りあげてるってだけ。だから、わたしは牧師たちが何を考えていたのか、考えているの。それだけよ。ときには食習慣や〈動物〉を食べないことについて話していることもあるわ。そしたら、わたしもそのことについて考えるの。いま読んでいることについて考えるのが好きなのよ。あなたはそうじゃないの？」

「わたし、あまり本は読まないの。だから、あまり考えごともしないんだと思うわ」ガリンダはにっこりした。「おしゃれだったら得意だけどね」

エルファバから返事はなかった。どんな会話でも自分を褒《ほ》め称《たた》えてもらえるような話題にうまく持っていくことができると自負しているガリンダは、すっかりあてがはずれてしまった。もうひと押ししなければならないのかと苛立《いらだ》ちながら、ぎこちなくこう尋ねた。「じゃあ、昔の偉い人たちは、悪についてどう考えていたの？」

「正確に答えるのは難しいけど、悪の所在を突きとめようと躍起になっていたみたい。山の中に悪の源泉があるとか、悪の煙が流れるとか、悪の血は親から子へと伝わるとか。ちょうど、オズを旅した昔の探検家みたいなものね。ただし、牧師たちが作った地図は目に見えないし、それぞれかなり違うという点を除けばね」

「それで、悪の所在はどこなの？」ガリンダはベッドに倒れこみ、目を閉じる。

「意見は一致しなかったの。だってそうでしょう？　もし一致していれば、説教を書いて議論する必要はなかったはずよ。一説では、妖精の女王ラーラインが人間を置いてオズから去ってしまったときにできた真空状態から悪が生まれたそうよ。善が去ると、それが占めていた空間が腐食して悪になり、おそらくそれが分裂して増殖したのだというのよ。つまり、すべての悪は、神性の不在のしるしだというわけ」

「それじゃ、邪悪なものが降りかかってきたとしても、わたしにはわかりっこないわね」とガリンダ。

「初期のユニオン教徒は、今よりはずっとラーライン信仰の要素が強かったせいか、目に見えない堕落のかたまりが、この世界を漂っていたと言っているわ。それは、ラーラインが立ち去ったときに世界が感じた苦しみから発生したものだって。静かで暖かい夜の中に、一箇所冷たい空気が留まっているようなものね。まったく心根のいい人でも、その空気の中を歩いて感染してしまうと、突然隣人を殺してしまったりするってわけ。でも、悪の空気の中を歩いてしまったことが、果たしてその人の落ち度と言えるかしら？　何しろ目に見えないんだから。いずれにせよ、ユニオン教徒たちがどう頭を突き合わせて話し合ってもこの問題には結論を出せなかったの。今となってはもう、ラーラインの存在を信じる人なんてほとんどいないし」

「でも、いまも悪の存在を信じている人は多いわね」と、ガリンダがあくびまじりに言った。「おかしな話ね。神性は去ってしまったのに、その属性とそこから派生する意味合いだけがいまも残っているなんて」

「あなた、考えているじゃない！」とエルファバが叫ぶ。ルームメイトが弾んだ声を出したので、ガリンダは肘をついて体を起こした。

「もう寝るわ。こんな話、わたしにはとっても退屈なんだもの」ガリンダはそう言ったが、エルファバはにんまりと笑った。

　翌朝、アマ・クラッチが昨夜の冒険の話をして、二人をおおいに楽しませてくれた。羽とビーズの飾りのついたショッキングピンクの下着だけを身につけた、芸達者な魔女がおりましてね、客に歌を歌い、近くのテーブルで顔を赤らめている学生から食料引換券を集め、胸の谷間に入れるんですよ。それから、日用品を使った魔術を披露しました。水をオレンジジュースに変えたり、キャベツをニンジンに変えたり、おびえる子豚にナイフを突きたて、血の代わりにシャンペンを出したり。そのシャンペンをみんなで飲むんですよ。ものすごく太ってあごひげを生やした男が、キスしようと魔女を追いかけまわすんです。それがもう、おかしくて、おかしくて！　最後に、出演者一同と客が一斉に立ちあがって、一緒に「公会堂では許されていないもの（でも安っぽい露店では売られているもの）」を歌いました。私たちアマはみんな、羽目をはずして本当に楽しゅうございましたよ。

「まったく」ガリンダが小ばかにしたように言う。「快楽信仰って、ほんとに――ほんとに悪趣味なのね」

「おや、窓が壊れていますね」とアマ・クラッチ。「男の子がよじ登ろうとしたのではないでしょうね」

「そんなわけないでしょう」とガリンダ。「あの嵐の中を？」

「嵐ですって？」とアマ・クラッチ。「はて、何のことでしょう。ゆうべは月の光のように穏やかな夜でしたのに」

「へえ、そりゃさぞかしお楽しみだったのね」とガリンダ。「快楽信仰に夢中になって、周りの状況もわからなくなってしまったなんてね、アマ・クラッチ」まだ眠っている、あるいはおそらく眠ったふりをしているエルファバを置いて、ガリンダとアマ・クラッチは朝食をとりに階下へ降りていった。廊下を歩いていくと、大きな窓から日光が差し込み、冷たい石版の床に格子模様を作っていた。

ガリンダは天候の気まぐれに思いをめぐらせた。嵐が街の一箇所だけを襲って、ほかの場所は晴れているなんてことがあるのかしら。この世界には、わたしの知らないことがたくさんあるのね。

「あの人ったら、悪についてべらべらとしゃべりつづけたのよ」バターのついたパンにプラウフット・ジャムをのせて食べながら、ガリンダは友人たちに言った。「体の中で蛇口が開いたみたいに、おしゃべりがとめどなくあふれ出してきたって感じ。そうそう、それからわたしの帽子をかぶらせてみたんだけど、もう死ぬかと思ったわ。行き遅れのままお陀仏になったどこかのおばさんが、お墓から抜け出てきたみたい。もう、〈牝牛〉みたいにみっともなくて。あなたたちに話さなくちゃと思って、それだけで耐えたのよ。でなければ、おかしすぎて死んでいたわ。ほんとに、どんなにおかしかったか!」

「ほんとに気の毒だわ。私たちのスパイをするだけでなく、あのバッタのルームメイトと一緒にいる屈辱にたえなきゃならないなんて!」ファニーはガリンダの手を握りしめ、心をこめて言った。「あなたって人がよすぎるのよ!」

3

初めて雪が降った日の夜、マダム・モリブルは詩の朗読会を催した。スリー・クイーンズとオズマ・タワーの男子学生も招待された。ガリンダは深紅のサテンの夜会服にショールと室内履きを合わせ、羊歯《しだ》と不死鳥の図柄が描かれた先祖伝来の扇で装った。早めに会場に到着すると、自分の衣装を一番引き立ててくれそうな布張りの椅子を確保し、図書室のろうそくの灯りが自分の姿を柔らかく照らしだすように、その椅子を本棚の方へ引き寄せた。あとから、一年生だけでなく、二年や三年の女生徒たちが、ひそひそと話しながら入ってきて、ソファーやクレージ・ホールで一番いい応接室の長椅子に腰を下ろした。男子学生たちもやってきたが、どうも期待はずれのようだ。人数もあまり多くなかったし、おずおずと居心地悪そうにしているか、クスクス笑い合っているかだ。それから教授たちが到着した。クレージ・ホールの〈動物〉たちだけでなく、男子校の教授もいて、そのほとんどは人間だった。娘たちは着飾ってきてよかったと思いはじめた。男子学生たちがニキビ面ばかりなのに比べ、教授たちは威厳があり、魅力的な微笑みを浮かべていたからだ。

アマたちの姿も何人か見えた。部屋の奥の衝立《ついたて》の後ろに控えている。せっせと編み棒を動かす音が聞こえてきて、ガリンダはなんだか心がなごんだ。アマ・クラッチもそこにいるはずだ。

応接室の端の両開きの扉がさっと開いて、ガリンダがクレージ・ホールへ来た日の晩に見た、青銅製のカニのようなロボットが現れた。この機会に備えて整備されたようで、まだ金属研磨剤の鼻をつくにおいがする。次いで、マダム・モリブルが登場した。漆黒のケープをまとった目をみはるような厳粛な姿で現れると、それを床に脱ぎ捨てた（ケープは例のロボットが拾いあげて、ソファーの背にかける）。夜会服は燃えるようなオレンジ色で、淡水アワビの貝殻が全体に縫いつけてある。ガリンダも、思わずうっとりと眺めてしまった。いつもよりさらに気取った口調で来客に歓迎の挨拶をし、「詩とその啓蒙的影響」について一席ぶち、おざなりの拍手をもらった。

それから、シズの社交サロンや詩人の溜まり場を席巻している、新しい詩形について説明した。「ケルと呼ばれております」マダム・モリブルは見事な歯並びを見せて、いかにも学長然として微笑んだ。「ケルは短い詩ですが、実に精神を高揚させてくれるものです。一三の短い行と最後の無韻の警句から成り立つこの詩のおもしろみは、韻を踏みながら展開される論と結びの警句の対照を際立たせる点にあるのです。時には内容に矛盾をはらむこともありますが、人生を啓蒙し、詩がすべてそうであるように、人生を浄化してくれるのは間違いありません」そして、霧の中のかがり火のように、ぱっと顔を輝かせる。「特に今宵《こよい》は、首都の混乱ぶりを耳にして不快な思いをされていることと推察いたしますが、ケルが一服の鎮静剤となりましたら幸いでございます」男子学生は少なくともじっと耳を傾けているように見え、教授たちはうなずいている。けれどもガリンダの見るところ、女子生徒は誰一人として、マダム・モリブルの言う「首都の混乱ぶり」が何のことかわかっていないようだ。

三年生の女子学生が、鍵盤楽器で和音をいくつかかき鳴らした。来客者は咳払いをし、自分の靴に目線を落とす。ガリンダは、エルファバが部屋の後ろから入ってきたのに気づいた。いつものゆったりした赤い普段着の服を着て、頭にはスカーフを巻き、本を二冊抱えている。一つだけ空いていた椅子に腰を下ろすと、りんごをかじりはじめる。ちょうどその時、マダム・モリブルがもったいぶって大きく息を吸い、朗読を始めた。

清廉への賛歌を歌え
汝ら先見の明のある若者たちよ
汝らの身を正さんとす厳しき掟への
謙虚な感謝を胸に進め
兄弟姉妹の友愛における

公益を高めんがため
権威を寿《ことほ》ぐ
男子友愛会《フラタニティ》、女子友愛会《ソロリティ》
悪しき自由を抑えつつ
手を取り合い、進みゆく
暴虐を戒めんとす
寛容なる権威ほど
神聖なるものはなし
鞭もて制圧し、子供の企みをくじけ

マダム・モリブルは頭を下げ、朗誦が終了したことを示した。ひそひそと批評する声が聞こえたが、内容は聞き取れない。詩というものをよく知らないガリンダは、たぶんこれが正しい詩の鑑賞法なのだろうと思った。そして、隣のシェンシェンに小さな声で話しかけた。シェンシェンは背もたれの高い椅子に、むくれたような体を斜めにして座っている。ろうそくから今にも蝋《ろう》が垂れて、シェンシェンのレモン色のシフォンの花飾りのついた白いシルクの夜会服を駄目にしそうだ。でも、シェンシェンの家族は裕福だから、また代わりの夜会服を誂《あつら》えるだろう。そうガリンダは考え、黙っていた。

「では」とマダム・モリブルが言った。「もう一つケルを」

部屋はしんと静まったが、どことなくぎこちない沈黙ではなかったか……。

ああ！　悪しき振る舞いには
敬虔のギロチンを
社会をただすには
悦楽や恥ずべき歓楽への
飽満に淫することなかれ
節制を持って慎みを保て
神が神秘の手を下すがごとく
振る舞いをただし
朗々たる声で応えよ
友愛を礎《いしずえ》に
汝が人生を築け
その美徳は身をもて示され
善は世に広がりわたらん
動物は見るべきにして、聞くべきにあらず

再びひそひそ声が広がったが、前とは性質が異なり、悪意がこもっていた。ディラモンド教授はわざとらしく咳払いをすると、割れた蹄《ひづめ》で床を叩き、こう言った。「それは詩とは言えませんな。プロパガンダだ。もっと言えば、出来のよくないプロパガンダです」

エルファバが椅子を抱えてガリンダの横へやってきて、椅子をガリンダとシェンシェンの間に投げ出すように置いた。そして、その板張りの座席に腰を下ろすと、ガリンダの方に体を傾けた。「ねえ、どう思う?」

エルファバが人前でガリンダに話しかけたのは、これが初めてだった。ガリンダは屈辱で体が熱くなった。「さあ、どうかしら」ガリンダはよそを向いて、消え入りそうな声で言った。

「巧妙なやり方よね」とエルファバ。「この最後の行、あの気取ったアクセントでは、動物か〈動物〉か判断できなかったわ。ディラモンド先生が怒るのも当然よ」

教授は激怒していた。批判者を募ろうとするかのように、部屋じゅうを見回す。「ショックです。ショックを受けました」そして、「大変なショックを受けました」と言い直し、憤然と部屋から出ていった。数学を教えている〈イノシシ〉のレンクス教授も出ていったが、その際にミス・ミラの黄色いレースの長い裾を踏んづけまいとして、金メッキのサイドボードを押しつぶしてしまった。歴史を教えている〈猿〉のミッコ先生は、すっかり困惑してしまい、身の置き所のない様子で身をこわばらせ、悲しげな面持ちで物陰に座っていた。「たしかに」とマダム・モリブルがその場を取り繕うように言った。「いやしくも〈詩〉であるかぎり、人の気分を損ねることもありますわ。それは芸術の権利というものです」

「あの人、頭がおかしいんじゃないかしら」とエルファバ。ガリンダはぞっとした。もしエルファバが自分に話しかけているところを、ニキビ面の男子学生に見られたらどうしよう！　二度とこの界隈を顔を上げて歩けなくなる。わたしの人生はめちゃくちゃだ。「しーっ、わたし、聴いているのよ。詩が大好きなんだから」ガリンダはきっぱりと言った。「わたしに話しかけないで。せっかくの朗読会が台無しだわ」

エルファバはガリンダに寄せていた体を戻すと、椅子の背にもたれてりんごを食べおえた。そして二人とも詩の朗誦を聞きつづけた。一つの詩が終わるたびに、ぶつぶつ、ひそひそというつぶやきは大きくなっていく。緊張も解けて、男子学生と女子学生はおたがいを見回しはじめた。

その夜の最後のケルが、「時宜を得た一人の魔女は九人を救う」という謎めいた警句で終わると、マダム・モリブルはまばらな拍手に送られて退場した。それから青銅製の召使いに命じて、まず来客に、ついで女子学生に、最後にアマたちにお茶をふるまわせた。衣擦《きぬず》れのカサカサという音と、淡水アワビの貝殻がぶつかるカチャカチャという音を響かせながら、男性教授と何人かの勇敢な男子学生から賛辞をもらい、もっと意見が聞きたいからと熱心に同席を勧めている。「本心をお聞かせくださいな。私、少々芝居がかりすぎてやしませんでしたか？　いつもそれでしくじりますの。舞台に立つことを考えたこともあるのですが、結局女子教育に携わる道を選びましたの」逃げ切れなかった聴衆が「そんなことありません」などとありきたりの文句をつぶやく中、マダム・モリブルは謙遜した様子でまつげを伏せた。

ガリンダは、相変わらずエルファバの話し相手という恥ずべき状況から抜け出そうともがいていた。ケルにどんな意味があるのか、何かよいところがあるのかなどと、ケルについて次々に問いかけてくるのだ。「そんなこと知らないわ。わかるわけないでしょう。わたしたち、まだ一年生なのよ」むこうでファニーやミラやシェンシェンが、緊張気味の男子学生のティーカップにレモンを絞ってやっている。わたしも早くあっちへ行かなくちゃ。

「そうね、その意見は学長の意見と同じぐらい意味があると思うわ」とエルファバ。「それが芸術の真の力じゃないかしら。たしなめるのではなく、挑戦する意欲をかきたてるものなんだわ。そうでなければ、わざわざ詩を作る意味なんてないわよね」

一人の男子学生が近づいてきた。たいして男前じゃないけれど、何であれ緑色の蛭《ひる》よりはましだわ。

「はじめまして」ガリンダは、相手が声をかける勇気を奮い起こすのを待たずに言った。「お会いできてうれしいわ。あなたはたしか、ええっと――」

「はい、ブリスコウ・ホールの者です」と相手は答える。「そして、マンチキン人です。見てのとおり」言われてみれば確かに。背丈がガリンダの肩にも届かない。それでも、見てくれは悪くなかった。もつれた木綿糸のようなくしゃくしゃの金髪、こぼれるような笑顔、肌の色もなかなかいい。夜会用のチュニックは野暮ったいブルーだったが、全体に銀色の糸で斑点が刺繍してある。こざっぱりとしていて、感じがいい。手入れの行き届いたブーツを履き、少しがに股気味に足先を開いて立っている。

「わたし、こういうところが大好きなの」とガリンダ。「知らない人と出会えること。これがシズのいちばんすばらしいところだわ。わたしはギリキン人よ」もちろん、とつけ加えたいところだったが、なんとかこらえた。その服装を見れば、自分がギリキン人だとすぐわかるだろうから。マンチキン人の娘はもっと地味な、目立たない服装をしていて、そのためにシズでは召使いと間違われることがよくあった。

「では、どうぞよろしく」とその学生は言った。「マスター・ボックといいます」

「アップランドのアーデュエンナ一族のミス・ガリンダよ」

「で、きみは?」ボックはエルファバの方を向いて言った。「きみの名前は?」

「わたし、もう行くわ」とエルファバは言った。「皆さん、どうぞよい夢を」

「ちょっと待って」とボック。「僕、きみのこと知ってるよ」

「ばか言わないで」立ち止まって振り向きながら、エルファバが言った。「わたしのこと、知ってるわけないじゃないの」

「きみはミス・エルフィーだろう?」

「ミス・エルフィーですって!」ガリンダが浮かれて言った。「なんて愉快な!」

「どうしてわたしを知っているの?」とエルファバ。「マンチキン出身のマスター・ボック? 知らないわ」

「小さいとき、いっしょに遊んだじゃないか」とボック。「僕の父は、きみが生まれた村の村長だった。きみはウェンド・ハーディングズのラッシュ・マージンズで生まれて、ユニオン教牧師の娘だった。きみのお父さんの名前、なんて言ったっけ?」

「フレックスだけど」とエルファバ。目を細め、警戒心をあらわにしている。

「そう、敬虔なフレックスパー牧師だ!」とボック。「村のみんなは、まだきみのお父さんのことを話しているよ。きみのお母さんのこともね。それから、ドラゴン時計がラッシュ・マージンズへやってきた夜のことも。僕が二つか三つのときで、見に連れていってもらったよ。覚えてないけど。覚えているのは、僕がまだ半ズボンをはいていたころ、きみが遊びの輪の中に入ってきたことさ。ゴーネットを覚えているかい？　僕たちの面倒を見ていたおばさん。それから、ブフィーは？　僕の父だよ。ラッシュ・マージンズのこと、覚えているだろう？」

「そんなの、全部でたらめの当てずっぽうだわ」とエルファバ。「反論のしようがないじゃない。いいこと、あなたが物心つく前のことを教えてあげましょうか。生まれたとき、あなたは蛙だったのよ」（これは意地悪だった。実際、ボックの顔は両生類に似ている）。「ドラゴン時計のいけにえに捧げられて、それで人間の男の子に変化したのよ。でも、新婚初夜に奥さんが足を開いたら、またおたまじゃくしに戻っちゃうの。そして――」

「ミス・エルファバ！」とガリンダは叫ぶと、パチッと音を立てて扇を開き、恥ずかしさで赤らんだ顔をあおいだ。「なんてことを！」

「まあ、いいわ。わたしには子供時代なんてなかったんだから。だから、好きなように言えばいいわ。わたしはカドリングの、沼地に暮らす人たちの中で大きくなったの。だから、ピチャピチャ音を立てて歩くのよ。わたしとは話したくないでしょう。ガリンダと話しなさいよ。こういう場所では、ガリンダと話すほうがずっと楽しいわよ。さあ、もう行かなくちゃ」エルファバはおやすみを言う代わりにうなずくと、ほとんど駆け足で去っていった。

「どうしてあんなことを言ったんだろう」とボック。その声に戸惑いの色はなく、ただけげんに思っているだけのようだった。「もちろん、あの子に間違いないよ。緑色の女の子なんて、そうそういるもんじゃないし」

「もしかしたら」とガリンダ。「あの子は肌の色のために自分だとわかるのがいやなんじゃないかしら。確信はもてないけど、敏感にはなっていると思うの」

「肌の色で人に覚えられるのは当然だってことぐらい、わかってるはずだけど」

「でも、わたしが知っているかぎりでは、あなたの記憶は正しいわ」とガリンダは続けた。「あの子のひいおじいさんは、ネスト・ハーディングズのコルウェン・グラウンドのスロップ総督だということよ」

「じゃあ、間違いないよ」とボック。「エルフィーだ。彼女と再会するなんて、思ってもみなかったよ」

「お茶のおかわりはいかが？　給仕を呼ぶわ」とガリンダは言った。「ここに座りましょう。そして、マンチキンの話をいろいろ聞かせてちょうだい。好奇心で身震いしそうだわ」そして、服の色とよく合う椅子に座り直した。これで最高に美しく見えるはず。ボックも腰を下ろす。そして、エルファバの出現に当惑したように、頭を振った。

　ガリンダが部屋に戻ったとき、エルファバはすでにベッドに入っていた。頭の上まで毛布を引きあげ、わざとらしくいびきまでかいている。ガリンダはドシンと音を立ててベッドに入った。このわたしがあんな緑色の娘に拒絶された気分になるなんて、なんだかおもしろくない。

その週はケルの夕べについて、さまざまな議論がなされた。ディラモンド教授は生物学の授業を中断し、学生に意見を求めた。女子学生たちは、詩に対する生物学的反応とはどういうものか見当がつかず、教授の誘導質問には答えずに、黙って座っていた。すると、ついに教授が怒りを爆発させた。「あの思想の表現とエメラルド・シティでの状況との間に関係があるとは、誰も思わないのですか！」

どなられるために授業料を払っているのではないと考えたミス・ファニーが、語気鋭く言い返した。「エメラルド・シティで何が起きているかなど、わたしたちは何も知らされていません！ 思わせぶりな態度はやめにして、言いたいことがあるのなら、はっきりおっしゃったらどうですか。ぶつぶつメエメエ言うのはやめてください」

ディラモンド教授はじっと窓の外を見つめている。怒りを抑えようとしているのだろう。学生たちは、ちょっとしたドラマにわくわくしていた。ほどなく〈山羊〉は振り向き、学生たちが思っていたより穏やかな声で、オズの魔法使いが〈動物〉の移動禁止令を発令し、数週間前から施行されていることを告げた。これは〈動物〉たちの交通機関、宿泊施設、公共サービスの使用を制限するだけではない。当局の言う〈移動〉とは、職業をも含む。この法律により、成年に達した〈動物〉は専門的職業に就くことも、公共機関に就職することも禁じられる。そうなると、働いて賃金を得ようと思えば、結局は農場や荒地へ追い返されることになってしまう。

「『動物は見るべきにして、聞くべきにあらず』という警句でケルを締めくくったとき、マダム・モリブルは何が言いたかったと思いますか」と、〈山羊〉は単刀直入に尋ねた。

「それは、みんな動転することでしょう」とガリンダ。「つまり、〈動物〉たちはみんな、という意味です。でも、先生のお仕事が脅《おびや》かされているわけではないのでしょう？　先生はここにいて、今も授業を続けているのですから」

「では、私の子供たちはどうなるでしょう。子供たちは」

「あら、お子さんがいるのですか？　ご結婚されているとは知りませんでした」

〈山羊〉は目を閉じた。「私は結婚していませんよ、ミス・ガリンダ。でも、するかもしれない。それに、甥や姪がいますが、鉛筆を持って論文を書くことができないという理由で、すでにシズ大学で学ぶことを禁じられている。この学問の楽園で、〈動物〉を見かけたことがありますか？」そう言われてみると、確かに一匹も見かけない。

「確かに、ひどいことだと思います」とガリンダ。「なぜ魔法使い陛下はそんな法律を作ったのでしょう」

「本当に、どうしてでしょうね」と〈山羊〉。

「まったく、謎ですわ。わかりません」

「私にもわかりません」〈山羊〉は演台の方を向くと、書類を何枚かあちこちへ押しこんだ。そして、低い棚から蹄《ひづめ》でハンカチをかき出すと、鼻をかんだ。「私の祖母はギリキンの農場の乳山羊でした。一生働きづめに働いて貯めた金で地元の教師を雇い、私に教育を受けさせてくれました。そして、大学の入学試験ではその先生が口述筆記をしてくれたのです。その努力が、無駄になろうとしています」

「でも、あなたはまだ、教えているではありませんか！」とファニーが苛立《いらだ》った声で言った。

「今はまだまだ序の口ですよ」と〈山羊〉は言い、授業を早めに切りあげた。ガリンダは思わずエルファバの方へ視線を向けた。思いつめたような、妙な表情をしている。ガリンダがさっさと教室から出て行こうとしたとき、エルファバは教室の前方へ歩いていった。そこではディラモンド教授が角の生えた頭を垂れ、こらえきれずに身を震わせていた。


それから数日後、マダム・モリブルは初期の聖歌と異教の賛歌についての特別公開講座を開いた。マダム・モリブルが質問を求めると、聴衆をびっくりさせる出来事が起こった。いつもは教室の後ろの席で胎児のようにうずくまっているエルファバが顔を上げ、学長に向かって発言したのだ。

「あの、マダム・モリブル。先週、応接室で朗誦されたケルについて、まだ議論する機会を与えていただいていないのですが」

「議論ですって？」マダム・モリブルは腕輪をはめた手で、優雅にではあるが追い払うような仕草をした。

「はい。ディラモンド先生は、動物の移動禁止令と考え合わせると、あの詩はあまりいい趣味だとは言えないと考えていらっしゃいます」

「ディラモンド先生、ああ」とマダム・モリブル。「あの方は学者です。詩人ではありません。それに〈山羊〉ですわ。これまでに、〈山羊〉の偉大なソネットやバラードの詩人がいたでしょうか。ミス・エルファバ、残念なことですが、ディラモンド先生はアイロニーという詩の作法をご存じないようですね。クラスの皆さんに、アイロニーの定義を披露していただけますか」

「わたしにはできません、マダム」

「一説では、アイロニーとは、矛盾しあう部分を並べてみせる技術ということです。対象との間に意図的な距離を保つことが必要なのです。ですからアイロニーには、対象に対して私心がないことが前提となります。まあ、ディラモンド先生が〈動物〉の権利に関して無心を保つということができないのは、無理ないことかもしれませんがね」

「つまり、ディラモンド先生が異を唱えている『動物は見るべきにして、聞くべきにあらず』というフレーズは、アイロニーだとおっしゃるのですか?」エルファバはマダム・モリブルの方を見ずに、手元の文書を確認しながら言った。ガリンダとクラスメイトたちは、二人の応酬を夢中で眺めていた。教室の前と後ろで言い合っているこの二人は、それぞれ相手がかんしゃくの発作を起こして倒れるのを見たら、きっと気をよくすることだろう。

「そうお考えになりたいなら、これをアイロニーと捉えてもさしつかえありませんよ」とマダム・モリブル。

「先生自身はどうお考えなのです?」とエルファバ。

「なんて生意気なことを!」とマダム・モリブル。

「生意気を言うつもりはありません。学ぼうとしているのです。もし学長が、いえ、誰かがこの表現を真実だと考えるなら、その前の退屈で尊大な部分と矛盾しないではありませんか。ただの議論と結論であって、アイロニーは存在しません」

「あなたはよくわかっていませんね、ミス・エルファバ」とマダム・モリブル。「あなたは自分より賢明な人の視点に立ち、その角度から物事を見ることを学ばねばなりません。あなたのように若くて聡明な学生が無知から抜け出せず、お粗末な洞察力という壁に取り囲まれているのを見るのは、そう、とても悲しいことですね」マダム・モリブルは、「聡明な《ブライト》」という言葉を吐き出すように言い、ガリンダには、それがエルファバの肌の色に対する卑劣な嫌味だと思えた。その肌は、今日は懸命に人前で発言しているためか、実際つややかに輝いていた。

「でも、わたしはディラモンド先生の視点に立とうとしているのです」エルファバは、ほとんど泣き出しそうになりながらも食い下がった。

「詩的解釈ということで言えば、私はあえて、あれは真実かもしれないと言っておきましょう。動物は聞くべきにあらず、なのです」マダム・モリブルはぴしゃりと言い放った。

「アイロニーのつもりでそうおっしゃるのですか?」とエルファバは返したが、顔を手で覆って座ってしまい、その講座が終わるまで顔を上げなかった。

4

後期の授業が始まったが、ルームメイトは相変わらずエルファバだったので、ガリンダはマダム・モリブルにそれとなく抗議してみた。だが、学長は部屋替えも部屋割りのやり直しもしてくれなかった。「ほかの学生たちが混乱しますから」とマダム・モリブルは言った。「なでしこ部屋へ行ってもいいというのであれば、話は別ですが。あなたの世話係のアマ・クラッチは、私の見るところ、前にあなたが説明した病気からは回復しているように思えます。あれなら、一五人の娘さんの監督でも任せられるのではないかしら」

「いいえ、とんでもない」ガリンダはあわてて言った。「時々再発するんです。いちいち報告しないだけで。ご心配をおかけしたくありませんから」

「まあ、なんて思慮深いの」とマダム・モリブル。「可愛い人ね。では、せっかくあなたが来てくれたのだから、少しお話ししましょうか。秋からの専門課程のことよ。ご存じのように、二年からは専攻を選択することになっています。もう考えてみましたか?」

「いいえ、まだほとんど」とガリンダ。「率直に言って、自然科学、芸術、魔術、あるいは歴史でも、そのうち自然に才能が発揮されて、どれを選ぶべきかわかってくると思ったんです。まあ、聖職者の仕事には向いてないと思いますけど」

「あなたのような学生なら、迷って当然でしょうけれど」とマダム・モリブルは言ったが、ガリンダにはたいした励ましにはならなかった。「魔術はいかが? あなたなら、きっといい成績をあげると思いますよ。私自身、この手の知識があることを誇りに思っています」

「考えてみますわ」とガリンダは言った。以前は確かにおもしろそうだと思っていたのだが、呪文を覚え、さらには呪文を理解するのはとても退屈で骨の折れる勉強だと耳にしてからは、魔術への意欲はすっかり薄れていたのだった。

「あなたが魔術を選ぶことになれば、もしかしたら、あくまでもしかしたらですが、新しいルームメイトが見つかるかもしれませんよ」とマダム・モリブル。「ミス・エルファバからはすでに、自然科学に興味があると聞いていますから」

「まあ、そういうことでしたら、よく考えさせていただきますわ」そう言いながら、実はガリンダは胸の中の名状しがたい葛藤と闘っていた。マダム・モリブルは、上流階級らしい言葉遣いや豪奢な服装にもかかわらず、少しばかり――なんと言おうか、危険な人物だと思えたのだ。世間向けの笑顔は、まるでナイフや槍が発するギラリとした光でできているようだし、その太く低い声は、まるで遠くで起きた爆発の轟きを隠蔽しているかのようだ。その全体像がつかみきれない、という印象がぬぐえなかった。マダム・モリブルの客間に座り、申し分なくいれられたお茶を飲んでいるとどうも落ち着かない気分になり、少なくとも自分の内面で何か貴重なもの――品位とでも言えばいいだろうか――が踏みにじられるような気がするのだった。

「と言いますのも、そのうち妹さんがシズにやってくるんだそうです」何分かのちに、マダム・モリブルはまるでこの間の沈黙も、そしてその間に食べた美味しいビスケットもなかったかのように、話を継いだ。「私にはそれを止めることはできません。でも、そうなると、ひどいことになるでしょうね。あなたもおいやでしょう。あのエルファバの妹ですもの。エルファバがいろいろ世話を焼き、ほとんどの時間を彼女の部屋で過ごすことになるのは目に見えています」そう言うと、力なく微笑んだ。首筋につけた粉香水がふわりと匂った。まるで心地よい香りを自在に発散できるかのように。

「あのエルファバの妹ですからね」ガリンダをドアまで見送りながら、マダム・モリブルは舌打ちし、頭を前後に振った。「うっとうしいことですね、ほんとに。でも、みんなで力を合わせて乗りきっていきましょう。それでこそ、友愛《ソロリティ》というものではありませんか？」学長はショールをしっかりつかむと、もう一方の手をガリンダの肩にそっと置いた。ガリンダは思わず身震いしてしまった。マダム・モリブルはそれに気づいたはずだが、そんなそぶりはまったく見せない。「ところで、友愛《ソロリティ》という言葉をこんなふうに使うのは、まさにアイロニーですわね。なんて機知に富んでいるのでしょう。もちろん、しかるべき時間と背景が与えられたなら、結局のところ、人の言葉や行動でアイロニーにならないものはないのですが」そして、ガリンダの肩甲骨を、まるで自転車のハンドルのようにぎゅっと握った。それも、女性の力とは思えないほど強く。「願わくば、そうね、妹さんが自分の姿を隠すヴェールを持ってきてくれますように！　でも、一年も先のことですから。まだしばらく時間がありますわ。魔術のこと、考えておいてくださいね。きっとですよ。では、おやすみなさい、可愛い人。よい夢を」

ゆっくりと自分の部屋へと戻りながら、ガリンダは、ヴェールがどうとかあんな意地悪なことを言われるなんて、エルファバの妹とはどんな人なんだろうと思った。エルファバに尋ねてみたいと思ったが、どう切り出せばいいのかわからない。そこまでずうずうしくはなれなかったのだ。

ボック

1

「おーい、出てこいよ」少年たちが呼んでいる。「出てこいったら」がやがやと入り乱れた学生が一かたまりになって、書斎の石油ランプの明かりに背後から照らされながらボックの部屋のアーチ型の扉にもたれている。「本にはもう飽き飽きだよ。一緒に来いよ」

「だめだよ」とボック。「灌漑《かんがい》理論がよくわからないんだ」

「パブが開いてるってのに、灌漑理論なんてクソくらえだ」アヴァリックという名の長身のギリキン人の少年が言う。「いまさら勉強したって、成績は上がりゃしないよ。試験はほとんど終わっちゃったし、試験官たちだって、もう酔っ払ってるぜ」

「成績のためじゃないよ」とボック。「ただ、この理論をきちんと理解しておきたいんだ」

「パーブ！　パーブ！　パーブ！」何人かの少年たちがシュプレヒコールのように叫びながら、一足先にもう出発しているらしい。「おい、ボック、ビールが待っているぜ。たっぷり熟成したやつが」

「どこのパブだい？　一時間ほどしたら僕も行くよ」とボック。椅子に深く腰かけて、足も足台には載せていない。そんなことをしたら、クラスメイトたちはこれ幸いと彼を肩にかつぎ上げ、一夜の放蕩に連れ出してしまうだろう。僕が小さいから、そんな荒っぽいことをする気になるんだろう。足をしっかりと床に踏みしめていれば、そうやすやすと持ちあがるようには見えないはずだ。

「〈イノシシとウイキョウ亭〉だよ」とアヴァリック。「新しい魔女が来て、ショーをやっているんだ。なかなかいかした女らしいぜ。カンブリシアの魔女だとさ」

「ふうん」ボックはあまり気乗りがしない様子だ。「じゃあ、早く行けよ。ショーを楽しんでくればいい。僕も行けたら行くから」

　少年たちはほかの部屋のドアをガタガタいわせたり、今は立派な後援者になっている卒業生の肖像画を叩いて傾けたりしながら、ぶらぶらと出ていった。アヴァリックは戸口に立って、まだ待っている。「野暮なやつらは放っておいて、えり抜きばかりで〈哲学クラブ〉へ行くかもしれないよ」と、気を引こうとする。「あとで来いよ。なんたって週末じゃないか」

「もう、アヴァリック、冷たいシャワーでも浴びてきたらどうだい」とボック。

「きみも興味があるって言ってたじゃないか。確かに言ったぜ。せっかくの学期末なんだし、羽目をはずしたっていいじゃないか」

「興味があるなんて言うんじゃなかったな。たとえば僕は死について興味がある。でも、実際に経験してみようという気はまだない、そういうことだよ。もう行ってくれ、アヴァリック。仲間に追いつけなくなるぞ。カンブリシアのばかげた見世物を楽しんでくればいい。どうせ嘘八百の客寄せに決まってるけどね。だって、本物のカンブリシアの魔女なんて何百年も前に滅んでいるんだから。もし実在してたとしての話だけどさ」

アヴァリックはチュニックの上着の二枚目の襟を立てた。襟の裏側には深紅のベルベットの裏地が張ってある。裏地の生地はきれいに剃られた細い首筋に映え、特権階級を示す勲章のように見えた。ボックは、また心の中で自分をこのハンサムな友人と比較して、やはりこいつにはかなわない、おまけに僕は背も低いし、と改めて思った。「まだ何か用かい、アヴァリック」ボックは自分自身にも友人にも苛立《いらだ》ちを感じていた。

「何かあったのか」とアヴァリック。「僕の目はふし穴じゃないぜ。何があったんだい?」

「何もないよ」とボック。

「ほっといてくれ、失せろ、出て行け! ならともかく、何もないよ、はやめてくれないかな。だって、きみはあまり嘘がうまくないし、僕も、ギリキン人斜陽貴族の放蕩息子の割には、それほどバカじゃない」アヴァリックの表情は優しげで、ボックは一瞬、打ち明けてしまいたい誘惑にかられた。どう言ったものかと思案しながら口を開いたそのとき、オズマ・タワーの鐘が鳴り、時を告げた。すると、アヴァリックがほんの少し振り向いた。僕のことを心配はしていても、僕のことだけを考えているわけではないのだ。ボックは口を閉じ、少し考えてからこう言った。「マンチキン人特有の無感覚さと思っておいてくれ。嘘じゃないよ。アヴァリック、きみのようないい友人に嘘はつけない。でも、ほんとに何でもないんだ。さあ、行ってこいよ。楽しんでくればいい。でも、羽目をはずしすぎるなよ」〈哲学クラブ〉についてもう一言《ひとこと》忠告しておこうかと思ったが、やめにした。もしアヴァリックを怒らせたら、ボックの老婆心めいた心配はかえって彼を煽《あお》り、〈哲学クラブ〉へ向かわせることになりかねない。

アヴァリックはボックに歩み寄り、両頬と額《ひたい》にキスをした。この北部上流階級の習慣が、ボックはとても苦手だ。アヴァリックはウィンクし、卑猥な身振りをしてみせると、やっと出て行った。

ボックの部屋からは石畳の小道が見わたせる。その小道を、アヴァリックと仲間たちがジグザグに一気に駆け抜けていく。ボックは窓から離れ、暗がりの中に立った。何も心配しなくてよかったのだ。友人たちは、もうボックのことなど頭にない。試験も半分以上終わり、二、三日息抜きをしようとしているのだ。試験が終われば、大学構内は閑散とするだろう。残っているのは、もうろくした教授たちと貧しい学生たちだけだ。以前にもその状態は経験済みだ。ボックは夏休みの間ずっと、スリー・クイーンズの図書館でアルバイトをすることになっていた。古い写本をテックの五本毛ブラシでこするよりは、勉強していたいのだが。

小道の向かいには、厩舎のブルーストーンの壁が続いている。通りを数本隔てた高級住宅街の、ある豪邸が所有するものだ。厩舎の屋根の向こうには、クレージ・ホールの菜園に植えられた果樹のこんもりした頂が見え、その上方には寄宿舎や教室のランセット窓が光っている。これが結構よくあることなのだが、女子学生がカーテンを引き忘れると、さまざまに肌をはだけた娘たちの様子をうかがうことができる。もちろん、素っ裸というのはこれまでなかったし、万一あっても、ボックは目を逸《そ》らすか、逸らさなくちゃと自分に厳しく言い聞かせるだろう。だが、ピンクや白のペティコートやキャミソール、体つきをよく見せるフリルのついた下着、胸まわりの派手な装飾——少なくとも、女の子用の下着がどういうものかというよい勉強にはなった。姉妹のいないボックは、ただ目をみはるばかりだった。

クレージ・ホールの寄宿舎からは距離があり、もう少しのところで女学生たちの顔の見分けがつかない。ボックは、あこがれの人の姿をもう一度見たいという欲望に顔を赤らめた。いかん、いかん！　勉強に集中しなくちゃ。試験の成績が悪いと、退学させられてしまうんだぞ！　そんなことになったら、年老いた父ブフィーの、そして自分の村ばかりかよその村の人々の期待をも裏切ることになってしまう。

ちくしょう、人生は過酷だ。大麦の研究だけじゃ満足できない。ボックは突然足台を飛び越え、学生用ケープをつかむと、廊下を疾走した。そして、塔の端にある石造りの螺旋《らせん》階段をぐるぐると駆け下りる。もうじっとしていられない。何か行動を起こさなければ。と、ふとあることを思いついた。

ボックは勤務中の守衛に会釈すると、門を出て左に曲がった。そして、夕闇の中、馬糞の大きな山をできるだけ避けながら道を急ぐ。クラスメイトは夜遊びに繰り出していったので、少なくとも見つかって笑いものになる心配はないし、ブリスコウ・ホールにはもう誰も残っていない。ボックは左へ曲がり、もう一度左へ曲がった。ほどなく厩舎の横の小道に出た。薪の山、膨らんで突き出たよろい戸、鉄製の巻き上げ機の腕木が目に入る。ボックは小柄なだけでなく、敏捷だった。指にかすり傷一つつくることなく、厩舎のブリキの樋《とい》にぶら下がる。そして、今度は湖ガニのように、急勾配の屋根を這い登った。

なんだ、こんなことぐらい何週間、いや何カ月も前に思いついてもよかったのに！　しかし、ほかの学生が全員浮かれて外出する夜、ブリスコウ・ホールから姿を見られなくてすむ夜となると今夜だ。おそらく今夜しかないだろう。何らかの運命が、アヴァリックの誘いを断るよう命じたのだ。それが証拠に、厩舎の屋根の上に登ったボックの耳に、クロウベリーや梨の木の濡れた葉を吹きわたる風が、やさしいファンファーレのように聞こえてきた。女子学生たちがホールへ移動しているのが見える。まるで、ボックがちょうどいい位置に来るまで待っていたかのように。まるで僕が来るのを知っていたみたいだ！

近くから見ると、みんなさほどきれいには見えない……。

でも、あの人はどこだ？

美しいかどうかは別にして、少女たちの姿ははっきりと見えた。サテンのリボンに触れて結び目をほどく指、するりと手袋を脱いだり、可愛らしく並んだ四〇ほどもありそうな小さな真珠色のボタンをはずしたりする指、たがいのレースの中や、男子学生が神話の中でしか知らない秘密の場所を探りあう指！　そして、なんて柔らかそうな髪！　女の子って、なんてすばらしく動物的なんだろう！　無意識のうちに、ボックは両手をぎゅっと握りしめたり開いたりしていた——まだほとんど知らぬ人を渇望して。ああ、あの人はどこにいるんだ？

「こんなところでいったい何をしているの？」

当然の成り行きとして、驚いたボックは足を滑らせた。ありがたくも恍惚感を与えてくれた運命は、その見返りとして、今度は僕を殺そうというのだろうか。足掛かりを失って、煙突につかまろうと手を伸ばすが、つかみ損ねる。そして、子供のおもちゃのように真っ逆さまにころげ落ちて、突き出ていた梨の木の枝にぶつかった。これで落下が止まり、命拾いをしたようだ。ドサッという音とともに、ボックはレタス畑に着地した。その衝撃で息がつまり、そのついでに、恥ずかしいことに大きな音をたてておならも出てしまう。

「まあ、すごい」と声がした。「今年は果実が落ちるのが早いこと」

ボックはわらにもすがる思いで、この声の主が愛する人でありますようにと願った。そして、メガネはどこかへ飛んでしまっていたが、なんとか紳士的に見えるよう体裁をつくろった。

「はじめまして」ボックは起きあがりながら、おぼつかなげに言った。「こんな訪問の仕方は不本意なのですが」

裸足にエプロンがけという姿で、声の主がピンク色のパーサぶどうの木陰から現れた。あの人ではなかった。もう一人のほうだ。メガネがなくてもわかる。「やあ、きみだったのか」がっかりしているのを気取られないように、ボックは言った。

その声の主は春野菜のサラダに使う、酸っぱいぶどうを入れた水切りボールを持っていた。「あら、い、いあなたね」そう言って、近づいてくる。「見覚えがあるわ」

「マスター・ボックが参上しました」

「マスター・ボックがわたしのレタス畑にご参上ってわけね」そして、メガネをさやいんげんの間から拾いあげ、渡してくれた。

「元気だった？　ミス・エルフィー」

「ぶどうほど酸っぱくないし、レタスほどしおれてもいないわ。あなたはどう、マスター・ボック？」

「かなり参っているよ。大騒動になるかな？」

「もしよければ、なんとかしてあげるけど」

「いいよ、そんなことしなくても。来たときと同じやり方で出られると思うから」ボックは梨の木を見あげた。「やばいな。ちょうどいい高さの枝を折ってしまったようだ」

「かわいそうなのは木のほうよ。どうしてこんなひどいことをしたの?」

「だって、びっくりしたんだ」とボック。「選択肢は二つあった。森の精のように木の葉の中をひょいと飛ぶか、あるいはおとなしく厩舎の反対側へ這いおり、通りに出て、いつもの生活に戻るか。きみならどっちを選ぶ?」

「難しい質問ね」とエルファバ。「でも、こういうときはまず、質問の妥当性を否定することにしてるの。わたしなら、いくらびっくりしたとしても、おとなしく通りの方へ下りていったりしないし、騒々しく木の間を抜けてレタス畑に飛びこんだりもしない。体を裏返しにして身軽になり、外の気圧が安定するまで空中に浮かんでいるわ。それから、ひっくり返した皮膚を、片足ずつ屋根に下ろしていくの」

「それから、皮膚を元に戻すのかい?」ボックがおもしろがって尋ねる。

「そこに誰が立っているか、その人が何を望んでいるか、わたしがその気になるかどうかによるわね。それから、皮膚の裏面の色にもよるわ。まだやってみたことがないから、何色かわからないのよ。子豚のような白かピンクだったらと思うと、ぞっとするわね」

「しょっちゅうピンクになるよ」とボック。「特に、シャワーを浴びてるときはね。なんだかまるで生焼けの――」ボックはそこで口をつぐんだ。冗談が度を越している。「悪かったよ、驚かせて。そんなつもりじゃなかったんだけど」

「梨の木のてっぺんを見ていたんでしょう？　新芽が出ているか調べるために」エルファパはおもしろがっている。

「そのとおり」ボックは素っ気なく答えた。

「あなたの夢の木は見えた？」

「僕の夢の木は、僕の夢の中にある。そのことは友達にも、まだよく知らないきみにも話す気はないよ」

「あら、でも、あなたはわたしを知ってるでしょう。子供のころ一緒に遊んだって、去年会ったとき言ったじゃない。ね、わたしたちって、兄妹みたいなものでしょ。だから、お気に入りの木のこと、話してくれてもいいと思うわ。もし、どこにその木が生えているか知ってたら、教えてあげるわよ」

「からかわないでくれよ、ミス・エルフィー」

「そんなつもりはないわ、ボック」エルファパは、二人は兄妹みたいなものだという言葉を念押しするように、相手の名に敬称をつけず、やさしく呼びかけた。「あなたはミス・ガリンダのことが知りたいんでしょう？　去年の秋、マダム・モリブルの残虐詩朗読会で会ったギリキン人の女の子」

「どうやらきみは、思った以上に僕のことをよく知っているみたいだね」ボックはため息をついた。

「あの人が僕のことを思っていてくれるって期待してもいいだろうか」

「そうね、期待ぐらいだったらしてもいいんじゃない？」とエルファパ。「でも、本人に聞いてみたほうがいいわ。決着がつくでしょ。少なくとも、あの子の気持ちはわかるわよ」

「でも、きみは友達なんだろう？　何か聞いてない？」

「わたしの知っていることなんて、当てにしないほうがいいわ。それに、知っていると言ったとしても、当てにならないわよ。嘘をつくかもしれないし。わたしがあなたに恋をしていて、嘘をついてルームメイトを裏切るかも――」

「きみのルームメイトなの？」

「そんなにびっくりした？」

「いや、ただ、えーと、喜んでいるだけだよ」

「あら、いけない、料理人たちに、いったいアスパラガスと何を話し込んでたのかって言われちゃうわ」とエルファバ。「何なら、ミス・ガリンダをいつかここへ連れてきてあげるわよ。早いほうがいいわね。恋心をきれいさっぱりあきらめるためには。もしそういう結果になったらの話だけど」そして、こう続けた。「でも、さっきも言ったけど、わたしは何も知らないのよ。今夜のプディングに何が入っているかもわからないのに、人の気持ちなんか予想できないわ」

　決行は三日後の夜と決まった。ボックはエルファバの手を握りしめ、熱烈に感謝した。あまりに激しく手を振ったので、鼻の上でメガネが上下に跳ねた。「きみは大切な幼なじみだよ、エルフィー。一五年間も会ってなかったけど」ボックはエルファバの後ろ姿に、敬称なしで呼びかけた。その姿は梨の枝の下を通って遠くなり、やがて小道へと消えていった。それからボックはなんとか菜園から脱出し、自分の部屋に戻った。そして再び本を開いたが、事態は何も変わらない。いや、すっきりするどころか、むしろ悪化していた。どうしても集中することができない。酔っぱらった学生たちがブリスコウ・ホールに帰ってきたときも、ボックはまだ起きていて、みんなが派手にガタガタ音を立てたり、シーッと言ったり、何かにぶつかったり、低い声でバラードを歌ったりするのを聞いていた。

2

試験が終わると、アヴァリックは夏休みを過ごしにふるさとへ帰っていった。ボックはといえばずるをしてなんとか合格した試験や、散々な成績だった試験もあったが、不合格だったとしても今となってはもうどうでもよかった。ガリンダとのデートは、もしかしたらこれが最初で最後になるかもしれないのだ。何を着ていくか、いつも以上に悩んだが、ヘアスタイルは最近カフェでよく見かける流行のスタイルに決めた（頭のてっぺんに細い白いリボンをぐるりと巻き、そこから髪をまっすぐ垂らす。そうすると、ミルクを入れたボールをひっくり返したときにわきあがる泡のように、髪が裾の方で派手にカールするのだ）。ブーツは何度も磨いた。ブーツを履くには暑すぎるが、夜会用の靴など持っていない。まあ、これでなんとかなるだろう、なんとか。

約束の日の夜、前回と同じ道をたどって厩舎の屋根に上ると、誰かが果実を採りに来たときに置いていった梯子が壁に立てかけてあった。おかげで、チンパンジーのようにクルクル回りながら、木の葉の中を降りていかずにすんだ。最初の数段はそろそろと降りたが、残りは勇敢に飛び降り、レタス畑を避けて着地した。ワームナットの木の下のベンチに、エルファバが無雑作に膝を胸に引き寄せ、裸足を椅子の上に乗せて座っている。ガリンダは足首を可憐に交差させて座り、サテンの扇で顔を隠しているが、どうもそっぽを向いているようだ。

「あら、びっくりひゃっくり！　お客様だわ」とエルファバ。「ああ、驚いた」

「こんばんは、お嬢さま方」とボック。

「いったいどうしたの？　仰天したハリネズミみたいな頭をして」とエルファバ。とりあえずガリンダもちらっとこちらを向いたが、また扇の後ろに隠れてしまった。緊張しているのかな？　どきどきして気を失いそうなんだろうか？

「そうさ、僕には〈ハリネズミ〉の血が流れてるんだ。言わなかったっけ？」とボック。「祖父方の血筋だけど。その先祖はある年の狩猟の季節に、カツレツになってオズマの従者の胃袋に納まり、美味しい思い出としてみんなの心に残ったんだとさ。うちにはそのレシピが伝えられているんだ。アルバムに貼ってあるよ。チーズとクルミのソース添え。うーん、たまらないね」

「本当？」とエルファバ。膝の上にあごを載せている。「ほんとに〈ハリネズミ〉なの？」

「まさか、作り話だよ。こんばんは、ミス・ガリンダ。もう一度会ってもらえて、うれしいよ」

「こんなこと、いけないことだわ」とガリンダ。「いろいろな理由でね、マスター・ボック。よくおわかりだと思うけれど。でも、このルームメイトが、わたしがイエスというまで眠らせてくれないの。だから、あなたにまたお会いできてうれしい、とは言えないわ」

「あら、言えばいいじゃない。口に出せば、それが本心になるかもよ」とエルファバ。「さあ、言ってごらんなさい。この人、そんなに悪くないわよ。貧乏学生のわりにね」

「わたしのことをそんなに思ってくださってうれしいわ、マスター・ボック」ミス・ガリンダは努めて礼儀正しく言った。「光栄に思います」光栄だなんて、これっぽっちも思っていない。こんなこと、屈辱でしかないわ。「でも、わたしたちの間に、特別な友情なんてありえないことをわかっていただきたいの。こちらにその気がないことはもちろん、わたしたちがそうなるには、あまりにも障害が多すぎるわ。このことを直接あなたにお伝えしようと思って、ここに来ることに同意したの。そうするのがフェアだと思ったのよ」

「フェアもフェアだけど、なかなかおもしろい見ものよ」とエルファバ。「それで、わたしもここでうろうろしているってわけ」

「まず、文化の違いという問題があるわ」とガリンダ。「あなたはマンチキン人だったわね。私はギリキン人よ。わたしは同じギリキン人と結婚しなくちゃいけないの。それしか道はないのよ、残念だけど」ガリンダは扇を下げると、手のひらをボックに向けて手を上げ、ボックの抗議をさえぎった。「それに、あなたは農民で農業専攻でしょ。わたしはオズマ・タワー卒の政治家か銀行家がいいの。これが現実よ。それに」とガリンダ。「あなたは背が低すぎるわ」

「この人がこんなことまでして、慣習を打破しようとしたことについてはどう思うの？　このおばかさんぶりは、どう？」とエルファバ。

「もう話すことはないわ」とガリンダ。「ここまでにしておきましょう、ミス・エルファバ」

「ちょっと待って、きみは自分のことを決めつけすぎだよ」とボック。「大胆に言わせてもらうと」

「どこが大胆なものですか」とエルファバ。「あなたの大胆さときたら、出がらしの葉で入れたお茶みたいなものじゃない。そんなに押しが弱いと、わたしの面目丸つぶれだわ。さあ、何かわくわくするようなことを言いなさいよ。こんなことなら、礼拝堂へ行ってたほうがましだったわ」

「邪魔しないでくれ」とボック。「ミス・エルフィー、ミス・ガリンダに僕に会うよう勧めてくれたことには感謝してる。でも、二人きりで話をさせてくれないかな」

「二人きりだと、あなたたち、おたがいが何を言ってるのかさえ理解できないわよ」エルファバは静かに言った。「わたし、育ちは違うけど、とりあえず生まれはマンチキンだし、自分で選んだわけではないにしろ、たまたま女の子だわ。あなたたちの仲裁者になるために生まれてきたようなものよ。わたしなしでうまくやれるとは思えないわ。実際、わたしがいなくなれば、おたがい何を言っているのか一言《ひとこと》だってわかるもんですか。この子は金持ち語を話すし、あなたはガチガチの貧乏人言葉を話すでしょ。それに、わたしはこの見もののために、ミス・ガリンダを三日かけてやっと口説き落としたのよ。見る資格はあると思うわ」

「ここにいてくれたほうが助かるわ、ミス・エルファバ」とガリンダ。「男の人といるときは、付添いが必要でしょ」

「ほらね?」エルファバがボックに言う。

「どうしてもここにいるって言うんなら、とにかく僕に話をさせてくれよ」とボック。「ほんの数分でいいから、僕の話を聞いてくれないか、ミス・ガリンダ。きみの言うとおりだ。きみは名門のお嬢さんで、僕は平民だ。きみはギリキン人で、僕はマンチキン人。きみにはきみの社会のしきたりがあるし、僕にもある。それに、僕の社会のしきたりからすれば、金持ちで、外国人で、そんなに高望みをしている女の子と結婚するなんて考えられない。僕がここへ来たのは、結婚を申し込むためじゃない」

「ほうら、帰らないでよかったわ。おもしろくなってきたじゃない」とエルファバ。だが、二人一緒ににらまれて、あわてて口を閉じた。

「時々会ってくれないかと頼むために来たんだ。それだけなんだよ」とボック。「友達として会ってほしい。将来のことは考えず、よき友達として、おたがいのことを知り合いたいんだ。きみの美しさに惹《ひ》かれていることは否定しないけど。きみは闇の季節に浮かぶ月、この世を照らす木の果実、天空を舞う不死鳥――」

「まるで予行練習してきたみたいね」とエルファバ。

「きみは神話の海」と、すべての希望を賭してボックは締めくくった。

「詩のことはよくわからないけど」とガリンダ。「でも、あなたっていい人ね」称賛を捧げられ、少し気をよくしたようだ。ともかく、扇の動きは速くなっている。「あなたの言う友情ってどんなものなのか、よくわからないわ、マスター・ボック。わたしたちぐらいの年頃の結婚前の男女の友情なんて。落ち着かないわ。厄介なことになりそうな気がするの。特に、わたしに対する気持ちを告白されてしまってはね。わたしがそんな気持ちになることはありえないもの。百万年かかってもね」

「今は、向こう見ずに何でもやってみる時代なんだよ」とボック。「僕たちには今しかないんだ。今のことだけ考えていればいいんだ。僕たちは若くて、生きているんだよ」

「生きているって、この場にはあまりそぐわないんじゃない？」とエルファバ。「お芝居のせりふみたいだわ」

ガリンダは扇をさっと閉じると、エルファバの頭をコツンと叩き、再び鮮やかに開いた。その手馴れた優雅な仕草に、二人はさすがだと感服した。「あなた、ちょっとうるさいわよ、ミス・エルフィー。一緒にいてくれるのはありがたいけど、そういちいち意見を言わなくていいのよ。マスター・ボックの詩の価値ぐらい、自分で判断できるわ。それより、この人のばかげた意見を考えさせてよ。ああ、天にましますラーライン様、これじゃ何を考えてるのか自分でもわからなくなっちゃうじゃないの！」

かんしゃくを起こしたガリンダは、なおさら美しかった。昔のことわざは本当だった。女の子について、こんなにたくさんのことがわかるようになるなんて！　手にした扇が落ちそうになっている。これはよい兆候なのだろうか？　もしガリンダが僕に愛情を感じていないというのが本当なら、僕が厚かましく期待してたよりまだ深く襟ぐりが開いたドレスを着てくるだろうか？　それに、バラの香水までつけている。まだ見込みはあるぞ。そう思ったら、その肩と首との境目に唇を押し当てたいという気持ちがこみあげてきた。

「あなたのいいところは」とガリンダが言っている。「そうね、勇敢よね。それに、こんなことを考えつくなんて、頭がいいと思うわ。もしマダム・モリブルに見つかったら、どんな目にあうかわからないのに。でも、このことは知らなかったでしょうから、勇敢というのは取り消すわ。頭がいいだけにしておきましょう。あなたは頭がよくて、そして、ええと、見た目は――」

「ハンサム？」とエルファバがけしかける。「颯爽《さっそう》としてる？」

「おもしろいわね」ガリンダはあっさりと言った。

　ボックの表情が曇る。「おもしろいって？」

「わたしなら、おもしろいって言われるためなら何でもするわよ」とエルファバ。「わたしの場合、せいぜいぐっとくるって言われれば御《おん》の字ってところね。実際人にそう言われるときって、たいてい胃がぐっと来て吐き気がするって意味らしいけど——」

「きみの言ったことは、全部当たっているかもしれないし、全く当たってないかもしれない」ボックはきっぱりと言った。「でも、そのうち、ぼくが粘り強いということはわかると思う。ぼくたちの友情の件については、ノーとは言わせないよ、ガリンダ。きみと友達でいることは、ぼくにとってとても大切なことなんだ」

「ほら、オスの獣がジャングルの中で、つがいを求めて吠えているわ」とエルファバ。「メスの獣は茂みの後ろでくすくす笑ってるのよ。なのに、とりすました顔で『あら、何かおっしゃいましたか？』って聞くの」

「エルファバ！」二人が同時に叫ぶ。

　そのとき、後ろから「まあ、なんてこと！」と声がして、三人はいっせいに振り向いた。声の主は、縞柄のエプロンをつけた中年のアマだ。薄くなりかけた白髪まじりの髪を、頭のうしろでねじって団子に結っている。「こんなところで何をやってるんです？」

「アマ・クラッチ！」とガリンダが叫ぶ。「どうしてわたしがここにいるってわかったの？」

「〈しま馬〉の料理人が、何やらヒソヒソ話し声がするって教えてくれたんですよ。いったい、人の目をふし穴だと思っているんですか。で、この方は誰です？　まるでぱっとしない人ですね」

ボックが立ちあがる。「マンチキンのラッシュ・マージンズ出身、マスター・ボックと言います。ブリスコウ・ホールの学生で、もうすぐ三年になります」

エルファバがあくびをする。「もう見世物は終わり？」

「まあ、なんてことでしょう！　お客様なら菜園から入ったりしませんから、そちらから押しかけてきたというわけですね。さっさと出て行ってくださいな。さもないと守衛を呼んで、つまみ出してもらいますよ！」

「もう、アマ・クラッチったら、騒ぎ立てるのはよしてちょうだい」そう言ってガリンダはため息をついた。

「そんなに心配するほど、この人は発育していないわ」とエルファバが指摘する。「見てごらんなさい。まだひげも生えていないじゃないの。このぶんならきっと――」

ボックが慌てて口を挟む。「こんなことするんじゃなかった。僕は罵倒されるためにここへ来たんじゃない。ミス・ガリンダ、きみを楽しませることすらできなかったのなら謝るよ。それから、ミス・エルファバ」できるだけ冷たい声で言った。自分でも聞いたことのないほどの冷ややかな声だ。「きみの好意を信じたのは間違いだった」

「まあ、見ていらっしゃい」とエルファバ。「わたしの経験からすると、本当に物事が間違っていたかどうかなんて、ずっとあとになるまでわからないものよ。とりあえず、近いうちにもう一度来ることにすれば？」

「こんなこと、二度とさせませんよ」とアマ・クラッチは言い、固まったセメントのようにじっと座っているガリンダを引き寄せた。「ミス・エルファバ、こんな破廉恥《はれんち》なことをけしかけるなんて、恥を知りなさい」

「ちょっとふざけただけじゃないの。そりゃ、悪ふざけだったかもしれないけど」とエルファバ。「ミス・ガリンダ、あなたもずいぶん頑固だこと。菜園に根を生やして、永遠にあいびきの相手を待ってるつもり？　あなただってまんざらでもないと思ったのは、わたしの勘違いだったのかしら？」

ついにガリンダが、なんとか落ち着きを取り戻して立ちあがった。「親愛なるマスター・ボック」まるで口述するように話しはじめる。「あなたに求愛をあきらめさせようというわたしの意志はもとより変わっておりません。それが恋愛であれ、あなたの言う友情であれ。でも、あなたを傷つけるつもりはなかったのよ。わたしはそんな人間ではありません」これを聞いたエルファバは、あきれたというように目をくるりと回したが、今回は口を閉じていた。おそらくアマ・クラッチが肘に爪でも立てたのだろう。「二度とこのような形でお会いするつもりはありません。アマ・クラッチが言ったように、わたしには似つかわしくないことですわ」アマ・クラッチははっきりそう言ったわけではないが、それでも厳しい顔でうなずいている。「でも、礼儀にかなった状況でお会いすることがあれば、マスター・ボック、少なくとも無視するなどという無礼なことはいたしませんわ。それでご満足していただけますわね？」

「満足なんて、とんでもない」ボックは微笑みながら言う。「でも、そこから始まるということもある」

「それでは、おやすみなさいませ」アマ・クラッチは全員を代表して言い、娘たちをせきたてた。「どうぞよい夢を、マスター・ボック。そして、もう二度と来ないでくださいね！」

「ミス・エルフィー、あなたってひどい人ね」とガリンダが言うのが聞こえた。エルファバはくるりと振り向くと、手を振りながらにやりと笑ったが、それがどういう意味なのかボックにはわからなかった。

3

そして、夏が始まった。とりあえず試験には合格したので、ボックは好きなようにブリスコウ・ホール最後の一年の計画を立てることができた。毎日スリー・クイーンズの図書館に出向き、古文書保管所の所長である巨大な〈サイ〉の監視の下、明らかに千年以上閲覧されたことがない古写本の手入れをした。〈サイ〉が部屋にいないときは、両隣の学生とたわいのないおしゃべりをする。二人は典型的なクイーンズの学生で、律儀なところがある一方、おふざけ好きで、噂話を矢継ぎばやにまくしたてたり、門外漢にはわからない難解な話をしたりした。機嫌がいいときはこの二人と一緒にいると楽しいのだが、不機嫌なときは閉口した。クロープとティベット。ティベットとクロープ。二人があまりに悪ふざけがすぎたり、きわどいことを言ったりしたとき、ボックは困惑したふりをした。週に一度はそんなことがあったが、二人はすぐに態度を改めてくれた。午後になると、三人でよくチーズサンドを持って自殺運河《スーサイド・キャナル》の土手に行き、白鳥を眺めた。屈強なボート部の学生たちが、夏季練習で運河を上ったり下ったりしている。その様子を見ていたクロープとティベットはうっとりとして我を忘れ、草の上にうつぶせに倒れた。そんな二人がほほえましくて、ボックは声をあげて笑った。そして、運命が再びガリンダを自分とめぐり合わせてくれる日を待った。

実際のところ、たいして長くかからなかった。菜園での密会から三週間ほどたった、とある風の強い夏の朝、小さな地震があった。スリー・クイーンズの図書館にちょっとした被害が出て、その修理のためにしばらく建物への立ち入りが禁止された。それで、ティベット、クロープ、ボックは、サンドイッチと食料室から紅茶の入った広口瓶《びん》を持ちだして運河に出かけると、お気に入りの草の茂った土手に腰を下ろした。すると一五分後、アマ・クラッチがガリンダとあと二人、女子学生を連れてやってきたのだ。

「たしか、前にも一度、お会いしましたわね」とアマ・クラッチ。ガリンダは遠慮がちに一歩後ろに立っている。こういう場合、たがいに挨拶を交わすことができるように、相手グループの知らない人の名前を聞き出すのは召使いの役目だ。ガリンダ様、シェンシェン様、ファニー様にお目にかかりますのは、ボック様、クロープ様、ティベット様でございます。紹介し終わるとアマ・クラッチは二、三歩引き下がり、若者たちが言葉をかけ合うのを見守った。

ボックはさっと立ちあがって軽くお辞儀をする。「では、お約束どおり、マスター・ボック。ごきげんいかが?」とガリンダ。

「元気だよ、ありがとう」とボック。

「桃のように熟れてるよ、こいつ」とティベット。

「ほんとに美味《うま》そうだな。この角度から見ると」一メートルほど後ろに座っているクロープも言った。だが、ボックが振り向いて怖い目でぎろっとにらんだので、二人はしゅんとなり、ふくれっ面をしてみせた。

「きみは？　ミス・ガリンダ」ボックは、ガリンダの整った顔をのぞきこんだ。「元気かい？　夏にシズできみに会えるなんて、すごくうれしいよ」だが、これは言うべきことではなかった。上流階級の娘は、夏休みは帰省する。だから、ギリキン人のガリンダは、マンチキン人や平民のようにここに残っていることを、気に病んでいるに違いないのだ！　ガリンダは扇を持ちあげ、目を伏せた。ミス・シェンシェンとミス・ファニーが肩にそっと触れ、同情の意を示す。だが、黙って引っ込むようなガリンダではなかった。

「こちらのお友達、ミス・シェンシェンとミス・ファニーが、夏の盛りの一カ月間、チョージ湖畔に家を借りるの。ネバーデイル村の近くの、小さなすてきなお家よ。それで、退屈な長旅をしてパーサ・ヒルズへ帰るより、そこで休暇を過ごすことにしたの」

「それはいい骨休めになりそうだね」ボックはガリンダのマニキュアをした爪の先、暗い色をしたまつげ、釉薬《うわぐすり》をかけたようなつやのある柔らかい頬、上唇の端の繊細な肌のくぼみに見とれていた。夏の朝の光を受けて、ガリンダは危険なまでに美しさを増し、見る者を酔わせた。

「しっかりしろ！」クロープは言って、あわててティベットと一緒に立ちあがると、両側からボックの肘を支える。それでボックは、なんとか息をすることは思い出したが、それ以上何も言うことが思い浮かばなかった。アマ・クラッチは手提げかばんを両手で持ってぐるぐる回している。

「そうそう、僕たち、仕事を見つけたんだよ」とティベットが助け舟を出した。「スリー・クイーンズの図書館で、文献の整理をしているんだ。文明の掃除人ってとこかな。きみはアルバイトをしているの？　ミス・ガリンダ」

「そんなわけないじゃないの」とガリンダ。「勉強ばっかりだったから、ちょっと息抜きしたいの。この一年、本当に大変だったもの。わたしの目は、まだ読書疲れから回復していないのよ」

「きみたち二人はどう？」とクロープが、驚くほどほどなれなれしい口調で尋ねた。しかし、二人の娘はくすくす笑っているだけで答えず、後ずさりしていく。この出会いは友達のもので、自分たちのものではない。落ち着きを取り戻したボックは、女の子たちがそろそろ歩き出そうとしているのを感じとった。そして、「そうだ、ミス・エルフィーは？」と言って引きとめようとした。「きみのルームメイトはどうしてる？」

「頑固で扱いにくいわ」ガリンダがとげとげしく言った。今までの社交用のかぼそいささやき声ではなく、普通の声で。「でも、ありがたいことに、あの人何か仕事を見つけたみたいよ。これでわたしも少し息が抜けるってものだわ。ディラモンド先生の助手として、実験室と図書館で働いているんですって。ディラモンド先生をご存じ？」

「ディラモンド先生？　ご存じも何も」とボック。「シズ大学で最も偉大な生物学の先生だよ」

「でも、〈山羊〉だわ」とガリンダ。

「そうそう。ディラモンド先生に僕たちも教えてもらえたらなあ。うちの教授たちも、先生の非凡さは認めているよ。ずいぶん前の話だけど、確か摂政オズマ《オズマ・リージェント》の治世中、あるいはそれ以前からも、毎年ブリスコウ・ホールに招かれて講演をしていたはずだ。だけど、規制が厳しくなって、それもできなくなった。それで、僕はまだ先生に会ったことがないんだ。去年詩の朗読会で、ちらっとだけど姿を見ることができて、うれしかったなあ」

「でも、あの先生のおしゃべりときたらもう、のべつ幕なしで」とガリンダ。「優秀かもしれないけど、わたしたちが退屈しているのに、ちっとも気づいてくれないのよ。それはともかく、エルフィーはあれやこれやと、忙しそうに働いているわ。あの子も、のべつ幕なしの口ね。こういうのって、伝染するのね！」

「なんたって実験室だもんな。なんでも増殖するんだよ」とクロープ。

「そりゃそうだ」とティベット。「ところで、ボックがまくし立ててたとおり、きみってほんとにきれいだね。僕たち、愛情と肉体的欲求不満から生じた妄想のせいにしてたんだけど――」

「わかっただろう」とボック。「きみのミス・エルフィーと僕の悪友たちに囲まれたら、友情なんて望むのはどだい無理なんだよ。いっそ決闘でもやって、殺しあってみるかい？ 一〇歩数えて、振り向き、ズドーン。そうすれば、ずいぶん手間が省けるよ」

だが、ガリンダはこのような冗談を快く思わなかった。素っ気なくうなずくと、仲間とともに運河に沿ってカーブした砂利道を歩きはじめた。ミス・シェンシェンが、低い弾んだ声で、「ねえねえ、あの人ってかわいいのね。おもちゃみたいじゃない」と言うのが聞こえる。

声がだんだん遠くなっていくと、ボックはクロープとティベットをののしろうと振り返った。ところが二人はボックをくすぐり始め、三人一緒に昼食の残り物の上に倒れこんだ。この二人が変わるとはとうてい思えない。ボックは二人を更正してやろうという衝動を断念した。それに、ミス・ガリンダがまったく相手にしてくれない以上、こいつらが子供っぽくからかってこようがこまいが、たいして違いはないじゃないか。

　それから一、二週間あと、午後の仕事が休みになったので、ボックは駅前広場へ出かけ、売店で品物を物色しながらぶらぶらしていた。タバコ、恋のお守り、女性が服を脱いでいるみだらな絵、それに、燃えるような夕焼けと、士気を高める一行メッセージが描かれた掛け物。「ラーラインは一人一人の心の中に生きつづけている」「オズ陛下の法を守れ、そうすれば法があなたを守る」「正義の女神があまねくオズを行脚《あんぎゃ》したもうことを名もなき神に祈る」異教、権威主義、古くさいユニオン教のスローガンなど、さまざまだ。

　だが、明らかに王党派支持を打ち出したスローガンはひとつも見あたらない。オズの魔法使いが最初に摂政オズマ《オズマ・リージェント》から権力の座を奪ってからというもの、一六年間という辛苦の年月を、王党派は身を潜めながら過ごしている。オズマの家系は元々ギリキン人だから、魔法使いに抵抗を続ける集団がここギリキンの地に存在しても当然だった。だが実際のところ、ギリキンは魔法使いの治世の下で繁栄をきわめ、王党派は沈黙を守っている。しかも、裏切り者や革命分子には厳罰を与えるという噂も流布していた。

　ボックはエメラルド・シティで発行された新聞を買った。数週間前に出たものだが、このところぱったりと新聞というものにお目にかかったことがない。そして、カフェに入って腰を下ろした。エメラルド・シティ防衛軍が、宮廷の庭で反対運動を繰り広げる〈動物〉の活動家を鎮圧したという記事を読んだ。地方のニュースを探すと、マンチキンでは干ばつに近い状態が続いているという埋め草記事があった。時折激しい雷雨が地面を水浸しにするが、水は流れてしまうか、粘土の中へしみ込んでしまって役に立たない。ヴィンカス地方の地下にまだ見つかっていない地底湖があり、その水源があればオズ全体に水が供給できるという。だが、国中に運河をめぐらせるというアイデアは一笑に付された。そんな費用がどこにある！　この問題をめぐって、総督派とエメラルド・シティの間に大きな意見の隔たりがあった。

　オズからの分離独立。ボックの頭に扇動的な考えがよぎる。ふと見あげると、エルファバがアマも連れず、一人で立ってボックを見下ろしていた。

「思わず見とれちゃったわ、ボック」とエルファバ。「恋に悩んでいるときよりずっとそそられる顔つきだったわよ」

「ある意味、恋かも」とつぶやくと、ボックは我に返ってあわてて立ちあがった。「よかったら掛けないか。付添いなしでも気にしないなら」

　エルファバは椅子に座った。少し元気がないようだ。ボックはエルファバのために、ミネラル茶を注文した。茶色の紙で包んでひもをかけた荷物を抱えている。「妹にと思って小物を見てたの」とエルファバ。「ガリンダと一緒で、きれいな物を身につけるのが好きなのよ。バザーでヴィンカス製のショールを見つけたわ。黒地に赤いバラの模様で、黒と緑の房飾りがついてるの。妹に送ってやるわ。アマ・クラッチがわたしに編んでくれた縞柄の長靴下も一緒にね」

「きみに妹がいるなんて、知らなかったよ」とボック。「妹さんも遊び仲間の中にいたのかな」

「妹は三つ年下よ」とエルファバ。「もうすぐクレージ・ホールにやってくるわ」

「きみみたいに厄介な人なのかい？」

「また別の意味で厄介ね。妹のネッサローズは体が不自由で、とても手がかかるの。マダム・モリブルもまだ本当のところは知らないのよ。でも、妹が来るころにはわたしも三年生になるから、学長に立ち向かう度胸もついてると思うの。ネッサローズをつらい目にあわせる人がいたら、わたし、どんなことでもできるわ。あの子はこれまでだって、十分つらい目にあってきたんだもの」

「お母さんが世話をしているの？」

「母は亡くなったわ。父が面倒をみているの、名目上はね」

「名目上って？」

「父は信仰に凝りかたまった人なのよ」とエルファバは言い、手のひらを合わせてぐるぐる回す仕草をした。石臼をどれだけ回そうと、どだい穀物を入れなければ小麦粉などできっこない、とでも言うように。

「きみの家も大変そうだね。お母さんはどうして亡くなったの？」

「お産で死んだわ。さあ、インタビューはもうおしまい」

「ディラモンド先生のことを教えてくれないか。きみは先生の下で働いてるって聞いたよ」

「氷の女王ガリンダのハートを射止めるために、どんなおもしろい作戦を実行しているのか、教えてちょうだい」

ボックは本当はディラモンド教授のことを聞きたかったのだが、エルファバのこの一言《ひとこと》で脱線してしまった。「僕はあきらめないよ、エルフィー、絶対に！　ガリンダの姿を見ると、恋しさで胸がいっぱいになるんだ。血が沸騰しそうになるんだ。何も言えなくなり、幻想みたいなことばかり考えてしまう。まるで、夢を見ているようだ。夢の中を漂っているような気分になるんだ」

「わたしは夢なんか見ないわ」

「ねえ、少しぐらい希望はあるだろうか。あの人はなんて言ってる？　僕に対する気持ちが変わるかもしれないって、想像ぐらいすることはないだろうか？」

エルファバは両肘をテーブルについて座っている。顔の前で両手を組み、人差し指の先をつき合わせ、灰色がかった薄い唇にくっつけている。「あのね、ボック、驚いたことに、わたしもガリンダを好きになってきたのよ。あの子、うっとりと自己愛に浸っているように見えるけど、物事を考えようとがんばっているところも確かにあるのよ。実際、いろんなことを考えているわ。だから、頭がきちんと働いているときなら、うまく誘導すれば、あなたのことを考えることもありえるかも——しかも、憎からずね。もしかしたらの話よ。でもどうかしら。いつもの女の子、つまり、毎日二時間かけてあの美しい髪を巻いている女の子に戻ってしまったら、考えるガリンダは内なる小部屋に入って、ドアをぴしゃりと閉めてしまうの。それか、考えていることが自分の手に負えないと、ヒステリーを起こして退却するか。わたしはどちらのガリンダも好きよ。彼女を好きになるなんて、不思議だって思うけど。できるものならわたしだって自分を放っておいてどこかへ行っちゃいたいけど、どうやって自分から逃れられるか見当がつかないもの」

「きみは厳しくしすぎるんじゃないかな。それに、お節介がすぎるんだよ」とボックがきつい口調で言った。「もしここにガリンダがいて、きみが言いたい放題言うのを聞いたら、目を回すだろうな」

「わたしはただ、友人としてかくあるべきと思うとおり行動しているだけよ。確かに、修業が足りないのは認めるけど」

「いや、僕に対する友情も疑っちゃうよ。もしきみがミス・ガリンダのことも友人だと考えていて、本人のいないところでこんなふうに友人をこきおろすのならね」

ボックは苛立《いらだ》ってはいたが、これまでガリンダとありきたりの会話を交わしたときより、ずっとわくわくしているのを感じた。批判ばかりしてエルファバを怒らせたくない。「きみにもう一杯、ミネラル茶をおごるよ」と有無を言わせぬ口調で言う。実は、父の口調をまねしたのだ。「それで、ディラモンド先生のことを教えてほしいんだけど」

「お茶はいいわ。これを少しずつ飲んでるから。それにわたしと同じで、余分なお金なんて持ってないんでしょ」とエルファバ。「でも、ディラモンド先生のことなら教えてあげる。ただし、わたしの言うことにいちいち目くじらを立てないならね」

「頼むよ、僕が悪かった」とボック。「ほら、今日はいい天気だし、大学からは離れてるし。でも、どうやって一人で出てきたんだい？　マダム・モリブルは外出を許可したの？」

「どうしたと思う？」エルファバはにやりと笑った。「あなたが菜園と厩舎の屋根を通ってクレージ・ホールに出入りできるのなら、わたしにもできるはずだと思ったのよ。わたしがいなくなったって、どうせ誰も気にしやしないし」

「信じられないな」ボックは大胆に続けた。「だって、きみは木造の建物にとけこみそうには見えないんだもの。ねえ、ディラモンド先生のことを話してくれないか。先生のこと、すごく尊敬してるんだ」

エルファバはため息をつくと、観念して小包をテーブルの上に置き、長話に備えて座りなおした。そして、まずディラモンド教授の自然界の本質に関する研究について話した。教授は、動物の体の組織と〈動物〉の体の組織、そして〈動物〉の体の組織と人間の体の組織との根本的な違いを、科学的方法であきらかにしようとしている。エルファバも使い走りの仕事をしてみてわかったのだが、このテーマに関する文献は、ユニオン教的、あるいはユニオン教以前の異教的観点から説明しているものばかりで、まだ科学的な解明がされていない。「もともと、シズ大学はユニオン教の修道院だったことを忘れちゃだめよ」とエルファバ。「だから、大学内の教養あるエリートの間には何でもありの気風があるけど、それでも根底にはまだユニオン教的偏見が残っているのよ」

「だけど、僕もユニオン教徒だよ」とボック。「でも、べつに矛盾は感じないな。名もなき神は人間だけじゃなく、それ以外のさまざまな生き物にも慈悲を与えてくださるんだ。きみは、初期ユニオン教のパンフレットに織りこまれた、〈動物〉に対するごく些細な偏見のことを言っているの？　その偏見は今も存在していると？」

「ディラモンド先生は明らかにそう考えているわ。でも、先生自身もユニオン教徒なのよ。この矛盾をすっきり説明してくれたら、わたしも喜んで改宗するわよ。わたしは〈山羊〉先生を心から尊敬しているわ。でも、わたしが本当に関心をもっているのは、政治的観点なの。もし先生が生物学上の構造をいくつか取りあげて、人間の肉体と〈動物〉の肉体は、目に見えない深いところでは何の違いもないと証明できれば――あるいはここに動物の肉体を加えてみてもいいわ。この三者の間で何の差異がないとわかれば――わたしが言わんとしていること、わかるでしょう?」

「いや」とボック。「わからないな」

「人間と〈動物〉の間には生来何の違いも存在しない。そうディラモンド先生が科学的に証明できたら、動物移動禁止令は支持されなくなるはずよ」

「それはまた、とんでもなく楽観的な未来予想だな」とボック。

「考えてみてよ、ボック」とエルファバ。「どんな根拠があって、魔法使いはこんな禁止令を出しつづけられるっていうの?」

「いったい誰が魔法使い陛下を説得して、撤回させるっていうのさ? 陛下はすでに承認会議を無期限に解散してしまっている。陛下が議論を歓迎するとは思えないよ、エルフィー。たとえ、ディラモンド先生のような高名な〈動物〉が提言したとしてもね」

「でも、魔法使いは議論を受け入れるべきよ。当然でしょ。権力者なんだもの。自分の認識が間違っていないかどうか考えるのも仕事のうちのはず。ディラモンド先生は証明ができ次第、魔法使いに手紙を書いて、法律改正のための陳情運動を始めるつもりなの。あらゆる手を尽くして、国中の〈動物〉たちに自分の意図を知らせるはずよ。先生はばかじゃないわ」

「僕は何も、ばかだなんて言ってないよ」とボック。「ところで、先生の研究は、確固たる証明にかなり近づいているのかい?」

「わたしはただの使い走りの学生なのよ」とエルファバ。「先生の意図さえ、理解できないの。わたしは秘書で、口述筆記をしているだけ。ほら、先生は自分で字が書けないでしょ。蹄《ひづめ》ではペンが持てないから。わたしの仕事は口述筆記をして書いたものを綴《と》じることと、クレージ・ホールの図書館へ駆け込んで、調べ物をすることなの」

「その種の資料を探すなら、ブリスコウ・ホールの図書館のほうがいいと思うよ」とボック。「スリー・クイーンズでもいいと思う。この夏休み、あそこで働いてるんだけど、修道士が動物と植物の生態を観察した記録を納めた書架があるよ」

「確かに、わたしはちょっと見かけが普通じゃないけど」とエルファバ。「一応は女の子だから、ブリスコウ・ホールの図書館には入れないでしょう? 同じくディラモンド先生は〈動物〉だから、少なくとも今は入れないわ。つまり、その貴重な資料は、わたしたちには使用不可能なのよ」

「じゃあ」ボックはさりげなく言った。「どういうものが必要か、正確にわかっているんだったら……。僕はどちらの書架にも出入りできるからさ」

「そうだ、先生が〈動物〉と人間の違いを解明しおえたら、同じ議論を男女の違いに適用するよう提言してみよう」とエルファバは言った。それからボックが何を言ったか理解すると、ボックに触れそうなくらいまで手を伸ばした。

「ああ、ボック、ディラモンド先生に代わって、ありがたくあなたの寛大な申し出を受けさせていただくわ。一週間以内に、最初のリストを渡すわね。わたしの名前は書かないでいいかしら。わたしだけなら、どんなに恐るべきモリブル《ホリブル》が怒り狂ってもかまわないけど、妹のネッサローズにとばっちりが行くのはたまらないのよ」

エルファバはお茶を飲み干すと、包みを取りあげ、ボックが立ちあがるのも待たずに飛び出して行った。新聞や小説を読みながらゆっくりお茶を楽しんでいた客たちが顔を上げ、緑色の娘がドアを押して出て行くのを見ている。ボックは椅子に座り直した。自分が何に首を突っ込むことになったのかまだよく理解していなかったが、ここで朝のお茶を楽しむ〈動物〉が今朝はいないことに、ゆっくりと、だがはっきりと気づいた。一人として〈動物〉の姿は見られなかったのだ。

4

ボックは今後の人生において——実際長生きすることになるのだが——この夏このあとに起こった出来事を、古代の手書き文字が踊る古い本のかびのにおいとともに思い出すことだろう。一人かび臭い書架で探し物をして、上皮紙の写本がぎっしり詰まったマホガニーの引き出しの前に張りついて調べ物をした。夏の間じゅうしとしとと雨が降りつづき、ブルーストーンの枠に嵌《は》めこまれたひし形の窓ガラスが、砂のように小さいが執拗な雨つぶで何度も曇った。この雨も、マンチキンには届くまい。だが、そのことは考えないようにした。

ディラモンド教授の調べ物のために、クロープとティベットも駆り出された。二人は変装をして図書館襲撃を企てたが、まずそれを断念させねばならなかった。スリー・クイーンズ学牛演劇舞踏クラブの物置部屋には、鼻眼鏡、髪粉をつけたかつら、高い襟のマントなどがぎっしり収納されているのだ。だが、自分たちの任務の重大さがわかると、やる気をみなぎらせて取り組みはじめた。週に一度、二人は駅前広場のカフェでボックとエルファバに会った。例によって霧のような雨が降りつづいた数週間、エルファバはフード付きの茶色のマントに全身を包み、ヴェールから目だけを出して現れた。手には擦りきれた灰色の長い手袋。地元の葬儀屋から葬式に使ったものを安く手に入れたのだと、自慢げに説明する。そして、その竹竿のような脚には、綿のストッキングを二枚重ねてはいている。このいでたちのエルファバを初めて見たとき、ボックは言った。「クロープとティベットを説得して、なんとかスパイごっこを止めさせたと思ったら、今度はきみが本物のカンブリシアの魔女みたいな格好でやってくるなんて」

「あなたたちの気にいる格好をする気なんてないわ」エルファバはそう言いながらマントを脱ぎ、濡れた毛織の生地が体に触れないよう、裏返しにしてたたんだ。カフェに入ってきた客が傘を振って水気を払おうとすると、エルファバはいつも身をすくめ、飛び散った雨のしずくがかかりはしないかとおびえるのだった。

「エルフィー、そこまで濡れるのをいやがるのは、宗教的信念なのかい?」とボックが尋ねる。

「前にも言ったけど、わたしには宗教ってものが理解できないの。信念という概念なら、やっとわかりだしたところだけど。ともかく、真の宗教的信念を持っている人って、ただの宗教の囚人じゃないの? どこかへ閉じ込めておけばいいのよ」

「それゆえに」とクロープが言う。「きみは水という水をいやがるんだね。きみは気づいていないだろうが、洗礼の水しぶきを象徴しているのかもしれない。となると、何の宗教に対しても、不可知論者としてのきみの自由は、制限されることになるね」

「あなたは自分の考えに夢中になりすぎて、わたしの精神的病状には気がつかないと思ってたわ」とエルファバ。「さて、今日はどんな収穫があったの?」

毎回ボックは、ガリンダもこの場にいればいいのにと思った。この数週間でみんなの間に仲間意識が育《はぐく》まれ、それがとても新鮮で、気楽でウィットに富んだ仲間の見本のように感じられたのだ。これまで守ってきた慣習に反して、敬称も使わない。たがいに会話に割り込み、笑いあい、秘密の任務を担っている自分たちが大胆で重要な人間のように感じられた。クロープとティベットは、〈動物〉や禁止令のことにはほとんど関心がない。二人ともエメラルド・シティの出身で、それぞれ収税吏と宮廷警備顧問の息子だ。だが、この任務に対するエルファバの熱い信念が、二人にやる気を起こさせた。ボック自身もさらにのめり込んだ。そして、ガリンダが仲間に加わって、上流階級特有の慎みを捨て、秘密の目的を分かち合う喜びに目を輝かせているところを思い描いた。

「わたしは、あらゆる形の情熱を知っていると思ってたわ」ある晴れた日の午後、エルファバは言った。「つまり、ユニオン教の牧師を父親に持って大きくなると、神学こそあらゆる思考と信念の基本だと思うようになるの。でも、聞いてよ! 今週ディラモンド先生は、とてつもない科学的発見をしたの。よくわからないんだけど、レンズを使うの。それも二枚。透明なガラスの上に細胞の組織を置いて、背後からろうそくの炎で照らし、それをレンズ越しに観察するのよ。先生は口述を始めると、とても興奮してきて、発見したものを歌にして歌いだしたの。目にしたものをアリアにしちゃったのよ! 有機物の構造、色、基本的形態については、レチタティーボで語りかけるように歌ったわ。

なんといっても〈山羊〉だから、紙やすりで引っかいたような、とんでもない声だったけど。でも、どんな歌いっぷりだったことか！　注釈にはトレモロで声を震わせながら、解釈にはヴィブラートをかけ、推論には音を引っぱるソステヌートで、輝かしい発見を朗々と歌いあげたのよ！　きっとほかの人にも聞こえてたと思うわ。それでわたしも作曲科の学生みたいに、先生のノートを読みあげながら一緒になって歌ったの」

　教授はこの発見によって力を得て、文献探しはもっと焦点をしぼって行うよう要請した。そして、この大発見については、政治的に最も有利に発表できる方法が見つかるまで公表しないことに決めた。夏の終わりにかけて、エルファバたちは、〈動物〉と動物がどのように創造され、区別されていったかに関するラーライン信者や初期ユニオン教の論文の発見に奔走した。「ユニオン教修道士、それに異教の僧や尼僧たちのように、まだ科学を知らない人々がどんな科学的理論を持っていたかを明らかにしようというのではないのよ」とエルファバは説明した。「そうじゃなくて、ディラモンド先生は、わたしたちの祖先がこの問題をどう考えていたかを明らかにしたいと思っているの。昔の敬虔な宗教家たちがこの問題をどう解釈していたかわかれば、不当な法律を押しつける権利が魔法使いにあるのかどうか、問題提起しやすくなるでしょう？」

　それは興味深い作戦だ。

「形式はさまざまだけど、『オジアッド』以前から存在した原始神話ならいくらか、よく知られているよね」金髪の前髪を芝居がかった仕草でかき上げながら、ティベットが言う。「最も首尾一貫しているのが、伝説上の妖精の女王ラーラインの旅の神話だ。空中を旅するのに疲れたラーラインは砂漠に降り立ち、乾いた砂丘の地中深く隠れていた水源に呼びかけた。水は呼びかけに応じ、たちまちオズの国中から水が豊富に湧き出した。ラーラインは前後不覚になるまで飲むと、ランシブル山の頂上で長い眠りについた。目を覚ますと、ラーラインはものすごい量の放尿をした。それが広大な大ギリキン森林地帯を巡り、ヴィンカスの東端をかすめてレスト湖に流れこむギリキン川となった。動物は陸生生物《テリカラス》なので、ラーラインやその従者たちより位が下になった。そんな目で見ないでくれよ。陸生生物《テリカラス》の意味ぐらい知ってるさ。ちゃんと調べたんだから。陸上あるいは地上近くで生きるものって意味だろ。

動物は、植物の生い茂る土壌から取ってきた土を丸めて創られた。ラーラインが放尿したとき、動物たちは荒れ狂う流れを洪水だと思った。自分たちの新しい世界を水浸しにするために洪水が起こったのだと思いこみ、ここにいては死んでしまうと思った。そして、パニック状態に陥って急流に飛び込み、ラーラインの尿の中を懸命に泳いだ。そこでおじけづいて岸に戻ったものは動物のまとどまり、重荷を背負わされたり、食用になるために殺されたり、狩りの獲物として追われたり、財産とみなされたり、無知ゆえに愛玩されたりすることになった。流れを泳ぎきって向こう岸にたどり着いたものには、意識と言葉という贈り物が与えられたというわけさ」

「なんともすばらしい贈り物だね。自分の死を意識できるようになるなんて」とクロープがつぶやいた。

「こうして〈動物〉が誕生した。最古の歴史をさかのぼる限り、動物と〈動物〉を分かつのは伝統的因習ってわけだね」

「おしっこの洗礼とはね」とエルファバ。「〈動物〉の能力を説明すると同時に、〈動物〉をおとしめる巧妙なやり方じゃない？」

「それで、溺れ死んだ動物はどうなったんだい？」とボックが尋ねる。「彼らこそ、真の敗者じゃないか」

「または、殉教者」

「または、亡霊。今も地下に住みついて、水の供給を邪魔している。それで、マンチキンの田畑が干上ってるんだ」

皆でどっと笑った。そして、お茶のお代わりを注文し、テーブルに運ばせた。

「時代は下るけど、もう少しユニオン教的傾向の強い聖典を見つけたよ」とボック。「異教の物語に由来していると思うんだけど、その痕跡は消してある。洪水が起こったのは天地創造のあとで、人類の出現の前だけど、それはラーラインの多量の尿ではなく、名もなき神がたった一度オズを訪れたときに流したおびただしい涙ということになっている。名もなき神は国中に絶えず満ちている悲しみを感じとり、苦悩のあまり泣き叫んだ。そして、オズ全体が塩水の氾濫の中に深く沈んでしまった。動物たちは根こそぎになった木につかまって浮いていた。名もなき神の涙を多量に飲んだ動物は、仲間に対するあふれるような憐憫《れんびん》の情で満たされ、漂流物から筏《いかだ》を作った。慈悲の心が仲間を救い、その思いやりによって自覚を持つ新しい種、すなわち〈動物〉に変化したんだ」

「これもひとつの洗礼だね。体の内からの」とティベット。「涙を体内に取り込んで、か。気にいったよ」

「じゃあ、快楽信仰はどうなのさ？」とクロープ。「魔女や魔術師は、動物に魔法をかけて、〈動物〉を創り出すことができるのか？」

「それについては、ずっと調べてるんだけど」とエルファバ。「快楽信仰の信奉者は、ラーラインであれ名もなき神であれ、何かにやれたことなら、魔術を使って再現できると言っているわ。それに、最初に〈動物〉と動物を区別したのはカンブリシアの魔女の魔法だともほのめかしているの。その魔法があまりに強力で持続性があるので、いまだに効果が薄れていないんですって。これって危険なプロパガンダだし、悪意に満ち溢れてるわよね。カンブリシアの魔女が本当にいるのかどうか、それどころか過去に存在していたかどうかなんて、誰にもわからないもの。わたしとしては、これはラーライン伝説の一部がひとり歩きして、勝手に発展した話じゃないかと思っているの。とんでもないたわごとよ。魔術がそれほど強力なものだという証拠なんて、どこにも――」

「神がそれほど強力だという証拠もないよ」ティベットがさえぎった。

「ってことはつまり、神の存在を否定してるってことよね、魔法を否定するのと同じぐらいに」とエルファバ。「それは置いておくとして、問題は、本当にカンブリシアの魔女が何世紀も前からずっと続くような魔法をかけたせいだとしたら、元に戻せるかもしれないってこと。あるいは、元に戻せると思われてしまうかも。これも同じくらいヤバいわ。魔術師たちが魔術や呪文を使って実験している間に、〈動物〉たちは一つずつ権利を失っていくのよ。誰も一貫した政治的戦略だと気づかないくらい、ゆっくりとね。危険な筋書きだわ。ディラモンド先生もまだ気がついてない――」

ここまで言ったところで、エルファバはマントのフードを頭にかぶり、ひだの中に顔を隠してしまった。ボックが「どうかした？」と声をかけたが、エルファバは唇に人さし指を当てただけだ。クロープとティベットは、まるでそれが合図だったかのように、将来はぜひ砂漠の盗賊に誘拐されてみたい、そして奴隷の足かせだけを身につけてファンダンゴを踊るんだ、などとばかばかしい冗談の応酬をはじめた。ボックの目には、特に不審なものは見えなかった。競馬新聞を読んでいる事務員が二人、レモネードを飲みながら小説を読んでいる品のよいご婦人が数人、あとは、量り売りのコーヒー豆を買っている時計仕掛けの召使いとか、老いた教授のまねごとをして何かの定理を解き明かそうと、バターナイフの刃に沿って角砂糖を何度も並べ直している者がいるくらいだ。

数分たって、やっとエルファバは緊張を解いた。「あの時計仕掛けはクレージ・ホールで働いているの。たしかグロメティックとか呼ばれているわ。いつも人恋しい子犬のようにマダム・モリブルにつきまとっているのよ。見られずにすんだと思うんだけど」

だが、それからエルファバはすっかり落ち着きをなくしてしまい、とても会話を続けられるどころではなくなった。それで、次回の課題をたがいに確認すると、一同は霧深い通りへと散っていった。

5

新学期が始まる二週間前、アヴァリックが辺境伯テンメドウ一族の邸宅からブリスコウ・ホールに戻ってきた。夏の遊びで日焼けした彼は、おもしろそうな話題を探し、ボックがスリー・クイーンズの学生と友達になったことをからかった。こんな状況でなかったら、ボックはクロープやティベットとの付き合いをやめていただろう。だが、ディラモンド教授の研究に関わっている今、やめるわけにはいかない。ボックは黙ってアヴァリックのあざけりをやり過ごした。

ある日のこと、友人たちとチョージ湖へ出かけたガリンダから手紙が来たとエルファバが口にした。「信じられる？　あのガリンダがわたしに、馬車に乗って週末に遊びに来ないかと言ってきたのよ」とエルファバ。「きっと、あのお嬢さまたちと一緒にいて、退屈しきっているんだわ」

「でも、ガリンダだってお嬢さまだろう？　どうして退屈するんだい？」とボックが尋ねる。

「わたしに、あの集団について、微細なところまで説明しろなんて言わないでよ」とエルファバ。「でも、我らがミス・ガリンダは、自分で思っているほどお嬢さまじゃないと思うわ」

「で、いつ行くんだい、エルフィー？」とボック。

「行かないわよ」とエルファバ。「大事な仕事があるもの」

「ちょっと手紙を見せてよ」

「持ってこなかったわ」

「持ってきてくれないか」

「どうするつもり？」

「ガリンダはきみを必要としているかもしれないだろう。いつだってきみを必要としているように見えるよ」

「ガリンダがわたしを？」エルファバは大きな声をあげて蓮っ葉に笑った。「そうね、あなたがあの子に夢中なのは知ってるし、そのことについては、わたしもいくらか責任を感じているけれど。わかったわ、来週手紙を見せてあげる。でも、あなたを喜ばせるためだけに行くつもりはないわよ。友達であろうと、なかろうと」

次の週、エルファバは持ってきた手紙を開いた。

親愛なるミス・エルファバ

わたしはお世話になっているファニー家のミス・ファニーと、ミンコス一族のミス・シェンシェンに言われて、あなたに手紙を書いています。わたしたちはチョージ湖のほとりで、すばらしい夏を過ごしています。空気は穏やかに澄み、これ以上ないほど快適なところよ。もしよかったら、大学が始まる前に、三、四日ここで過ごしてみませんか。あなたが夏の間中忙しく働いているのはよく知っていますから、少し気分転換したらどうかしら。訪ねてくれるなら、手紙で知らせてもらう必要はありません。そのまま馬車でネバーデイルまで来て、そこから歩くか、辻馬車を雇ってください。橋までほんの二、三キロです。バラと蔦《つた》に覆われた立派なお家で、「松林の奇想曲《カプリス・イン・ザ・パインズ》」と呼ばれています。この家が好きにならない人はいないでしょう！　あなたもぜひ来てください。あえてここには書きませんが、ある事情があって、あなたにぜひ来て欲しいと思っています。アマ・クラッチ、アマ・クリップ、アマ・ヴィンプもこちらに来ているので、道中の付添いをどうするかが問題ですが。あなたのいいように決めてください。こちらでゆっくりお話しできることを楽しみにしています。

あなたの誠実な友、アーデュエンナ一族のミス・ガリンダより
二三年　盛夏の昼下がり
松林の奇想曲邸《カプリス・イン・ザ・パインズ》にて

「やっぱり、行かなくちゃ！」とボックが叫ぶ。「ほら、よく読んでごらんよ！」

「普段あまり手紙を書かない人が書いた手紙みたいね」とエルファバ。

「『あなたにぜひ来て欲しいと思っています』って書いてあるじゃないか。エルフィー、きみを必要としているんだ。絶対、行かなくちゃ！」

「そうかしら？　じゃあ、あなたが行けば」とエルファバ。

「招待もされてないのに、行けるわけないだろう」

「それなら、簡単なことよ。わたしがガリンダに手紙を書いて、あなたを招待するように言ってあげるわ」そう言うと、エルファバはポケットの鉛筆を取ろうとした。

「そんな押し付けがましいまねはやめてくれないか、ミス・エルファバ」ボックはきっぱりと言った。

「真面目に考えてくれよ」

「あなたは恋わずらいのために、見境がなくなってるのよ」とエルファバ。「あなたにちょっと逆らったからって、『ミス・エルファバ』に戻すなんてひどいやり方ね。それに、わたしは行けないわよ。付添いがいないんだもの」

「僕が付添いになるよ」

「何ですって！　そんなこと、マダム・モリブルが許すわけないじゃない！」

「じゃあ――こうしたらどうだろう」ボックはあれこれ頭をひねった。「ええと、そうだ、僕の友人のアヴァリックはどうかな。なんと言っても辺境伯の息子だから、身分としては申し分ないだろ。さすがのマダム・モリブルも、辺境伯の前ではたじたじになるだろうよ」

「マダム・モリブルは、ハリケーンの前でもたじろいだりしないわ。それに、わたしの気持ちも考えてよ。そのアヴァリックとかいう人と旅行なんてしたくないわ」

「エルフィー」とボック。「きみは僕に借りがあるはずだ。この夏じゅう、きみを助けてきたじゃないか。クロープとティベットの手まで借りて。今度はお返しをしてくれなきゃ。ディラモンド先生に頼んで、二、三日休暇を取ってくれないか。僕はアヴァリックに頼んでみる。あいつは何かしたくてうずうずしてるんだ。三人でチョージ湖へ行こう。アヴァリックと僕は宿を取るよ。長居はしないつもりだ。ミス・ガリンダが元気だとわかればいいんだから」

「わたしはガリンダより、あなたのほうが心配だわ」とエルファバは言った。ボックは相手がついに折れたことを見て取った。


マダム・モリブルは、エルファバがアヴァリックの付添いで旅行に出るのを許さなかった。「私があなたのお父様に叱られてしまいます」とマダム・モリブル。「でも、私はあなたが思っているほど、恐るべき《ホリブル》モリブルではありませんよ。ええ、あなたが付けてくれたあだ名は知ってますよ、ミス・エルファバ。ずいぶん愉快な、子供っぽいことをするのね！　私はあなたの体を心配して言ってるんですよ。この夏じゅう、えらく根をつめて働いていたと思ったら、あなた、なんて言うか、緑青《ろくしょう》めいてきましたよ。では、妥協案を出しましょう。マスター・アヴァリックとマスター・ボックが同行してくれて、私のグロメティックを世話係として連れて行くなら、夏の小旅行を許可しましょう」

エルファバ、ボック、そしてアヴァリックは馬車に乗りこみ、グロメティックは荷物と一緒に屋根の上に乗せられた。エルファバは、時々ボックと目が合うとしかめっ面をしてみせたが、アヴァリックのことは無視していた。一目見て、虫の好かないやつだと思ったのだ。

競馬新聞を読みおえると、アヴァリックは今度の旅行をネタにボックをからかった。「僕が夏休みに帰郷するときも、なんだかぼんやりしていたとは思ったんだ。恋わずらいだったとはね！ ずいぶん深刻な顔をしているから、すっかり勘違いしていた。肺病か何かに違いないと思っていたよ。それなら、僕が発つ前の晩、やっぱり一緒に来ればよかったのに！ あのときのきみには、〈哲学クラブ〉はお誂《あつら》えむきの処方箋だったんじゃないか」

女性の前でこんないかがわしい店の名を言われて、ボックは恥じ入った。だが、エルファバは気を悪くしたふうにも見えない。おそらく、この店のことを知らないのだろう。ボックは話題を変えようと試みた。

「きみはまだガリンダに会ったことがなかったね。でも、会えばきっと、素敵な子だと思うさ。保証してもいい」ガリンダもきみを素敵だと思うだろう、とボックは思った。だが、今となってはどうしようもない。ガリンダを窮地から救い出すための代償だとしたら、受け入れるしかないのだ。

アヴァリックは、侮蔑のこもった目でエルファバを見ている。そして、「ミス・エルファバ」と慇懃に呼びかけた。「その名前からして、あなたには小妖精《エルフ》の血が流れているのかな?」

「なんて奇抜な発想なの」とエルファバ。「もしそうなら、わたしの腕はゆでていないパスタのように折れやすく、ちょっと力を加えただけで砕けてしまうはずよ。ちょっと押してごらんになったら?」そう言うと、春先のライムベリーのような緑色の腕を差し出した。「さあ、どうぞ。そしたら、この問題はきっぱりカタがつくでしょ。あなたがこれまで人の腕を折ったときに必要だった力と、わたしの腕を折るのに必要な力とを比べれば、わたしの血管を流れている人間の血と小妖精の血の割合がわかるはずよ」

「ぼくはあなたに触ったりしませんよ」アヴァリックはいろんな意味をこめて言った。

「わたしの中の小妖精が残念がっているわ」とエルファバ。「あなたがわたしをバラバラにしてくれたら、小包にしてシズに送り返してもらえるのに。そしたら、無理やり取らされた退屈な休暇におさらばできたのに。ついでにこの連れからもね」

「ああ、エルフィー」ボックがため息をつく。「出発早々、そんなこと言っちゃだめだよ」

「上等だよ」アヴァリックがにらみつけた。

「友情がこんなに厄介なものとは思わなかった」エルファバがボックに吐きすてるように言う。「友達なんかいないときのほうがよかったわ」

ネバーデイルに到着して宿を決めると、もう午後も遅い時間になっていた。それから三人は湖沿いの道を歩いて、松林の奇想曲《カプリス・イン・ザ・パインズ》に向かった。

屋根つきのポーチで老女が二人、日差しを浴びながらサヤエンドウのさやをむいている。一人はガリンダの世話係、アマ・クラッチだとボックは気づいた。もう一人はミス・シェンシェンかミス・ファニーの世話係だろう。二人は私道を歩いてくる一行を見て驚いたらしく、アマ・クラッチなどは身を乗り出したので、膝の上のサヤエンドウがこぼれ落ちた。「まさか」三人が近づいていくと、アマ・クラッチ言った。「ミス・エルファバじゃないの。なんてこと。まあ、驚いた」そして、よっこらしょと立ちあがると、エルファバを腕の中に抱き寄せた。エルファバは石膏でできた像のように、体をこわばらせている。

「とにかく、ひと息つかせてくださいな」とアマ・クラッチ。「いったい全体、ここで何をしてるんです、ミス・エルファバ。信じられませんよ」

「ミス・ガリンダに招待されたのよ」とエルファバ。「この人たちがどうしても一緒に来たいって言うものだから、わたしも招待を受けざるをえなかったの」

「私は何も聞いてませんよ」とアマ・クラッチ。「ミス・エルファバ、その重そうなかばんをこちらへ。何かきれいな服を探してみましょうね。長旅でさぞ疲れたでしょう。もちろん、殿方は村に宿をお取りになるんでしょうね。お嬢様方は、今は湖のほとりにあるあずまやにお出かけですよ」

来訪者たちは小道に沿って歩いていった。ところどころの急な勾配に石の階段が敷かれている。グロメティックは階段を上るのに時間がかかり、遅れをとった。だが、誰も立ち止まって、この硬い皮膚と時計仕掛けの頭をもつ人形に手を貸そうとはしない。最後に低いホリーフライトの木の茂みの周りをぐるりと回ると、見晴らしのよいあずまやに出た。

あずまやは皮を剥《は》がないままの丸太を組んだもので、六つの面が吹き抜けになっており、小枝を模した複雑な雷文模様が施されている。その向こうには、広大なチョージ湖が青々と水をたたえていた。娘たちは階段や籐椅子に腰を下ろし、アマ・クリップは三本の針とさまざまな色の糸をせっせと動かしてわき目もふらず編み物をしている。

「ミス・ガリンダ!」とボックが叫ぶ。自分が最初に声をかけたかったのだ。

娘たちが顔を上げた。張り骨や腰当ての入っていない夏用の薄いドレスを着た娘たちは、今にも鳥になって飛び立っていきそうに見えた。

「嘘でしょう!」ガリンダが口をあんぐりと開けた。「いったい、どういうこと?」

「わたし、こんなにひどい格好なのに」シェンシェンは甲高い声でそう叫び、かえってはだしの足とむきだしの青白い足首に注目を集めてしまった。

ファニーは唇の端を噛んで、ニヤニヤ笑いを歓迎の微笑みにごまかそうとしている。

「長居をするつもりはないわ」とエルファバ。「ところで皆さん、こちらはギリキンの辺境伯テンメドウ一族のご子息、マスター・アヴァリック。そして、こちらがマンチキン出身のマスター・ボック。二人ともブリスコウ・ホールの学生よ。マスター・アヴァリック、ボックの恋に焦がれた表情だけでは判断がつかないようだったらご紹介しますわ。こちらがアーデュエンナ一族のガリンダ。そして、ミス・シェンシェンとミス・ファニー。皆、由緒正しき家柄の子女よ」

「ああ、本当にいけない人ね」とシェンシェン。「ミス・エルファバ、あなたって取りつく島もない人だと思ってたけど、こんな素敵な驚きを運んでくれたんだもの、今までのことは水に流してあげるわ。はじめまして、殿方たち」

「それにしても」ガリンダが口ごもる。「なぜあなたがここにいるの？　いったい、どうなってるのよ？」

「あなたの招待状のことを、うっかりマスター・ボックにしゃべったのよ。そしたらボックが、これは名もなき神からのお告げだから行かなくちゃって言い出したの」

　しかし、ここでミス・ファニーがこらえきれなくなり、笑いに身をよじりながら、あずまやの床に突っ伏した。「なんなの？」とシェンシェン。「どうしたのよ？」

「だけど、招待状って何のこと？」とガリンダ。

「見せなくてもわかってるでしょう？」とエルファバ。ボックがエルファバと知り合ってから初めて、ガリンダはうろたえた顔をした。「わざわざ出して見せなくても――」

「わたしを辱めようと、誰かが仕組んだんだわ」ガリンダは笑い転げているファニーをにらみつけた。「悪ふざけなのね。屈辱だわ。ちっともおかしくなんかないわよ、ミス・ファニー。できることなら、蹴《け》っ飛ばしてやりたいわ！」

　ちょうどそのとき、グロメティックがホリーフライトの木の茂みの端から姿を現した。奇妙な青銅色の機械がよたよたと石の階段を上がる姿を見て、シェンシェンも柱に身を投げ出し、ファニーと同様こらえきれずに笑い出した。アマ・クリップまでも、編み物を脇へ押しやりながら、こみあげる笑いを噛み殺している。

「いったい、どうなってるの？」とエルファバ。

「あなた、わたしを困らせて楽しいの？」ガリンダが涙声でルームメイトに言う。「友達づきあいをしてくれなんて、お願いしたかしら？」

「やめてくれ」とボック。「やめてくれ、ミス・ガリンダ。お願いだから、もう何も言わないで。きみは動転してるんだ」

「わたしが――書いたの――あの手紙」笑いの発作の合間に、ファニーがやっとの思いで声を絞りだした。アヴァリックがくすくす笑いだした。エルファバは目を見開いて、呆然としている。

「わたしに招待状を書いたのは、あなたじゃないってこと？」エルファバがガリンダに言った。

「ええ、そうよ。わたしじゃないわ」とガリンダ。怒りの中にも、ガリンダは落ち着きを取り戻しはじめていた。しかし、あんな発言のあとではもう取り返しはつかないだろうとボックは思った。「ねえ、親愛なるミス・エルファバ、あなたをこんな非常識ないたずらの晒《さら》し者にしようだなんて思うはずないじゃない。この人たち、始終おもしろがっておたがいに悪さをし合うの。わたしもよくやられるわ。それに、あなたはこんなところに縁のない人だし」

「とにかく、わたしは招待されたのよね」とエルファバ。「ミス・ファニー、あなたがミス・ガリンダに代わって、あの手紙を書いたのね？」

「みごとに引っかかったわね！」ファニーは得意げに笑い声をあげた。

「ここはあなたの家で、たとえ悪質な冗談にせよ、わたしはあなたの招待に応じたのだから」エルファバは、ファニーの細めた目を見すえながら、事務的に抑揚のない声で言った。「家に上がって、荷物を解いてくるわ」

そして、大股に歩いていった。グロメティックだけがあとに続く。胸に秘めた思いが交錯し、もやもやした空気が漂った。ファニーの笑いの発作は徐々におさまり、しばらく鼻や口から荒い息をついていたが、やがて静かになり、力が抜けたようにだらしなくあずまやの敷石の上に寝ころがった。そして、やっとの思いで、「そんなばかにしたような目で見ないでよ。ちょっとした冗談のつもりだったの」と言った。


エルファバは丸一日、部屋にこもっていた。ガリンダが食事を運び、下げにきた。場合によっては、数分間部屋にとどまっていた。少年たちは娘たちと湖で泳いだり、ボートに乗ったりした。ボックはそれなりに魅力的なシェンシェンやファニーに目を向けようとした。しかし、二人はアヴァリックに夢中らしかった。

とうとうボックはポーチの隅でガリンダに詰め寄り、話がしたいと懇願した。ガリンダは例によって慎み深い態度で同意し、ブランコに少し間をあけて座った。「あの悪だくみを見抜けなかったのは僕の責任だ」とボック。「エルフィーは招待を受ける気はなかったのに、僕が無理に受けさせたんだ」

「そのエルフィーっていうのはなんなの?」とガリンダ。「この夏の間に、たしなみはどこへ行ってしまったの?」

「僕たち、友達になったんだ」

「そんなこと、言われなくてもわかるわよ。それにしても、どうして招待を受けさせたりしたの?

わたしがあんな手紙、書くはずないでしょう」

「僕にそんなことわかるわけないじゃないか。エルフィーはきみのルームメイトだろう」

「マダム・モリブルが有無を言わさず決めたのよ。選択の余地なんてなかったわ。このことは覚えておいてちょうだい！」

「知らなかったよ。仲良くやっているように見えたし」

ガリンダは鼻をフンと鳴らし、唇を曲げたが、それは自分に対するそぶりのように見えた。

ボックはこう続けた。「ひどい侮辱を受けたと思うんなら、ここを出て行ったらどうだい？」

「たぶん、そうするわ。考えているところなの。ここから出て行ったら敗北を認めることになるってエルファバが言うのよ。でも、もしあの子が部屋から出てきて、みんなと——わたしとも——一緒に行動しはじめたら、悪ふざけにしても、やりきれないでしょうよ。あの人たちはエルファバを嫌っているんだもの」

「きみも同じじゃないか！」ボックが語気を強めてささやいた。

「わたしは別よ。わたしにはあの子を嫌う権利も理由もあるもの。わたしは我慢を強いられているのよ！　それというのも、あのまぬけなアマがフロッティカの駅で錆びた釘を踏んづけて、初日の説明会に出られなかったせいだわ。アマの不注意のために、わたしの大学生活は台無しになってしまった！　魔術が自在に使えるようになったあかつきには、あのアマに仕返しをしてやるわ！」

「エルファバのおかげで、僕たちは出会えたとも言えるんじゃないかな」ボックはやさしく言った。「エルファバと親しくなったということは、きみとも親しくなったということだろ」

ガリンダは降参したようだ。ブランコのベルベットのクッションに背をもたせかけて言った。「ボック、不本意だけど、あなたってちょっと素敵ね。ちょっと素敵で、ちょっと魅力的で、ちょっと頭にくるけど、ちょっと病みつきになりそう」

ボックがはっと息を飲む。

「でも、あなたはちょっと背が低いわ！」ガリンダがそう話を結んだ。「それに、なんと言ってもマンチキン人だし」

ボックはガリンダにキスをした。もう一度、そして、もう一度。ちょっとずつ、そっと。

明くる日、エルファバ、ガリンダ、ボック、グロメティック、そして、もちろんアマ・クラッチも、六時間の旅をしてシズに戻ったが、その間、誰もほとんど口をきかなかった。アヴァリックは残って、ファニーやシェンシェンと楽しむことにした。シズの郊外には気が滅入るような雨が降っていた。やっと到着したとき、クレージ・ホールとブリスコウ・ホールの威厳ある正面玄関は、霧がかかってほとんど見えなかった。

6

クロープとティベットに会ったとき、ボックはロマンスについて話す時間もなかったし、話す気もなかった。図書館員の〈サイ〉は、夏の間は男子学生たちにも、その仕事のはかどり具合にもほとんど注意を払っていなかったのに、突然、仕事がまるで進んでいないことに気づくと怒りを爆発させ、それからは油断なく見張るようになった。ボックたちはほとんどおしゃべりもせず、上皮紙にブラシをかけてきれいにし、ヒレアシ油で皮の表紙をこすり、真鍮《しんちゅう》の留め金を磨いた。この退屈な仕事も、あと数日で終わる。

ある日の午後、ボックは手にしていた古写本に目を留めた。普通はその文献の中身など気にせずに作業を進めるのだが、その挿絵に使われている鮮やかな赤い絵の具に目を引かれた。それはカンブリシアの魔女の絵で、四、五百年ぐらい前のものと思われた。修道士の魔術に対する憧れめいた熱意と怖れが、創作意欲をかきたてたのだろうか。魔女は、岩でごつごつした二つの土地をつなぐ地峡の上に立っている。その両側には紺碧《こんぺき》の海が広がっていて、白い波頭が目をみはるほど活き活きと、そして入念に描かれている。魔女はなんとも知れない獣を腕に抱いているが、その獣はどうやら溺死したか、溺死しそうになったかのように見える。現実の骨格のつくりではありえないくらい不自然に曲げられた腕の中に、硬い毛に覆われた濡れた背中を愛《いと》しげに抱いている。そして、もう片方の手で衣から乳房を出し、その獣に吸わせている。魔女の表情はよく読み取れない。それとも、もともと修道士の手によってぼかされていたのか、あるいは年月による汚れによってぼやけてしまったのか。魔女はあわれな子を抱く母親のようで、その顔つきは考え込んでいる様子とも、悲しげともつかない。しかし、その足は、表情とはうらはらに、狭い岸の地面をしっかり踏みしめて立っているのが銀色の靴を通してもはっきり見てとれた。その靴の銀貨のような輝きが、最初にボックの目をとらえたのだ。さらに、両の足先はすねに対して九〇度の角度で外側に向いている。バレエのポーズのようにかかとをくっつけ、つま先は逆方向に開いていて、まるで鏡合わせになったようだ。長い衣は夜明けの空のようなぼやけたブルー。その色彩の鮮やかさからして、この写本は何世紀もの間開かれたことがなかったに違いないとボックは考えた。

このイメージは〈動物〉の創世神話を劇的に、そして目的論的にいくつか混ぜ合わせたものではないかと思われた。これはおそらく洪水の場面なのだ。ラーライン伝説なのか名もなき神の伝説なのか、あるいは水位が上がっているところなのか引いていくところなのかはわからないが。果たしてカンブリシアの魔女は、獣の定められた運命を妨害しようとしているのか、それとも成就しようとしているのか？　非常に古く読みづらい字体で書かれているためにボックには解読できないが、これはカンブリシアの魔女の魔法によって〈動物〉が話したり、記憶したり、後悔する能力を得たという伝説を裏づけるものかもしれない。あるいは、これほど魔女を鮮やかに描きつつも、その伝説に異を唱えるものかもしれない。この絵をどう解釈しようと、神話の混交主義、つまりさまざまな物語をすべて飲みこもうとする貪欲さが感じられる。おそらく、この絵を描いた修道士は、〈動物〉たちがカンブリシアの魔女の乳を飲むという異種の洗礼を受けたことにより、新たな能力を獲得したと警告したかったのではないだろうか？　魔女の乳による洗礼？

このような分析は、ボックの得意とするところではない。これまで大麦の栄養素や病害の勉強だけでやっとだったのだ。とにかく、思いも寄らないことだったが、この写本をディラモンド先生に届けなくては。何か価値あることがわかるはずだ。

あるいは――エルファバとの待ち合わせ場所に急ぎながら、ボックは考えた。ケープのポケットの奥には、スリー・クイーンズの図書館から持ち出した写本がしのばせてある――魔女はずぶぬれの動物に乳を与えているのではなく、殺そうとしているのではないのか？　洪水を鎮めるために、生贄《いけにえ》を捧げているのでは？

芸術なんて、さっぱりわからない。

この前市場でアマ・クラッチにばったり会い、エルファバに渡してくれとメモを預けた。この善良な世話係は、いつもより愛想がよかった。ガリンダが僕のことを、部屋の中ではこっそり褒《ほ》めているのだろうか？

シズに戻ってきてから、あの緑色で変わり者の女の子に会うのは、これが初めてだった。エルファバは時間きっかりに約束のカフェに現れた。まるで幽霊のような灰色のドレスを着て、袖がすり切れた毛糸のカーディガンをはおり、たたむと槍のように見える黒い大きな男物の雨傘を持っている。そして、優雅さのかけらもなくドサッと椅子に腰をおろすと、写本の巻き物に目を通した。おそらくボックを見つめるときよりもずっと熱心に写本を見つめている。だが、ボックの講釈には耳を傾けていたらしく、それは説得力に欠けると考えたようだ。「この絵だけど、妖精の女王ラーラインとは考えられないかしら？」

「うーん、ラーライン独特の華やかな装飾がないね。たとえば、後光のような金髪とか。優雅さに欠けているし、透きとおるような羽もない。魔法の杖も持っていないよ」

「この銀の靴も、ちょっと趣味が悪いわね」エルファバがぱさぱさのビスケットをかじりながらつぶやく。

「何か決定的な瞬間――つまり、なんて言えばいいのかな、創始の瞬間には見えないだろう。何かを始めようとしているというより、受動的な印象を受けるんだ。この女性は、少なくとも当惑しているようには見えるだろう?」

「あなた、クロープやティベットとほっつき歩きすぎなのよ。大麦の研究に戻りなさいよ」エルファバが写本をポケットにしまいながら言う。「最近、わけのわからないことばかり言って、芸術家きどりだわ。ともかく、この本はたしかにディラモンド先生に渡すから。あのね、先生は次々と新しい発見をしているの。二枚のレンズを組み合わせるやり方で、微粒子構造のまったく新しい世界が開けたのよ。一度わたしも見せてもらったけど、ストレスとバイアス、カラーとパルスくらいしかわからなかった。先生、とても興奮しているわ。目下の問題は、どうやって先生を休ませるかよ。全く新しい知識体系を打ち立てようとしているところなんだと思うわ。毎日の発見から、また数え切れないほど新しい疑問が生まれるのよ。臨床的疑問や理論上の疑問、仮説に基づいた疑問に経験的疑問、それに存在論的な疑問まで。毎晩実験室で遅くまで起きているわ。夜に部屋のカーテンを閉めるとき、実験室の明かりがついているのが見えるもの」

「で、ほかに先生が必要としている文献はないかな。図書館で働くのもあと二日だけなんだ。大学が始まるから」

「先生ってば、何を聞いても上の空なのよ。それに今はただ、今までの発見をつなぎ合わせているだけだと思うの」

「ところで、ガリンダはどうしてる?」とボック。「差し当たり、スパイ活動の話は終わったみたいだから聞いてもいいだろう？　元気にやってるかい？　僕のことを尋ねたりする？」

エルファバはボックをつくづくと見つめた。「いいえ、ガリンダの口からあなたのことが出たことはないわ。とりあえず希望を持たせるために言っておくと、わたしとはほとんど口をきかないの。ものすごく不機嫌なのよ」

「またいつか、ガリンダに会えるかな」

「そのことがそんなに大切なの？」エルファバはもの憂げに微笑んだ。「ボック、あの子のことがそんなに大切？」

「僕にとって、ガリンダの存在はすべてなんだ」とボック。

「だとしたら、あなたの世界ってずいぶん小さいのね」

「何と言われてもかまいやしないさ。この気持ちはどうしようもないんだ。抑えられないし、否定もできない」

「ばかげてるとしか言いようがないわ」エルファバはそう言うと、ぬるくなったお茶を飲み干した。「この夏のできごとを思い返して、恥じ入ることになるわよ。あの子は美人かもしれないけど、いえ、たしかに美人だけど、あなたのほうがあの子の何倍も価値があるのに」驚いた表情を浮かべたボックを見て、エルファバはたまらず両手を上げた。「違うわよ、わたしにとってって意味じゃないわ。そんなに驚いた顔をしないで！　もう、勘弁してよ」

だがボックは、その言葉を信じていいのか確信がもてなかった。エルファバは大急ぎで持ち物をまとめると、派手な音を立ててたんつぼをひっくり返したり、大きな傘で誰かの新聞を突き刺したりしながら、あたふたと店を飛び出していった。駅前広場を横切るときも、左右を見ていなかったために、年寄りの〈雄牛〉があぶなっかしく漕いでいた三輪車に、あやうくなぎ倒されそうになった。

7

その次にボックがエルファバとガリンダに会ったとき、ロマンチックな思いなど吹き飛んでしまうような出来事が起こった。クレージ・ホールの門の外にある小さな三角形の公園を、たまたまアヴァリックと連れ立って通りがかったときのことだ。門が開いて、そこからアマ・ヴィンプが真っ青な顔で、鼻水をたらしながら飛び出してきた。それに続いて女子学生の一団が慌てふためいた様子で出てきたのだが、その中にエルファバ、ガリンダ、シェンシェン、ファニー、ミラの姿も見えた。みんな入り乱れて、身を寄せ合って話をしたり、ショックを受けて木の下に立ちすくんだり、抱き合ったり、泣き叫んだり、たがいに涙を拭きあったりしている。

ボックとアヴァリックは、友人のもとへ駆けつけた。エルファバはやせた猫のように、肩をいからせていて、泣いていないのはエルファバだけだった。ガリンダやほかの学生から少し離れて立っている。ボックはガリンダを腕の中に抱きしめたいと思ったが、一度ちらりとこちらを見やっただけで、テックの毛皮で覆われたミラの襟元に顔を埋めてしまった。

「どうしたんだ。いったい、何があったんだ?」とアヴァリック。「ミス・シェンシェン、ミス・ファニー」

「とても恐ろしいことよ」と二人が叫び、ガリンダがうなずいた。鼻水が、ミラのブラウスの肩の縫い目をだらりと流れていく。「警察が来てるわ、医者も。だけど、もう――」

「なんだって？」とボックは言い、エルファバの方を向いた。「エルフィー、何があったんだ、いったい何が？」

「嗅ぎつけられたのよ」とエルファバ。目が古いシズ製磁器のようにどんよりしている。「どうやってか知らないけど、あいつらの耳に入ったのよ」

ギィーッという音を立てて、再び門が開いた。初秋に咲く青や紫のつる植物の花びらが、建物の壁の上をひらひらと落ちていく。途中で引っかかったり、チョウのように舞ったりしながら、ゆっくりと。そのとき、ケープに身を包んだ三人の警察官と、黒っぽい帽子をかぶった医者が担架を押して出てきた。患者は赤い毛布で覆われていたが、花びらを舞いあがらせていた風が毛布の端を三角にめくり上げた。娘たちが一斉に悲鳴をあげ、アマ・ヴィンプが駆け寄って毛布を直す。しかし、白昼の日差しの下で、誰もが見てしまった――肩をねじり、頭をのけぞらせたディラモンド教授の変わりはてた姿を。首には凝固した黒い血が縄のように巻きついている。すっぱりとのど元を切り裂かれていたのだ。

ボックはぞっとして胸が悪くなり、その場にしゃがみこんだ。今目にしたのが死体ではありませんように。ひどい怪我《けが》でも、治療できるものなら――。しかし、警察官も医者も、急ぐ様子はまったくなかった。もう急ぐ理由がないのだ。ボックはずるずると壁にもたれかかった。〈山羊〉の先生に会ったことがないアヴァリックは、片手でボックの手を握りしめ、もう一方の手で自分の顔を覆っている。

やがてガリンダとエルファバがボックのそばに座りこみ、長い間すすり泣いていた。なんとか言葉が発せられるようになると、ようやくガリンダが事の顛末《てんまつ》を語りはじめた。

「昨日の夜、わたしたちがベッドに入ると、アマ・クラッチがカーテンを閉めたの。いつものように。そして、窓に少し顔を寄せて、独り言みたいにこう言ったわ。『おや、まだ明かりがついてますよ。〈山羊〉先生は今晩もお仕事なんですね』それから、手前の庭の方をのぞき込んで、『あら、おかしいわね』と言ったの。わたしはべつに気にも留めず、ベッドに座って見ていただけど、エルファバは『何がおかしいの、アマ・クラッチ?』と尋ねたわ。するとアマ・クラッチは、カーテンをぴったり閉めて、ちょっと変な声でこう言ったの。『いいえ、何でもありませんよ。ちょっと下へ降りて、変わったことがないか見てきましょう。ほら、さっさとベッドにお入りくださいな』そして、おやすみを言って出て行ったの。本当にアマ・クラッチが下へ降りたのかどうかはわからないわ。わたしたちは眠ってしまったから。でも、朝になっても、アマ・クラッチはお茶を持ってきてくれなかったの。いつだってお茶を入れてくれてたのに。いつだって!」

ガリンダは泣きくずれ、それから両膝をついて体を起こすと、肩飾りと白い房がついた黒い絹のドレスを引き裂こうとした。エルファバがまるで砂漠の石のように乾いた目をして、話を続けた。

「わたしたちは朝食がすむまで待って、マダム・モリブルのところへ行き、アマ・クラッチがいなくなったと話したの。すると、アマ・クラッチは夜の間に具合が悪くなり、診療所で休んでいると言われたわ。最初は会いにいくことを許してくれなかったけど、ディラモンド先生が一時間目の授業に現れなかったので、わたしたちは診療所へ行き、思い切って中に忍び込んだの。アマ・クラッチは診療所のベッドにいたわ。顔がパンケーキの山の最後の一枚みたいにゆがんでいて、なんだか変だった。わたしたちは、『アマ・クラッチ、アマ・クラッチ。いったい何があったの?』と声をかけたけど、何も答えないの。目は開けているのに。わたしたちの声が聞こえていないみたいだった。眠っているのか、ショックを受けているんだと思った。でも、息づかいは正常だし、顔色もよかった。顔はゆがんでいたけど。わたしたちが部屋を出ようとすると、アマ・クラッチは顔をサイドテーブルの方に向けたの。

薬びんとレモン水が入ったカップの横に銀のお盆が置いてあって、その中に長いさびた釘があった。アマ・クラッチは震える手を伸ばしてその釘をつまみ上げると、やさしく手のひらに乗せて話しかけたの。こんなふうに。『はいはい、去年あなたが私の足を突き刺すつもりなどなかったことはよくわかっていますよ。私の関心を引きたかっただけなのね。もう少し愛されたかったのね、それでこんな悪さをしたんでしょう。〈釘〉さん、心配はいりませんよ。好きなだけ愛してあげますからね。私はこれからちょっとお昼寝しますが、目が覚めたら、どうしてフロッティカ駅のプラットホームを支える羽目になったのか、教えてくださいね。前に話してくれたあの薄汚いホテルで「冬季休業」の看板を掛けていた平凡な釘というあなたの前身からすれば、ずいぶんな出世ですからねえ』」

だが、ボックはこんなたわごとなど聞いていられなかった。教職員たちがショックでうろたえながら、死んだ〈山羊〉に祈りを捧げているというのに、生きた〈釘〉の話なんかに耳を傾けていられるか。〈動物〉の霊が安らかな眠りにつくようにと祈る声も耳に入らなかった。死体が荷車で運ばれていくのも見ていられなかった。動かぬ〈山羊〉の顔をひと目見たら、教授にその生き生きした人格をもたらしていたものが、すでに消えうせてしまったことは明らかだったから。

学友たち

1

それが殺人であることは、死体を見た誰の目にも明らかだった。首のまわりの毛は、ぞんざいに洗ったペンキ刷毛《はけ》のように固まってこびりついており、琥珀《こはく》色の目はうつろに見開かれていた。表向きは、教授が拡大レンズを壊し、それにつまずいて頸動脈を切ったということになっていたが、そんな話、誰も信じていなかった。

事件について、唯一何か知っていそうな人物はアマ・クラッチだが、エルファバたちが美しく紅葉した落ち葉や皿に盛った季節はずれのパーサぶどうを持って面会に行っても、ただ微笑んでいるだけだ。ぶどうをむしゃむしゃ食べては、落ち葉とおしゃべりをする。誰も見たことのない病気だった。

グリンダ——ガリンダは殉教者となった〈山羊〉教授に初めて会ったときの非礼を遅まきながら詫びる気持ちから、教授がそのとき自分を呼んだように、自分をグリンダと称することにした——は、そんなアマ・クラッチを見て、口もきけなくなるほどショックを受けたようだ。それ以来見舞いにも行かないし、このあわれな老女の病状を話題にしようともしない。それで、エルファバが日に一度か二度、こっそり病室へ様子を見に行った。ボックはアマ・クラッチの病状を一過性のものと考えていた。ところが、そのまま三週間が過ぎると、いまだ同じ部屋に住んでいるエルファバとグリンダに世話係がいないのは心配だとマダム・モリブルが言い出し、二人とも大部屋に入ったらどうかと提案した。グリンダにはもはや直談判に行く気力もなく、異議も唱えずこの降格を受け入れた。解決策を考え出したのはエルファバだった。自分のことはともかく、グリンダの尊厳を少しでも守らなければと思ったのだ。

そういう訳で、一〇日後、ボックは〈雄鶏とかぼちゃ亭〉のビアガーデンに座り、エメラルド・シティから週半ばにやってくる馬車を待っているのだった。マダム・モリブルがエルファバとグリンダに同行を許さなかったので、馬車から降りてくる七人の乗客のうち、どれがネッサローズとその乳母か、自分で見分けなければならない。体が不自由であることは一目見ただけではわからない、あらかじめエルファバからそう聞かされていたのだ。「馬車のステップが安定していて地面が平らだったら、ネッサローズは優雅な身のこなしで降りてくることもできるわ」

ボックは二人を出迎え、挨拶した。ばあやは煮込んだスモモのような、赤みをおびてたるんだ顔をしていた。口の両端や肉付きの良い目じりなど、皮膚をやっとこ支えている部分がなかったら、老いた肌は今にも剥がれ落ちそうだ。カドリングの過酷な環境で暮らした二〇年余りの歳月のせいで、すっかり無気力かつ投げやりになっており、ふつふつと怒りをたぎらせていた。この歳になれば、暖炉のある暖かい部屋で居眠りしてるのが当然ってもんじゃないのかね。「小さなマンチキン人に会えるなんて、うれしいこと」と、ばあやはぶつぶつとボックに言う。「昔に戻ったようだわ」そして振り向くと、物陰に向かって声をかけた。「さあ、お嬢様、早く降りていらっしゃい」

前もって知らされていなかったら、ネッサローズがエルファバの妹だとわからなかっただろう。その肌は緑色でもなければ、血の巡りが悪い上流階級の娘のように青白くもなかった。ネッサローズは馬車のステップを慎重かつ優雅に、かかとをつま先と同時に鉄製のステップにつけるという、少々変わった足の運びで降りてきた。その奇妙な歩き方のために、人の注意はまず彼女の足に向けられ、少なくともしばらくは、障害のある胴体には向けられずにすんだ。

すさまじいほどの気力でバランスをとりながら地面に降り立つと、ネッサローズはボックの前に立った。何もかもエルファバが言ったとおりだった。あでやかで、ピンク色で、麦の茎のようにほっそりしていて、腕がなかった。大学のショールが、見る人のショックを和らげるように巧妙にたたまれて、肩にかけられている。

「こんにちは」ネッサローズは軽く頭を下げて挨拶した。「旅行かばんは馬車の上なの。取っていただけるかしら？」エルファバの声はざらついているが、妹の声は滑らかでしっとりしている。ばあやは、ボックが調達した一頭立ての馬車へと、ネッサローズを優しく促した。背中をしっかりと手で支えてもらい、その手に体重をかけて後ろに反らないとうまく動けないようだ。「このたびばあやは、勉学にいそしまれるお嬢様たちのお世話をすることになりました」馬車に揺られながら、ばあやはボックに言った。「お母様はずっと前に亡くなられて、水びたしのお墓で眠っておられますし、お父様は正気を失ってしまわれましたし。ええ、それはもう、ご立派な一族だったんですよ。でもご存知のとおり、ご立派な一族ってものは落ちぶれ方もあっぱれでしてね。なんといっても、気がふれるってのが一番華やかな落ちぶれ方でしょうねえ。長老のスロップ総督はまだまだご存命で、鋤《すき》の刃のようにしゃんとしておいでです。娘ばかりか孫娘までにも先立たれてしまわれましたけれどね。エルファバ様がスロップ家の四代目でしてね。いつの日か総督の名をお継ぎになるでしょう。マンチキン人なら、こういう話はご存じですね」

「ばあや、噂話はやめてちょうだい。わたしの魂に傷がつくわ」とネッサローズ。

「あらお嬢様、ご心配ご無用ですよ。このボックは古い友人も同然なんですから」とばあや。「カドリングの沼地で暮らしている間に、会話の術《すべ》なんて忘れちまいましたよ。あそこの蛙みたいな住民の生き残りたちと、声を合わせてゲロゲロ言ってたんですから」

「恥ずかしくて、頭痛がしそうよ」ネッサローズが愛らしく言う。

「でも、僕はエルフィーの子供のころを知っているんですよ」とボック。「ウェンド・ハーディングズのラッシュ・マージンズ出身なんです。きみとも会ったことがあるんじゃないかな」

「もともとあたしは、コルウェン・グラウンドで暮らす方が好きでした」とばあや。「スロップ家二代目、レディ・パートラ様のお世話をしておりましたからね。でも、折にふれてラッシュ・マージンズをお訪ねしておりました。だから、あなたがまだ小さくて、ズボンもはかずに走り回っていたころにもお会いしているかもしれませんね」

「はじめまして」とネッサローズ。

「ボックです」とボック。

「ネッサローズ様です」この娘に自己紹介させるのはあまりに不憫《ふびん》だとでもいうように、ばあやが言った。「ネッサローズ様は来年シズに来る予定だったのですが、何でも、ギリキン人の世話係がおかしくなってしまったとか。そこでこのばあやにお呼びがかかったわけですが、お嬢様を置いていけやしません。それで、ご一緒にお連れしたのです」

「残念で不可解な事件です。回復してくれるといいのですが」とボック。

クレージ・ホールに着くと、ボックの目の前で姉妹は再会を果たした。それは心温まる、喜びに満ちたひとときだった。マダム・モリブルはグロメティックに命じて、スロップ姉妹とばあや、それにボック、グリンダにお茶とクッキーをふるまわせた。ボックはグリンダの口数が少なくなったのを心配していたが、ネッサローズのエレガントなドレスに鋭い視線を向けて品定めをしているのを見て、ひとまず安心した。姉妹なのに服装の趣味がこんなに違うのはどういうわけだろう、とでも考えているのかもしれない。エルファバはいつも暗い色の地味なドレスを着ているが、今日などは黒に近い濃い紫だ。ネッサローズは、苔の色、エメラルドの色、萌黄《もえぎ》色のバラのような緑色の絹のドレスに身を包んでばあやの隣にバランスをとりながら座り、ティーカップやバターを塗った薄焼きクッキーを口元まで運んでもらっている。緑色のエルファバは、妹のもう一方の隣に座り、妹が頭を後ろへ傾けてお茶を飲むたびに、背中を支えてやっている。その姿はまるで、ネッサローズの服を彩るアクセサリーのように見えた。

「何もかも、まったく異例なのですが」とマダム・モリブル。「例外的な方々に入っていただく部屋がそうそうあるわけではないので、仕方ありません。ミス・エルファバとミス・ガリンダ、今はグリンダでしたか？　新鮮な響きね！　お二人はこれまでどおりということにして、ミス・ネッサローズ、あなたは乳母と一緒に、あのかわいそうなアマ・クラッチが使っていた続き部屋に入ってください。狭いけれど、そのぶんこじんまりとして居心地がいいと考えてくださらなきゃね」

「でも、アマ・クラッチが戻ってきたらどうなるんです？」とグリンダ。

「まあ、そんなこと。でも、若いということは、こんなにも希望が持てるものなのですね。感動しましたよ」そして、さらに非情な声で続けた。「あなたは以前、アマ・クラッチはあの異常な症状を、長年にわたり繰り返し引き起こしていると言いましたね。今度のことは、病状が悪化して慢性化したとしか思えないのですが」そう言うと、魚めいた顔でビスケットをゆっくりと咀嚼《そしゃく》した。両頬が、ふいごに空気を送る皮袋のように、膨らんだりしぼんだりしている。「もちろん、望みは捨ててはいけませんよ。でも、あまり期待するのもどうでしょう。残念ですが」

「でも、祈ることはできますわ」とネッサローズ。

「ええ、それはもちろん」と学長。「育ちのよい人なら、口に出すまでもないことですわね、ミス・ネッサローズ」

ボックがネッサローズとエルファバの表情をうかがうと、二人とも顔を赤らめていた。グリンダが断りを言って席を立つ。ボックはグリンダが去っていくのを見ると、いつも胸に激しい痛みを感じるのだが、この日はずいぶん軽かった。来週の生命科学の授業でまた会えるとわかっていたからだ。新たに〈動物〉の雇用が禁止されたために、大学はすべてのカレッジの学生を一堂に集めて講義を行うことにしたのだ。シズ大学初の男女共学の授業でグリンダに会える——ボックは待ちきれない思いだった。

それにしても、グリンダは変わった。明らかに変わってしまった。

2

グリンダは確かに変わった。自分でも気づいていた。シズにやって来たときは、虚栄心が強いだけのうぶな女の子だったが、今の自分ときたら、腹黒い恩知らずのかたまりだ。たぶん、わたしの落ち度だ。ばかげた病気をでっちあげたら、アマ・クラッチはそのとおりになってしまった。生まれつき魔術師の才能があったということなのだろうか。今年、グリンダは魔術を専攻することにした。マダム・モリブルは約束どおりルームメイトを変えてくれなかったが、それは罰として受け入れた。今のグリンダにはどうでもいいことだった。ディラモンド教授の死に比べたら、ほかの多くのことは取るに足りないことに思えた。

といっても、グリンダはマダム・モリブルを信用していたわけではなかった。あのばかげたでっちあげの嘘を話した相手はほかにいないのだから。もうあの人に自分の人生を指図させる気はない。悪気なく犯してしまった罪については、まだ誰にも打ち明ける気になれなかった。グリンダの苛立《いらだ》ちをよそに、あのうるさいノミ男のボックは、今もなんとか関心を引こうとつきまとってくる。グリンダはボックにキスを許したことを後悔していた。なんて愚かなことをしたのだろう！　だが、社会的失墜を目前に恐れおののく今となっては、何もかも昔の話だ。今ではミス・ファニーたちも、ありのままの姿で見られるようになった。浅はかで利己的な俗物。この人たちと親しくつきあうことはもうないだろう。

そういう訳で、エルファバはもはや人目をはばかるお荷物ではなくなり、真の友人となってくれそうな相手となった。ネッサローズの到着に備え、仲間が一人増えることに心構えをしておこうと考えたグリンダは、エルファバをせっついて、ようやくその重い口から妹についての話を聞きだした。

「妹はわたしが三歳のとき、コルウェン・グラウンドで生まれたの。わたしたちの家族は、しばらくの間だけコルウェン・グラウンドに戻っていたのよ。ひどい日照りの年だった。母が亡くなってから、のちに父から聞いた話では、ネッサローズが生まれたとき、偶然付近の井戸水から水が湧き出したそうよ。異教の踊りを踊ったり、人間の生贄《いけにえ》を捧げたりしていたらしいわ」

グリンダは、しぶしぶといった様子でぶっきらぼうに話を続けるエルファバを見つめた。

「両親の友人に、カドリング人のガラス吹きがいたの。ところが、快楽信仰の扇動者とお告げを下す時計に煽《あお》られた群集に襲われ、殺されてしまった。名前はタートル・ハートといったわ」エルファバは両手の手のひらで古びた黒い靴の硬い甲を押さえ、目線を床に向けている。「両親がカドリングへ伝道に行くことにしたのも、二度とコルウェン・グラウンドにもマンチキンにも戻らなかったのも、そのせいじゃないかと思うの」

「でも、あなたのお母様は出産のときに亡くなったのでしょう」とグリンダ。「どうして伝道に行けたのかしら？」

「母が死んだのは、それから五年後のことよ」エルファバは、恥ずかしい話でもするかのように、服のひだを見つめながら言う。「母は弟を出産したときに亡くなったの。父がシェルと名づけたわ。

タートル・ハートにちなんだのではないかしら。それで、シェルとネッサローズとわたしは、ばあやと父のフレックスに連れられて、カドリングの集落から集落へと沼地を歩き回ったの。父は説教をして、ばあやがわたしたちを教育し、育て、家を切り盛りしてくれたわ。まあ、家庭といえるほどのものじゃなかったけど。そうこうするうちに、魔法使いの手下がルビーの鉱脈を手に入れようと、湿地帯の干拓を始めたの。知ってのとおり、うまく行かなかったけど。するとやつらは、カドリング人を捕らえて殺したわ。カドリング人を保護すると称して収容所に集め、餓死させたのよ。湿地帯を奪い取り、ルビーをかき集めるとやつらは撤退した。父はこの事件が原因で頭がおかしくなってしまったの。ルビーといっても、これほどの犠牲を払うほどの量じゃなかったのよ。ヴィンカス川からあの名だたる豊富な水をはるばる引いてきてマンチキンに水を供給するための運河もまだできていないし。干ばつも、何度か改善のきざしはあったけど、いまだに続いているし。〈動物〉たちは祖先が暮らしていた土地に呼び戻されたわ。これは、農民に自分たちも何かを支配しているんだという気持ちを持たせるための策略で、意図的に人々を辺境へ追いやろうとしているのよ。グリンダ、これが魔法使いのやり方なのよ」

「あなたの子供時代の話をしていたのよ」とグリンダ。

「ええ、これで全部よ。個人の生い立ちを政治と切り離して考えることはできないわ」とエルファバ。

「何を食べていたとか、何をして遊んだかとか、そんなことが知りたいの？」

「ネッサローズがどんな人か知りたいのよ。シェルのことも」とグリンダ。

「ネッサローズは意志が強いわ。体はいくぶん不自由だけど」とエルファバ。「すごく頭がよくて、自分は聖者だと思っている。父親の信心深さを受け継いだのね。でも、人の世話をするのは得意じゃないわ。だって、自分のことさえ一人でできたためしがないんだもの。無理のないことだけどね。わたしは父に言われて、子供時代はずっとあの子の世話をしていたの。ばあやがいなくなったら、あの子はどうなるのかしら。たぶん、またわたしが面倒をみることになるんだろうけど」

「まあ、それは大変ね」グリンダはつい口がすべってしまう。

だが、エルファバは険しい顔でうなずいただけだった。「ほんと、そのとおりなのよ」

「じゃあ、シェルは？」グリンダは続けて尋ねた。また新たな傷口を開くことになるかもしれないと思いながら。

「男性、白人、五体満足」とエルファバ。「今は一〇歳ぐらいのはずよ。家にいて、いずれ父の世話をすることになると思うわ。ごく普通の男の子よ。ちょっと頭が鈍いかも。でも、わたしたちが受けた恩恵を弟は受けられなかったんだから、仕方ないわね」

「恩恵って何？」グリンダはせっついた。

「短い間だったけど、わたしたちには母がいたわ。軽はずみで、アルコール中毒で、想像力旺盛で、気まぐれで、向こう見ずで、勇敢で、強情で、頼りになる女性《ひと》だった。わたしたちには母、メリーナがいた。でも、シェルにはばあやしかいなかったわ。できるだけのことはしてくれたけど」

「それで、誰がお母様のお気に入りだったの？」とグリンダ。

「さあ、誰だったかしら」エルファバは無造作に言った。「わからないわ。シェルだったかも。たぶんそうだわ、男の子だし。でも、母は弟を見ることもなく死んだから、元気な男の子が産まれたという小さな慰めすら知らずじまいなのよ」
「お父様のお気に入りは？」
「ああ、それなら簡単よ」エルファバはいきなり立ちあがると、本棚から本を取り出す。さっさと退散してこの話題を打ち切ろうといわんばかりだ。「ネッサローズよ。あなたも妹に会えば、わかるわ。誰だってあの子を気に入るもの」エルファバはさよならと言うように緑色の指を軽く振り、するりと部屋を出ていった。

グリンダは、ネッサローズが自分のお気に入りになるとは思えなかった。とても手がかかりそうだ。ばあやは過剰なほど世話を焼くし、エルファバは妹が快適に暮らせるように部屋を整えようとあれこれとせわしなく気を遣った。カーテンはその角度ではなくこの角度にしたらどうかしら。そしたらあの子の美しい肌に日が当たらずにすむわ。ランプをもう少し上向きにしましょう。そうすればネッサローズも本が読めるんじゃない？　しーっ、ネッサローズがベッドに入ったから、もうおしゃべりはやめましょう。あの子はすごく眠りが浅いの。

ネッサローズの一風変わった美しさに、グリンダは少々圧倒された。服装の趣味もよかった（特に飾り立てているわけではないのに）。しかし、少々変わった癖があり、そのため人の注意がその姿からそらされてしまうのだ。不意に敬虔な思いに駆られ、頭を垂れて目をしばたたかせるのだ。それはきわめて感動的な姿ではあったが、同時に苛立《いらだ》ちを覚えるものでもあった。傍《はた》からはうかがい知れない何かがネッサローズの豊かな内面に顕現するらしく、それによってあふれた一筋の涙をいちいち拭いてやらねばならないのだ。

グリンダはひたすら勉学に専念し始めた。魔術を教えるのは、あやしげな新米教師ミス・グレイリングだ。魔術に対してほとばしるような敬意をもっていたが、すぐに明らかになったように、生まれもった能力はほとんどなかった。いつも「最も基本的なことは、呪文は変化をもたらす手順にすぎないということです」と言っていたが、鶏肉をトーストに変えようとして、代わりにコーヒーの出がらしがレタスの葉に乗って出てきたのを見た学生たちは、ディナーに招待されても決して受けまいとひそかに心に決めた。

教室の後ろでこっそり見守っていたマダム・モリブルは、頭を振って舌打ちした。一度や二度は、我慢できずに口出しをした。「私は魔法の達人ではありませんが」学長はつけつけと言った。「でも、ミス・グレイリング、あなたは結びつけて言い聞かせる、という手順を怠っているのではありませんか。私はただ、尋ねているだけですよ。私にやらせてみてくださいな。私は魔術師の養成にこの上ない喜びを感じているのですから」そう言われると、ミス・グレイリングは先ほどの実演の残骸の上に座って、バッグを放り出して、しょんぼりと恥ずかしさと悔しさを噛みしめるしかなかった。娘たちはくすくす笑い、たいして役に立たない授業だと思った。

だが、一概にそうとも言えなかった。ミス・グレイリングが下手くそだったおかげで、学生たちは失敗を恐れずに自分でやってみようという気になったのだ。そして、ミス・グレイリングは、学生がその日の課題をやり遂げたときには、惜しみない称賛を送った。グリンダが初めて姿を消す呪文を使って、ほんの数秒間糸巻きを消すことに成功したときも、ミス・グレイリングは手を叩きながら何度も飛びあがり、靴のかかとを壊してしまった。それほど喜んでもらえると、うれしくもあり、励みにもなった。

「別に反対するわけじゃないけど」とエルファバ。その日、エルファバ、グリンダ、ネッサローズ（当然ばあやも）は、自殺運河《スーサイド・キャナル》のそばのパールフルーツの木の下に座っていた。「でも、不思議だと思わない？　もともとユニオン教の大学として設立されたのに、どうして教壇で堂々と魔術を教えていられるのかしら」

「そうはいっても、魔術は本来、宗教的なものでも非宗教的なものでもないのよ」とグリンダ。「そうでしょう？　それに、快楽信仰的なものでもないわ」

「呪文をかけたり、物の姿を変えたり、何もないところから物を出したり。こんなのは余興でしかないわ」とエルファバ。「茶番だわ」

「そうね、茶番みたいに見えるでしょうね。ミス・グレイリングの手にかかると、下手な茶番ね」とグリンダ。「でも、魔術というものは、特定の目的に使われるべきっていうものじゃないの。魔術は実用的な技術なのよ。たとえば――そうね、読み書きと同じなのよ。大切なのは、読み書きの能力があるかないかではなく、何を読み、何を書くかでしょう？　駄じゃれじゃないけど、どんな呪文《スペル》をかけるかが問題なのよ」

「父は激しく非難していたわ」ネッサローズが、揺るぎない信仰を持つ者特有の静かな口調で言う。「父はいつも、魔術は悪魔の手品だと言ってた。そして、快楽信仰は信仰の真の目的から大衆の目をそらすものにすぎないって」

「いかにもユニオン教徒らしい理屈ね」グリンダは感情を害したわけでもなさそうだ。「でも、一理あると思うわ。ペテン師や大道芸人のことを言っているのならね。でも、魔術もそうってわけじゃないわ。グリカスにいる魔女たちはどう？　マンチキンから買い入れた牛が崖っぷちまで歩いていかないように魔法をかけているそうよ。グリカスじゅうの崖に柵をつくるわけにはいかないもの。魔法はその地域に根ざした技術で、地域社会の繁栄に貢献しているわ。何も宗教に取って代わろうってわけじゃないのよ」

「取って代わろうってつもりはないかもしれないけど」とネッサローズ。「でも、その傾向があるとしたら、警戒する義務があるんじゃないかしら」

「ああ、警戒というなら、そうね、わたしは飲み水を警戒するわ。毒が入っているかもしれないもの」とグリンダ。「だからといって、水を飲むのをやめたりしないわ」

「わたしは、それほど重大な問題だとは思わないけど」とエルファバ。「魔術なんて、たいしたものじゃないわよ。ほとんど自己完結した世界だし、そこから外に届くことなんてないもの」

　グリンダは必死で集中し、エルファバが残したサンドイッチを持ちあげて、運河の外へ移動させようとした。けれども結局、サンドイッチが爆発してマヨネーズが焦げ、ニンジンとオリーブが粉々に飛び散っただけだった。ネッサローズは笑いすぎてバランスを崩して倒れこみ、ばあやが抱え起こさなければならなかった。サンドイッチの破片まみれになったエルファバは、それをつまんで口に入れたので、皆あきれ果て、笑い転げた。「ただのこけおどしよ、グリンダ。魔法には存在論的に興味深いことなんてないんだわ。といって、ユニオン教を信じてるわけではないのよ。わたしは無

「そう言って、わたしたちにショックを与え、憤慨させようというのね」ネッサローズが凛《りん》として言った。「グリンダ、姉さんの言うことを真に受けちゃだめよ。いつもこうなんだから。たいていは父さんを怒らせるために言うんだけど」

「ここには父さんはいないわ」エルファバが妹に言い聞かせる。

「だから、わたしが父さんの代わりに腹を立てているのよ」とネッサローズ。「ユニオン教を鼻であしらうのも結構だけど、その鼻だって名もなき神から授かったものじゃないの。おかしな話でしょ、グリンダ。まったく、大人げないんだから」ネッサローズは本気で腹を立てているようだ。

「ここには父さんはいないのよ」エルファバが、今度はなだめるような口調で言う。「だから、父さんの妄想について、そんなにやっきになってみんなに弁護しなくていいのよ」

「姉さんは妄想って言うけど、わたしにとっては信仰なの」ネッサローズは冷ややかに、きっぱりと言った。

「ところであなた、魔術師としての腕は悪くないわね。初心者にしては」エルファバはグリンダに顔を向けて言った。「わたしのお昼ごはんからこれだけのゴミの山を作るなんて」

「それはどうも」とグリンダ。「あなたにぶちまけるつもりはなかったのよ。でも、どう？　上手くなったでしょ。人前でこれだけできたんだもの」

「度肝を抜かれたわ」とネッサローズ。「父さんだったら、まさしく魔術のこういうところを非難したでしょうね。まさに見せ掛けばかりの華やかさっていうところ」

「同感よ。口の中にまだオリーブの味が残ってる」エルファバはそう言うと、袖についていた黒いオリーブの破片を指先でつまみ上げ、妹の口元に向けて差し出す。「一口どう？　ネッサ」

だが、ネッサローズは顔を背け、黙って一心に祈っていた。

3

それから数日後、ボックは生命科学の授業の休み時間にエルファバの視線をとらえて合図を送り、廊下わきの小部屋で会った。「新任のニキディック先生をどう思う？」とボック。

「聴きとりにくいわね」とエルファバ。「でも、それはわたしが、いまもディラモンド先生の講義を聴きたいと思っているのと、先生の死をまだ信じられないでいるせいかもしれないわ」その顔には、受け入れがたい現実を受け入れようとする憂いがにじんでいる。

「そのことで、きみに聞きたいことがあるんだ。ディラモンド先生の大発見については、何もかも話してくれたよね。先生の実験室は、もうすっかり片づけられてしまったのかい？　何かめぼしいものが見つかるんじゃないかと思うんだけど。きみは先生の口述筆記をしていたよね？　そのメモの中に、何かヒントになるもの、少なくとも研究を進める上での取っかかりになりそうなものがあるんじゃないかな」

エルファバはキッとした顔でボックを見つめた。「そんなこと、わたしが考えなかったと思うの？もちろん、先生の死体が見つかったその日に、実験室を隅々まで調べたわよ。南京錠がかけられて、閉鎖される前にね。ボック、わたしをバカだと思ってるの？」

「いや、バカだなんて思ってないよ。だったら、何が見つかったか教えてくれないか」

「先生の発見は、うまく隠してあるわ」とエルファバ。「わたしの科学的知識はまだまだ不十分だけど、なんとか自分で究明していくつもりよ」

「つまり、僕に教えるつもりはないってこと？」ボックはショックを受けた様子だ。

「あなたが特に興味をもつ分野じゃないのよ。それに、何か確かなことが見つかるまで、あなたに話しても意味ないでしょ？　ディラモンド先生も、まだ確かなことはつかんでいなかったんじゃないかしら」

「僕はマンチキン人だ」ボックは誇らしげに答えた。「いいかい、エルフィー、きみの話を聞いて、魔法使いが何を企んでいるか、おおよそわかってきたんだ。やつは〈動物〉たちを農場に閉じ込めようとしている。そうやって、不満をもつマンチキン人の農民たちのためにいかにも何かしてやっていると思い込ませているんだ。その上、〈動物〉たちに使い物にもならない新しい井戸を掘る強制労働をやらせようって魂胆だ。なんて汚いやり方なんだ。でもこのことは、ウェンド・ハーディングズや、僕をここへ遣《よこ》してくれた町にも関わる問題なんだ。僕には、きみが知っていることを知る権利がある。二人で協力すれば、確かなことがわかるかもしれないし、何かを変えられるかもしれないじゃないか」

「あなたは失うものが多すぎるわ」とエルファバ。「やっぱり、わたし一人でやるわ」

「やるって、何を？」

だが、エルファバは頭を振っただけだ。「あなたは何も知らないほうがいい。あなたのためを思って言っているのよ。ディラモンド先生を殺したのが誰であれ、先生の発見を公にしたくなかったわけでしょ。あなたをみすみす危険な目にあわせるなんて、友達とは言えないわ」

「僕がここで引き下がったら、それだって友達とは言えないじゃないか」とボックが言い返す。

だが、エルファバは教えようとはしなかった。授業の残り時間ずっと、ボックはエルファバの隣に座り、メモを何度か渡してみたが、すべて無視された。ボックはあとになって、もしあのまま何ごとも起こらなかったら、二人の友情は行き詰まりを迎えていたかもしれないと思った。だが、まさにこの授業中に、とんでもない闖入者《ちんにゅうしゃ》が出現したのである。

ニキディック教授は生命の力について講義を行っていた。伸び放題のあごひげの二つに割れた先を両手首に巻きつけて、教授は尻すぼみな声で話した。そのため、教室の後ろにいる学生は、どの文章も前半分しか聴きとれない。講義内容を理解できている生徒はまったくといっていいほどいなかった。教授がチョッキのポケットから小瓶《びん》を取り出して、「生物学的意思の抽出」とかなんとかつぶやくと、最前列の学生だけが背筋を伸ばして目を見開いた。ボックとエルファバ、それに残りの学生たちの耳には、ボソボソいう声しか聞こえない。「スープには少しソースを入れてボソボソボソ、まるで創造が完了していないかのようボソボソボソ、感覚ある者すべての義務であるにもかかわらずボソボソボソ、それで後ろで居眠りをしている学生の目を覚ますためボソボソボソ、ごらんなさい、どうということのないささやかな奇跡ですが、好意でボソボソボソ」

全員が興奮で身震いし、目を覚ました。教授は煤《すす》けた瓶《びん》の栓を抜くと、何やらぎくしゃくした動作をした。すると、タルカムパウダーの粉のような塵《ちり》が舞いあがり、瓶《びん》の首の上空に一本の紫煙のようにゆらゆらと上がっていった。教授が二、三度両手で扇ぐと、空気の流れが上へと渦を巻きはじめた。すると、煙柱はどういうわけか霧散することなく前上方へと移動を始めた。学生たちは、おぉーっと叫びそうになったが、こらえる。ニキディック教授が指を一本立てて、シッと合図したのだ。その理由はわかっていた。一斉に息を吸いこんだりしたら、空気の流れが変わり、浮かんでいる麝《じゃ》香《こう》の香り漂う粉が流れてしまうだろう。だが、そこで学生たちは微笑まずにはいられなくなった。教壇の上には、紐でつるした儀式用の鹿の角と真鍮《しんちゅう》のトランペットの間に、オズマ・タワーの四人の創立者の肖像画が掛けられていて、古色蒼然とした服装にいかめしい顔をして、現在の学生たちを見下ろしていた。もし、この「生物学的意思」が創立者の誰かに取り付いたなら、男女の学生が大教室で一緒に学んでいるのを見て、なんと言うだろうか。ほかのことについても、何を言うだろう。みんなわくわくして待ち構えていた。

　だが、そのとき教壇の横にあるドアが開き、空気の流れの構造が乱れた。一人の学生が、戸惑った表情で教室の中を窺っている。スエードのすね当てに白い綿のシャツ、浅黒い顔と手には青いダイヤの模様の入れ墨がある。誰もそれまでこの学生を、それどころかこんな格好をした人間を見たことがなかった。ボックはエルファバの手をぎゅっと握りしめ、「ごらん、ウィンキーだよ!」とささやいた。

　このヴィンカスからやってきた学生は、変てこな儀式服を着ていて、確かにウィンキーらしい。遅刻した上に間違ったドアを開けてしまい、すっかりまごついて申し訳なさそうな顔をしている。

だが、ドアはすでに背後で閉まり、内側から鍵がかかってしまった。おまけに、前方の列には空いた席はない。きっとこれ以上目立ちたくないと思ったのだろう、そのままドアにもたれてその場に座りこんだ。

「くそっ、せっかくの授業が台無しだ」とニキディック教授。「ばか者、なぜ時間どおりに来んのか?」

花束ほどの大きさの輝く塵《ちり》は、ドアから入ってきた風に乗り、上方へ向かった。そして、もう一度演説できる思いもよらぬ機会を今かと待っている、とうの昔に亡くなった偉人たちの列を素通りしたかと思うと、鹿の枝角が掛かったラックを覆った。そして、ほんのしばらく、ねじれた角の先あたりに漂っていた。「さて、あの偉人たちから名言を聞くことはもはや望めません。ですから、これ以上この貴重な物質を実習で無駄にするのはやめることにします」とニキディック教授。「研究はまだ未完成でボソボソボソ。きみたちが自分で発見してくれたらボソボソボソ。私はきみたちのボソボソ批判するつもりはボソボソボソ」

そのとき、壁の上で突然枝角がブルブルと震えはじめたかと思うと、身をねじるようにしてオーク材の壁板からはずれ、ガタンと音を立てて床に転がった。それを見た学生は口々に叫び声をあげ、腹を抱えて笑い出す。ニキディック教授が一瞬この騒ぎがなんなのかわからんという顔をしたものだから、なおさらだ。教授が振り返ると、ちょうど角は体勢を立て直したところで、戦闘準備ができた闘鶏のように、武者震いしながら教壇の上で身構えている。

「おい、私をにらむのはやめ給え」ニキディック教授は本を片づけながら言った。「おまえに何かやるよう頼んだ覚えはない。責めるなら、あの学生を責めるんだね」そう言って、ヴィンカス人の学生を指さした。その当人が大げさなほど目を見開いて身をすくめていたので、ひねくれた上級生たちは、これはすべてやらせではないかと疑い始めた。

　枝角は尖った先端を下にして立ち、カニのようにトコトコと教壇の上を横切った。学生たちが一斉に甲高い声をあげて立ちあがる。すると枝角はヴィンカス人の少年の体に這いあがり、鍵のかかったドアに少年を押さえつけた。片方の角のV字になったくびきで少年の首を押さえこみ、動きを封じたかと思うと、もう片方の角は後ろへのけぞってはずみをつけ、今にも顔を突き刺そうとする。

　ニキディック教授はあわてて駆けつけようとしたが、関節炎の膝が言うことを聞かず、その場に倒れた。だが、教授が起きあがる前に、前列にいた二人の少年が教壇に駆けあがり、枝角をつかんで格闘を始め、とうとう床に組み伏せた。ヴィンカスの少年は、訳のわからない言葉を叫んでいる。

「クロープとティベットだ！」ボックがエルファバの肩を揺すって言う。魔術専攻の学生たちが全員椅子の上に飛びあがり、獰猛《どうもう》な角に呪文をかけようとする。クロープとティベットはというと、角をつかんだかと思うと逃げられ、またつかむということを繰り返していたが、ついに片方の枝角をへし折ることに成功した。続いてもう片方。角の破片は教壇の上に散らばって、ぴくぴくしたまま それ以上動かなくなった。

「ああ、かわいそうに」とボック。ヴィンカスの学生はがっくりと座りこみ、青いダイヤの入れ墨がある手で顔を覆って泣きじゃくっている。「ヴィンカスから来た学生を見たのは初めてだよ。それにしても、とんだ歓迎を受けたものだね」

　ヴィンカス人の学生が散々な目にあったという噂は広まり、さまざまな憶測を生み出した。翌日の魔術の授業で、グリンダはミス・グレイリングに説明を求めた。「ニキディック先生の『生物学的意思の抽出』とかいう講義のことですが、どうして生命科学に分類されているのですか？　よくできた魔術みたいにみえるのですが。科学と魔術は、どこが違うのでしょう」

「そうね」とミス・グレイリングは言い、わざわざこの機を見計らったように髪を直しはじめた。「皆さん、いいですか。科学は、自然を系統立てて分析します。多少なりとも宇宙の法則に従って機能しているパーツに分解して、自然を考えるわけです。でも、魔術は正反対の働きをします。ばらばらにするのではなく、つなぎ合わせるのです。分析というより統合です。以前から存在していたものを明らかにするのではなく、新しいものを創造するのです。真の熟練者の手にかかると、魔術は」

——ここでミス・グレイリングはヘアピンで頭を突いてしまい、悲鳴をあげた——「まさに芸術です。実際、優れた芸術、あるいは最高の芸術と言ってもさしつかえありません。絵画、演劇、詩の朗唱といったただの芸術とは比較になりません。世の中に存在しているものを描写したり表現したりするのではなく、対象そのものになるのです。なんという気高い使命でしょう」ミス・グレイリングは自分の言葉に酔い、はらはらと涙をこぼしはじめた。「世の中を変えたいという願い以上に、崇高なものがあるでしょうか。理想郷の青写真を描くのではなく、実際に変化するように命じるのですから。不恰好なものを修正し、出来そこないを作り直し、宇宙に存在するほころびを正すのです。魔術によって、生きられないはずのものが生き延びるのです」

お茶の時間になっても、グリンダの心にはまだ感動の余韻が残っており、またおもしろい話だとも思ったので、スロップ家の姉妹に報告した。すると、ネッサローズが言った。「何かを創造できるのは名もなき神だけよ、グリンダ。ミス・グレイリングが魔術を創造と混同しているのなら、あなたの品性を堕落させかねないわ」

「そう言われても」グリンダは、自分が想像で作りあげた病で床に臥しているアマ・クラッチのことを考えていた。「わたしの品性なんて、もともとたいしたものじゃないわ」

「じゃあ、魔術が人の役に立つっていうのなら、あなたの人格を直すようにすればいいじゃない。もしそういうふうに魔法を使うように努力するのなら、いい結果になると思うけど。魔術に使われちゃだめよ、あなたの才能を魔術に使わなくちゃ」

ネッサローズは、もったいぶった物言いをして相手をひるませるこつを心得ていた。グリンダは聞き終わる前から顔をしかめながらも、ネッサローズの言葉を肝に銘じた。

だが、エルファバはこう言った。「グリンダ、いい質問だと思うわよ。ミス・グレイリングはもっときちんと答えるべきだわ。あの悪夢のような枝角の事件、わたしには科学というより魔術に見えたもの。あのヴィンカスの子は気の毒だったけど！　来週、ニキディック先生に質問してみたらどうかしら」

「そんな勇気のある人、いる？」とグリンダ。「ミス・グレイリングなら、まだ滑稽な人ですむわ。でも、ニキディック先生は、ぼそぼそと支離滅裂なことをしゃべる愛すべき癖はあるけど、すごく高名な学者なのよ」

翌週の生命科学の授業では、ヴィンカスから来た新入生に皆の注目が集まった。新入生は早めにやってきて、教壇からなるべく離れたバルコニー席に座った。ボックは、定住農民が遊牧民に対してきまって持つ不信感を抱いた。けれども、新入生の目に宿る知性の輝きは認めざるをえなかった。アヴァリックがボックの隣の席にすべり込んできて話しかける。「あいつ、部族の王なんだってさ。金も王座も持たない王。貧しき貴族。つまり、その部族内でしか通用しない称号ってことだ。オズマ・タワーに在籍中で、名前はフィエロ。混じりっけなしのウィンキーだよ。文明に触れて、どう思っているんだろうね」

「先週のあれが文明なら、ふるさとの野蛮な暮らしを恋しがっているはずよ」エルファバがボックのもう一方の隣の席から言った。

「あのばかげた入れ墨、どういうつもりなんだろう」とアヴァリック。「好奇の目を引くだけなのにさ。それに、あの肌の色。まっぴらごめんだね」

「ひどいことを言うのね」とエルファバ。「わたしに言わせれば、それこそまっぴらごめんな意見だわ」

「ああ、もう、、」とボック。「やめないか」

「うっかりしてたよ、エルフィー、肌の色はきみの問題でもあったんだね」

「わたしのことは放っておいて。お昼を食べたところなんだから。あなたといると消化不良を起こしそうよ、アヴァリック。お昼に食べた豆とあなたは、悪い食い合わせなのかしら」

「僕、席を変わろうかな」とボックは言ったが、ちょうどそのときニキディック教授が入ってきた。生徒たちは起立して型どおりに敬意を表すと、がやがやとしゃべりながら席についた。

それから数分間、エルファバは手を振ってニキディック教授の注目を促したが、席が後ろすぎたために教授は気づかず、もごもごと話を続けている。ついにエルファバはボックの方へ身を乗りだして言った。「休憩時間になったら、先生が気づくように前の方の席へ移るわね」教授はクラスの生徒が見守る中、よく聞き取れないまま前置きを終えると、一人の学生に教壇の横の戸口を開けるよう合図した。先週、フィエロがおどおどと入ってきた戸口だ。

一人のスリー・クイーンズの学生が、お茶を出すときに使うサイドテーブルのようなものを押して入ってきた。その上にはライオンの子が一匹、身を縮めてちんまりとうずくまっている。離れた席からでも、この子ライオンがおびえきっているのが感じられた。つぶしたピーナッツ色の尻尾を小さなムチのように前後に振り、両肩を丸くすぼめている。まだたてがみらしきものもなく、とにかく小さい。けれども、黄褐色の頭をあちこちに向けている様は、まるで敵の様子を窺っているようにも見える。そして、口を開けると、ウォーとおびえた声で小さく吠えた。大人ぶって吠えてはいるが、やはりそこはまだ赤ん坊だ。教室にいた生徒は一斉に相好《そうごう》をくずし、口々に「かわいい！」と声をあげた。

「まだ子猫みたいなものですな」とニキディック教授。「名前はゴロゴロにしようと思っていましたが、のどを鳴らすよりは震えてばかりいるので、ブルブルにでもしておきましょう」

子ライオンはニキディック教授の顔を見ると、手押し車のぎりぎりの端まで後ずさった。

「今朝の質問はこれです」とニキディック教授。「ディラモンド先生のご研究から取りあげましょう。先生は少々偏った興味をお持ちでボソボソボソ。これが動物か、それとも〈動物〉か、わかる人はいませんか?」

エルファバは指名されるのも待たず、バルコニー席で立ちあがった。そして、はっきりと大きな声で答えた。「ニキディック先生、これが動物か〈動物〉か、わかる者はいないかという質問ですね。ライオンの母親に聞けばわかるはずです。母ライオンはどこにいるのですか」

学生たちはおもしろがって、ざわめきが起こった。「統語意味論の罠《わな》にはまりましたな」教授は愉快そうに言った。そして、バルコニー席があったことに初めて気づいたかのように、前より大きな声を出した。「よいお答えでした、お嬢さん。では、質問の仕方を変えましょう。この検体の性質に関して、仮説を立ててみようと思う人はいませんか。そして、そう判断した理由を述べてください。目の前にいるのは、まだ幼い獣です。たとえ言葉を操る能力を持っていたとしても、そうなるまでにはまだ時間がかかります。話す能力はあるとしても、まだ言葉が操れない状態の場合、それでもこれは〈動物〉だと言えるでしょうか」

「先生、わたしの質問を繰り返します」とエルファバが声を張りあげる。「まだほんとに幼い獣ではないですか。母親はどこにいるのですか? こんなに早く、どうして母親と引き離されたのでしょう。お乳も飲めないではありませんか」

「今取りあげている学問上の質問に対して、的外れな質問だね」と教授。「だが、若い人は何かにつけ感傷的になるものだ。母ライオンは、不運にも時限爆弾の破裂のような事故で死んだ、とでも言っておこう。議論が円滑に進むように、この母親がライオンか〈ライオン〉かを知る手立てはないとしよう。結局のところ、あなたたちも聞いていると思うが、〈動物〉たちは、新しく施行された法律の下での暮らしを避けるため、野生に戻りつつあるからね」

エルファバは途方に暮れて席についた。「まともなこととは思えないわ」と、ボックとアヴァリックに言う。「科学の授業のために、母親のいないライオンの子供をこんなところに引っぱり出してくるなんて。見てごらんなさい、あんなにおびえて震えてる。寒いわけはないでしょうに」

ほかの生徒も思い切って意見を言いはじめたが、教授は一つずつ却下していった。明らかにその論点は、獣が幼い段階で言葉をもっていない場合、それがただの動物か、それとも〈動物〉かを判断することはできない、というものだった。

「この議論には政治的なにおいがぷんぷんするわ」エルファバは声を張りあげた。「生命科学だと思ってたけど、時事問題の授業だったの？」

ボックとアヴァリックはエルファバを黙らせた。あいつは目立ちたがり屋だという悪い評判が立ちはじめていたのだ。

学生たちが論点を理解したあとも、教授は延々とこの話題を引っぱっていたが、ついに皆の前に向き直った。「では、脳の中の言語を司る部分を麻痺させたら、痛いという概念、ひいては痛みの存在そのものを取り除くことができると思いますか？」そう言うと、ゴムの頭がついた小さなハンマーと注射器を取り出した。ライオンはすっくと立ちあがると、ウーッとうなり声をあげた。そして、あとずさりして床の上に飛びおり、戸口に向かって突進した。だが、戸口は先週と同じように閉まっており、内側から鍵がかけられている。

このとき、立ちあがって叫びはじめたのは、エルファバだけではなかった。一〇人以上の学生が教授に向かって大声で抗議した。「痛みですって？　痛みを取り除くですって？　見てください、あんなにおびえているじゃないですか。すでに痛みを感じているんです。どういうつもりなんですか？　やめてください！」

教授は動きを止め、ハンマーをぐっと強く握りしめた。「学習の機会をこんなふうに拒否されるとは、もってのほかだ！」と、むっとして言う。「あなたたちは一時の感傷に身をまかせ、観察もせずに軽率な結論に飛びついているのですよ。その獣をこちらへよこしなさい。さあ、お嬢さん、私を怒らせたいのですか」

だが、クレージ・ホールの二人の女子学生は命令を無視し、爪を立てている幼いライオンをエプロンに放りこむと、二人で両端を持って教室から逃げ出した。教室は大騒ぎになり、ニキディック教授は大またに教壇から降りていった。エルファバはボックの方を向いて、「あら、科学と魔術の違いについての、グリンダの良い質問をしそびれちゃったわね。今日の授業、まったく違う方向へ進んでしまったんだもの」と言ったが、その声は震えていた。

「ライオンが心配でたまらなかったんだね」ボックは胸がじんとした。「エルフィー、震えているじゃないか。こんな言い方して気を悪くしないでほしいんだけど、きみ、激するあまりほとんど蒼白になってるよ。さあ、教室を抜けだして、駅前広場でお茶でも飲もう。前みたいにさ」

4

偶然出会った仲間同士の付き合いは、当初は遠慮と先入観が邪魔をし、最後は反感と裏切られたという思いを抱いてばらばらになるのが相場だが、その間につかの間の蜜月があるものだ。ボックにとって、夏の間まだガリンダと呼ばれていた娘に抱いた恋心は、生涯の友として運命的な結びつきを感じはじめた仲間たちとの、もっと成熟した心地よい付き合いに発展した点だけでも、やはり意味があったと思われた。

男子学生がクレージ・ホールに入ることは許されていなかったし、女子学生が男子校に入ることも同様だったが、シズの中心街はその点、男女の交流が許されている談話室や講義室の延長のようなものだった。週の半ばの午後や週末の朝、仲間たちはワインの瓶《びん》を片手に運河の土手に集まったり、カフェや学生用の居酒屋に出かけたりした。また、シズの街を歩き回ってすぐれた建築物について議論したり、教師のやりすぎを笑ったりした。ボックとアヴァリック、エルファバにネッサローズ（ばあや付き）、そしてグリンダ。そこにファニー、シェンシェン、ミラ、あるいはクロープとティベットも仲間に加わることもあった。クロープがフィエロを連れてきてみんなに紹介したために、ティベットが一週間ほどふくれっ面をしてしまう一幕もあったが、ある夜フィエロがいつもの控えめで礼儀正しい物腰で、「そうなんです、僕はだいぶん前に結婚してるんです。ヴィンカスではみんな早婚なんですよ」と言ったので、ティベットもようやく機嫌を直した。これを聞いて一同は大騒ぎし、自分たちはまだまだ子供だと感じた。

もちろん、エルファバとアヴァリックはことあるごとに辛らつな言い合いをしたし、ネッサローズは信仰について大演説をぶって皆を苛立《いらだ》たせ、クロープとティベットはきわどいことを言っては一度ならず運河に投げこまれた。だがボックは、グリンダへの片想いが多少おさまってきたことに安堵していた。グリンダはピクニック用の敷物の端に自信に満ちた顔で座り、話題が自分におよぶのをうまくかわしている。ボックが愛したのは、自分に魅力があることを知っていて、そんな自分を愛している少女だったのだが、その少女はどこかへ消えてしまったようだ。それでもボックは、グリンダという友人を得られて幸せだと思っていた。そう、一言《ひとこと》で言えば、ボックが愛したのはガリンダであり、そのガリンダはいまやグリンダという、ボックにはよく理解できない女性になってしまったのだ。これにて一件落着。

そして、それは絆《きずな》でつながれた仲間たちだった。


女子学生たちは皆、マダム・モリブルをできるだけ避けていた。ところがある寒い夜のこと、グロメティックがスロップ姉妹を呼びにやって来た。ばあやはあわてて新しいエプロンを腰に巻くと、ネッサローズとエルファバを急き立《せ》てて、階下の学長の応接室へと向かった。

「あのグロメティックって、虫唾《むしず》が走るわ」とネッサローズ。「いったい、どうやって動いているのかしら。ぜんまい仕掛けなの？　魔法？　それとも両方の組み合わせってあるのかしら」

「ばかげた想像かもしれないけど、わたしが思ったのは、中に小人が入っているんじゃないかとか、小妖精の軽業師《かるわざし》の一家が入っていて、手足を一本ずつ動かしているんじゃないかとか」とエルファバ。

「グロメティックがそばに来るたび、なんだか手がハンマーを求めてむずむずするわ」

「わたしにはわからないわ」とネッサローズ。「手がむずむずするって、どんな感じなのか」

「二人とも、お静かに。あれにも耳はあるんですよ」とばあや。

マダム・モリブルは余白に印を付けながら経済紙に目を通していたが、二人が来たことに気づくと、もったいぶって言った。「お時間は取らせません。あなた方のお父様から手紙と小包が届いております。私の口からお知らせしたほうが親切かと思いまして」

「何かあったのですか？」ネッサローズは顔を曇らせた。

「学長に手紙を出すんだったら、わたしたちにも書いてくれればいいのに」とエルファバ。

マダム・モリブルはエルファバを無視した。「お父様はネッサローズの体調と勉強の進み具合を尋ねてこられたのです。また、オズマ・チペタリウスの帰還を祈って断食と苦行に入るから、二人にそう伝えてほしいと書いてあります」

「まあ、それはそれは」ばあやは大好きな話題に飛びついた。「もうずいぶん前のことになりますけれど、魔法使い陛下が宮廷を乗っ取って摂政オズマ《オズマ・リージェント》を幽閉したとき、あたしたちはみんな、聖なる幼いオズマ姫が陛下に天罰を下すだろうと思ったものですよ。でも、オズマ姫はさらわれて、ラーライン様みたいにどこかの洞穴の中で凍りついているっていうじゃありませんか。果たしてオズマ姫を溶かすだけの気骨が、フレックスパー様にあるんでしょうか。オズマ姫がお戻りになられるときが訪れたってわけかしらねえ」

「いいですか」マダム・モリブルはばあやに冷たく一瞥《いちべつ》をくれると、姉妹に向かって言った。「あなたたちにここへ来てもらったのは、この人にこんな眉唾ものの世間話をさせるためでも、陛下を誹謗《ひぼう》させるためでもありませんよ。平和裡に権力の委譲が行われたのです。摂政オズマ《オズマ・リージェント》の健康状態が自宅軟禁のときに悪化したのは単なる偶然の一致で、それ以外の何ものでもありませんよ。あなた方のお父様の力で、さらわれた王家のご子女を深い眠りから目覚めさせることができるかどうかについては——そうね、お父様は精神を病まれているとは言えないまでも、かなり変わっておられるということは、あなた方も認めていたわね。ともかく、断食中のお父様のご健康をお祈りしますわ。ただし、これだけは言っておきますよ。クレージ・ホールではいかなる扇動的な行動も、笑って見のがすわけにはいきません。お父様には王党派としてのお望みがいろいろとおありでしょうが、それをこの寮内に持ちこまないでくださいね」

「わたしたちが身を捧げているのは、陛下でも王家のご存命の方々でもなく、名もなき神なのです」ネッサローズが誇らしげに言った。

「わたしはこの件に関しては、何の感情ももっていません」とエルファバ。「確かに父は見込みのない大義を信奉してはいますが」

「それは結構なこと」と学長。「そのようにお願いするわ。では、小包を渡しましょう」学長はエルファバに小包を手渡して、こうつけ加えた。「でも、ネッサローズにだと思いますよ」

「開けてちょうだい、エルフィー」とネッサローズ。ばあやも身を乗り出してのぞき込む。

エルファバはひもをほどき、木の箱を開けた。中にはおがくずが詰まっていて、その中から靴の片方を、それからもう片方を引っ張り出した。これは、銀色の靴？　それともブルー？　それとも赤？

あるいは、キャンディのようなつや出しが塗ってあるのか。何色と言うのは難しいが、そんなことはどうでもよかった。とにかくまばゆいばかりの美しさだった。マダム・モリブルでさえ、そのきらびやかさに息をのんだ。靴の表面は無数の光の反射と屈折で脈打っているようだ。暖炉の火を受けて、それはいつか拡大鏡で見た、血液の中で泡立っている血球のように見えた。

「お父様はその靴を、オッベルズのはずれに住む歯無しの鋳《い》かけ屋の女から買ったと書いておられます」とマダム・モリブル。「そして、ご自分で作られた銀色のガラス玉で飾られたそうです。誰からか作り方を習われたとか――？」

「タートル・ハートですよ」ばあやがぼそっと言った。

「そして――」マダム・モリブルは手紙を裏返すと、目を細めて読んだ。「あなたが大学へ出発する前に、何か記念になるものを贈るつもりだったが、アマ・クラッチの急病という突発的な事態になってしまって……かくかく、しかじか……何も用意できなかった。それで今回、愛娘ネッサローズの美しい足が温かく、濡れることなく、美しく保たれるように、愛をこめてこの靴を送る、ということです」

エルファバはおがくずを指でかきまわしてみた。箱の中にはほかに何も入っていなかった。自分宛のものは何も。

「なんてきれいなんでしょう！」ネッサローズが叫ぶ。「エルフィー、履《は》かせてちょうだい。まあ、なんてきらきらしているの！」

エルファバは妹の前にひざまずいた。ネッサローズは背筋を伸ばし、顔を輝かせて、オズマに負けないくらい威厳に満ちて座っている。エルファバは妹の足を持ちあげると、普段用の室内履きを脱がせ、代わりにまばゆく輝く靴を履かせた。

「お父様って、なんてお優しいの！」とネッサローズ。

「あなたはご自分の足で自由に歩くことが出来ますからね、ほんとによかったこと」ばあやはエルファバにそうささやくと、いたわるように老いた手をエルファバの肩甲骨の上に置いた。だが、エルファバはその手を振りはらう。

「ほんとにきれいね」エルファバが低い声で言った。「ネッサローズ、まるで誂《あつら》えたみたいね。嘘みたいにぴったりだわ」

「ああ、エルファバ、気を悪くしないでね」ネッサローズは自分の足元を見下ろして言う。「気を悪くして、わたしの小さな幸せをぶち壊さないで。お父様は、姉さんはこんなきらきらしたものなんて欲しがらないと思って……」

「もちろん、欲しくなんかないわ」とエルファバ。「あたりまえでしょ」

その夜、仲間たちは門限破りの危険を冒して、もう一本ワインを注文した。ばあやは舌打ちして気をもんでいたが、みんなと同じように自分の分け前をきれいに飲み干してしまっている以上、ばあやの反対など聞き入れられなかった。フィエロは、七歳のときに近くの部族の少女と結婚したいきさつを話した。あまりにあっけらかんと話すので、みんなはぽかんと口を開けて聞いていた。花嫁を見たのは、後にも先にも二人が九歳のときに一度っきりで、しかもそれは偶然だったと言う。そして、「でも、二〇歳になるまでは、本当の夫婦にはならないつもりだ。今はまだ一八だし」と付け加えた。フィエロがまだ自分たちと同様、純潔らしいとわかって安堵したメンバーは、さらにもう一本ワインを注文した。

ロウソクの炎が今にも消えそうになった。外では秋の小雨が降っている。部屋の中は乾燥していたが、エルファバはもう歩いて帰ることを考えたのか、外套を引き寄せた。父親に無視されたショックからはすでに立ち直り、ネッサローズと一緒に、父フレックスのおかしな思い出話をはじめた。何もこだわりはないのだと、自分自身にもほかのみんなにも証明してみせているように。あまり酒を飲みつけないネッサローズは、珍しく笑い声を立てた。「わたしはこんな体なのに、というより、こんな体だからかもしれないけど、父はわたしを『僕のきれいなペット』と呼ぶのよ」人前で自分から腕がないことを口にしたのは初めてだった。「父はよく、『ここまでおいで、僕のペット、そしたらりんごを一切れあげるよ』と言ったわ。するとわたしは、一生懸命歩いて行ったものよ。ばあやもエルフィーも母もそばにいなくて誰も支えてくれないときは、倒れそうになりながらよろよろと歩いていって、父の膝に倒れこむの。父に寄りかかって体を起こし、にっこり笑うと、父はわたしの口に、小さく切ったりんごを放りこんでくれたわ」

「お父様はあなたのことはなんて呼んでたの、エルフィー?」とグリンダが尋ねる。

「ファバラよ」ネッサローズが口を出した。

「家ではね。家の中だけよ」とエルファバ。

「そうそう、あなたはお父様の『ちっちゃなファバラ』でしたっけね」笑いの輪から少し外れて座っていたばあやが優しい声で、まるで自分に言い聞かせるように言う。「ちっちゃなファバラ、ちっちゃなファバラ、ちっちゃなファバラ」

「父はわたしのことは、一度もペットと呼ばなかったわ」エルファバは妹に向けてグラスを上げて言った。「でも、父が本当のことを言ってたのは、みんなだってわかるでしょ。ネッサローズは家族のペットなの。このすばらしい靴がその証拠よ」

ネッサローズは顔を赤らめて祝杯を受けた。「でも、わたしが父の気を引いたのはこんな体だからだけど、姉さんは歌で父さんの心を虜《とりこ》にしてたじゃない」

「父さんの心を虜にした？　まさか。必要な役割を果たしていただけよ」

だが、ほかのみんなが黙ってはいない。「エルファバ、きみ、歌が歌えるの？　じゃあ、ぜひ歌ってみてよ。よし、もう一本追加だ。もう一杯いこう。椅子を後ろへどけるんだ。歌うまで帰らないよ！　さあ！」

「みんなも歌うなら、歌ってもいいけど」エルファバが偉そうに言う。「ボック、あなたはマンチキンのスピニエルね。アヴァリック、ギリキンのバラッドでもどう？　グリンダも何か歌ってよ。ばあやは子守唄ね」

「僕たち、いかがわしい輪唱なら歌えるよ。きみが歌ったら、その次は僕らだ」とクロープとティベット。

「じゃあ、僕はヴィンカスの狩りの歌を歌うよ」とフィエロ。皆がうれしげに笑い、フィエロの背中を叩いた。そこでエルファバはしぶしぶと立ちあがり、椅子をわきへどけた。咳払いをし、両手で口を覆ってひと声出してから歌いはじめる。久しぶりにまた、父のために歌うかのように。

バーのマダムが、騒いでいる年輩の客を布巾でぴしゃりと叩いて黙らせる。ダーツで遊んでいた客も手を休めた。部屋の中が静まりかえる。エルファバは即興で短い歌を作って歌った。まだ見ぬものへの憧れの歌、時空を越えたはるかな世界の歌。見知らぬ人たちも、目を閉じて聴き入っている。

ボックも目を閉じて聴き入った。声はまあまあってとこか。エルファバの歌が喚起する世界が目に浮かぶ。そこは、不正やはびこる残虐行為、専制支配、貧困を招くきびしい干ばつが一気に襲いかかり、人々の首根っこを押さえつけるなんてことのないところ。いや、僕は正しく評価していなかった。エルファバの歌声はすばらしい。落ち着いていて、感情がこもってはいるけれどわざとらしくない。ボックは最後まで聴いていた。歌声は、酒場の敬意に満ちた静寂の中へ消えていく。あとになって、ボックはこう思った——その歌はまるで嵐のあとの虹のように、まるで風がだんだん治まっていくように消えていき、あとには静けさと、可能性と、安らぎが残った、と。

「次はあなたよ、約束でしょ」エルファバはフィエロを指さして声をあげる。けれども誰も歌おうとしない。エルファバの歌がすばらしすぎたのだ。ネッサローズはばあやにうなずきかけ、目尻から流れる涙を拭かせた。

「エルファバは信仰をもっていないと言うけど、死後の世界のことをあんなに感情をこめて歌いあげるんだから……」とネッサローズが言う。これには、誰も反論しようとしなかった。

5

あたり一面が霜で真っ白になったある朝早く、グロメティックがグリンダにメモを持ってきた。アマ・クラッチがこの世を去ろうとしているという。グリンダとルームメイトたちは急いで診療所に駆けつけた。

そこには学長が待っていて、娘たちを窓のない小部屋に案内した。アマ・クラッチはベッドの中でのたうちながら、枕カバーに話しかけていた。「我慢しなくていいんですよ」と荒い息の下から言う。「私はおまえに、何もしてあげられないんだから。おまえがおとなしいのをいいことに、この脂っぽい髪をその目の詰まった見事な織物の上に乗せたり、アップリケのついたレースの縁をかじったりするんですから。されるがままになってるなんて、おまえはほんとにバカですよ！　ご奉公なんて考えは気にかけなくていいんです。でたらめなんですから。そう、でたらめなんですよ！」

「アマ・クラッチ、アマ・クラッチ、わたしよ」とグリンダ。「ねえ、聞こえる？　わたしよ、あなたのかわいいガリンダよ」

アマ・クラッチは頭を左右に振った。「まだそんなことを言うなんて、ご先祖様への侮辱です！」そして、再び枕カバーに目を向けて続けた。「レスト湖の土手にお住まいの綿の木のご両親がわざわざ収穫をお許しになったというのに、こうして敷物みたいに横たわり、汚い年寄りのよだれでベトベトになっているなんて！　まるでおかしなことじゃありませんか！」

「アマ・クラッチ！」グリンダはすすり泣いた。「うわごとはもうやめて！」

「ほらね、そういわれたら何も言い返せないでしょう」アマ・クラッチは満足げに言った。

「正気に戻ってちょうだい。逝《い》ってしまうまえに、もう一度だけ！」

「ああ、お優しいラーライン様、これはひどすぎます」とばあや。「お嬢様方、もし私がこんなことになったら、毒を盛ってくださいましね」

「アマ・クラッチはもうだめよ。わたしにはわかるわ」とエルファバ。「カドリングでいやというほど見てきたもの。その兆しが見えるわ。グリンダ、言っておきたいことがあるなら、早く言いなさい」

「マダム・モリブル、席をはずしていただけませんか？」とグリンダ。

「そばにいて、支えになって差しあげましょう。それが学生に対する義務ですから」学長はハムのような手を腰に当て、断固として言った。だが、エルファバとばあやは立ちあがると、学長を部屋から廊下へ追い出してドアを閉めて鍵をかけてしまった。ばあやはその間中ずっと、「ご親切はよくわかりますよ、学長先生、でも、その心配はご無用です。ほんとに大丈夫ですから」と言いつづけた。

グリンダはアマ・クラッチの手を握った。じゃがいもにつく水滴のように、玉のような汗がその額《ひたい》から噴き出している。グリンダの手を振り払おうとするが、もうその力も残っていない。「アマ・クラッチ、おまえは死んでしまうのね」とグリンダ。「わたしのせいだわ」

「そんなこと言っちゃだめよ」とエルファバ。

「だって、本当のことなのよ」グリンダは頑として言った。「本当なのよ」

「本当かどうかはどうでもいいわ」とエルファバ。「くだらないことをべらべらしゃべるんじゃないって言ってるの。死のうとしているのはアマ・クラッチなのよ。あなたが名もなき神に懺悔《ざんげ》してどうするの。ほら！　何かできることがあるでしょ！」

グリンダはアマ・クラッチの両手を、いっそう強く握りしめた。「魔法で正気を取り戻してみせるわ」と、歯を食いしばって言う。「アマ・クラッチ、わたしの言うとおりにしなさい！　わたしはまだおまえの雇い主で、主人なんだから。言うことを聞かなきゃだめよ。さあ、この呪文を聞いて、お行儀よくしなさい！」

アマ・クラッチは歯ぎしりし、目をぎょろつかせ、顎《あご》を不自然にねじった。まるでベッドの上空に漂う目に見えない悪霊を退治しようとするかのように。グリンダは目を閉じ、口を動かす。自分にさえ意味不明の言葉が、とぎれとぎれの音となって　白くなった唇から次々とつむぎ出されてくる。「いつかのサンドイッチみたいに、アマ・クラッチを爆発させないでよね」エルファバがつぶやいた。

グリンダはその言葉を無視したまま、ぶつぶつと呪文を唱え、体を揺すり、息をはずませている。アマ・クラッチのまぶたが閉じた目の上で激しく動く。まるで眼窩《がんか》が眼球を咀嚼しているかのように。最後に「マギコルディアム　センサス　オヴィンダ　クレンクス」とひときわ大きく唱えると、グリンダは呪文を終えた。「これでだめならお手上げよ。香炉やらベルやら、道具が一式そろってても、同じことだと思うわ」

アマ・クラッチが藁布団《わらぶとん》の上でのけぞった。目の縁から血が一筋流れる。だが、焦点を合わせようとするかのような激しい目の動きは収まっている。「まあ、お嬢様」アマ・クラッチはつぶやいた。

「ご無事でしたか。それとも、私はもう死んだのでしょうか」

「まだ死んでないわよ」とグリンダ。「ええ、アマ・クラッチ、わたしは元気よ。でも、おまえは逝《い》ってしまうのね」

「はい、逝かせていただきます。ほら、〈風〉の音が。聞こえませんか?」とアマ・クラッチ。「これでいいんですよ。おや、エルフィーもいるんですね。さようなら、お嬢様方。そのときが来るまで、〈風〉にあたってはいけませんよ。でないと、どこか違うところに吹き飛ばされてしまいますからね」

グリンダが言う。「アマ・クラッチ、おまえに言っておきたいことがあるの。謝らないといけないことが——」

だが、エルファバが身を乗りだして、アマ・クラッチの視線からグリンダをさえぎった。「アマ・クラッチ、逝ってしまう前に教えてちょうだい。誰がディラモンド先生を殺したの?」

「あなたはご存じのはずですよ」とアマ・クラッチ。

「はっきり言ってほしいの」とエルファバ。

「ええ、私は見ましたよ。何もかもではありませんけどね。あれは事件が起きた直後でした。ナイフがまだそこにありました」アマ・クラッチは息を整えた。「ナイフには血がべっとりついていました。乾く間もなかったんですね」

「それで、何を見たの? 重要なことよ」

「ナイフが宙に浮いたのです。〈風〉が、ディラモンド先生を連れ去りにやってきました。時計仕掛けのあれがくるりと向きを変えました。〈山羊〉先生の時間は、そこで止まったのです」

「グロメティックなの？　そうなのね」エルファバがつぶやいて、老女からはっきりとその言葉を聞き出そうとした。

「そう、そのとおりですよ、お嬢様」とアマ・クラッチ。

「じゃあ、グロメティックはおまえを見たの？　おまえの方を向いたの？」とグリンダが叫ぶ。「それでおまえはおかしくなったの？」

「そうなる定めだったんですよ」アマ・クラッチは穏やかに言った。「だから、文句は言いません。それに、もう死ぬべき時なんです。だから、このまま逝《い》かせてください。どうか、手を握ってくださいませ」

「でも、悪いのはわたしなのよ――」とグリンダ。

「もう何もおっしゃいますな、私の大切なガリンダ様」アマ・クラッチは優しくそう言うと、グリンダの手を叩いた。そして、二、三度大きく息を吸い、吐いた。娘たちはただ黙ってそこに座っていた。部屋の外では、マダム・モリブルがゆっくりと床板の上を行ったり来たりしている。そのとき、二人の耳に〈風〉の音が、あるいは〈風〉の遠いこだまが聞こえたような気がした。アマ・クラッチは逝った。そのゆるんだ口元から流れ出したひと筋のよだれを、その老女に尽くし切った枕カバーが吸いこんだ。

6

葬式は、別れを告げて送り出すだけの簡素なものになった。グリンダの親友たちが二列になって座り、その後ろに仕事仲間のアマたちが席を占めた。それ以外は空席だった。

埋葬布に包まれた遺体が、油を塗った投下口を滑って焼却炉に入ってしまうと、会葬者と仕事仲間はマダム・モリブルの私室へ引きあげた。そこで茶菓がふるまわれたのだが、学長が金をかけないよう指示したのは明らかだった。お茶の葉は古く、おがくずのように味気ない。ビスケットは固く、サフラン・クリームもタモノーナ・ママレードもついていない。グリンダが「ほんの少しのクリームさえないのかしら」と非難がましく言うと、マダム・モリブルは「おや、この最悪の食料不足の中、経費削減に努力しているのですよ。節度ある買い物をして、自分でも質素に暮らすようにしてね。でも、あなたが無知なのは、私にすべての責任があるわけではありません。国民が陛下に絶対服従しさえすれば、豊かな暮らしができるんですがね。この国は飢饉寸前の状態で、ここから三〇〇キロほど離れたところでは、牛が餓死しているのですよ。そんなことも知らないのですか。そんなわけで、市場ではサフラン・クリームにとんでもない高値が付いているんです」と答えた。グリンダが席を立とうとすると、マダム・モリブルは指輪をいくつもつけた、その柔らかい丸々とした指でグリンダを捕えた。その感触にグリンダはぞっとした。「あなたにお話ししたいことがあるんです。ミス・ネッサローズ、ミス・エルファバもご一緒に」と学長。「お客様が帰られたあとでね。残っていてくださいね」

「みっちりお説教されるのかしら」グリンダがスロップ姉妹にささやく。「きっと怒鳴りつけられるんだわ」

「アマ・クラッチが言ったことは、一言《ひとこと》も話しちゃだめよ。正気が戻ったこともね」エルファバがせっぱつまった口調で言う。「いいこと、ネッサ？　ばあやもよ」

皆、うなずいた。ボックとアヴァリックは、立ち去る際に、リージェンツ・パレードにあるパブでもう一度集まろうともちかけた。娘たちは、学長との話が終わったら行くことにした。〈桃と肝臓亭〉で、アマ・クラッチのためにもっと心のこもった追悼会をするのだ。

数少ない参列者が解散したあと、グロメティックが一人でカップやお菓子のくずを片づけている。マダム・モリブルはみずから暖炉の火を埋めた。ほら、私ってこんなにさばけた人間でしょう、とわざとらしく皆に見せつけるかのように。そして、グロメティックも追い払った。「またあとでね。クローゼットかどこかで、油でも差していなさい」グロメティックは——そんなことが可能であるのならば——気を悪くした様子で出ていった。エルファバは、頑丈な黒いブーツのつま先でグロメティックを蹴《け》とばしたいという衝動を必死でこらえた。

「あなたもよ」とマダム・モリブルはばあやに命じる。「しばらく骨休めでもしていなさいな」

「とんでもございません」とばあや。「ばあやはネッサのそばを離れませんよ」

「いいえ、だめですよ。ネッサの面倒はエルファバがちゃんとみますから」と学長。「ねえ、エルファバ？　あなたは慈悲の精神にあふれておいでですからね」

エルファバは口を開きかけた——精神という言葉がいつも彼女の心を逆撫でするのを、グリンダは知っていた——が、そのまま口を閉じると、顔をドアの方へ向けてうなずいた。ばあやは何も言わずに立ちあがり出て行ったが、ドアが閉まる前にこう言った。「どうこう言える立場じゃないですが、それにしても、クリームもないなんて。お葬式だっていうのにねえ」

「もう、いい加減にしてほしいわね」ドアが閉まると、マダム・モリブルは言った。だが、グリンダはそれが召使いに対する批判なのか、共感を得ようとして口にした言葉なのか判断がつきかねた。学長は気を取り直して、スカートやしゃれた上着の切り込みや飾りひもを整えた。オレンジがかった銅のスパンコールのついた上着を着たところは、まるで巨大な作り物の金魚の女神がぬっと直立しているようだ。いったい、この人はどうやって学長にまで昇りつめたのだろう？　グリンダは不思議に思った。

「アマ・クラッチは灰になってしまいましたが、私たちは気を強くもって乗り越えていきましょう、いえ、乗り越えていかなければならないのです」とマダム・モリブルは切り出した。「そこで皆さん、悲しいことではありますが、アマ・クラッチが最後にどんな話をしたか聞かせてください。これは悲しみから立ち直るのに効果的な治療法なのですよ」

娘たちは顔を見合わせたりはしない。グリンダは、ここは自分が話すべきだろうと思い、息を吸いこんで口を開いた。「うわごとばかり言っていました。最後まで」

「驚くにはあたりませんね。頭のおかしいお年寄りのことですから」とマダム・モリブル。「ところで、どんなたわごとを言いましたか？」

「わたしたちには意味がわかりませんでした」とグリンダ。

「〈山羊〉先生の死について、何か言ってたんじゃありませんか？」

グリンダが答える。「えっ、〈山羊〉先生ですか？　さあ、わたしにはなんとも――」

「頭がおかしくなっていたとしても、アマ・クラッチは正気に返って、あの重大な瞬間を思い出したのではないかと思ったのです。死に瀕した人間は、最後の瞬間に人生を振り返って、当時は理解が及ばなかったことを理解しようとするといいます。無益な努力ですよ、もちろん。でもアマ・クラッチが、〈山羊〉先生の死体、血、そしてグロメティックという、あの日出くわした光景に頭を悩ませていたのは間違いないですから」

「まあ」グリンダが弱々しい声で言った。ほかの二人はその脇で、身動きもしないように息を詰めている。

「あの恐ろしい朝、私は早起きしました。早朝に瞑想しているものですから。すると、ディラモンド先生の実験室に明かりがついてるのに気づいたんです。それで、老先生を元気づけようと、グロメティックにお茶を入れたポットを持っていかせました。そこでグロメティックが、壊れたレンズの上に倒れている先生を発見したのです。先生がつまずいて頸動脈を切ってしまったのは明らかでした。この悲しい事故は、学問的情熱（傲慢さとは言わないまでも）と哀れむべき常識のなさから起きたようなものです。休息ですわ、誰でも休息が必要なのです。どんなに聡明な人であろうと、休まなくてはいけません。グロメティックは混乱しつつも脈を探りましたが、もうこと切れていました。おそらく、アマ・クラッチがやってきたのはちょうどこのときだったのではないでしょうか。

それで、動脈から噴きだす血を浴びたグロメティックを見たのでしょうね。アマ・クラッチが現れたのはあまりに突然のことで、もっと言えばよけいなことでした。でも、亡くなった人を悪く言うのはよしましょう」

グリンダは新たにあふれてきた涙を飲みこみ、アマ・クラッチが何かいつもと違うことに気がついて、様子を見に出かけたのはその前夜のことだったとは口にしなかった。

「多量の血を見たショックが引き金となって、アマ・クラッチが病気を再発したのではないかとずっと考えていました。ついでに言っておきますが、なぜ私がグロメティックを下がらせたのか、もうおわかりでしょう。あれは、先生の死に関わっているとアマ・クラッチに思われたのではないかと、今もしきりに気にしているのですよ」

グリンダがためらいがちに言う。「マダム・モリブル。アマ・クラッチは、本当はわたしがお話しした病気になどかかってはいなかったのです。あの病気はわたしのでっち上げです。でも、病気になるよう命じたことはありませんし、病気になるように仕向けたこともありません」

エルファバは、好奇心があらわにならないよう注意しながら、マダム・モリブルをじっと見つめた。ネッサローズは何度もまばたきをした。グリンダの言ったことを知っていたとしても、マダム・モリブルの表情はまったく変わらなかった。ロープでつながれたボートのように落ちつき払っている。

「そういうことでしたら、やはり私の見解が正しかったということになりますね」と認めた。「ミス・グリンダ、世間のことでいっぱいの、あなたのその小さくて尖ったおつむの中には、想像力、いいえ、未来を予見する力すらあったのです」

学長が立ちあがると、スカートが麦畑をわたる風のようにさらさらと音を立てた。「私が今から言うことは、くれぐれも内密にしてください。私の言うことに従っていただけますね？　よろしいですか？」学長は、グリンダたちが呆然として何も言えないでいるのを承諾と受け取ったらしく、全員をじろりと見下ろした。学長がなぜ魚のように見えるのか、グリンダは突然理解した。ほとんどまばたきをしないのだ。

「名前を申しあげるのもはばかられる身分の方から、私は重要な任務を託されています」と学長。「オズ国内の治安維持に欠かせない任務です。もう何年もこの任務を遂行すべく働いてきましたが、やっと機が熟しました。これ以上ない適材がこの手にそろったのです」そう言うと、娘たちをなめるように見まわした。適材とは、この三人のことだったのだ。

「この部屋で話したことを、よそでしゃべってはいけません」と学長。「話したいとか、話そうと思ってもだめです。それは不可能なのです。このきわめて重要な極秘任務に関しては、あなたたち一人一人、決して破ることの出来ない繭《まゆ》に包んでしまいましょう。いいえ、無駄です」学長はエルファバの抗議に対して手を上げて制止した。「あなた方に異議を唱える権利はありません。すでに決まったことです。私の言うことを聞いて、従ってもらいます」

グリンダは、何かで包まれたり、縛り付けられていたり、呪文をかけられたときのぞっとする感じがするかどうかよく確かめてみた。けれども、感じられるのは怖れと自分の幼さだけだ。どちらも似たようなものかもしれないが。ほかの二人の方をちらりと見ると、ネッサローズはまばゆいばかりの靴を履いて椅子にもたれ、怖れからか興奮からか、鼻孔を膨《ふく》らませている。かたやエルファバは、いつもと変わらぬ無感動で不機嫌な表情を浮かべていた。
「あなた方はここで、母親の胎内にいる赤ん坊のように、小さな巣の中で寄り添う雛のように、女の子ばかりに囲まれて暮らしています。ああ、ばかな男の子たちとつるんでいるのは知っていますが、男なんて、たいしたものではありません。たった一つのことしかできないくせに、それも当てにならないのですから。おや、話が逸れてしまいましたね。あなた方は国の現状について、ほとんど何も知らないのです。どれほど不穏な空気が高まっているか、わかっていないのです。地方共同体は一触即発の状態にあり、民族間の対立は激化し、銀行家は農民と、職工は商人と対立しています。オズは煮えたぎっている火山みたいなもので、今にも噴火して、その毒のあるマグマで私たちを焼き払おうとしているのです。

我らが陛下は、十分にお力があるように見えます。でも、本当にそうでしょうか？　陛下は内政を掌握なさっていますし、イブやジェミコーやフリアンのごうつくばりどもとの為替レートの交渉にも長《た》けています。没落していった無能なオズマ一族が思いもよらなかったほどの勤勉さと有能さで、エメラルド・シティを支配しています。陛下がいなかったら、私たちはとっくの昔に猛火に一掃されていたでしょう。まったく、感謝の念に堪えません。強力な支配者というものは、過酷な状況下において奇跡をもたらすものです。穏やかな物腰の中に、厳しいムチを忍ばせよ、というわけです。気を悪くしましたか？　でも、やはり権力の表舞台には男性が適していませんこと？

確かにそのとおりですわね。でも、物事は常に外から見えるとおりとは限りません。しかもここ数年、陛下の術策も無尽蔵ではないことが明らかになってきました。民衆蜂起があちこちで起こっています――愚かで無分別な。一〇年もしないうちに元の木阿弥になってしまいかねない政治改革のために、頑強なばかりで愚鈍な民衆は喜んで殺されていくのです。こうした革命運動は、意味のない人生に大きな意味を与えてくれるというわけです――そうではありませんか？　それ以外に理由は思いつきません。いずれにせよ、陛下は諜報員を必要としています。手足となって働いてくれる人を求めています。長い目でみて、ね。采配力のある人、臨機の才がある人を必要としているのです。

要するに、女性の手が必要なのです。

あなた方三人をお呼び立てしたのはこうしたわけです。あなた方は、まだ一人前の女性ではありませんが、じきにそうなります。思ったより早くその時は来るかもしれません。あなた方の行動については言いたいこともありますが、それでも私はあなた方を選びました。あなた方はそれぞれ、目に見える以上の能力を秘めています。ミス・ネッサローズ、あなたはここへ来てまだ間がないので、私にはまだよくわからないところもありますが、その人目を惹く信仰癖から抜け出すことができたら、恐ろしいまでの威光を発揮することでしょう。肉体的な障害は何ら問題ではないのです。ミス・エルファバ、あなたはいつも皆から距離を置き、私がこうして拘束の呪文をかけているときでさえ、そこにむっつりと座って私の一言一言《ひとことひとこと》をせせら笑っていますね。それはあなたの内面の力と意志がきわめて強い証拠です。その力をもって私に逆らおうとするときでさえ、尊敬の念を禁じえません。あなたは魔術にまったく関心を示さないし、あなたに生まれつき魔術の才能があるとも思いません。でも、あなたの卓越した一匹オオカミ的反抗心は使いものになるかもしれない。ええ、そうですとも。

そうすれば、あなたは満たされない怒りを抱えて生きていかなくてもすむのですよ。そして、ミス・グリンダ、あなたは自分でも予期していなかったでしょうが、魔術の才能に秀でています。私にはちゃんとわかっていましたけれどね。あなたの魔術への関心がミス・エルファバにも影響すればよいと思っていましたが、そうでなかったことを見ても、やはりミス・エルファバの鉄のような性格のさらなる証左となりましょう。

あなたがたの目を見れば、私のやり方に疑問を持っていることぐらいわかりますよ。『わたしをエルファバと同室にさせるために、恐るべきモリブル《ホリブル》はアマ・クラッチの足に釘がささるように仕向けたのではないのか』とか、『都合よくアマ・クラッチを追い払い、ばあやとネッサローズをここへ来させるために、アマ・クラッチを階下へおびき出し、〈山羊〉の死体を発見するように仕向けたのではないのか』などと、見当違いなことを考えているのではないかしら。もしそうなら、私の能力を買いかぶっていますわ」

学長はここで息をつき、顔を赤らめるそぶりを見せた。実のところ、学長の場合、赤らめようともうまくいかず、温めたミルクにうかぶ膜《まく》のような、気持ちの悪い顔になっていたのだが。「私は身分の高い方に仕える召使いにすぎません。そして、私の特務は、才能ある人材を育てることです。教育という仕事で、私なりに務めを果たしてきました。このことで、微力ながら歴史に貢献しているのです。

それで何が言いたいかというと、あなた方に自分の将来について考えてもらいたいのです。あなた方を、そうですね、〈三人の達人〉とでも名づけ、洗礼のようなものを施したいのですよ。そしてゆくゆくは、オズのあちこちで活躍する影の政府工作員に任命したいのです。いいですか、私にはその権限が与えられているのですよ。それも、私にはその靴ひもをなめるのも恐れ多いお方からね」

だが、それにしてはまんざらでもないように見えた。本当は、その謎に包まれたお歴々とやらに自分が直々に目をかけられても当然、とでも思っているかのように。「たとえば政府の最高機関の秘密構成員のようなものです。匿名の平和使節になって、未開地域の反乱分子を鎮圧する手助けをするのです。もちろん、まだ何も決まっていませんから、あなた方には意見を言う権利があります。意見を言うといっても、私に対してだけですよ。呪文のとおり、お互いに相談したり、ほかの人に話したりしてはいけません。とにかく、考えてみてください。私としては、そのうちにギリキンのどこかにこの〈達人〉の一人を任命したいと思っています。ミス・グリンダ、あなたは社交界では真ん中あたりの階級の方ですし、はっきりした野心をもっていますから、辺境伯の舞踏会にまぎれこむこともできれば、豚小屋のような場所でもくつろげるでしょう。ああ、そんないやそうな顔をしないで。あなたには上流の血は半分しか流れていませんし、それもさほど高貴な血統ではないじゃありませんか。ミス・グリンダ、〈ギリキンの達人〉となることに魅力は感じませんか?」

グリンダは黙って聞いていることしかできなかった。「では、ミス・エルファバ」とマダム・モリブル。「継承した地位に十代らしい反抗をしているようですが、それでもあなたは、間違いなくスロップ家の四代目です。それに、あなたの曽祖父、スロップ総督はもうろくしていらっしゃいます。遠からず、コルウェン・グラウンドの身代をあなたが受け継ぐ日が来るでしょう。ネスト・ハーディングズにあるあのごたいそうなお屋敷をね。それに、なろうと思えば〈マンチキンの達人〉にもなれるのですよ。その不運な肌の色にもかかわらず、というより実際はその肌の色のおかげで、あなたは虚勢や因習打破的な態度を身につけたのでしょう。人に嫌悪感を与えない限りは、その態度も少しは魅力的ですよ。きっと任務に役に立つでしょう。きっとね」

「そして、ミス・ネッサローズ」マダム・モリブルは続けていった。「あなたはカドリングで育ったのですから、乳母と一緒にそこへ帰るのはどうかしら。カドリングでは、例の沼地をぴしゃぴしゃ練り歩く蛙みたいな民族の多くが殺戮《さつりく》されたこともあって、社会情勢は混乱を極めています。しかし小規模なものにしろ、こうした情勢はまた再発するかもしれません。そのため、ルビー鉱床に目を光らせていなくてはなりません。南部の地方を監督する人物が必要なのです。あなたが熱狂的な信心から足を洗ったなら、条件は完璧に整います。

ヴィンカスについては、少なくともあなた方が生きている間は、〈達人〉を派遣する必要はないでしょう。全体計画によれば、あの荒れ果てた土地には、警戒が必要なほど人は住んでいないようですから」

ここで学長はひと息つき、娘たちを見回した。「ええ、皆さん。あなた方がまだ若いことはよくわかっていますし、この話があなたたちを悩ませることもわかっています。でも、これを逃れられぬ苦役《くえき》などと考えてはいけません。チャンスだと思うのです。そして、自分の胸に聞いてみてください。内密にではあっても重要で責任ある地位について、自分たちがどう成長していくか。自分の才能はどんなふうに花開くだろうか。どれほどオズの役に立てるだろうか、と」

エルファバが足をひねると、サイドテーブルの端にぶつかり、紅茶碗と受け皿が床に落ちて壊れた。

「あなたの考えていることぐらい、お見通しですよ」とマダム・モリブルは言い、ため息をついた。「それで私の仕事もやりやすいわけですが。さあ、皆さん、他言無用の誓いを立てた以上、もう行ってよろしいですよ。そして、私の言ったことを考えてみてください。この件について話し合おうなんて妙な気を起こさないでくださいね。そんなことをしたら、頭痛と腹痛に苦しむことになります。あなたたちにはどうすることもできません。次の学期が始まったら、一人ずつこの部屋へ呼びますから、返事を聞かせてくださいね。もし、国が難局に立ち向かっているときに、助力を拒むというなら……」そう言うと、マダム・モリブルは両手を握りしめて、おおげさに絶望するまねをしてみせた。「まあ、あなた方の代わりはいくらでもいますけどね」

その日の午後は、陰鬱な天気になった。北の空には、ブルーストーンの尖塔の向こうまで紫色の厚い雲が垂れこめている。気温は朝から七度近くも下がり、パブへ向かう娘たちは、ショールをしっかりと体に巻きつけていた。ほこりっぽい風に震えながら、ばあやが大声で言った。「それで、あたしには聞かせられない話って、いったいあのお節介な年増女は何の話をしたんです?」

しかし、娘たちは答えることができない。グリンダは目を合わせることさえできなかった。「アマ・クラッチのために、シャンパンで献杯しましょう」エルファバがやっと言った。「〈桃と肝臓亭〉に着いたら」

「本物のクリームをひと匙《さじ》いただけたら、あたしゃそれで満足ですよ」とばあや。「それにしても、あのみっともない年増女、あそこまでケチるなんて。死者への冒瀆《ぼうとく》ですよ」

だが、グリンダは、かけられた呪文が思っていた以上に深く影響していることに気づいた。この件について話すことができないだけではなかった。それについて話す言葉さえも忘れはじめていたのだ。考えようとしても言葉が浮かんでこないし、記憶をたどろうとしても思い出せない。あの提案、何か提案されたのかしら。あやしげな提案、国家の機関で？　何かするんだわ、えーと、舞踏会でダンスをする？　そんな訳ないわね。笑い、シャンパンのグラス、ハンサムな男性がカマーバンドをはずし、糊のきいたシャツの袖口をわたしの首筋に押しつけながら、涙の形をしたルビーのイヤリングをそっとかじる……穏やかな物言いの中に、厳しいムチを忍ばせよ。それとも、提案ではなくて、予言だったかしら？　将来についてのちょっとした好意的な励まし？　わたしは一人で、ほかの人は聞いていなかった。マダム・モリブルは直接わたしに話しかけたんだわ。わたしに……そうそう、潜在能力があるっていうすばらしい証《あかし》。身を立てるチャンス。しとやかな物腰で、大物の男と結婚せよ。男は夜会用のタイをベッドの枠に掛け、ダイヤの飾りボタンをはずすと、自分の鼻でそっと押し、わたしの美しい首のラインに沿って転がす……これは夢だ。マダム・モリブルがこんなことを言うはずがない！　わたしは悲しみのあまり、頭がぼうっとしてるんだわ。かわいそうなアマ・クラッチ。あの親切で控えめな学長が、人前では話しにくいと思って、ひそかにお悔みの言葉をかけてくれたのね。でも、脚の間に男の舌が……ひと匙のサフラン・クリーム……

「グリンダを支えて！　わたしにはできないから、わたしは――」ネッサローズはそう言うと、ばあやの胸にぐったりもたれかかる。同時にグリンダも気を失う。エルファバが力強く腕をつきだし、倒れかかるグリンダを受けとめた。グリンダは本当に意識を失ったわけではなかった。しかし、思いもよらない情欲を体験したあと、鷹のようなエルファバの顔が不愉快なほど近づいてくると、嫌悪に身を震わせると同時に安堵にのどを鳴らしたいような気持ちになった。「しっかりして、ここで倒れちゃだめよ」とエルファバ。「我慢しなくちゃだめ、さあ！」グリンダはそのまま倒れてしまいたかったが、商人たちがその日最後の魚を安く売りさばいている市場の隅のりんごの荷車の陰に、倒れる場所などありそうもない。「気をしっかり持って」エルファバはのどの奥から声を振り絞っているようだった。「さあ、グリンダ、あなたは気絶するようなバカじゃないでしょ。しっかりして！あなたのことが大好きよ。だから、立ってちょうだいよ、もう！」

「ねえちょっと」エルファバがかび臭い藁の上にドサッと降ろすと、グリンダは言った。「そんなに大げさなこと言わないでよね」それでも、気分はよくなっていた。まるで病気の波が引いたように。

「お嬢様たち、いいですか、そんな窮屈な靴をお履きになるから、気が遠くなったりするんですよ」ばあやはぷりぷりしながら、ネッサローズの豪華な靴を脱がしている。「分別のある人は、皮か木でできた靴を履きますよ」そう言いながら、しばらくネッサローズの足の甲をさすっていた。すると、ネッサローズはうめいて背中を丸めたが、すぐに前より普通に呼吸をはじめた。

「ようこそオズへお戻りなさいました」しばらくしてばあやが言った。「いったい、学長の部屋でどんなおやつをいただいたんです？」

「ねえ、みんなが待ってるわ」とエルファバ。「ここで道草してる暇はないわ。それに、雨が降り出しそうよ」

〈桃と肝臓亭〉ではほかの仲間たちが、メインフロアから階段を数段上がった小部屋のテーブルを占領していた。まだ日が高いというのに、すでに相当杯を重ねたようだ。アヴァリックは奥の壁にもたれ、片腕をフィエロの肩にまわし、両足をシェンシェンの膝の上に投げ出して座っている。ボックとクロープはなんだか議論をしていて、ティベットはファニーに長ったらしい歌を歌っている。だが、ファニーのほうは、ティベットの太ももにダーツの矢をねじこんでやりたいというような顔をしていた。「やあ、お嬢様方」アヴァリックがぼんやりした口調で言い、起きあがろうという格好だけ見せた。

一同は歌ったり、しゃべったり、サンドイッチを注文したりした。アヴァリックは半端じゃない量の硬貨をぽんと投げ出すと、アマ・クラッチをしのんで、大皿いっぱいのサフラン・クリームを頼んだ。硬貨の山は奇跡を生んだ。肉貯蔵庫でサフラン・クリームが見つかったのだ。それを見たグリンダは不安に駆られた。といっても、自分でもなぜだかわからなかったのだが。皆でそのふんわり盛りあがったクリームをすくって互いの口に入れ合ったり、クリームで何かの形を作ったり、シャンパンと混ぜたり、小さなかたまりにして投げ合ったりした。そのうちにとうとう支配人がやってきて、「出て行け！」と言われてしまった。皆はぶつぶつ文句を言いながらもそれに従った。全員がそろうのはそれが最後になるとは知らずに。知っていたら、もっと長く居座っていたことだろう。

中にいる間に激しく降った雨はすでに上がっていたが、通りにはまだ水が流れる音が大きく響いていた。街灯がきらきら輝き、敷石の隙間の銀色がかった黒い水たまりの中で踊っている。物陰に盗賊や腹をすかせた浮浪者が潜んでいるかもしれないと、彼らは寄り添って立っていた。「いいことを思いついたぜ」アヴァリックが体が自在に動く藁人形のように、両足を別々の方向に向けて言う。

「今夜〈哲学クラブ〉へ行こうっていう勇敢なやつはいないか?」

「まあ、そんなこと、いけませんよ」今日はあまり飲んでいないばあやが言う。

「わたし、行きたいわ」ネッサローズがいつも以上に体を揺らしながら、訴えるように言った。

「どんなとこかも知らないくせに」ボックはくすくす笑いながら言い、しゃっくりをした。

「かまわないわ。今夜は別れたくないんだもの」とネッサローズ。「わたしたち、仲間でしょ。仲間はずれにしないで。わたし、まだ帰りたくないわ!」

「落ち着いて、ネッサ。ほら、いい子だから」とエルファバ。「あなたやわたしの行くようなところじゃないのよ。さあ、帰りましょう。グリンダ、あなたもね」

「わたしには、もうアマはいないのよ」グリンダは目を大きく見開き、エルファバに指を向けながら言った。「だから、自分で何でも決めるわ。〈哲学クラブ〉へ行って、噂が本当かどうか確かめてくる」

「ほかの人たちは好きにしたらいいけど、わたしたちは帰るわよ」とエルファバ。

グリンダはエルファバの方にやってきた。エルファバは決めかねているボックに向かってこう言っている。「さあ、ボック、あんな汚らわしい場所へ行きたくないでしょ。友達に言われたからって、行きたくもないところへ行く必要はないのよ」

「僕のことなんてわかっていないくせに」ボックは馬をつなぐ杭に向かって話しかけているように見えた。「エルフィー、僕が何をしたいかなんて、きみにわかるわけないだろう? ぼくが自分の目で確かめない限りはさ」

「一緒に行こうよ」フィエロがエルファバに言う。「お願いだよ。もっと丁寧に頼まなきゃだめかい？」

「わたしも行きたいわ」グリンダがすがるように言う。

「じゃあ、おいでよ、グリンダちゃん」とボック。「ひょっとしたら、僕たちが選ばれるかもしれないよ。頼むよ、幼馴染のよしみじゃないか。といっても幼馴染なんかじゃないけどさ」

あとの者は、居眠りをしている御者を起こして馬車を雇った。「ボック、グリンダ、エルフィー、早く来いよ」アヴァリックが窓から叫ぶ。「おじけづいたのかい？」

「ボック、よく考えて」エルファバが促す。

「僕はいつも考えてるよ。でも、考えてるばかりで人生を感じたことも、生きたこともない」ボックがうめくように言った。「たまには生きてみてもいいじゃないか。一度でいいからさ。背が低いからって、僕は子供じゃないんだよ、エルフィー！」

「これまでも子供だなんて思ってなかったわ」とエルファバ。今夜はいやに優しいのね、とグリンダは思った。そして、馬車に乗り込もうと身をひるがえした。だが、エルファバはその肘をつかまえて、自分の方を向かせた。「だめよ」とささやく。「わたしたち、エメラルド・シティへ行くのよ」

「わたしはみんなと一緒に〈哲学クラブ〉へ行く――」

「今晩行くのよ」とエルファバ。「あんた、ばかじゃないの。セックスに時間を無駄にしてる暇なんてないのよ！」

ばあやはすでにネッサローズを遠ざけていた。御者が手綱を引く音がして、馬車がゴトゴトと動きはじめる。グリンダはよろめいてこう言った。「ちょっと、何ですって？　何て言ったの？」

「一度言ったら、もう二度と言わないわよ」とエルファバ。「いいこと？　あなたとわたしは今晩クレージ・ホールへ戻って、荷造りをするの。そして、出発するのよ」

「でも、門には鍵がかかってるわ」

「庭の壁を越えるのよ」とエルファバ。「そして、魔法使いに会いにいくの。どんなことがあっても、どんなことをしても」

7

自分がついに〈哲学クラブ〉へ向かっていることが、ボックには信じられなかった。どうか、ここぞというところで吐いたりしませんように。明日目が覚めたとき、一部始終、少なくとも肝心なことだけは覚えていますように。しかし、先ほどからこめかみの窪みがズキズキと痛みはじめていた。〈哲学クラブ〉はいかがわしい店としてシズで最も有名なところだが、建物自体は目立たぬものだった。正面の窓には羽目板が張られ、中の様子は窺えない。店の前の道では〈猿〉が二匹うろついている。事前に厄介な客を追い払おうと目を光らせているのだ。アヴァリックが馬車から降りてくる仲間の数を慎重に数える。「シェンシェン、ボック、クロープ、ティベット、僕、フィエロ、ファニー。全部で七人だね。馬車一台によくこれだけ乗れたもんだ。とても乗れそうに思えないけど」そして、御者に代金を払い、よくわからないがアマ・クラッチに敬意を表して、チップを渡した。そして、黙ってたむろしている一行の先頭に立った。「さあ、僕らは年頃といい、ほろ酔い加減といい、言うことなしだ」そう言うと、窓口の人影に向かって声をかける。「七人、上客が七人だよ、ご主人」

ガラスの向こうの顔が近づき、上目遣いにアヴァリックを見た。「あたしはヤックルと申しまして、そんな結構な身分の者じゃあありませんよ。今夜はどうなさいます、旦那方?」ガラスの向こうから話しかけているのは乱杭歯《らんぐいば》の一人の老婆で、てかてかした白っぽいピンクのかつらをかぶっているが、そのかつらは西の方向へずれて、灰色の頭皮が見えている。

「どうなさいますだって?」とアヴァリックは言い、さらに勇んで言った。「なんでもありだよ」

「チケットのことですよ、男前さん。バネつき床でぎっこんばったんするか、それとも、古いワイン蔵で商売女と遊ぶのがいいですか」

「何もかもだ」とアヴァリック。

「店の規則はご存じですね? ドアに鍵をかけて、払った分だけ遊ぶという決まりになってます」

「七人分だ。さっさとやればいいんだ。僕たちはバカじゃないんだぞ」

「バカだなんて、めっそうもございません」と汚らしい老婆が言う。「さあ、どうぞ。では、何が起ころうと誰が行っちまおうと、どうぞご随意に」老婆はユニオン教の聖女の絵のごとく、しおらしげな物腰で言った。「入る者は救われるでしょう」

ドアがぱっと開き、一行は不ぞろいなレンガの階段を下りていった。階段の下には紫のマントに身を包んだ小人がいる。小人はチケットを点検した。「うぶな皆さん、どこからおいでなすった? 町の外からですかい?」

「僕たちは、皆、大学生だ」とアヴァリック。

「では、ごった混ぜってことですな。ダイヤの七のチケットをお持ちで。ごらんなさい、赤いダイヤが七つ印刷されております。ほら、ここに」と小人。「飲み物は店のおごり。ストリップショーを観て、踊るのも自由です。一時間ごとにあっしがこの表のドアを閉めて、また次のを開けますから」そう言いながら、大きなオーク製のドアを指さす。ドアには鉄の掛け金がついた巨大な木の閂《かんぬき》が二本留めてあった。「皆さん一緒に入るか、どなたも入らないか。そのどちらかにしておくんなさい。それが店の決まりで」

女性歌手が『オズマのいないオズなんて』の物まねを歌っていた。オウム色の羽の襟巻きで自分の体をくすぐっている。小妖精――本物の小妖精だ！――の小さな楽団が、ピーピーガタガタとブリキの楽器で伴奏している。ボックは初めて小妖精を見た。ラッシュ・マージンズからそう遠くないところに、小妖精のコロニーがあるとは聞いていたが。「なんて気味が悪いんだ」少しずつ前へ寄りながらつぶやく。まるで毛のない猿のようだ。赤い小さな帽子をかぶっているだけで丸裸だが、特に性別を見分けられるような特徴もない。ぞっとするような緑色だ。ボックは思わず振り返り、ほら、エルフィー、きみの子供たちみたいだね、と言おうとしたが、エルファバの姿はなかった。そうだ、エルファバは来なかったんだ。どうやらグリンダも。ちぇっ。

客たちは踊った。ボックはここしばらく、こんなに雑多な集団は見たことがなかった。〈動物〉、人間、小人、小妖精、それに未完成な、あるいは実験段階の性別を持つ機械仕掛けの作り物たち。体格のいい金髪の少年の一団が、安物のスカッシュ・ワインが入ったタンブラーを配ってまわった。その酒はただなので、みんなで飲んだ。

「これ以上大胆なことがしたいのかどうか、わからないわ」やがてファニーがボックに言った。「ほら、見て。あの破廉恥な〈ヒヒ〉なんて、もうほとんど裸よ。今夜はこれくらいにしといたほうがいいわ」

「そう?」とボック。「僕はもっといたいけど、きみが不安だって言うんなら」やった！　逃げる口実ができたぞ。実はボック本人も不安になっていたのだ。「じゃあ、アヴァリックに言ってこよう。あそこでシェンシェンの近くに行こうとしてるところだから」

ところが、二人がダンスフロアの群集をかき分けてアヴァリックのいるところに行く前に、小妖精が金切り声をあげ始めた。すると、歌手が尻を突き出して言う。「さあ、カップルを作る時間よ。紳士、淑女の皆さん！　さあ、始めましょう。いいこと?　やるといったらやるんですよ」歌手は手の中のメモをちらりと見た。「黒のクラブの五、黒のクラブの三、赤のハートの六、赤のダイヤの七、それから黒のスペードの二――ハネムーン中のお二人さんだそうよ、ロマンチックじゃない?」歌手がからかう。「さあ、皆さん、とこしえの至福の入り口へと向かいましょう」

「アヴァリック、いやだよ」とボック。

だが、ヤックルと名乗った老婆がノックをしながら廊下を歩いてきた。どうやら、一時的に入り口のドアには鍵がかけられてしまったようだ。老婆は誰が読みあげられたカードを持っているかを記憶していて、にやにやしながらその客を前へ連れ出した。「乗る人、乗せる人、おそろいですね。さあ、夜もふけて参りました。パーッとやりましょう！　葬式じゃないんですから。せいぜいお楽しみになってくださいよ！」そういえば葬式だったんだ。ボックはふと思った。そして、愛情深く控え目だったアマ・クラッチの霊に加護を祈ろうとした。しかし、引き返せる時間はとうに過ぎていた。そんなものがあったとしても。

仲間たちは押し流されるようにして、オーク材のドアから部屋を出て、少し坂になっている廊下に沿って進んだ。壁には一面に赤と青のベルベットが張られている。その先でもなお陽気な曲が鳴り響いている。耳障りなダンス音楽だ。ティムの葉を炒《い》っているにおいが漂ってくる。甘く、とろけそうなにおい。その緑がかった葉の先が反りかえるのが見えるようだ。ヤックルが道案内をし、そのあとに二三人の客が続く。不安と高揚と好色さが入り混じった表情を浮かべて。小人が後ろからついてくる。ボックは動揺しながらも、できるだけ状況を把握しようとした。腰までの長靴を履いてケープをまとい、二本足で歩いている〈虎〉。二人の胴元とその賭け仲間は、そろって黒い仮面をかぶっている。恐喝から身を守るためか、それとも淫らな気分を煽《あお》るためだろうか？　イブとフリアンから商用でシズにやってきた商人たちの一行。装身具で飾り立てた歳のいった女性が二人。ハネムーン中のカップルはグリカス人だ。僕たちがこのグリカス人のようにぽかんと口を開けていなければいいけど。まわりを見回すと、夢中になっているのはアヴァリックとシェンシェンだけのようだ。それにフィエロも、状況がよく呑み込めないまま、はしゃいでいるのだろう。ほかの仲間たちは、かなり滅入った顔をしていた。

一行は小さな暗い円形劇場へ入っていった。客は六つに仕切った小部屋へ別れて入るようになっている。上を見ると、天井は真っ暗で見えない。ろうそくの炎が揺らめき、空虚な音楽が壁の亀裂からもれ聞こえて、この世のものとは思えぬ不気味な雰囲気をかもし出していた。仕切られた小部屋は舞台を囲むように円を描いて並んでおり、舞台には黒い幕が下りていた。小部屋は縦に長い角材と細長い鏡で仕切られている。観客は全員、仲間や夫婦単位ではなく、ばらばらになって部屋に入れられた。香が焚いてあるのだろうか？　そのにおいを嗅ぐと、ボックの精神はまるでさやのように二つに割れ、軟弱な、どうにでもなれという気持ちが前面に出てきた。柔らかく傷つきやすい性質、ひとりよがりな意思、負け犬根性。

何がなんだかわからないという思いがだんだん強くなり、それが逆にどんどんすばらしいことに思えてきた。なぜ今まで、あんなに警戒していたのだろう。ボックはスツールに座っていた。小部屋の中には、不思議なほど接近して数名の者たちが座っている。黒い仮面をつけた男、それまで気づかなかった〈クサリヘビ〉、肉のにおいのする熱い息をボックの首に吹きかけている〈虎〉、美しい女学生――それともハネムーン中の花嫁だろうか。あれっ、小部屋全体が、まるでバケツをゆっくり揺するように前へ傾いた？　何はともあれ、客たちはそろって部屋の中央の、ヴェールをかぶせたり生贄《いけにえ》を捧げる祭壇のような台にもたれるように倒れた。心臓と胃の間あたりにむらむらと欲望を感じ、さらにその下の器官が固くなり、ボックは襟元に続いてベルトも緩《ゆる》めた。笛と口笛の音楽がゆるやかになっていく。それとも、ボックがゆっくりと息をしながらまわりを見、次に起こることをじっと待っているからだろうか。自分の中の秘密の領域がヴェールを脱ぎ、何もかもどうでもよくなっていく気がした。

小人が前より濃い色のマントを着て、舞台に姿を現した。そこからはすべての小部屋が見渡せるが、客たちはよその部屋を見ることはできない。小人は身を乗り出して、あちこちの小部屋に手を差し出し、歓迎の挨拶をしたり手招きしたりしている。そして、ある小部屋から一人の女を、別の部屋から一人の男（ティベットじゃないか？）を舞台に上げると、ボックのいる部屋からは〈虎〉に上がってこいと合図した。小人は三人の鼻の下に順に煙の出ている小瓶《びん》を当て、それから服を脱がせる。それを見ていると、ボックは自分が選ばれなかったことがほんの少しだけ残念に思えてきた。舞台には手かせ足かせ、香油と皮膚の軟化剤を載せた盆、暗くて中に何が入っているかわからない箱が置いてある。小人は三人の弟子の頭に黒い目隠しを巻いた。

〈虎〉は四つんばいになり、不安のためか興奮のためか、頭を前後に振りながら低くうなり声をあげている。ティベット——ほとんど意識を失っているが、やっぱりそうだ——は舞台の床に仰向けに寝かされた。〈虎〉はティベットをまたいだままじっとしている。すると、小人が助手と一緒にティベットを持ちあげ、両手首を〈虎〉の胸に回して縛り、両足首をその腰に回してくくりつける。ティベットは丸焼きにされる豚のような姿で〈虎〉の腹にぶら下がった。その顔は〈虎〉の胸毛に埋もれて見えない。

女は巨大なボウルを傾けたような、傾斜のある椅子に座らされた。次に小人がティベットを指さすと、ティベットは〈虎〉の胸毛の中で身をよじり、うめきはじめた。「Xが名もなき神であると仮定せよ」と小人は言い、ティベットの脇腹をつついた。そして〈虎〉の横腹をムチで叩くと、〈虎〉は力をふりしぼって前へ歩き、女性の脚の間に頭を入れた。「Yが洞窟の中の〈ドラゴン時計〉であると仮定せよ」と小人は言い、再び〈虎〉をムチで打った。

小人は女を貝殻のような椅子に紐でしばりつけ、乗馬用のムチを渡した。女はそのムチで〈虎〉

の脇腹や顔を打つ。「そして、Zがカンブリシアの魔女であると仮定せよ。そして今宵《こよい》、魔女の存在を我らの目で確かめようではないか」客の群れが、自分たちも参加者だと言わんばかりに舞台ににじり寄っていく。火遊びという麝香《じゃこう》を嗅がされた群集は、服のボタンを引きちぎり、唇を舐《な》めながら、前へ前へと身を乗り出す。

「以上が我々の方程式の変数でございます」部屋がさらに暗くなると、小人が言った。「では、人々の目から隠された、真の知の探求をはじめるとしましょう」

8

シズの産業資本家たちは、早い段階からオズの魔法使いの権力が強まるのを警戒し、シズとエメラルド・シティを結ぶ鉄道を、元の計画どおりには敷設しないと決めていた。そのため、シズからエメラルド・シティへはゆうに三日はかかる長い旅だ。だが、これは天候に恵まれ、しかも馬をひっきりなしに変えることができる裕福な人の話。グリンダとエルファバの場合、一週間以上もかかる長旅となった。寒々とした、冷たい風にさらされた一週間だった。秋風が乾いた悲鳴をあげて木々から葉をはぎ取り、今にも折れそうな枝がカタカタと音を立てた。

二人はほかの三等車の乗客と同じように、宿の厨房《ちゅうぼう》の上の奥の部屋で休んだ。一つの固いベッドで、二人は身を寄せ合って眠った。暖をとり、励ましあうためだが、グリンダは身を守るためでもあると自分に言い聞かせた。真夜中に馬丁たちが下の厩舎で馬をなだめたり、甲高い声で叱りつけたりしている。女中たちが騒々しく行ったり来たりする。最初グリンダは怖い夢から覚めたときのようにはっとし、エルファバにすり寄ったものだ。エルファバは夜通し眠っていないらしかった。日中はというと、馬車の固い座席で長い時間を過ごすのだが、エルファバはグリンダの肩にもたれ、うとうとしていた。外の景色は徐々に新鮮さと変化を失っていく。木々は体力を維持しようとするかのように、むっつりしているように見えた。

しばらく行くと、低木が生えた砂地が耕され、農村に変わっていった。草が食べつくされた牧場に、ぽつんぽつんと牛の姿が見える。肩のあたりの肉はげっそりと落ち、鳴き声ももの哀しく聞こえる。農地には空虚さが漂っていた。一度、戸口に立っている農婦がグリンダの目に入った。両手をエプロンのポケットに突っこみ、雨を降らせようとしない空に対する悲しみと怒りを顔ににじませている。農婦は馬車が通り過ぎるのをじっと見つめていた。自分も馬車に乗ってどこかへ行きたい、いっそ死んでしまいたい、この死骸のような農地から出て行かれるのならどこへでも。そんな思いがその表情からは読み取れた。

さらに進むと、景色から農場は消え、打ち捨てられた製粉所や荒れ果てた田舎の大きな家が見えてきた。やがて不意に、エメラルド・シティが目の前に屹然《きつぜん》と姿を現した。強引で、支配者の一言《ひとこと》がすべてを決める街。オズの真ん中の何の変哲もない平原に、地平線を盛りあげるようにして蜃気《しんき》楼《ろう》のような街が出現するなんて、全く考えられない。グリンダは目にした瞬間から、この街が嫌いになった。ずうずうしい成り上がり者の街。そう言えるのは、ギリキン人としての優越感がむくむく頭をもたげているせいだろう。そう思うとうれしかった。

馬車が北側の門の一つを通り抜けると、あたりには再び生活の喧騒が戻ってきた。しかし、大都会のせいか、シズに比べると束縛は緩《ゆる》やかだが、自らに厳しい街に思えた。エメラルド・シティの生活は楽しそうには見えない。楽しい生活は都会にはふさわしくないとでも言うようだ。自尊心の高さは、公共空間や儀式が行われる広場、公園、建物の正面、反射池にも表れている。「なんて幼稚なんでしょ、アイロニーってものがないわね」とグリンダがつぶやく。「どこを見ても、虚飾と自己主張ばかり！」

エルファバは、前にシズへ行く途中に一度だけエメラルド・シティを通ったことがあったのだが、建築物にはまったく関心がなかった。その目はもっぱら人々に向けられている。「〈動物〉がいないわ」と彼女は言った。「とにかく、目につくところにはね。たぶん、地下に潜ったのね」

「地下ですって？」グリンダは、ノーム王とその地下集落、グリカスの鉱山で働く小人、あるいは、昔の神話に出てくる、風も通らない墓の中でオズの世界を夢見ているドラゴン時計など、伝説上の厄介者のことを考えていた。

「身を隠しているのよ」とエルファバ。「見て、グリンダ、みすぼらしい格好をした人がいるわ。でも、本当に貧しいのかしら。オズに飢えた人々がいるの？　干ばつで農業がうまくいかなくてオズに出てきたのかしら？　それとも単に、人口過剰？　人の数にも入らない余計者ってこと？　よく見るのよ、グリンダ。これは重要な問題だわ。カドリング人は何も持っていなかったけど、この人たちよりはずっと――ずっと――」

馬車が大通りから枝分かれした小道に入っていくと、多数の貧困者が、トタン板や段ボールを重ねたものを屋根がわりにして暮らしていた。その多くはまだ幼かったが、小柄なマンチキン人や小人、飢えと疲労で腰の曲がったギリキン人もいる。馬車はゆっくりと進んだので、それぞれの顔までよく見えた。歯が抜けてふくらはぎから下がない若いグリカス人が、箱の中に切り株のような膝をついて物乞いをしている。カドリング人もいる。「見て、カドリング人よ!」そう言うと、エルファバはグリンダの手首をつかんだ。グリンダが目を向けると、ショールをはおった赤茶色の女が、布でくるんで首から提げた子供に小さなりんごを差し出している。売春婦のような格好をしたギリキン人の娘が三人。子豚のようにキーキー叫びながら駆けまわっていた子供の一群は、一人の商人にぶつかったかと思うと、ポケットの中を探っている。古着を手押し車に積み、売り歩いている商人がいる。売店の主人は、商品を鍵のかかる棚にしまいこんでいる。そして、街路二、三本おきに、四人組の民間兵——そう呼べるものならだが——がこん棒を振りかざし、ぎこちなく剣を持って歩き回っている。

二人は御者に料金を払うと、着替えを入れた荷物を持って、宮廷に向かって歩きだした。宮廷は高く伸びるにつれ細くなっていくように造られており、いくつものドームや尖塔がそびえ、緑の大理石でできた控え壁が高く張り出している。埋め込み型の窓には、青いめのうのスクリーンがはまっていた。中央にあって最も人目を引くのは、謁見《えっけん》の間《ま》を覆うように造られた、ゆるやかなカーブを描く大きな天蓋形のひさしを持つ塔だ。純金の金箔で覆われたこの塔は、夕方近い薄暗がりの中で燦然《さんぜん》と輝いていた。

それから五日後、二人は門番、受付、渉外担当秘書の検問を通過し、さらに数時間待たされて、やっと謁見担当総司令官との三分間の面接にこぎつけた。エルファバは厳しい表情で顔を歪め、こわばった唇の間からやっとの思いで「マダム・モリブル」と言葉を発した。「明日の一一時に」と総司令官。「イクス駐在大使と婦人国防社会栄養普及団長との間の四分間を与える。正装で来るように」そう言うと、規定が書かれた紙片を手渡したが、二人は正装用ドレスを持ってこなかったので、無視するしかなかった。

翌日の三時（ここでは何もかも時間どおりには運ばない）、イクス駐在大使が動揺した不機嫌な顔つきで玉座の間《ま》から出てきた。グリンダは、汚れてぺちゃんこになった旅行用の帽子の羽飾りをふわりとさせようと何度も直していたが、それも八〇回目になるとため息をついて言った。「ねえ、言うべきことは、あなたが言ってくれるんでしょ？」エルファバはうなずいた。グリンダの目には、エルファバは疲れておびえてはいるけれど、頼もしく見えた。まるで骨と血の代わりに、鉄とウィスキーでできているみたいだ。待合室の戸口に、謁見担当総司令官が姿を見せた。

「四分間ですぞ」と総司令官。「来いと言われるまでは進み出てはいかん。話しかけられるまでは話しかけてはいかん。質問に答えるとき以外は決して口をきかぬように。魔法使い様のことは『陛下』とお呼びするように」

「まるで王様とお話しするようですね。王室はもうずっと前に――」だが、ここでグリンダがエルファバを肘でつついて黙らせた。まったく、この人ったら、時々常識も何もわきまえなくなるんだから。やっとここまでこぎつけたのに、青臭い急進思想のせいで追い返されたんじゃたまらないわ。

謁見担当総司令官はまったく気に留めなかった。そして、秘術の印や象形文字が彫られた背の高い両開きのドアに二人が歩み寄ると、こう言った。「ウィンキー北部のウガブ地区で暴動が起こったという報告が入り、今日は魔法使い様のご機嫌がうるわしくない。私だったら、それなりの覚悟をしておくがね」そうして、無表情な二人のドア係がドアを開け、二人は中へ入っていった。

ところが玉座は見当たらない。その代わり、控えの間が左方向に伸びている。アーチ型の天蓋のついた通路を行くとまた控えの間があるが、それが今度は右方向に伸びている。その向こうにも、そのまた向こうにも、控えの間が続いていた。まるで向かい合わせに置かれた鏡に映る廊下を見ているようで、どんどん内側へと伸びていく。あるいは、中へいくほど狭くなっていくオウム貝の小部屋を通っているみたい、とグリンダは思った。八つから一〇の客間を通り抜けたが、それぞれ前の部屋より少しずつ小さくなっていき、上方にある鉛枠の窓から差し込む凝固したような光に照らされている。ついに通路は洞窟のような円形の広間で終わっていた。間口の広さより天井までの高さのほうが高く、礼拝堂のように暗かった。古風な鉄のろうそく立てには、固めた蜜ろうが段になって立てられており、無数の芯が燃えている。空気がよどんでいて、少しほこりっぽく感じられる。魔法使いの姿はない。ただ、円形の壇の上に玉座があり、はめこまれたエメラルドがろうそくの光を受けて鈍く輝いていた。

「ちょっと用足しにでも出て行ったんじゃない」とエルファバ。「いいわ、待ってましょう」

招き入れられてもいないのに中へ進む気にはなれず、二人は戸口に佇んでいた。

「四分間しかないのなら、この時間はなしにしてほしいわね」とグリンダ。「だって、あそこからここまで来るまでに、もう二分は経ってるわよ」

「今となっては——」とエルファバは言いかけて、急に「しーっ！」と制した。

グリンダは口を閉ざした。何も聞こえないようだが、定かではない。暗がりの中に目に見える変化はなかった。だが、エルファバは耳をぴんと立てたポインター犬のように顎《あご》を突き出し、鼻を上に向けて鼻孔を膨らませ、黒い目を細めたり、見開いたりしている。

「何？」とグリンダ。「どうしたの？」

「音が——」

グリンダには何も聞こえない。ただ聞こえるのは、ろうそくの炎から立ち昇る熱い空気が、天井の黒い垂木《たるき》の間の冷え冷えとした暗闇に混ざっていく音だけ。それとも、絹のローブの衣擦《きぬず》れの音？　魔法使いが近付いてきているのだろうか？　グリンダはきょろきょろとまわりを見回した。いや、たしかにサラサラとか、シュッシュッというような音がする。フライパンの中でベーコンが焼けるような。その時、玉座の方から吹いてきた風を受けて、ろうそくの炎が突然横になびいた。

それから、壇の上に大つぶの雨が激しく落ちてきた。激しい振動とともに、人口の雷鳴がとどろく。ティンパニーの音というより、やかんがいくつも落ちたような音だ。玉座の上に、うごめく光の骸骨が浮きあがる。最初グリンダは稲妻かと思ったが、光る骨がつながったものだとわかった。なんとなく人間の形をしているようだ。少なくとも哺乳類には見える。入り組んだ雷文模様のついた両手が開くように、肋骨が中央からしなるように開くと、嵐の中から声が聞こえてきた。声は頭蓋骨からではなく、肋骨の聖櫃《せいひつ》の中、稲妻の骸骨のちょうど心臓部である嵐の暗い中心部から発せられている。

「わしが恐るべきオズ大王だ」声がそう告げると、嵐が部屋を揺らした。「おまえは誰だ」

グリンダはエルファバをちらりと見た。「さあ、エルフィー」と言って肘でつつく。だが、エルファバはおびえきっている。ああ、やっぱり、雨のせいだわ。激しい雨にあうと、いつもこうなんだから。

「おーまーえーは、だーれーだ？」オズの魔法使いか何か知らないが、その声が怒鳴りつけた。

「エルフィー」グリンダはささやいたが、反応はない。「ああ、まったく役に立たない人ね。よけいなことをしゃべるか、黙りこむかのどちらかなんだから――。陛下、お許しくださればもうしあげます。わたくしはフロッティカ出身のグリンダと申します。母方がアップランドのアーデュエンナ一族です。そして、お許しくだされば申しあげますが、こちらはエルファバ。ネスト・ハーディングズのスロップ家の四代目です。ご謁見賜りますこと、どうぞお許しくださいませ」

「許さんと言ったらどうする？」と魔法使い。

「まあ、ずいぶん子供みたいなことを言うのね」グリンダはそっとつぶやいた。「エルフィー、早く！ここに来た理由なんてわたしには見当もつかないんだから、あなたが話してよ！」

だが、魔法使いのくだらない返答が、エルファバを一瞬にして恐怖から抜け出させたようだ。部屋の隅にとどまったまま、グリンダの手を支えに握りしめながら、エルファバは言った。「陛下、わたしたちはシズのクレージ・ホールの学長、マダム・モリブルの教え子です。わたしたちは、きわめて重大な情報を持ってまいりました」

「あら、そうだったの？」とグリンダ。「教えてもらえて、ありがたいったらないわ」

雨は少し小やみになったようだが、部屋はまだ日食のように暗かった。「マダム・モリブル、あの逆説の鑑《かがみ》」と魔法使い。「重大な情報とは、あの女に関するものか？」

「いいえ」とエルファバ。「つまり、伝え聞いたことをあれこれと解釈するのは、わたしたちの務めではないということです。噂は信用できませんから。でも——」

「噂は役に立つぞ」と魔法使い。「風がどちら向きに吹いているか教えてくれる」すると、娘たちに向かって風が吹いた。エルファバが水しぶきを避けて跳びのく。「さあ、娘たち、噂を聞かせなさい」

「いやです」とエルファバ。「わたしたちがここに来たのは、もっと重要な用があるからです」

「エルフィー！」とグリンダ。「牢屋に放りこまれたいの？」

「何が重要か決めるとは、何様のつもりだ！」魔法使いが怒りの声をあげた。

「わたしにはことの重要性がよくわかっています」とエルファバ。「でも、噂話を聞くためにわたしたちをここにお呼びになったわけではないでしょう？　わたしたちは重大な用件があって来たのです」

「わしがここに呼んだのではないと、どうしてわかる？」

たしかに、そんなことはわからなかった。マダム・モリブルの部屋で何があったにしろ、特にあそこでお茶を飲んでからは。「少し抑えなさいよ、エルフィー」グリンダがささやく。「あいつ、怒ってるわ」

「それがどうしたの？」とエルファバ。「わたし、頭にきてるのよ」再び声が大きくなった。「陛下、わたしは、偉大な科学者かつ思想家だった人物が暗殺されたという情報を持ってまいりました。この人物がなし遂げつつあった重大な発見と、それに対する弾圧に関する情報も。わたしは正義の追求に並々ならぬ関心をもっていますし、陛下もそうに違いありません。ですから、ディラモンド教授の驚くべき発見をお知らせすれば、陛下が最近〈動物〉の権利について下された決定をくつがえしてくださるだろうと――」

「ディラモンド教授だと？」と魔法使い。「おまえの言う用件とは、そんなことなのかね？」

「すべての〈動物〉たちに関わることです。組織的にその権利を奪われ――」

「ディラモンド教授の名は聞いたことがあるし、その仕事についても知っておるが」光る骸骨の姿で、魔法使いはばかにしたように言う。「独創性のない、信憑性にかけた、もっともらしいたわ言にすぎん。〈動物〉の教授などに何ができる？　不確かな政治的概念に根拠をおいた戯言《ざれごと》ではないか。非科学的ないかさま、ばかげた大ぼらだ。空疎な御託、大言壮語、美辞麗句にすぎん。おまえはやつの熱意にほだされたんだろう。〈動物〉の情熱とやらにな」そう言うと、骸骨はジグを踊った。それとも、嫌悪感のあまり身をくねらせたのか。「教授が何に関心をもち、何を発見したかは聞いておる。だが、おまえの言う暗殺とやらについては知らんし、関心もない」

「わたしは感情に突き動かされているわけではありません」エルファバはきっぱりと言うと、袖から紙の束を引っぱり出してきた。腕に巻きつけていたようだ。「陛下、これはプロパガンダではありません。教授が『意識傾向に関する理論』と名づけた、優れた論文です。教授の発見をお読みになれば、きっと驚嘆されるでしょう！　まともな考えを持つ統治者なら、教授が言わんとしたことを無視できないはず――」

「おまえがわしをまともな考えを持つ者と思ってくれるのはありがたいが」と魔法使い。「その場にその書類を置くがよい。わしに近づきたくはなかろう？」光る操り人形はにやりと笑い、腕を伸ばした。「なあ、お嬢さん？」

エルファバは紙の束を落とした。「結構です、陛下」エルファバは甲高い、もったいぶった声で言った。「まともな考えを持つ方とお見受けいたします。さもなければ、わたしは陛下を敵に回さねばなりません」

「なんてことを言うの、エルフィー」とグリンダ。そして、声を大きくして言った。「陛下、これはわたしたち二人の考えではありません。わたしはこの件に関しては何も関わりございません」

「どうか、ご配慮を」厳しくも優しく、誇り高くも哀願するようにエルファバは言う。エルファバが何かを頼んでいるところを見たのはこれが初めてだ、とグリンダは思った。「どうか、ご配慮を。〈動物〉たちの苦境は耐えがたいものになっています。ディラモンド教授の暗殺だけではありません。このたびの強制送還もそうです。自由なはずの〈獣〉が奴隷に成り下がっているのです。宮廷の外に出て、この惨状をその目でごらんになるべきです。この次は虐殺か、それとも共食いかと、皆不安にかられて噂しています。これはただの、若さゆえの義憤ではありません。お願いです、陛下。感情に流されて申しあげているのではないのです。今行われていることは、人の道に反して──」

「人の道に反するという言葉を使う者の言うことは、聞かないことにしておる」と魔法使い。「若い者が口にするのは片腹痛い。年寄りが言うと説教がましくて保守的だ。そんなこと言うやつはいずれ卒中に見舞われるにきまっておる。それに中年ともなると、道徳にのっとった生活というものを最も有難がったり恐れたりするが、そんなものは偽善にすぎん」

「人の道に反するという言葉を使わないなら、間違っていることをなんと言い表せばいいのでしょう?」とエルファバ。

「謎めいている、はどうかな。そして、少し気を静めなさい。いいかね、緑色の娘よ。何が間違ったことかを判断するのは、小娘や学生、一般市民のすることではない。指導者の仕事であり、そのために我々が存在しているのだ」

「でも、わたしがもし、何がいけないことか判断できなかったら、平気で陛下を暗殺してしまうかもしれません」

「わたしは暗殺など考えもしませんし、その意味さえ存じません」とグリンダが叫ぶ。「ああ、もういや。わたし、生きてるうちにお暇《いとま》させていただきますわ」

「ちょっと待て」と魔法使い。「おまえたちに尋ねたいことがある」

二人は立ちすくんだ。そのまま数分間、じっと。骸骨は肋骨を指で弾き、まるで細いハープの弦のようにかき鳴らした。川底で小石が転がるような音楽が奏でられる。次に顎《あご》から光る歯をはずし、手品のように操って見せた。そして、歯を玉座に放り投げると、歯はキャンディのような色にきらめいて炸裂した。雨が床の排水溝に流れこんでいることに、グリンダは初めて気がついた。

魔法使いが話しはじめる「マダム・モリブルは工作員であり、噂好きであり、昔なじみであり、仲間であり、教師であり、協力者である。なぜおまえたちをここへよこしたのか、その理由を言いなさい」

「学長に命じられたわけではありません」とエルファバ。

「おまえは、ゲームの駒という言葉の意味も知らないのか」魔法使いが甲高い声で言う。

「あなたは抵抗という言葉の意味をご存じですか?」エルファバが言い返す。

だが、魔法使いは笑っただけで、その場で二人を殺しはしなかった。「あの女はおまえたちに何をさせようとしているのだ?」

グリンダが口を開いた。もう潮時だ。「子女にふさわしい教育を授けようとなさってます。あの方のやり方は仰々しいですが、有能な管理者です。学長とは、簡単な仕事ではないと思います」エルファバが奇妙な目つきでにらんでいる。

「あの女がそうしろと——?」

グリンダにはその意味がよくわからなかった。「わたしたちはまだ二年生で、専門課程を始めたばかりです。わたしは魔術を、エルファバは生命科学を専攻しています」

「わかった」魔法使いは何やら考えこんでいるようだ。「来年卒業したら、どうするつもりなのだ?」

「わたしはフロッティカに戻って、結婚するつもりです」

「おまえは?」

エルファバは答えない。

魔法使いはくるりと背を向けると、大腿骨を折りとり、それで玉座をティンパニのように何度も叩いた。「まったく、だんだんばかばかしくなってきたわね。これじゃまるで、快楽信仰の見世物だわ」とエルファバは言い、一、二歩前に進み出た。「失礼ですが、陛下、そろそろ時間切れですが?」

魔法使いは後ろを向いた。頭蓋骨が燃えている。激しくなる雨にもその炎は消えない。「最後にもう一つだけ言っておこう」魔法使いは痛みに耐える人のように、うめき声を絞りだした。「古《いにしえ》のオズの英雄物語、『オジアッド』からの引用だ」

娘たちはじっと待った。

オズの魔法使いは朗唱をはじめた。

氷河のようによろよろと歩みながら、年老いたカンブリシアは
むき出しの空を血が出るまでこすり
太陽の皮をはがし、熱いまま食べ
鎌のような月をその辛抱強い子袋につめ込み
そして、満月に姿を変えた石を産み出す
こうして、一つひとつ世界を造り変えていく
変わりなく見えるがそうではない、と老女は言う
見たとおりに見えるがそうではない、と

「誰に仕えるか、よく考えるのだ」そう言うとオズの魔法使いの姿は消えた。床の排水溝がゴボゴボ音をたて、突然ろうそくが消えた。あとは、来た道を戻るしかなかった。

馬車に乗ると、グリンダはうまい具合に進行方向を向く座席に落ち着き、ほかの三人の乗客にエ

ルファバの席を奪われないようにした。「姉が来るんです」と嘘をつく。「姉の席を取っているんです」この一年あまりの間に、わたしはなんと変わったことだろう。肌の色の違うあの子を見下していたわたしが、今では血を分けた姉妹だと名乗っているなんて！　大学生活というものは、思いもよらぬほど人を変えてしまう。それに、パーサ・ヒルズの住民の中で魔法使いに会ったことがあるのは、おそらくわたし一人だろう。自分の力ではないし、自分の意志で行ったわけでもないけれど、わたしは間違いなく宮廷で魔法使いに会った。そして、まだ生きている。

でも、たいしたことはできなかった。

そのとき、やっとエルフィーがやってきた。肘を張り、いつものように骨ばった細い上体を悪天候から守るためにケープに包んで、敷石の上を駆けてくる。群集をかき分け、上品そうな通行人にぶつかりながら近づいてくる。グリンダは馬車のドアを押し開けた。「ああ、よかった。間に合わないかと思ったわ」とグリンダ。「御者はもう出発したがってそわそわしてるわ。お昼ごはんは調達できた？」

エルファバはグリンダの膝の上に、オレンジを二個と、固くなった大きなチーズ、それにパンをひとかたまり放り投げた。パンは古くなっているらしく、ツンとするようなにおいが馬車の中に立ちこめる。「今夜の宿に着くまで、あなたの分はこれでなんとかなるでしょう」とエルファバ。

「えっ、わたしの分って？」とグリンダ。「どういうこと？　あなたの分はもっといいものを確保したっていうの？」

「たぶん、もっとひどいものよ」とエルファバ。「でも、しなくちゃならないこと、あなたにさよならを言いに来たのよ。一緒にクレージ・ホールへは戻らないわ。これから自分で勉強できる場所を見つけるの。わたしはもう二度と――マダム・モリブルの学校の生徒にはならない」

「そんな、そんなことだめよ」グリンダが叫ぶ。「行かせるわけにはいかないわ。そんなことしたら、わたし、ばあやに生きたまま食べられちゃう！　ネッサローズは死んでしまうわ！　それにマダム・モリブルだって――ああ、エルフィー、だめよ。行かないで！」

「みんなには、わたしがあなたを無理やりここへ連れてきたって言うのよ。わたしのやりそうなことだって、みんな信じるわ」エルファバは馬車の踏み台に立っている。グリカス人の太った女の小人が事情を察したらしく、より居心地のいいグリンダの隣の席に移ってきた。「わたしのことは探しても無駄よ、グリンダ。探しても見つからないところへ行くんだから。身を隠すのよ」

「どこへ？　カドリングへ戻るの？」

「それを言ったら、わかっちゃうじゃない」とエルファバ。「でも、あなたに嘘はつかないわ、グリンダ。つく必要がないもの。まだどこへ行くかわからないのよ。まだ決めてないの。だから嘘をつく必要もないのよ」

「エルフィー、この馬車に乗ってちょうだい。ばかなことはやめて」グリンダは叫んだ。御者は手綱を持ち直すと、エルファバに降りろと怒鳴った。

「あなたは大丈夫」とエルファバ。「もう旅には慣れたでしょ。来た道を帰るだけだもの」そう言うと、顔をグリンダの顔に押しあて、キスをした。そして、「がんばるのよ、できるかぎり」と小声でささやいた。そして、もう一度キスをした。「がんばるのよ、グリンダ」

御者は手綱を鳴らし、出発の合図を言った。グリンダは首を伸ばして、エルファバが人ごみの中へ戻っていくのを見送った。あんなに珍しい肌の色をしているくせに、エルファバは驚くほど速く、エメラルド・シティの街で路上生活を送る浮浪者の群れの中にまぎれてしまった。あるいは、不本意な涙がグリンダの視界を曇らせたのだろうか。エルファバはといえば、もちろん泣いてなどいなかった。馬車の踏み台から降りるときに慌てて顔を背けたのは、涙を隠すためではなかった。涙が出ないことを隠すためだったのだ。だが、グリンダの胸の痛みは本物だった。

第三部

エメラルド・シティ

1

シズ大学を卒業して三年ほどが過ぎた、ある夏の終わりのじめじめした午後。オペラ座で同郷の知人と待ち合わせていたフィエロは、その前に聖グリンダ広場にあるユニオン教の礼拝堂に立ち寄った。

フィエロは学生時代、ユニオン教に傾倒したわけではなかったが、よく古い礼拝堂の小部屋に飾られているフレスコ画を鑑賞する楽しみを覚えた。聖グリンダの肖像画は見つかるだろうか。アーデュエンナ一族のグリンダ・アップランドはフィエロより一年早く卒業し、それ以来会っていない。聖グリンダの肖像画を前にろうそくをともしながら同じ名前の女性を想っても、神を冒涜《ぼうとく》することにならなければいいが。

ちょうど礼拝が終わったところで、多感そうな青年や黒いスカーフをかぶった老女の集団がゆっくりと歩み出てきた。会衆席で竪琴を弾いている女性が巧みな指さばきでディミヌエンドを弾きおわるのを待って、フィエロは近づいていった。「すみません、私は西方の国から来た者ですが」黄土色の肌と部族の入れ墨を見れば、誰の目にも明らかだろう。「聖堂守とか番人とか、そういう人が見当たりませんし、パンフレットも置いてないようなのでお尋ねしますが、聖グリンダの聖画像がどこにあるか、ご存じありませんか?」

竪琴弾きは厳粛な表情のまま答えた。「最近はどの聖画像の上にも魔法使い陛下のポスターが貼られておりますから、運よく見つかるかどうか。私は旅回りの音楽家で、こちらへはたまにしか来ないのです。でも、一番後ろの列に行ってごらんなさい。聖グリンダに捧げられた祈祷室があります。というか、以前はあったのです。見つかればよろしいですね」

探しあてると、そこは窓の代わりに矢を射るための細いすき間があるだけの墓場のような空間だったが、ピンク色っぽい内陣燈に照らされて、少し右に傾いたくすんだ聖グリンダの肖像が飾られていた。だが、センチメンタルなだけで素朴なたくましさもなく、期待はずれだった。しかも、水害を受けたらしく、聖女の衣には洗剤を間違って使ったときにできるような白い大きなしみがあった。フィエロは聖グリンダにまつわる伝説も覚えていないし、聖女が自分の魂と崇拝者の教化のために、苦しみの中で死んでいったという感動的なエピソードも知らなかった。

水底のような暗闇の中から目を向けると、礼拝堂に一人の悔悟者がいた。頭を垂れて一心に祈っている。祈祷室から立ち去ろうとしたまさにそのとき、フィエロはそれが自分がよく知っている人物であることに気づいた。

「エルファバ！」

女はゆっくりと頭をめぐらした。レースのショールが肩に落ちる。髪を頭の上で巻き、象牙の髪留めでとめている。その女性は、まるでとても遠いところからフィエロの方へ近づいてくるかのように、一、二度ゆっくりとまばたきをした。エルファバが信仰をもっていたとは知らなかったが、祈りに集中していたところへ急に声をかけたのだ。おそらく、相手が誰なのかわからないのだろう。

「エルファバ、フィエロだよ」そう言いつつ戸口の方へ歩いていき、出口を遮《さえぎ》った。すると光も遮った格好になり、女の顔が見えなくなった。「なんとおっしゃいましたか？」という声が聞こえた。フィエロは自分の耳を疑った。

「エルフィー、フィエロだよ、シズ大学で一緒だった。懐かしいエルフィー、元気だった？」

「あの、お人違いだと思いますが」その女性は、エルファバの声で言う。

「エルファバだろう？　スロップ家の四代目の。この呼び名で合っていればだけど」フィエロは陽気に笑った。「人違いなものか。アージキ族のフィエロだよ。覚えているだろう？　ほら、ニキディック先生の生命科学の授業の！」

「勘違いなさってるんじゃありませんか？」語尾に不機嫌さを漂わせているところなど、間違いなくエルファバだ。「静かに祈りを捧げたいのですが、よろしいかしら？」女はショールをかぶり、こめかみのあたりを覆うように手直しした。横から見た顎《あご》はサラミでも切れそうなほど鋭く、薄暗い光の中でも、人違いではないとフィエロは確信した。

「いったいどうしたの？」とフィエロ。「エルフィー、いや、ミス・エルファバと呼んだほうがいいのかな。こんなふうに僕をかついで追い払うつもりかい。きみだよ、間違いない。ごまかそうったってだめだ。何を考えているんだい？」

女は言葉では答えなかったが、早く出ていってくれと言わんばかりに、これ見よがしにロザリオの玉を数えはじめた。

「僕は出ていかないよ」とフィエロ。

「静かに瞑想したいのですが」女は穏やかに言う。「聖堂守を呼んで、あなたを追い出してもらわないといけないのかしら」

「じゃあ、外で待ってるよ。お祈りにはどれくらい時間がかかるんだい？　三〇分？　一時間？　終わるまで待っているよ」

「では、一時間後に、通りを渡ったところで。小さな噴水のそばにベンチがあります。五分間だけお話ししましょう。五分だけですよ。それで人違いだとわかるでしょう。ささいな間違いですが、はなはだ迷惑に思いますので」

「邪魔をして悪かったね。それでは、一時間後に――エルファバ」どういうつもりか知らないが、このまま逃がすものか。とりあえずその場は引き下がることにして、フィエロは会衆席の後ろにいた竪琴弾きに近づいた「この建物には、正面入り口のほかにも出入り口があるのですか？」アルペジオをかき鳴らしていた竪琴弾きは、曲の切れ目まで弾くと手を休めて首をねじ曲げ、目をくるりと回して言った。「修道院に通じる通用口があります。外部の人は使いませんが、そこから使用人が出入りする路地に出られます」

フィエロはしばらく柱の陰にたたずんでいた。四〇分ほど経ったころ、マントを着た人影が礼拝堂に入ってきた。杖をついてよろよろ歩きながら、まっすぐエルフィーがいる会衆席へ向かった。二人が言葉や何かを交わしたかどうかは遠すぎて確認できなかった（おそらく、新来者も聖グリンダの信奉者にすぎず、一人で祈りを捧げたかっただけだろう）。その人物は長居せず、こわばった関節で精一杯急いで出て行った。

フィエロは慈善箱に献金を入れた。コインだと音が響くので札にした。貧困者が多く住みつく都市の一角では、フィエロは比較的裕福な部類に入り、慈善の寄付が避けられない立場にある。もっとも、今寄付をする気になったのは、善意というより後ろめたさからだったが。それから通用口を抜け、一面に草が茂る修道院の庭に出た。庭の向こうでは、車椅子に乗った老女たちが、フィエロに気づかずに笑い合っている。エルファバもここの修道女の一人なのだろうか。修道女とは、世捨て人の共同体という、最も逆説的な組織で暮らす者たちなのだ。そうフィエロは思い当たった。とはいえ、沈黙の誓いも、加齢による衰えとともに明らかに無効になってしまったようだ。でも、エルファバがたった五年であんなに変わってしまうはずがない。フィエロはそう結論を下し、使用人用の通用口を通って路地に出た。

三分後、果たして、エルファバが同じ通用口から姿を現した。僕を避けるつもりなんだ！　なぜだ、いったいなぜ？　最後に彼女と会ったのは、そう、はっきりと覚えている！　アマ・クラッチの葬式の日だ。皆で酒場に繰りだし、酒を飲んだ。その後エルファバはよくわからない使命をおびてエメラルド・シティへ行き、二度と帰ってこなかった。フィエロはというと、あのあと〈哲学クラブ〉に引っぱっていかれて、目をみはるような喜びと恐怖を体験したのだった。その後、曽祖父のスロップ総督がシズやエメラルド・シティにスパイを派遣し、エルファバを探させているという噂が立った。エルファバ自身からは、その後葉書の一枚も来ることはなく、消息も手がかりもまったくなかった。ネッサローズは当初慰めようもないほど沈みこんでいたが、そのうち自分にこれほどの別れの悲しみを味わわせた姉を恨むようになった。そして、いよいよ深く信仰にのめり込んでいったので、友人たちもネッサローズを避けるようになってしまった。

待ち合わせていた仕事仲間には明日、オペラを見損ない、待ちぼうけを食わせた詫びを入れることにしよう。今夜はエルファバを見失うわけにはいかない。エルファバはせかせかと通りを歩いていき、ときおり肩越しに振り返っては後ろを確認している。きみは誰かをまこうとしているのかい？誰かが跡をつけていると思っているなら、この時間は人をまくのに一日で最もいい時間だ。日が翳《かげ》ってきたからではなく、まだ光が差しているから。エルファバはいくつも角を曲がった。沈みゆく夏の太陽が、アーケードを通して、家々の庭の壁にまぶしいほどの光を投げかけている。

フィエロは長年にわたって、似たような状況でこっそり動物の跡をつける訓練を積んでいた。オズ広しと言えども、千年平原ほどぎらぎらとした太陽が人間をさいなむ場所はない。こういう場合は動物の形を確認するのはあきらめ、目を細くしてその動きを追うほうがいい。フィエロはひっくり返ったりよろめいたりせずに脇道に身を潜める術、とっさにかがみこむ術も心得ていた。また、獲物がまた動き始めたということを知る手がかり――驚いた鳥が飛び立ったとき、音に変化があったとき、風が乱れたときなど――の見つけ方も知っている。エルファバに僕をまくことなどできやしない。僕が跡をつけていることさえ気がつかないだろう。

そうしてフィエロは、くねくねと何度も道を曲がりながら、洗練された街の中心部から家賃の安い倉庫が並ぶ地域までやってきた。そこでは、うす暗い倉庫の入り口が貧困者たちの悪臭ただようねぐらになっている。エルファバは軍の駐屯地のすぐ近くの、板を打ちつけただけの穀物取引所の建物の前で立ち止まると、内ポケットを探って鍵を取り出し、ドアを開けた。

フィエロはそのすぐ後ろから、昔のように呼びかけた。「ファバラ！」振り返るわずかの間に、エルファバは驚きを抑え、表情を取り繕《つくろ》った。だが、遅すぎた。相手を知っていることは一目瞭然で、自分でもそれがわかっていた。エルファバが重いドアを閉めてしまう前に、フィエロは足を差し入れた。

「何か厄介なことにでも巻き込まれているのかい?」

「放っておいてちょうだい」とエルファバ。「お願いだから」

「何か困ったことがあるなら、中へ入れてくれよ」

「あなたに困ってるのよ。入ってこないで」この言い草はまさしくエルファバだ。わずかに残っていた疑念も消し飛んだ。フィエロは肩でドアをこじ開けた。

「僕は馬鹿力の持ち主じゃないんだよ」ドアを開けようと力を入れながら、フィエロはうめくように言った。エルファバの力が強かったのだ。「何か盗《と》ろうとか、手篭《てご》めにしようとかっていうんじゃないんだ。僕はただ、こんなふうに、無視されたくないだけなんだ。なぜなんだ?」

　これを聞いて、エルファバは手を離した。その弾みでフィエロは階段の漆喰《しっくい》の塗ってないレンガ壁にぶつかり、寄席演芸のボケ役のように派手に尻餅をついた。「あなたって、ものすごく優雅で上品な人だと思ってたけど」とエルファバ。「うっかり悪いものでも食べたか、無作法の勉強でもしたの?」

「ひどいなあ」とフィエロ。「きみにかかると、否応なくぶざまな田舎者にさせられちゃうんだね。そんなに驚くなよ。僕は今でも、その気になれば優雅に振る舞えるし、上品にもなれるよ。ものの三〇秒もあればね」

「シズにいると、そうなっちゃうのね」エルファバは眉をつり上げて言う。からかっているだけで、実際は驚いてなどいない。「どうでしょ、この大学院生みたいな気取ったもの言いは。上質の麝香《じゃこう》のように素朴な魅力を振りまいていた、あの純朴な少年はどこへ行ってしまったのかしら」

「きみも元気そうだね」少し傷ついて、言った。「それで、きみはこの階段に住んでいるのかい？ それとも、もう少し居心地のいい場所があるの？」

エルファバはぶつぶつ言いながら、ネズミの糞と荷造り用の藁《わら》の切れ端にまみれた階段を上がっていった。汚れた灰色の窓ガラスから、どんよりした夕暮れの光が差しこんでいる。階段の踊り場で、白い猫が一匹、帰りを待っていた。猫特有の高慢で不満げな顔つきだ。「モーキー、モーキー、さあ、おいで」エルファバがすり抜けざまに声をかけると、猫はいそいそと、最上階のアーチ型の戸口までついてきた。

「もしかして、魔女の使い魔？」とフィエロ。

「まあ、とんでもないことを言うのね」とエルファバ。「でも、ほかのものより魔女と言われるほうがましよね。悪くないわ。さあ、モーキー、ミルクよ」

部屋は広く、最低限生活に必要なものしか置いてないようだ。もとは貯蔵室であるため、扉は両開きで、外に向かって開くようになっている。穀物の袋を通りに置いた巻き上げ機で引っぱりあげ、受け取ったり分配したりしていたのだろう。自然光は、一〇センチほど開いた天窓のひびの入った二枚のガラスを通してしか入ってこない。床には鳩の羽が落ち、白と血の色に似た液体がこぼれている。木箱が一〇個ばかり、椅子代わりに円を描いて並べられている。丸めた携帯用寝具。衣類はトランクの上にたたんで置いてある。壁に打ちつけた釘には、奇妙な羽が何枚かと、骨の破片、紐に通した歯、それにビーフジャーキーのように干からびて茶色くねじれたドードー鳥の爪が掛けてある。その配置は芸術なのか、はたまた何かのまじないなのか。サルヤナギ材のテーブル、これはなかなか見事な家具じゃないか！　弓なりに反った三本の脚は先へいくほど細くなり、先端は鹿の蹄《ひづめ》に似せた優美な彫刻が施されている。白い斑点のついた赤いブリキの皿が何枚かあり、食べ物は布に包んで紐をかけてある。ベッドの横には本が積み重なっている。紐につないだ猫のおもちゃ。最も印象的で、なんともおぞましいのは、天井の垂木《たるき》に掛けてある象の頭蓋骨だ。しかも、頭蓋のてっぺんに開けた穴には、淡いピンクのバラの花束が挿してあるのだ。まるで瀕死の動物の脳が破裂したみたいじゃないか――学生時代、エルファバがどんなことに興味を持っていたか思い出しながら、フィエロはそう思わずにいられなかった。それとも、象に宿っているといわれている魔力に敬意を表しているのだろうか。

その下には、未加工の楕円形のガラス盤が吊るしてある。引っかき傷がつき、欠けているが、鏡として使っているのだろう。ただし、映り具合のほどは疑わしい。

「ここがきみの家？」エルファバは猫に餌を与えていて、なおもフィエロを無視しつづけるので、フィエロは声をかけた。

「質問はしないで。そうすれば嘘をつかないですむから」とエルファバ。

「座ってもいいかな？」

「それも質問でしょ」そう言いながらも、エルファバはにやりと笑っていた。「じゃあ、一〇分だけ座っていいわ。そして、あなたのことを話して。どうして、こともあろうにあなたが、そんなに垢抜けてしまったの？」

「人は見かけだけではわからないよ」とフィエロ。「そりゃ、服装に少しは金をかけられるようになったし、言葉づかいにも気を配ってる。だけど、一皮むけば今もアージキ族の少年のままだよ」

「どんな生活をしているの？」

「何か飲み物をもらえるかな。酒じゃなくていい。のどが渇いてるだけだから」

「水道は引いてないのよ。使わないから。ミルクはあるんだけど、古くなってるかもしれないわ。まあ、モーキーだったらまだ飲めると思うけど。そうそう、そこの棚の上にお酒が一本あったはずよ。よかったら飲んで」

エルファバはエール・ビールを少しだけ小さな土瓶に取ると、残りをフィエロに渡した。

フィエロは最低限のことだけをかいつまんで話した。幼くして結婚した妻のサリマだが、大人になって次から次へとお産をし、今では三人の子供がいること。かつて公共事業局水道施設本部であったキアモ・コの建物を、摂政オズマ《オズマ・リージェント》の時代にフィエロの父親が奇襲攻撃で占領したのち、部族長の住む城かつアージキ族の砦《とりで》としたこと。毎年春と夏は千年平原で狩りをしたり祝宴を開いたりして暮らし、秋と冬はキアモ・コに定住して暮らすという、部族の目まぐるしい二重生活のこと。「アージキの王は、エメラルド・シティでビジネスでもおやりになるってわけ？」とエルファバ。「銀行関係ならシズに行くはずだし。この街でビジネスといえば、軍関連よね。いったい、何をやるつもり？」

「もう僕のことはいいだろう」とフィエロ。「僕だって隠し事をしたり、人の目を欺いているかもしれないよ。たとえうわべだけで、べつにやましいことがなくてもね」地味な取引契約の話をしても、この旧友に感銘を与えることはないだろう。自分の仕事がドラマチックでもスリルに富んだものでもないので、フィエロは気おくれしていた。「でも、なんとかやってるよ。きみはどうなの、エルフィー?」

エルファバはしばらく口をつぐんでいた。包みを開いて干からびたソーセージと色が変わりはじめたパンを取り出し、オレンジ二個とレモン一個を持ってくると、テーブルの上にぞんざいに並べた。蛾の巣食ったような部屋の中で、エルファバは人間というより影のように見えた。緑色の肌は、春の若葉のように奇異なまでに柔らかく、そして銅箔のように滑らかに見えた。手首をつかんでその動きを止めたい。フィエロはかつてないほど強い衝動に駆られた。話してくれなくてもいい、ただじっとしていてほしい。きみを見つめられるように。

「どうぞ食べてちょうだい」ついにエルファバが口を開いた。「わたしはお腹がすいてないの。だから、どうぞ食べて」

「教えてくれないか」フィエロは懇願した。「きみがシズを去ったときのいきさつを。まるで、朝霧のように姿を消してしまったね。なぜ、どこへ行ってしまったんだ。それから何があったの?」

「ずいぶん詩的だこと」とエルファバ。「詩なんて、自己欺瞞の最高の表現方法だと思うわ」

「話をはぐらかさないでくれ」

だが、エルファバは動揺していた。指がぴくぴく痙攣《けいれん》している。猫を呼びよせたが、猫はすぐに焦《じ》れて、膝から飛び去っていった。「ねえ、もうやめましょう。二度とここへは来ないで。新しい住みかを探すのはいやなの。こんなにいい部屋、なかなか見つからないのよ。約束してくれるわね？」

「約束するかどうか、考えるだけは考えてみるよ。でも、それ以上のことは約束できない。だって、そうだろう？　まだ何も教えてもらってないのだから」

エルファバは急いで言った。「シズに幻滅したからよ。ディラモンド先生の死が、ものすごくショックだったの。みんな悲しんではいたけど、関心はもっていなかった。誰一人として。ともかく、あそこはわたしがいるべき場所じゃなかった。ばかな女の子ばかりだったし。まあ、グリンダのことは好きだったけどね。あの子、どうしてるの？」

「連絡をとっていないんだ。宮廷の行事や何かで、偶然に出会えればいいのにと思っているんだけど。聞くところによると、パルトスの準男爵と結婚したらしい」

エルファバは心外に思ったらしく、背中をこわばらせた。「ただの準男爵？　せめて男爵とか、子爵じゃなくて？　まあ、がっかりだわ。それじゃあ、昔の夢は実現しなかったってわけね」冗談を言ったつもりだろうが、その言葉はぎこちなく、笑えなかった。「子供はいるの？」

「さあ。ねえ、質問しているのは僕のほうなんだよ」

「わかってるわ。でも、宮廷の行事ですって？　あなた、魔法使い陛下の一味だっていうの？」

「陛下はほとんど人に会わないらしいよ。僕も会ったことはない」とフィエロ。「オペラ座に来ても、携帯用の衝立《ついたて》の後ろで聞いてるんだって。正式の晩さん会でも、自分一人だけ、大理石を彫刻して作った格子の後ろにある別室で食事をするらしい。一度宮廷の廊下を歩いていたとき、いかにも貫禄ある男性の横顔を見かけたことがあるんだ。もしそれが魔法使いだったとしたら、会ったのはそれ一度きりだ。それよりきみだよ、きみ。きみはどうして、僕たちと連絡を絶ったりしたの？」

「あなたたちのことが大好きだったからよ」

「どういうこと？」

「何も聞かないで」夏の青い夕闇の中で、エルファバは手を櫂《かい》のように動かして、苦しげに言った。

「いや、聞きたい。あれからずっと、ここに住んでいたの？　五年間ずっと？　何か勉強しているのかい？　それとも、仕事をしているの？」フィエロはむきだしの腕をこすりながら、あれこれ思いをめぐらせた。エルファバはいったい何をしようとしているんだ？「きみは〈動物〉解放連盟に関わってるの？　それとも政府に楯つく人道主義組織のどれかとつながりがあるとか？」

「わたしは人道主義者とか人道主義的なんて言葉はぜったい使わないことにしてるの。だって、自然界で最も凶悪な罪を犯す能力をもっているのは人間でしょう？」

「またはぐらかした」

「それがわたしの仕事なのよ」とエルファバ。「ほら、ヒントよ。親愛なるフィエロ」

「もっと詳しく説明してくれよ」

「地下に潜ったの」エルファバは静かに言った。「今も地下で活動しているの。五年前にグリンダと別れて以来、わたしを見つけたのはあなたが初めてよ。さあこれで、なぜこれ以上話せないのか、なぜ二度と会えないのかわかったでしょう。あなたはたぶん、わたしのことを疾風部隊に密告するわね？」

「なんだって、あのガチガチの軍人野郎どもに？　そう思ってるなら、僕のことをまるでわかってないね」

「どうしてわかるっていうの？　わかるはずないじゃないの」エルファバは指をねじって組んだ。緑色の棒のパズルのようだ。「やつらはあの軍靴で、貧しく弱い人々の住む地区をくまなく行進するのよ。朝の三時に家族たちを恐怖に陥れ、反対分子を引っぱっていき、印刷機を斧で叩き壊す。そして、真夜中に反逆罪で形ばかりの裁判にかけ、明け方には処刑するのよ。この美しい、偽りの街をくまなく捜索して、月ごとに、犠牲者という作物を収穫するの。恐怖による支配。今だって通りに集結しているかもしれない。わたしはまだ跡をつけられたことはないけど、あなたの跡をつけたかもしれないわ」

「きみの跡をつけるのは、きみが思っているほど難しくないよ」とフィエロ。「きみはまくのが上手いと思ってるだろうけど、それほどでもない。いくつかコツを教えてあげよう」

「たしかに、あなたはコツを知っているようね。でも、教えてもらうことはできないわ。わたしたち、もう二度と会うことはないから。危険すぎるわ。わたしだけじゃなく、あなたもよ。あなたたちのことが大好きだから連絡を絶ったというのは、そういうことなの。疾風部隊は機密情報を集めるためなら、友人や家族も拷問にかけるのよ。あなたには奥さんや子供がいるんでしょ。わたしはあなたのただの大学時代の友人で、一度だけ偶然にばったり出会った、それだけ。わたしの跡をつけたなんて、たいしたものだわ。でも、二度としないで。わかった？　もしまたわたしの跡をつけたりしたら、引っ越すわよ。今すぐ荷物をまとめて、三〇秒後には行方をくらますこともできるんだから。そういう訓練を受けてるの」

「そんなひどい仕打ち、やめてくれよ」とフィエロ。

「わたしたち、古い友人よ」とエルファバ。「でも、特に親しいというわけじゃないわ。今回こうして出会ったことを感傷的に受け取らないで。あなたに会えたのはうれしいけど、二度と会いたいとは思わない。くれぐれも気をつけて、お偉方のろくでなしどもとはあまり懇意にならないほうがいいわ。革命が起こったら、政府におべっかを使ってた者を容赦しないから」

「きみは、たしか二三だよね？　その歳で、女性革命家気取りだっていうのかい？　きみらしくないよ」

「ええ、らしくないわね」エルファバは同意した。「らしくない――わたしの新しい生活にぴったりの言葉だわ。わたしはこれまでだってずっとらしくなかったから、らしくないのがわたしらしいのよ。でも、あなたもわたしと同じ歳だっていうのに、自分は部族の王としてご活躍ってわけね。さあ、お腹はいっぱいになった？　そろそろさよならを言わなくては」

「いやだ」フィエロはきっぱりと言った。あの手を握りしめたい――これまで、エルファバに触れたことがあっただろうか。いや。フィエロは思い直した。そういえば、一度だってなかった。

そんな気持ちを読み取ったかのように、エルファバが言った。「あなたは自分のことはよくわかっているわね。でも、わたしのことはわかってない。知ることはできないの。できないと言ったら、できないのよ。そんなこと許されないし、あなたには理解できないの。幸運を祈《ゴッド・スピード》っているわ。ヴィンカスでもこう言うのかしら。呪いの文句じゃないのよ。幸運を祈《ゴッド・スピード》っているわ、フィエロ」

エルファバはフィエロにオペラ観賞用のケープを渡すと、握手のために手を差しだした。フィエロはその手を握ると、相手の顔をじっと見つめた。その顔に一瞬、隠されていた思いが浮かんだ。そのあまりのひたむきさに、フィエロは背筋がぞくりとすると同時にかっと熱くなり、目くるめくような感覚に一瞬我を忘れた。

「ボックはどうしているの？　何か知ってる？」次に会ったとき、エルファバが尋ねた。

「きみのことについては、何も教えてくれないんだろう？」フィエロは脚をテーブルの上に投げ出してくつろいでいる。「囚人みたいに閉じこもっているのが好きなら、どうして僕がもう一度ここに来るのを許してくれたんだい？」

「ボックのことが結構好きだったの。それだけのことよ」エルファバはにやりと笑った。「あなたに会えば、ボックのことを聞きだせるかと思ったの。ほかの人たちのこともね」

フィエロは知るかぎりのことを話してやった。まったく思いも寄らないことだが、ボックは意外にもミス・ミラと結婚した。ミラはネスト・ハーディングズへ連れていかれたが、そこがいやでたまらず、自殺未遂を繰り返した。「毎年ボックからラーラインマス・カードが来るんだけど、それが傑作なんだ。ミラの自殺未遂の顛末《てんまつ》が、まるで家族の年次報告みたいに書いてあるんだ」

「そういえば、母も同じような境遇だったわ。どんな思いで人生を送っていたのかしら」とエルファバ。「有力者の豪邸で贅沢三昧《ぜいたくざんまい》に育てられたのに、突然とんでもなく辺鄙な土地へ連れていかれ、耐乏生活を余儀なくされたのよ。そのときのショックはいかばかりだったかと思うわ。母さんの場合、コルウェン・グラウンドからラッシュ・マージンズへ、さらにそこからカドリングの湿地帯でしょ。

これほど過酷な苦行もないんじゃないかしら」

「この母にしてこの娘あり、だな」とフィエロ。「こんな隠れ家みたいな部屋にひっそりかたつむりみたいに暮らしてるけど、きみだってそれなりにいい身分を捨ててきたんじゃないのかい?」

「あなたを初めて見たときのこと、よく覚えているわ」夕食に野菜と根菜類のサラダを作っていたエルファバは、それに酢をふりかけながら言った。「大教室だったわね、あの、なんとかいう先生……」

「ニキディック先生だろ」フィエロは赤くなった。

「あなたの顔には、とてもきれいな模様があったわ。あんな模様、それまで見たことがなかった。みんなの印象に残ろうとして、わざとあんなふうに登場したわけ?」

「僕の名誉にかけて、ほかにやり方があったら、絶対そうしてたよ。恥ずかしかったし、怖かった。まったく、あの魔法にかかった枝角に殺されるかと思ったよ。僕を助けてくれたのは、やんちゃなクロープとおしゃべりなティベットだった」

「クロープとティベット! ティベットとクロープ! すっかり忘れてたわ。あの二人は今、どうしてるの?」

「ティベットは〈哲学クラブ〉で羽目をはずしてから、すっかり変になってしまったんだ。クロープはたしか美術品競売会社に入り、今も劇場の舞台装置を抱えて、あちこち飛び回っているよ。時々何かの折に見かけることがあるけど、特に話はしないんだ」

「あら、気に入らないご様子ね!」とエルファバが笑う。「ほかのみんなと同じで、わたしもあっちのほうの好奇心が強いから、〈哲学クラブ〉ってどんなところだろうってずっと思っていたわ。あのね、生まれ変わってもまたみんなに会えたらいいって思う。もちろん、グリンダにも。あのいけすかないアヴァリックにもね。あの人はどうしてるの?」

「アヴァリックとは話をするよ。一年のほとんどを辺境伯の領地で過ごしているけど、シズにも家を持っている。エメラルド・シティに出てくるときは、僕たち同じクラブに滞在することにしてるんだ」

「今でも、気取り屋のがさつ者?」

「おや、今度はきみが気に入らないご様子じゃないか」

「みたいね」二人は夕食を食べた。フィエロはエルファバが、自分の家族について尋ねるのではないかと身構えた。だが、互いに相手の家族については触れないことにしていた。フィエロにとってはヴィンカスの妻や子供、エルファバにとっては反体制派政治活動の仲間のことは。

　次に来るときは襟《えり》の開いたシャツを着てこよう、フィエロはそんなことを考えていた。そうすれば、青いダイヤの模様が顔から胸まで続いているのが見えるだろう……エルファバはこの模様が好きみたいだから。


「まさか秋の間ずっとエメラルド・シティにいるつもりじゃないわよね?」寒さが忍びよってきたある晩、エルファバが言った。

「妻には手紙を書いたよ。いつまでかはわからないけれど、仕事の都合でしばらくこっちにいなくちゃならなくなったって。あいつはなんとも思わないさ。文句なんて言えるわけない。薄汚い隊商宿の娘から一転、アージキ族の王の幼な妻になったんだ。妻の実家もバカじゃないさ。食べ物、召使い、それにほかの部族の攻撃から身を守れるキアモ・コの堅固な石塀を手に入れたんだ。三人目の子供が生まれてから、妻はちょっと太りはじめてる。実際のところ、僕がいようがいまいが、どうでもいいのさ。そうそう、妻には五人の妹がいるんだけど、そろって僕の家に転がりこんできてるんだ。まるでハーレムだよ」

「嘘でしょ！」エルファバはハーレムと聞いていくぶんどぎまぎしていたが、好奇心をそそられたようだ。

「当たり前だろ。違うよ、そんなことはない。サリマからは一、二度、僕がその気なら、妹たちは喜んで僕の夜の相手をするつもりだと言われたけどね。大ケルズ山脈を越えたら、オズのほかの地域ほど、そういうことはタブーじゃなくなるんだ。だから、そんなにあきれた顔をしないでくれよ」

「あきれずにはいられないわ。そんなこと、したの？」

「そんなことって、どんなこと？」フィエロがとぼける。

「奥さんの妹と寝たの？」

「いや、寝てないよ」とフィエロ。「それは高尚な倫理基準をもってたからでも、関心がなかったからでもない。サリマが抜け目のない妻だから、それだけだよ。結婚生活では、何もかもが戦略なんだ。そんなことしたら、今以上に妻の言いなりになってしまっていただろうからね」

「結婚って、そんなにひどいものなの？」

「結婚してみないとわからないだろうけど。ああ、ひどいものだよ」

「わたしだって結婚しているわ。相手は男性じゃないけど」

フィエロは驚いて眉を上げた。エルファバは両手で顔を押さえた。そんな彼女を見たのは初めてだった。自分が口にした言葉に驚いたのだ。エルファバはちょっと顔をそむけると、咳払いをして鼻をかんだ。「いやだ、涙が。熱くてやけどしちゃう」突然怒ったようにそう叫ぶと、あわてて古い毛布を取りにいき、しょっぱい涙が頬をつたう前に目元をぬぐった。

年老いた女のように前かがみになり、片手を調理台について立っている。毛布が顔から床まで垂れている。「エルフィー、エルフィー」フィエロは心を揺さぶられ、よろめきながらエルファバの背後に立ち、その体を抱きしめた。二人を顎《あご》から足首まで隔てている毛布は、今にも炎となって燃えあがりそうだ。あるいはバラに、あるいはシャンペンや芳香の泉に姿を変えるかもしれない。おかしなことだ。体はこんなにも緊張しているのに、心の中にこんなにも豊かなイメージが湧いてくるなんて……。

「やめて」エルファバは叫んだ。「だめ、いやよ。わたしはハーレムの女じゃないわ。わたしは女じゃない。人間でもないの。だから、だめ」だがその腕は、まるで風車が回るように、まるであの魔法にかかった枝角のように、一人でに動いた。フィエロを殺そうとしてではなく、壁に押しつけ、愛で釘づけにしようとして。

モーキーは珍しく気を遣ったのか、窓の敷居に上がると、二人から目をそらした。

使われなくなって久しい穀物取引所の上の部屋が、二人の愛の巣となった。東の空から秋がゆっくりと忍び寄ってきていた。今日は暖かいと思ったら、次の日は日差しが強く、そうかと思うと次の日から四日間、冷たい風が吹き小雨が続いた。

何日も会えない日が続くこともあった。「わたしには任務があるの。やらねばならない仕事があるのよ。信じてくれないのなら、あなたの前から姿を消すわよ」とエルファバ。「グリンダに手紙を書いて、煙とともに姿を消す呪文を教えてもらおうかしら。冗談めかしてるけど、本気で言ってるのよ、フィエロ」

フィエロ＋フェイ。エルファバがパイ皮を伸ばしたときに散らばった粉の上に、フィエロは書いた。「フェイ、よ」猫にさえ聞かれまいとするかのように、エルファバが小声でささやいた名前。暗号名だ。組織の中では、誰も互いの本名を知らない。

明るいところでは、エルファバは決して裸身を見せようとしなかった。が、フィエロが昼間に訪れることはまずなかったので、どういうことはなかった。約束の日の夜、エルファバは裸身の上に毛布をはおって座り、政治理論や道徳哲学の評論を読んでいた。「本当に理解してるわけじゃないの。詩を読むみたいな感覚で読んでいるのよ」あるとき、そんなことを言った。「言葉の響きが好きなの。それに、わたしの依怙地《いこじ》で偏《かたよ》った世界観が、読んだものによって変わるとは思えないわ」

「生き方によって、変わってくるんじゃない？」明かりを落とし、服を脱ぎながらフィエロが言う。

「こういうこと、わたしは初めてだと思ってるでしょう」エルファバはため息をついた。「こんな経験、一度もなかっただろうって思ってるのね」

「初めてのとき、出血しなかっただろう」とフィエロ。「だから、そんなこと思ってないよ」

「あなたが考えてること、わかってるわ。だけど、あなただってどれほど経験があるっていうの？大ケルズの族長の中の族長、千年平原最強の狩人である、キアモ・コのアージキ族長フィエロ閣下」

「僕はきみの意のままだよ」フィエロは真面目な顔で言った。「僕は幼な妻《めと》を娶ってから、一度も裏切ったことがない。今までは、だけど。きみは妻とは違うんだ。きみの反応は妻とはまったく違う。同じことをしてる気がしない。きみはもっと、謎めいている」

「わたしという人間はいないの」とエルファバ。「だから、今も奥さんに忠実なままよ」

「じゃあ、早く忠実なことをしよう。もう待てない」そう言うと、手をエルファバの肋骨から平らな腹部へと滑らせた。エルファバはいつも、彼の手を薄く感じやすい胸へと導くが、腰から下には触れさせない。二人はひとつになって動いた。緑の草原に青いダイヤがきらめくように。


フィエロは昼間、あまりすることがなかった。アージキ族の族長としては、エメラルド・シティの商業の中枢部と強い結びつきを作っておくことが政治的利益になるのはわかっている。しかし、アージキの現状では、首長会議や財界人のサロンに顔を出しておけば事足りた。それ以外の時間は、フィエロは聖グリンダをはじめとする聖人たちのフレスコ画を探しながら街をぶらついた。エルファバ・ファバラ・エルフィー・フェイは、あのとき聖グリンダ広場の修道院の隣の聖グリンダ礼拝堂で何をしていたのか、決して話そうとはしなかった。

ある日、フィエロはアヴァリックに連絡をとり、昼食をともにした。アヴァリックはこれからストリップショーを見に行こうと誘ったが、フィエロは理由をつけて断った。アヴァリックは相変わらず頑固で、皮肉屋で、背徳者で、男前だった。エルファバに話して聞かせるほどの噂話は大してなかった。

風が吹いて、木々から葉を散らしていく。疾風部隊が〈動物〉やその協力者を捕らえては無理やり街の外に引きずり出していった。ギリキンの銀行の金利が急騰した。投資家にはよいニュースだが、変動金利で借り入れをしている者にとっては厳しい事態だ。都心の一等地がいくつも抵当流れになった。商店は早くもラーラインマスの緑や金のイルミネーションを飾りつけ、不況下で財布の紐の固い市民を店内へと誘っている。

フィエロの胸に、エルファバとどうしても一緒にエメラルド・シティの街を歩きたいという思いが募った。恋人同士がそぞろ歩くのに、これほど美しい場所はない。特に夕暮れどき、青紫色の空をバックに店々の金色の灯りがともり始めるころ。僕は今まで恋をしたことがなかった。今それがわかった。恋はフィエロを謙虚にし、臆病にした。会いたいのに会えない日が四日、五日と続くと、耐えられなくなった。

「アージ、マネク、ノアにキスを送ります」週に一度サリマに出す手紙の最後に、フィエロはそう書いた。妻は返事を書くことができない。理由はいくつかあるが、なんといっても文字を習ったことがないのだ。妻から返事が来ないことが、この裏切り行為に対する暗黙の了解のように思えた。サリマにキスを送るとは書かなかった。チョコレートがその代わりをしてくれるように願った。

フィエロは毛布を自分の方へ引っぱりながら寝返りを打った。今度はエルファバが自分の方へ引っぱり返す。部屋の中はとても寒く、湿っているようにさえ感じられた。二人のそばにいれば暖かいので、モーキーは激しい脚の動きに耐えながら、猫なりのやり方で愛の表現をしていた。

「愛《いと》しいフェイ」とフィエロ。「図書館の罰金額引き下げ運動でも、猫の首輪反対運動でも、きみのやっていることが何であれ、君に手を貸そうっていうんじゃないし、それにきみももうたぶん知っていると思うけど、とにかく、僕だって常に世の中の情勢には気をつけている。それで、どうもカドリング人が再び押しよせる市民軍に押さえつけられているらしい。少なくとも社交クラブのラウンジでは、新聞を読んだりパイプをくゆらせながら、みんながそんな話をしている。どうやら一個師団が虐殺と焼き払いの使命を帯びて、カドリングのクホイエまで侵攻しているらしいんだ。きみのお父さんと弟さん、それにネッサローズは、今もカドリングにいるのかい?」

エルファバはしばらく答えなかった。なんと答えようか考えこんでいるだけでなく、おそらく何が思い出せるかと考えているのだ。その表情は困惑を通りこして、怒っているようにさえ見えた。「クホイエには一〇歳ぐらいのとき、しばらく住んでいたわ。湿地の上に作られた、奇妙な小さな町よ。道の半分は運河なの。屋根は低く、窓には格子か鎧戸《よろいど》がはまっていたわ。プライバシーを守りながらも、換気をよくするためにね。湿気が多く、やたらと植物がおい茂ってて、薄いキルトの枕みたいな大きな丸いヤシの葉が、風が吹くたびにぶつかりあって、音をたてるの。ティルルルル、ティルルルって……」

「どうやら、クホイエの町はもう今では見る影もない状態らしい」フィエロは注意深く言った。「僕の聞いた噂が正しければの話だけれど」

「いいえ、父さんはもうあそこにはいないわ。何のおかげってわけでもないけれど、とにかくよかったわ」エルファバは続けて言う。「状況が変わっていなければの話だけど。クホイエの純真な人たちは、布教活動にはあまり反応しなかったの。父さんとわたしを家に招き入れ、湿ったお菓子と生ぬるいミント茶をふるまってくれたわ。わたしたちはヤモリやクモを見えないところへ追い払いながら、かびの生えた薄っぺらいクッションに座るの。父さんは名もなき神の寛大さについて、長々と説教したわ。よその国の人々に対しても、どんなに御心を示しているかってね。そして、その証拠だと言って、わたしを指さすの。わたしはにっこりとぶざまに笑って、賛美歌を歌った――父さんが認めた音楽は賛美歌だけだったの。わたしは情けないほど内気で、自分の肌の色が恥ずかしくてたまらなかった。でも父さんは、これは価値ある仕事だとわたしに言い聞かせたわ。そのうち、わたしたち客人をもてなす気持ちから、住人たちは一人残らず父さんの言うことに従った。そして、言われるままに名もなき神へ祈りを捧げていたわ。でも、心からの祈りではなかった。わたしには父さんよりもずっとよくわかっていたわ、父さんよりももっとがっかりしながらね。わたしたちはなんて無力なんだろうって」

「それで、きみの家族は今どこにいるんだい？　お父さんとネッサローズ、それに弟さん――名前はなんて？」

「シェルっていうの。それから父さんは、自分の使命はカドリングのもっと南の、本当の未開地へ行くことだと思ったの。わたしたちはオッベルズの小さなあばら屋を転々としたわ。オッベルズの掘っ立て小屋《ホーベルズ》って呼んでた。本当に荒涼とした、ぞっとするような未開地だった。でも、忌まわしい美しさに満ちていた」

フィエロが物問いたげな顔をしたので、エルファバは続けた。「もう一五年も二〇年も前のことだけど、エメラルド・シティの投機家たちが、オッベルズにルビーの鉱床を発見したの。最初は摂政《オズマ・リージェント》オズマの、クーデターのあとは魔法使いの支配下で、醜い争奪戦が繰り広げられた。摂政《オズマ・リージェント》オズマの時代には、搾取といっても、まだ殺人や残虐行為までは行われなかったけれど。技師たちは象を使って砂利を運び、泉を埋め立て、塩分を含んだ地下水の深さ一メートルほどのところに入り組んだ露天採鉱のシステムを完成させたの。父さんは、この湿気の多い地域に生じた混乱こそ、伝道にもってこいの状況だと考えた。父さんは正しかったわ。カドリングの人々はへたくそな声明文を出して魔法使いに歯向かい、トーテム像に加護を祈ったけれど、武器といえば投石器しか持ってなかった。それで、みんな父さんのもとに集結したの。父さんは村人たちを改宗させ、彼らは新しく信仰を得た者特有の熱情に浮かされて闘いを繰り広げた。そしてすべてを失い、消滅してしまった。ユニオン教の恩恵のおかげ、ってわけ」

「おやおや、ずいぶん辛らつなんだね」

「わたしは道具だった。自分の父親に利用されたの。ネッサローズは自由に動けなかった分、わたしよりはましだったわ。父はわたしを、信仰の証《あかし》として使ったの。こんな肌の色の女の子がけなげに歌を歌う姿を見て、カドリングの人たちは父を信用した。わたしの異常な見た目の効果もあってね。

こんな女の子でも愛されるのなら、名もなき神は我々まともな人間のことは、もっと気にかけてくださるだろうって」

「それなら、きみはお父さんが今どこにいようと、どんな目にあっていようと、どうでもいいって言うの？」

「どうしてそんなことが言えるの？」エルファバは気色《けしき》ばんで立ちあがった。「わたしはあの頭のおかしい、偏狭な、おいぼれたろくでなしを愛しているわよ。あの人は自分が説いていることを心の底から信じていた。塩水の池に仰向けに浮かんでいるカドリング人の死体を見ても、その体のどこかに改宗の入れ墨がありさえすれば、その人は生き残った者より幸いだと考えたわ。父は、あの世《アザー・ランド》の名もなき神の御許へ行くための片道切符を与えたと考えたのね。いい仕事をしたんだと」

「きみはそう思わないの？」フィエロはこれといって宗教的とはいえない人生を送ってきたので、エルファバの父親の牧師としての使命感について、偉そうなことは言えないと感じていた。

「たぶん、いい仕事をしたんでしょうね」エルファバは悲しげに言った。「わたしにはわからないわ。でも、わたしにとってはそうじゃなかった。集落から集落へと、改宗を説いて回った。そして、部落から部落へと、土木技師の集団がやってきて、村人の生活を破壊した。オズの国のどこからも、抗議の声はあがらなかった。誰も村人たちの声に耳を傾けなかった。誰もカドリングのことなんか、気にかけていなかったのよ」

「でも、お父さんがそもそもカドリングへ行くことになったきっかけはなんだったの？」

「父さんと母さんには、カドリング人の友人がいたんだけど、その人がわが家で死んだの。カドリング人の行商人で、ガラス吹きだった」エルファバは辛そうに顔をしかめて目を閉じ、それ以上話そうとはしなかった。フィエロはその指の爪にキスをした。そして、親指と人差し指の間のV字型の部分に唇を当てると、まるでレモンの皮のように吸う。エルファバは、フィエロがもっといろんなところにキスができるように、仰向けに横たわった。

しばらくして、フィエロが言った。「でも、エルフィー・ファバラ・フェイ、本当にお父さんやネッサローズ、弟さんのことは心配じゃないの？」

「父は達成できるはずのない理想を追いかけているの。それで人生での失敗を正当化しているのよ。しばらくの間、行方不明になったオズマの血を引く最後の子供が帰ってくると予言してはばからないときもあった。それももうおしまい。弟のシェルは、たぶん一五になったはずよ。あのね、フィエロ、家族のことを気にかけながら、今期の作戦に心をくだくことなんてできないわ。おとぎ話に出てくる魔女のように、そこにあるほうきに乗ってオズをひと巡り、なんてことはできないのよ！わたしは地下に潜ることを選んだ。だから、家族のことを気にかけてるわけにはいかないの。それに、少なくともネッサローズの今後についてはそのうちわかるわ」

「どういうこと？」

「ひいお祖父さんがぽっくりいったら、ネッサが次のスロップ総督になるんだもの」

「きみが継ぐんだとばかり思ってたけど。きみのほうが年上だろう？」

「わたしはもういないの。魔法にかかって、煙とともに消えてしまったのよ。だから、そのことは忘れて。それに、ネッサローズにとってもそのほうがいいのよ。あの子はきっと、ネスト・ハーディングズの女王のような存在になるわ」

「ネッサローズは魔術を専攻していたらしいよ、シズ大学で。知ってた？」

「へえ、知らなかったわ。すごいじゃない。ほら、よく下の縁に金文字が入った台座があるじゃない。あの子が『道徳的に最も優れた者』って書かれた台座から飛び降りて、馬脚を露わして自分がとんでもない意地悪女だと認めた日には、〈東の悪女〉になるかもしれないわ。ばあややコルウェン・グラウンドの献身的な使用人たちがあの子を支えるでしょうよ」

「きみは妹思いだと思ってたのに！」

「見ててわからないの？」エルファバがばかにしたように言う。「わたしはネッシーを愛してるわよ。あの子は厄介で、鼻持ちならないほどひとりよがりで、ほんとにいやなやつよ。それでも、わたしはあの子のためなら何でもするわ」

「ネッシーがスロップ総督になるんだね」

「わたしよりずっとふさわしいわ」エルファバは冷ややかに言った。「なんといっても、靴の趣味がいいし」


ある夜のこと、天窓から差しこむ満月の光が、眠っているエルファバをまぶしいほどに照らしていた。フィエロは目を覚まし、用を足そうと室内用便器の方へ歩いていった。モーキーは階段で忍び足でネズミのあとを追っている。ベッドまで戻ってきて、フィエロは恋人の姿を眺めた。今夜は緑色というより、真珠のような光沢を帯びている。この前、ヴィンカスの伝統的な縁飾りのあるスカーフで、黒地にバラの模様がついたものをエルファバに持ってきた。腰に巻いて結んでやったら、それ以来、それが愛し合うときの衣装になった。今宵《こよい》、エルファバは眠りながら、それを少しずつ引っぱりあげている。フィエロは、その脇腹のやわらかな曲線、はかなげな膝、ほっそりした足首をほれぼれと眺めた。部屋の中にはまだ香水のにおいが漂っている。それに、松脂のような動物のにおい、神秘的な海のにおい、息がつまるような甘い髪のにおいが愛の営みによって混じりあい、におい立っている。フィエロはベッドの縁に座り、恋人を眺めた。陰毛は黒というよりは紫に近く、細かく縮れてつやがあり、サリマのものとは違っている。脚のつけ根に妙に色の濃い部分がある。眠気を感じながら、一瞬フィエロは考えた。自分の青いダイヤの模様が、行為の最中にエルファバの肌に写ったのだろうか？　それとも何かの傷跡だろうか？

そのとき、エルファバが目を覚ました。月の光の中で、体に毛布を引き寄せる。そして、夢うつつで彼に微笑みかけ、「イェロ、わたしの英雄《ヒーロー》」と呼んだ。その声はフィエロの心をとろけさせた。

だが、機嫌を損ねると、エルファバは手がつけられなくなる。

「あなたががつがつ食べているデリカシーのかけらもない山盛りのポーク・ロールが、〈豚〉から切り取られた肉だってことも、充分ありえるのよ」あるとき、そうフィエロに噛みついた。

「自分が食事がすんだからって、僕の食欲がなくなるようなことを言うのはやめてくれないかな」フィエロはやんわりと抗議した。ふるさとでは自由な生活をしている〈動物〉はあまり見かけなくなっていたし、シズで見知った数少ない知覚を持った生き物たちも、あの晩〈哲学クラブ〉で一緒だった者は別として、ほとんど感銘を与えなかった。だから、〈動物〉たちの苦境にも、たいして心は動かなかったのだ。

「だから、あなたは恋なんかしちゃいけないのよ。あなたは何も見えなくなっているわ。恋は邪悪で、心を乱すわ」

「食べる気がしなくなったよ」フィエロはポーク・ロールの残りをモーキーに与えた。「いったい、きみに邪悪さの何がわかっていると言うんだ？　反逆者の組織の中でちょい役を演じているだけじゃないか。新米のくせして」

「わかっているわよ。男性の邪悪さとは、その力が愚行と無分別を生み出すところよ」

「じゃあ、女性の場合は？」

「女性は男性より弱いわ。でも、女性の邪悪さは、狡猾《こうかつ》なくせに、それと同じくらい杓子定規な倫理的確信をもっているところよ。ただし女性の活動領域は狭いから、実害はたいしたことないけど。でも、親密になればなるほど、油断がならないのよ」

「では、僕の邪悪さって、具体的にどんな？」フィエロは深入りしすぎて、居心地の悪さを感じていた。「それから、きみのは？」

「フィエロの邪悪なところは、善の可能性をバカみたいに信じていることよ」

「で、きみは？」

「何かにつけ、警句を口走ることかしら」

「きみのはずいぶん罪が軽いんだね」突然、少しばかりむかっ腹が立ってきた。「きみの組織はそんなことに熱心なのかい？　みんなで気のきいた警句をひねり出し合ったりして？」

「いいえ、大きな計画が進行中よ」エルファバはいつになく、そう口にした。「わたしは中心的役割ではないけど、目立たないところで手助けするの。本当よ」

「何の話？　クーデターかい？」

「何でもいいでしょう。何にせよ、あなたに累《るい》がおよぶことはないから、ご心配なく」こういう言い方をするのが、エルファバのいやなところだ。

「暗殺でもやるの？　じゃあ、きみは将軍でも殺してみるかい？　そしたらどうなるかな。聖人に奉られるかな？　革命の聖人？　それとも活動中に殺されて、殉教者になるかい？」

　エルファバは答えなかった。細い頭を苛立《いらだ》たしげに振ると、バラの模様のあるショールを、まるでそれが怒りの原因でもあるかのように、部屋の向こう側に投げつけた。

「きみが将軍を狙ったときに、罪のない周りの人間が命を落としたらどうする？」

「さあね。犠牲者のことまでかまっていられないわ。そんな宇宙論みたいな、ごたいそうなこと考えないことにしているの。目の前にある計画も理解できないで、崇高な思想なんて意味がないんじゃないかしら。でも、もし大義のために命を捧げることを認めるとしたら、それは自分が何のために死のうとしているかを理解していて、それを自ら選んだ場合だけよ」

「では、その計画では、罪のない犠牲者が出るかもしれないんだね。自ら選んだわけではないのに、巻きぞえを食う人が」

「ええ……偶発事故は、起こるかもしれない」

「それで、きみの血気盛んな仲間のあいだでは、悲しみとか、後悔とかいった感情はないのかい？　手違いなんかもあるだろうし。悲劇という概念はないの？」

「フィエロ、不満ばかり言ってるおばかさん、悲劇はそこらじゅうで起こっているわ。小さなことに気をとられてはいられないのよ。活動中に犠牲者が出るのは本人の落ち度で、わたしたちのせいじゃないわ。暴力を信奉するわけじゃないけど、その存在を否定はしないわ。わたしたちの周りには暴力の影響があふれているというのに、否定なんかできないわ。そういう否定は罪よ。もし何でも――」

「おや、まさかきみの口からその言葉を聞くとは思わなかったな」

「否定？　それとも罪？」

「いや、わたしたち、だよ」

「どうして、この言葉が――」

「クレージ・ホールの一匹狼が、組織的人間に変身したっていうのかい？　会社のためなら労を惜しまない女性社員？　チームプレーヤー？　我らが孤高の女王だったきみが」

「それは誤解よ。計画はあるけど、工作員は存在しないの。初めにゲームありきで、プレイヤーはどうでもいいのよ。わたしには仲間なんていないわ。自分だってないのよ。本当のところ、これまでも自分なんてなかったんだわ。でも、それはまた別問題。つまり、わたしはより大きな生命体の、一つの筋肉の痙攣《けいれん》にすぎないってことなの」

「へえ、それは驚きだ！　仲間の中でも最も個性的で、最も独立していて、最も現実的だったきみが……」

「あなたもみんなと同じように、わたしの容姿をあてこすってからかうのね」

「僕はきみの容姿をすばらしいと思っているし、きみの容姿をちゃんと認めているよ、フェイ！」

その日、二人はそれ以上言葉を交わさずに別れた。フィエロはその夜を賭博場で過ごし、大負けした。


次にエルファバに会ったとき、フィエロは緑色のろうそくと金色のろうそくを三本ずつ持っていき、部屋をラーラインマス用に飾りつけた。「宗教的な祭日を祝う人の気がしれないわ」エルファバはそう言いつつも、態度を和らげて、「でも、きれいなろうそくね」と認めた。

「きみには魂がないんだね」と、フィエロがエルファバをからかう。

「そのとおりよ」エルファバは真面目な顔で答える。「お見通しとは恐れ入ったわ」

「冗談で言ってるんだろう？」

「とんでもない」とエルファバ。「わたしに魂があるっていう、どんな証拠があるの？」

「魂がないくせに、どうして良心をもっているの？」フィエロはそう尋ねて、しまったと思った。前回道徳上の言い合いをして喧嘩別れした経緯から、今日は重たい話は避けて、関係を修復しようと思っていたのに。

「もし鳥に後先《あとさき》の意識がなかったなら、どうして雛《ひな》にえさを運んだりするかしら？　良心っていうのはね、イェロ、わたしの英雄《ヒーロー》、魂とはまた別次元の意識、時間の次元にある意識にすぎないのよ。

あなたが良心と呼んでいるもの、わたしなら本能と呼ぶわ。鳥はわけもわからないまま、雛に餌を運んでいるのよ。命あるものはいつかは死ななければならない、なんてめそめそ嘆いたりせずにね。わたしもそれと同じ動機で任務を果たしているわ。生き物が胃腸からの命令で食べ物を求めるように、公正さや安全さを求めるの。わたしは群れと一緒にひた走る、その他大勢の動物みたいなもの。それだけよ。一枚の木の葉のように、人の記憶にも残らない存在なの」

「きみがテロリストの一員だと考えると、今のは犯罪についての、これまで聞いたことがないほど極端な意見だよ。きみは個人としての責任をすべて放棄している。それでは、名前も何もない神の不可知の意志に個人の意志を捧げてしまった陰鬱な人々とたいして変わらないじゃないか。個人という概念をなきものとするなら、個人としての責任もなきものになるっていう論法だね」

「どちらがより悪いかしら、フィエロ？　個人という概念を押さえつけるのと、拷問や投獄や兵糧《ひょうろう》攻《ぜ》めで実際に生きている人間を押さえつけるのと。考えてもみてよ。街全体が炎に包まれ、住民が焼け死んでいるというときに、あなたは美術館にある一枚の高価で感傷的な肖像画をなんとか救い出せないものかと苦悩するっていうの？　物事の軽重をよく見きわめなさいよ！」

「だけど、罪のない傍観者、たとえば鼻持ちならない社交界のご婦人だって、肖像画じゃなくて実際に生きている人間じゃないか。きみのたとえは問題をすりかえているし、軽んじてるよ。犯罪に対する身勝手な言い訳だ」

「社交界のご婦人は、生ける肖像画として公の場に身をさらすことを、自ら選択したのよ。だから、そのように扱われてしかるべきなの。自業自得なのよ。それを否定するのは、この前の話に戻るけど、あなたの悪いところだわ。やれるものなら、社交界のご婦人であれ、最近の弾圧政策のもとで大いに繁栄している産業界の大物であれ、罪のない傍観者を助ければいいわ。でも、もっと実際に生きている人々を犠牲にはしないでね。それに、もし救えなかったとしても、それはそれで仕方ないのよ。何にでも犠牲はつきものだもの」

「『実際に生きている』とか『もっと実際に生きている』という考え方は、僕には納得できないね」

「納得できない？」エルファバは意地悪そうに微笑んだ。「わたしがまた姿を消したら、今と比べて、それほど実際に生きてはいないってことになるのよ」そう言って、彼とセックスする真似をしてみせた。フィエロは顔を背《そむ》けた。激しい嫌悪感がこみあげてきたことに驚きながら。

その夜遅く二人は仲直りしたが、突然エルファバがひどい汗を流して苦しみはじめた。介抱しようとするフィエロの手を拒む。「もう行ってちょうだい。わたしはあなたにはふさわしくないのよ」とうめくように言う。しばらくして苦痛が治まると、再び眠りにつく前にこうささやいた。「フィエロ、愛しているわ、とても。あなたには理解できないことなの。ある種の才能や清廉潔白な性向を持って生まれたら、まともには生きられないのよ」

エルファバは正しかった。フィエロには理解できなかった。エルファバの額《ひたい》を乾いたタオルで拭いてやり、添い寝をした。天窓には霜が降りている。寒くないように、二人の体を冬のコートで覆った。

身が引き締まるように寒いある日の午後、フィエロは家族への罪滅ぼしに小包を送った。子供たちには光沢のある木のおもちゃ、サリマには宝石のついた首飾りが入っている。貨物列車は北回りで大ケルズ山脈を越えていくから、ラーラインマスのプレゼントがキアモ・コに届くのは春になってしまう。でも、もっと早く送ったことにしておけばいい。雪が降り出さなければ、贈り物が届くまでには山の要塞の家に帰っているだろう。落ち着かずにいらいらさせられる、あの狭くて天井の高い部屋のある家に。それでも、この心遣いは喜ばれるはずだ。それだけのことをしたのだから、喜ばれて当然じゃないか？　サリマは冬になると決まってふさぎ込む（そして春は気難しく、夏はアンニュイに、秋には感傷的になるのが常なのだ）。この首飾りは少しは妻の気を引き立てるだろう。

フィエロはコーヒーを飲みに近所のカフェに立ち寄った。ほどよく人通りの少ない場所にあって、ボヘミアン的な雰囲気ではあるが高級な店だ。ところが店の主人がやってきて詫びを言った。いつもなら火鉢で温めて高価な温室栽培の花で飾られている冬の庭園が、昨夜爆破テロの標的になったと言うのだ。「このあたりの住民はうろたえていますよ。こんなことになるなんて、思ってもみませんでしたから」主人はフィエロの肘に触れながら言った。「魔法使い陛下が市民の不安を一掃してくれたとばかり思っていたのに。何のための夜間外出禁止令や封じ込め政策だったんでしょうな」

フィエロは意見を言う気になれなかった。すると主人は沈黙を同意と取ったようだ。「テーブルをいくつか、二階にある私用の客間へ移したんです。私の家族の思い出の品に囲まれてお茶を飲むのがおいやでなかったら、どうぞ」そう言うと、先にたって案内した。「損傷したところを修理しようと思っても、腕のいいマンチキン人がなかなか見つからなくて。こういう細かい仕事にかけては、やっぱりマンチキン人が一番です。でも、サービス業をやっていた知り合いは、ほとんど東の農場へ帰ってしまいました。暴力を恐れて――ええ、ほとんどはチビですからね。あの体つきを見たら、暴力をふるいたくなるのも無理はないと思いませんか？　それにそろいもそろって臆病だし」主人はここでいったん話を中断した。「あなたにはマンチキン人の親戚はいないでしょう？　でなけりゃ、こんなこと言いませんよ」

「妻はネスト・ハーディングズの出身なんですが」と嘘をついてみた。白々しかったが、効果はあった。

「本日はチェリー・チョコレート・フラッペがお薦《すす》めでございます。新鮮で美味しゅうございますよ」主人はしまったと思ったのか、堅苦しい態度を取り戻し、客を古い高い窓のそばのテーブルに案内して、椅子を引いた。フィエロはその椅子に座ると、外を眺めた。シャッターが一枚腐食してゆがみ、表側の壁の中に元どおりに折り込めなくなっていたが、外の景色は充分眺めることができた。家々の屋根の輪郭、煙突の先端の装飾的な通風管、高い窓に置かれた濃い色の冬すみれが咲く植木鉢、大空の支配者のように急降下しては空を切り裂くように舞いあがる鳩。

店の主人は特別な家系の人間だった。何世代にもわたってエメラルド・シティで暮らしてきたために、独立した人種が生まれてしまったらしい。家族の肖像画を見ると、皆一様に鋭い視線を放つ明るい薄茶色の眼を持ち、男も女も額《ひたい》の生え際が上品に後退している（さらに、子供たちの生え際の毛も抜かれていた。こうした髪型が上昇志向を持つエメラルド・シティの中産階級の間で流行になっていたのだ）。縮れ毛の愛玩犬を抱いて作り笑いを浮かべる少年たちに、大人のように濃い口紅をつけて大きく胸元のあいた（まだあどけない平らな胸であることを暴露しているにすぎない）ドレスを着た少女たちの肖像。それを見たフィエロの胸に、突然、離れた寒い土地で暮らす子供たちへの想いがこみあげてきた。特別な家族生活の事情に傷つきながらも――それで傷つかない子供がいるだろうか――記憶の中のアージ、マネク、ノアは、この新興成り金一族の温室育ちの子供よりはずっと、健全であるように思えた。

だが、これは意地悪すぎる見方かもしれない。それに、これは絵画に対する印象であって、実際の子供を見たわけではないのだ。注文したものが運ばれてくると、フィエロはこのおぞましい絵画から、あるいはサロンにいるほかの客から目を背けて、窓の外を眺めた。

階下の冬の庭でコーヒーを飲んでいると、蔦《つた》で覆われたレンガ塀や灌木《かんぼく》の茂み、点在する大理石の美しい青年の裸像などが見えたものだ。こうして上の階から見ると、塀の向こうの厩《うまや》のある地所まで目に入った。厩と地続きに建っているのは、どうやら公衆便所らしい。また、爆発で壊れた壁がかろうじて見えた。ねじ曲がった有刺鉄線の金網のようなものが崩れてぽっかりと穴があいた部分に張りめぐらされていて、その向こうは校庭になっていた。

フィエロが目を向けていると、隣接した学校のドアの一つが押し開けられ、少人数の集団が姿を現した。身震いしたり体を伸ばしたりしながら、陽光の中へ出てくる。さらに目を凝らして見ると、年輩のカドリング人女性二人に、カドリング人の若者が数人いるようだ。若者たちの赤銅色の肌に伸びかけた口ひげが青い影を落としている。カドリング人が五、六、七人。それに、よくわからないが、ギリキン人の血が混じっているらしい体格のいい男が二人。それに熊の一家。いや、違う。〈熊〉だ。

小さめの〈赤熊〉だ。母親と父親、それにまだ幼い子供が一匹。

〈子熊〉は階段下にころがっているボールと輪っかを目ざとく見つけて駆けよった。カドリング人たちは輪になって歌を歌い、ダンスを始めた。膝が痛むような足取りの年輩の女性たちも、若者たちと手をつなぎ、前に、後ろにと反時計回りに動いている。まるで時計の文字盤の上を、針が時間の流れとは逆方向に進んでいるみたいだ。体格のいいギリキン人の男たちは煙草を分け合いながら、壁の壊れた部分に渡してある有刺鉄線越しに外を見ていた。連中に比べると、〈赤熊〉たちは元気がない。父親は砂場の木の枠に腰を下ろし、目をこすったり顎《あご》の下の毛を梳《す》いたりしている。母親は子供が退屈しないようにボールを蹴《け》ってやったり、夫のうなだれた頭を撫でたりして、行ったり来たりしている。

フィエロはコーヒーをすすると、少し前へ身を乗り出した。捕らえられているのは何人だろう、一二人か。たった鉄線の柵一つで自由と隔てられているのであれば、この囚人たちは、なぜ柵を突破しようとしないのだ。なぜ同じ人種や同じ生物同士で固まっているのだろう。

一〇分後、再びドアが開き、一人の疾風隊員が出てきた。きちんと身なりを整え――そう、フィエロもついに認めざるをえなかったのだが――いかにも恐ろしげだ。赤レンガ色の制服に緑色のブーツ。エメラルド色の十字がシャツの胸を四等分しており、縦の線は脚の付け根から糊のきいた高い襟元まで、横の線は両脇を結ぶように胸の上を走っている。まだほんの若僧で、ブロンドの巻き毛が冬の日差しを受けて、ほとんど白に近い色に見える。男は学校の玄関先のベランダに、両脚を広げて仁王立ちしている。

窓が閉まっているので、フィエロの耳に声は届かなかったが、どうやら兵士が何か命令を下したらしい。〈熊〉の両親が体をこわばらせた。子供は泣き出して、ボールをしっかり抱きしめる。ギリキン人の男たちはベランダに近寄ると、立ち止まってじっと様子を見ていた。カドリング人たちは命令が聞こえなかったかのように、ダンスを続けていた。腰を振り、腕を肩の高さに上げ、両手を手旗信号のように動かしている。といっても、フィエロにはその意味は憶測するしかない。それまでカドリング人を見たことがなかったのだ。

疾風部隊の兵士は声を荒げた。腰の革紐に警棒を下げている。〈子熊〉は父親の後ろに隠れ、母親はうなり声をあげたように思えた。

どうして力を合わせないんだ、とフィエロは考えた。自分がそんなことを考えるなんて、思ってもなかった。どうして団結しないんだ。きみたちは一二人で、相手はたった一人じゃないか。団結して反抗しないのは、それぞれ違う種族だからか？ それとも、建物の中に仲間がいて、きみたちが自由を求めて脱走したら、拷問を受けるのか？

すべて憶測にすぎない。フィエロにはその場の力関係はわからなかったが、ともかく目が離せなくなってしまった。気がつくと、片方の手のひらを広げて窓ガラスに押しあてていた。下では、〈熊〉の親子が立ちあがって列に加わろうとしなかったため、兵士が警棒を振りあげ、〈子熊〉の頭めがけて振り下ろした。フィエロの体がビクッとひきつり、飲み物がこぼれる。カップは壊れ、陶器の破片が杉綾模様のオーク材の床に散らばった。

店の主人が緑色のベーズを張ったドアの後ろから現れた。舌打ちをして急いで窓のカーテンを閉めたが、すでにフィエロは一部始終を見てしまっていた。まるで千年平原で狩りをし、動物を殺したことなどなかったかのように、すっかりたじろいでしまった。目をそむけ、視線を上に向けると、ブロンドの髪に青白いコインのような顔、顔、顔――校舎の窓から、口をポカンと開けた二、三〇人の子供たちが、我を忘れて校庭で起こったことを見つめていた。

「あいつらは、ここで商売をして、支払いをして、家族を養っている隣人がいることなど、これっぽっちも気にかけちゃいないんですよ」主人が吐き捨てるように言った。「美味しいコーヒーを飲みたいと思うなら、あんなばかげた騒ぎを見ちゃいけません」

「おたくの冬の庭園が破壊されたのは」とフィエロ。「誰かが壁を壊してあの校庭に入り、囚人たちを救い出そうとしたんじゃないですか」

「そんなこと、間違っても口にしちゃいけませんよ」主人が小声で釘を差した。「この部屋にいるのは、あなたと私だけじゃないんですから。誰が、どんな理由で、何をしようとしているかわかりません。私はただの一市民ですから、自分の商売のことだけ考えるようにしてるんです」

　主人はこぼしてしまったチェリー・チョコレートのおかわりを持ってきてくれたが、フィエロは手をつけなかった。胸をかきむしられるような〈母熊〉の泣き叫ぶ声が聞こえたが、それから厚いダマスク織りのカーテンの外はしんと静まりかえった。僕があの場面を目撃したのは、単なる偶然だったのだろうか？　主人を見る目が変わったことを自覚しながら、フィエロは考えた。それとも、世の中を新しい目で見る準備ができた瞬間から、世の中の真相が一つずつ、明らかになっていくということなのか？

ここで目にしたことをエルファバに話したいと思ったが、自分でも言葉にできない理由で思いとどまった。二人の愛情のバランスを考えると、なんとはなしに、エルファバは自分とは切り離されたアイデンティティを必要としているように思われた。もし僕がエルファバの大義を信奉するようになったら、去っていってしまうかもしれない。そんな危ない橋を渡る気にはなれなかった。しかし、〈子熊〉の頭が叩き割られる場面が脳裏を離れない。フィエロはエルフィーをいつにもまして強く抱きしめ、言葉を使わずに深い想いを伝えようとした。

フィエロはまた、エルファバは気持ちが動揺しているときほど、愛の行為に奔放になることにも気づいていた。そろそろ「来週まで会えないわ」と言い出すころだと予期できるようになった。エルファバはより放埒《ほうらつ》に、より淫らに振る舞った。数日間姿を消す前の、清めの儀式なのかもしれない。ある朝、フィエロがコーヒーに入れるために猫のミルクを少し失敬していると、敏感な肌に顔をしかめながらオイルをすり込んでいたエルファバが、緑色の大理石のような肩越しに振り返って言った。「二週間後にね、あなた。わたしのペットちゃん、父の口癖を借りればね。今度は二週間、一人でやらなければならないことがあるの」

フィエロの胸に、突然痛みが走った。エルファバが自分の元から去ろうとしているような気がする。まずは二週間から始めるつもりではないのか。「いやだ！」とフィエロ。「そんなのいやだ、フェイフェイ。だめだよ、長すぎる」

「わたしたち、そうしなくちゃいけないの」エルファバが言い募る。「わたしたちって言っても、あなたとわたしのことじゃないのよ。よそにいる人たちのこと。わかってると思うけど、わたしたちが何をしようとしているかは教えることはできないわ。この秋の作戦の最終計画が大詰めを迎えているの。その一環として、ある事件が起きるわ。これ以上は言えない。ともかく、わたしはいつでも組織の要請に応じられるようにしておかなくちゃならないの」

「クーデターかい?」とフィエロ。「それとも暗殺? 爆弾? 誘拐? 何をするつもりなんだ? 詳しい話はしなくていいから、どんなことをするかだけ教えてくれよ」

「教えられないのよ」とエルファバ。「だって、わたしも知らないんだもの。これこれのことをしろって言われて、そのとおり動くだけなの。わかっているのは、いろんな役割がパズルのように組み合わさった、複雑な作戦だってことだけ」

「それで、きみの役割は矢なの?」とフィエロ。「それともナイフ? 導火線?」

エルファバは言って聞かせた(フィエロは納得しなかったが)。「あなた、愛《いと》しい人。わたしはこんな色だから、人ごみの中に出かけていって悪事を働くのは無理なの。すべて察知されているわ。警備隊が、ネズミを狙うフクロウのようにわたしを見張っている。わたしの姿を見かけるだけで、警戒を募らせるのよ。といっても、わたしの役割は小間使いみたいなもので、影でちょっと手助けするだけ」

「そんなこと、やらなくていいじゃないか」

「自分勝手なことを言うのね」とエルファバ。「臆病者さん、愛しているわ。でも、この件に関しては、あなたの言い分は間違ってる。あなたはわたしのつまらない命を失いたくないだけよ。わたしのしていることが正しいか、正しくないか、道徳的に判断しようとさえしてくれない。あなたに道徳的になってほしいと言っているわけじゃないし、あなたがそのことについてどう思おうと気にしないわ。ただ、これだけは言っておくわ。あなたの反対にはまったく根拠がないのよ。だから、議論してどうなるものでもないの。では、また二週間後に来てちょうだい」

「で、その、決起とやらは、そのときまでに終わっているのかい？　誰が決めるの？」

「まだどんな内容かも聞いてないし、誰が決めるかなんてわからないわ。だから、聞かないで」

「フェイ――」突然、フィエロはその暗号名がいやになった。「エルファバ。きみの行動を陰で操っているのが誰か、本当に知らないのかい？　それが魔法使いじゃないって、どうして言えるんだ」

「部族の王のくせして、こういうことにはほんとに疎いのね！」とエルファバ。「もし魔法使いに操られていたら、絶対にわかるはずだわ。前にあの意地悪ばばあのマダム・モリブルに操られていたときだってわかったもの。クレージ・ホール時代に、嘘偽りのない言葉とごまかしとの見分け方を学んだの。これについては何年も経験を積んでいるんだから、信用してくれていいわよ、フィエロ」

「誰がボスかボスじゃないか、自信をもって言えるのかい？」

「父さんはあの名もなき神の名前さえ知らなかったのよ」そう言うとエルファバは立ちあがり、つつましやかに背中を向けて、お腹と両脚の間にオイルを塗りはじめた。「重要なのは、誰がじゃなくて、なぜするのかってことなのよ」

「きみはどうやって連絡を受けるんだい？　きみが何をするのか、むこうからどうやって知らせてくるんだ？」

「そんなこと言えないわ。わかってるでしょう」

「言えるさ」

エルファバはくるりと向き直って言った。「胸にオイルを塗ってくれない？」

「僕はそこまでばかな男じゃないよ、エルファバ」

「いいえ、おばかさんだわ」エルファバは愛しげに笑った。「さあ、塗って」

真昼の日差しが差し込んでいる。風が音を立てて吹き荒れ、床板が揺れた。ガラスの向こうの空は、めったに見ないピンクがかった青色だった。エルファバは寝巻きを脱ぐように、羞恥心を脱ぎ捨てた。古い床板に差し込む透明な光の中で両手を挙げる。まるで、闘いのときが迫り、恐れの気持ちが高ぶる今になって、やっと自分の美しさに気づいたように。そう、自分なりに美しいのだと。

エルファバが恥じらいを捨てたことに、フィエロは怖れさえ感じた。

ココナッツオイルを手のひらにとって温めると、その手をエルファバの小さな感じやすい胸の上で、しなやかで柔らかい小動物のように滑らせた。乳首が立ち、赤みが差す。フィエロはすでに服を身につけていたが、それにかまわず、ゆるやかに抵抗するエルファバに体を押しつけた。片手を背中に滑らせると、エルファバはうめき声をあげて体を反らせた。でももしかして、今回は差し迫った欲望からではないのかもしれない。

フィエロの手はさらに下へおりていき、尻の間を探り、さらにその奥へと侵入し、筋肉が可愛らしくよじれたくぼみに触れた。薄く網目状の陰を作りはじめた陰毛が、しだいに濃く渦巻いていく。フィエロは相手の抵抗のしぐさを読みとりながら、的確に手を動かしていった。

「わたしには四人の仲間がいるの」突然エルファバはそう言い、体をよじった。その動きはフィエロの手を振りほどこうとするほどのものではなく、ただその手を止めようとするためだった。「わたしには四人の同志がいるの。この班のリーダーが誰なのか、誰も知らない。何もかも秘密裏に行われるの。変装の呪文で声を変え、姿を歪《ゆが》めてね。もしわたしがこれ以上知ってたら、疾風部隊はわたしを捕まえ、拷問にかけて口を割らせるかもしれない。そうでしょう?」

「きみたちの目的はなんなの?」フィエロは息をつき、キスをし、これが初めてであるかのように、またズボンを緩《ゆる》めた。舌が耳の曲がった穴を這っていく。

「魔法使いを殺すこと」エルファバは答えて、脚を彼の体にからめた。「わたしは矢じりじゃないし、投げ矢でもない。ただの矢の軸、それとも矢筒かしら――」エルファバはオイルを多めに手に受けた。そして、二人で滑るように日差しの中へ倒れこむと、オイルを使ってフィエロの体をきらめかせ、身もだえさせ、これまでにないほど奥深くまで導いた。

「今になって、あなたが宮廷側のスパイだとわかったりして」すべてが終わったあと、エルファバがつぶやいた。

「違うよ」とフィエロ。「僕はまっとうな人間だよ」

2

ある週に少し雪が降ったと思ったら、次の週にはもっと降った。ラーラインマスの祭日が近づいてきた。ユニオン教の礼拝堂は、昔の異教信仰の最も華やかな部分を取り入れ、手を加えて、恥ずかしげもなく緑と金色で飾り立てられた。緑のろうそくと金色の銅鑼《どら》、グリーンベリーで作ったリースに金めっきした果物。マーチャント・ロウ沿いの商店は、流行の服や実用的ではないが高価な装身具を陳列し、たがいに（教会にさえ）張り合って店先を飾り立てている。ショーウィンドウには、翼のついた馬車に乗った妖精の女王ラーラインと、その補佐役で位の低い妖精プリネラを模した張り子の人形が飾ってある。プリネラはその大きな魔法のバスケットから、きれいに包装した贈り物をまき散らしている。

フィエロは何度も自分の胸に問いかけていた。僕は本当にエルファバに恋をしているのだろうか？　どうして今になってこんな疑問を抱くようになったのだろうとも考えていた。ふた月もの間激しい情事を重ねてきたのに。それに、僕は恋とはどんなものか、わかっているのだろうか。そもそも、エルファバに恋しているかいないかなんて、そんなに重要な問題なのだろうか。

子供たちとむっつりサリマ――あの丸々太った文句ったれ――に、さらに贈り物を選んだ。少しばかりサリマが恋しかった。エルファバへの気持ちは、サリマへの気持ちと競い合うものではなく、補い合うもののように思えた。これほど何もかも違う女はいないだろう。サリマが幼くして結婚したために育《はぐく》むことができなかったアージキ山岳民族の女性特有の誇り高き自立性をエルファバは備えていた。そして、エルフィーは（珍奇とは言わないまでも）一風変わった土地で生まれ育ったというだけでなく、女性にしては一歩も二歩も進んだ人物で、時にはまったく別の生き物のように思えることもあった。あの最後の逢瀬《おうせ》を思い出しただけで、フィエロは激しく勃起してしまい、それがおさまるまで店に並べてある女物のスカーフの後ろに身を隠していなければならなかった。

スカーフなど身につけないサリマのために、三枚、四枚、結局六枚ものスカーフを買ってしまった。よく身につけているエルファバにも六枚。

女店員は動作の鈍いマンチキン人だった。背が低くて、椅子の上に立たなければレジに手が届かない。フィエロの肩越しに「マダム、少々お待ちくださいませ」と後ろの客に声をかけている。フィエロは次の客にカウンターの前の場所を譲ろうと、振り向いた。

「マスター・フィエロじゃないの！」グリンダが叫ぶ。

「ミス・グリンダ」フィエロもびっくりして叫んだ。「これは驚いた」

「たくさんのスカーフだこと」とグリンダ。「ほら、クロープ、いらっしゃいな！」

そう、クロープもいた。少し二重顎になっている。まだ二五になっていないはずだが。羽のついたふわふわした品物が並んだ棚から、気まずそうに顔を上げた。

「お茶を飲まなくちゃ」とグリンダ。「そうよ、そうしましょう。あの小さな店員さんにお勘定をすませたら、すぐ出ましょう」大きく膨らんだスカートをはいたグリンダが動くと、バレリーナの群れのような衣擦《きぬず》れの音がした。

フィエロの記憶の中のグリンダは、これほどうわついた女性ではなかった。たぶん、結婚生活のなせるわざなのだろう。視線をクロープに移すと、グリンダの背後であきれたように目をくるりと回した。

「サー・チャフリーの勘定に付けておいてね。これも、それからこれもこれも」グリンダはカウンターの上に品物を山のように積みあげた。「フローリンスウェイト・クラブの部屋まで届けてくださいね。

夕食のときに使うから、今すぐに誰かに運ばせてもらえる？　そう、よかった。ありがとう。さあ、あなたたち、行きますよ」

グリンダはフィエロの腕をつかむと、外へ連れ出した。クロープは愛玩犬のように後ろからついてくる。フローリンスウェイト・クラブは通りをほんの一、二本隔てたところだから、荷物は自分たちで持って帰ろうと思えば造作なくできた。グリンダは大はしゃぎで、オーク・パーラーへの大階段を派手な音を立てて下りていく。その音があまりに大きかったので、そこの住民の女性たちは皆、非難めいた顔で見あげていた。

「さあ、クロープはむこうに座って、お母さん役をしてね。注文が来たら、お茶を注いでちょうだい。フィエロはここ、わたしの右隣にどうぞ。奥さんに操《みさお》を立てているならべつだけど」

お茶を注文する。グリンダはフィエロの存在に少し慣れて、興奮がおさまってきたようだ。

「それにしても、ここで出会うなんて思いも寄らなかったわ」グリンダはビスケットをつまみあげては、また戻した。それも、続けざまに八回も。「わたしたち、ほんとにシズでは優秀で、模範生だったわね。そうそう、フィエロ、あなたは王様だったわね。陛下って呼ばなきゃだめかしら？　今まではそう呼べなかったけれど。まだあの子供のような奥さんと結婚しているの？」

「もう大人になったよ。子供も三人いるんだ」フィエロは警戒しながら言った。

「奥さんもここに来ているのでしょう？　会いたいわ」

「いや、妻は大ケルズの冬の家にいるよ」

「じゃあ、あなた、浮気をしてるのね」とグリンダ。「だって、とても幸せそうだもの。相手は誰？

わたしの知っている人？」

「きみに会えたのがうれしいだけだよ」とフィエロ。実際、うれしかった。グリンダはすばらしかった。少し太ったようだ。はかなげだったあのころの美しさは、今、盛りを迎えているが、下卑《げび》た感じはない。娘というよりは女性、女性というよりは人妻と呼ぶのがふさわしい。髪はボーイッシュに短く切ってあり、とてもよく似合っていた。巻き毛の中にティアラのような髪飾りをつけている。

「それで、今は女魔術師ってわけかい？」

「いいえ、魔術なんてほとんどだめよ」とグリンダ。「あの給仕の女の子に、スコーンとジャムを大急ぎで運ばせてみましょうか？　だめ、できないわ。そりゃ、休暇シーズンに、挨拶状に百枚いっぺんにサインするくらいのことはできるわよ。でも、そんなのたいした才能じゃないでしょ。魔術なんて、大衆紙がやたらと騒ぎ立てているだけよ。そんなに魔術がすごいものだったら、魔法使い陛下が魔法を使って反対勢力を一網打尽にできるはずでしょう？　いいえ、わたしはチャフリーのよき伴侶になることで満足してるの。あの人、今日は取引所で金融関係の用事を片づけてるわ。そうそう、ほかに誰がこの街にいるか知ってる？　とっても興味深いわよ。クロープ、話してあげて」

クロープはいきなり話を振られて驚き、お茶にむせてしまった。グリンダが待ちきれずに話しはじめる。「ネッサローズよ！　信じられる？　ローワー・メニピン通りにある邸宅にいるわ。この一〇年ほどの間によく話題に上るようになったところよ。あの子に出会ったのは、えーっと、クロープ、どこだったかしら？　コーヒー百貨店だったかしら――」

「アイスガーデンじゃ――」

「いいえ、思い出したわ。スパングルタウン・キャバレーよ！　フィエロ、あのね、わたしたち、あの懐かしいシリペードを見に行ったの。覚えてる？　覚えてないわね。その顔を見ればわかるわ。ほら、魔法使い陛下が気球に乗って空からやってきてクーデターを指揮した日に、〈歌と情感のオズ祭〉で歌ってた女性歌手よ！　今でも数え切れないぐらいカムバック・ツアーをやってるの。ちょっと下品でわざとらしかったけど、それでもすごくおもしろかったわ。その会場で、わたしたちより上席に、ネッシーがいたのよ！　お祖父様と一緒だったわ。それとも、ひいお祖父様かしら？　あの方がスロップ総督かしらね？　たぶん一〇〇歳は越えているわ。あの子の姿を見てびっくりしたけど、お祖父様の付き添いで来てただけだとわかって納得したわ。あの人、音楽をあまりよく思っていないから、幕間《まくあい》はずっと顔をしかめて祈っていたわ。乳母《うば》もいたわよ。それにしても、いったい誰が想像したかしら。フィエロ、あなたはアージキ族の王で、ネッサローズは次期スロップ総督、アヴァリックはもちろんテンメドウ一族の辺境伯、そしてしがないこのわたしはといえば、値打ちのない称号とパーサ・ヒルズで最も高額の持ち株明細書を持つ、サー・チャフリーの妻なんですもの」

ここでグリンダは息を継ぎ、話しおえたかに思えたが、すぐまた優しく話しはじめた。「そうそう、クロープ、フィエロにあなたのことを話してあげなさいよ。ほら、知りたくてうずうずしてるわよ」

たしかに、フィエロは聞きたいと思った。機関銃のようなおしゃべりからひと息つけるだけでもいい。

「この人、シャイなの」グリンダがさらに続ける。「ほんと、シャイで、シャイで。いつだってそうなんだから」フィエロはクロープと顔を見合わせ、口元がピクピク笑い出しそうになるのをこらえた。

「この人ったら、医師の診察室のある建物の最上階に、ロフト風のすごくモダンな小さなお城を持ってるのよ。想像できる？　すばらしい眺めなの。エメラルド・シティ一の眺めじゃないかしら。しかも一年のうちでもこの時期だったらもう最高よね！　道楽半分に画家っぽいこともしてるんですって。そうよね？　絵を描いたり、あちこちでオペレッタの舞台背景を描いたりしてるのよ。若い頃は、世の中はシズを中心に動いていると思ってたけどね。そうそう、今ではここにも本格的な劇場があるのよ。陛下のお力によって、この街はずっと国際都市になったわ。そう思わない？」

「きみに会えてよかったよ、フィエロ」とクロープ。「きみのことも聞きたいな。さあ、早く。じゃないと、また話しそびれちゃうよ」

「まあ、ひどい人ね。そこまで言わなくてもいいんじゃない」とグリンダ。「フィエロにあなたの浮気のことをバラすわよ――ふふ、心配しないで。わたし、そこまで意地悪じゃないわ」

「何も言うことはないんだ」とフィエロ。初めてシズに行ったときよりも、もっと口が重く、自分はヴィンカス人だと感じていた。「今の生活に満足しているよ。必要なときは一族を率いたり。僕の手が入り用のときなんて、めったにないけれどね。子供たちは健康だし、妻は――さて、どう言ったものかな」

「多産系」グリンダが助け舟を出す。

「そうそう」フィエロはにやっと笑った。「妻は多産系で、僕は妻を愛している。ということで、あまりゆっくりもしてられないんだ。街の向こう側で取引関係の会合があって、人と待ち合わせてるんだ」

「ぜひ、また会いましょうね」とグリンダ。急に悲しげで、さびしげに見えた。「ああ、フィエロ、わたしたちはまだ老いてはいないけど、古い友達と言えるぐらいには年をとったわよね。ねえ、わたし、社交界に出たばかりのうわついた小娘みたいに、慎《つつし》みを忘れて一人でしゃべってしまったわね。ごめんなさい。それだけ、学生時代がすばらしい思い出だってことよ。奇妙なことや悲しいことはあったけれど。そして、何もかもあの頃とは変わってしまった。今だってすばらしいけど、あの頃とは違うわ」

「そうだね」とフィエロ。「だけど、もうきみとは会えないと思う。時間がないんだ。僕はキアモ・コへ戻らないといけない。去年の夏からずっと、留守にしてるからね」

「ねえ、今ならわたしたちみんな、エメラルド・シティにいるのよ。わたし、チャフリー、クロープ、ネッサローズに、あなた。それに、アヴァリックが近場にいれば、声をかけてもいいわね。みんなで集まって、上のわたしたちの部屋で静かに食事をしましょう。わたし、もうぺらぺらおしゃべりしないって約束するわ。ねえ、お願い、フィエロ殿下、そうしていただければこの上ない光栄ですわ」

グリンダは首をかしげ、指を一本、優雅に顎《あご》に当てた。それでフィエロは、グリンダが上流階級の言葉で、なんとか嘘偽りのない気持ちを表現しようと苦心していたのを知った。

「もし参加できそうだと思ったら、きみに知らせるよ。でも、悪いけど当てにはしないでくれ」とフィエロ。「きっとまた、別の機会があるさ。いつもはこんなに年が押し迫るまで街にはいないんだよ。今年は例外なんだ。とにかく、子供たちが待っているからね。グリンダ、きみ、子供はいるの?」

「チャフリーはね、焼いたクルミみたいに干上がってるの」グリンダの言葉に、クロープはまたお茶にむせてしまった。「あなたが行ってしまう前に——急いでいるのはわかるけど——そうそう、フィエロ、エルファバから何か連絡はなかった？」

だが、エルファバが話題に上ることを予期していたフィエロは、顔色ひとつ変えずにこう言った。

「おや、久しぶりに聞く名前だね。どこかで姿を見かけたって話はあるの？　ネッサローズが何か言ってたかい？」

「ネッサローズは、いつか会うことがあったら、顔につばを吐きかけてやるって言ってたわ」とグリンダ。「だから、みんなでネッサローズが信仰を失わないように祈りましょう。だって、そんなことになったら、心の広さもやさしさも失ってしまって、つばを吐くだけじゃすまなくなるわよ。あの子、きっとエルファバを殺すわ。見捨てられ拒絶された上、頭のおかしい父親とお祖父さんだかひいお祖父さんだかに、あの弟、乳母、それにあのお屋敷と使用人の面倒まで見る羽目になってしまったんだから！」

「エルファバなら、一度見かけたような気がする」とクロープ。

「ええっ」フィエロとエルファバが同時に叫び、グリンダが続けた。「そんなこと、何も言ってなかったじゃない、クロープ」

「確かなことじゃないからさ。宮廷のそばの反射池沿いを走る路面電車に乗ってたときで、雨が降ってた。もう何年も前のことだよ。大きな傘と格闘している人がいたんだ。危うく飛ばされそうになってた。突風が吹いて傘がひっくり返ったもんだから、雨のしぶきを避けようと、顔をうつむけていた。その顔が緑色だったから、そうじゃないかと思ったんだ。ほら、濡れるのをひどくいやがっていただろう?」

「エルファバは水アレ、ル、ル、ル、ギーだったわ」とグリンダ。「どうやって身体を清潔にしていたのか、ルームメイトのわたしにも、ついにわからずじまいだったわ」

「オイルじゃないかな」とフィエロ。二人がフィエロの顔を見る。「その、ヴィンカスではさ」フィエロは口ごもりながら言った。「年寄りは水の代わりにオイルで肌をこするんだ。だから、エルファバもそうしてるんじゃないかと思ったんだ。わからないけど。で、グリンダ、もし今度会うとしたら、いつがいい?」

グリンダは小さなハンドバッグの中をかき回し、手帳を探した。クロープはその隙《すき》にすかさず身を乗り出し、フィエロに言った。「きみに会えてほんとによかったよ」

「僕もさ」フィエロは本気でそう思っていることに驚いた。「またケルズの方に来ることがあったら、ぜひキアモ・コに立ち寄ってくれ。そのときは、前もってちょっと知らせてくれよ。そこには一年の半分しかいないからさ」

「あなたの好みにぴったりじゃない、クロープ。手に負えないヴィンカスの野獣たちだなんて」とグリンダ。「革製のサンダルとか、房飾りとか、いろんなファッションの可能性があるわね。あなたも気に入るんじゃないかしら。といっても、山男になったあなたなんて想像できないけど」

「山男にはならないだろうな」とクロープが認める。「四、五区画ごとにしゃれたカフェでもあるなら別だけど。地形も人が住むように整備されていないようだし」

フィエロはクロープと握手をしたが、そのときに気の毒なティベットが見る影もなくなってしまったという噂を思い出し、クロープにキスをした。それからグリンダの体に腕を回し、きつく抱きしめた。グリンダは腕をフィエロの腕にからめ、ドアまで見送った。

「クロープは追い払っておくから、わたしにだけ会いに戻ってきて」グリンダが小声で言う。早口のおしゃべりは姿を消し、深刻な口調になっている。「うまく言えないけれど、あなたがそばにいてくれると、過去がより神秘的で、それでいて理解しやすいものに思えてくるの。まだまだ学ぶべきことがあると感じられるのよ。わたし、贅沢にふけって生きていきたいわけじゃないの。決して！　わたしたち、昔からの友人よね」グリンダはフィエロの手を両手で握った。「あなたの人生に、何かが起こっているわね？　わたし、見かけほどバカじゃないのよ。よいことと悪いことが同時に起こってるのね。たぶん、力になれると思うわ」

「きみはいつも優しいね」とフィエロは言い、ドアマンに馬車を呼び止めるよう合図した。「サー・チャフリーに会えなくて残念だった」

フィエロはドアから外へ出て、入り口の大理石の敷石の端まで歩いたところで振り返り、グリンダに向けて帽子をちょっと持ちあげ、別れを告げた。ドアの内側でグリンダは（去っていくフィエロの姿がよく見えるようにと、ドアマンがドアを押さえていたのだ）、穏やかで、すべてを諦めたような表情を浮かべていた。しかし、深みのない無能な女には見えなかった。むしろ、気品に満ちた女性と呼ぶのがふさわしいかもしれない。「もし、エルファバに会うことがあったら」グリンダが明るい声で言う。「わたしが会いたがっていたって伝えてね」

フィエロは再びグリンダに会うことはなかった。フローリンスウェイト・クラブに訪ねてもいかなかった。また、ローワー・メニピン通りにあるスロップ家の屋敷にも近づかなかった（そうしたい気持ちは山々だったのだが）。ダフ屋を呼び止めて、四回目を迎えるシリペードの盛大なカムバック・ツアーの切符を買おうともしなかった。ふらりと聖グリンダ広場の聖グリンダ礼拝堂に出かけ、時には隣の修道院からミツバチの羽音のように聞こえてくる聖歌や祈りの言葉に耳を傾けていた。

やっと二週間が過ぎた。街はラーラインマスを間近に控え、賑わっている。フィエロは、もしかしたらエルファバは姿を消してしまったかもしれないと思いながら、部屋を訪ねた。

しかし、エルファバはいた。相変わらず厳粛でいながら情愛を秘めて。フィエロのために野菜のパイを焼いている最中だった。愛猫モーキーが粉の中に足を突っ込んで、部屋中に足型をつけて回っている。ぎこちなく会話を交わしていた二人だが、モーキーが野菜ブイヨンの入ったボウルをひっくり返すと、それを見て笑い合った。

フィエロはグリンダのことは話さなかった。話す気になれなかった。エルファバが昔の仲間を寄せつけまいとしてきたのは知っているし、今は五年間がかりで準備をした命がけの組織活動に関わっているのだ。フィエロは無政府主義には反対だった（そう、何ごともとりあえず疑ってみる主義だったのだ）。そのほうが信念を持つよりエネルギーを使わずにすむ）。だが、〈子熊〉が打ち殺されるのを見てからでさえ、部族のためを考えると、宮廷の権力者サイドとは冷静で慎重な関係を保っておかねばならないと思った。

また、フィエロはエルファバの人生をこれ以上複雑にしたくなかった。それに、二人の間に波風を立てたくないという自分勝手な気持ちが、噂話をしたいという欲求より勝っていたのだ。それで、ネッサローズと乳母がこの街にいることも、ずっといたことも、話さなかった（それに、たぶんもうすでにこの街を出たかもしれないと、心の中で都合よく理屈をつけていた）。

「ねえ」その夜、エルファバが言った。おかしな具合に霜の模様がついた天窓から星が見える。「あなた、ラーラインマス・イブまでに、街を出ていってくれない？」

「何かとんでもないことが起きるっていうのかい？」

「言ったでしょ。わたしには全貌はわからないって。教えてもらえないのよ。知るべきじゃない。でも、たぶん、とんでもないことになるわ。だから、早く出ていったほうがいいわ」

「行かないよ。きみになんと言われようと」

「わたし、実はこっそり通信教育で魔術を勉強していたの。魔法の杖をひと振りしてあなたを石にしてしまうわよ」

「僕を固くしてくれるって？　とっくに固くなってるよ」

「いやだ、やめてよ」

「ああ、いけない女性《ひと》だね。また僕を魔法にかけたくせに。ほら、見て、こんなに――」

「フィエロ、もう、やめてったら。わたし、真面目に話してるのよ。ラーラインマス・イブにどこにいるか教えて。あなたが巻き込まれることはないって確認しておきたいの。ねえ、教えて」

「じゃあ、ラーラインマス・イブは一緒に過ごせないのかい？」

「任務が入っているの」エルファバは険しい顔で言う。「明くる日は会えるわ」

「ここできみを待ってるよ」

「だめよ。足跡はうまく消してきたつもりだけど、今になって誰かがわたしを捕まえにここへやってくるかもしれないわ。だから、だめよ。宿でお風呂にでも入っていて。そうよ、ゆっくり水風呂につかってなさいよ。わかった？　出歩いちゃだめよ。イブまでには雪になるだろうって言ってたから」

「ラーラインマス・イブにかい！　一人寂しくバスタブの中で過ごすなんて真っ平だ」

「じゃあ、お金で女の子を買って、わたしが気にするかどうか試してみたら？」

「気にもしないって口ぶりだね」

「とにかく、人が集まるところへは行かないで。劇場とか、人ごみとか。レストランもだめよ。お願いよ、約束してくれる？」

「もっと具体的に話してくれたら、注意しやすくなるんだけど」

「この街から出ていってくれるのが、一番安心なんだけど」

「何もかも話してくれたら、一番安心なんだけど」

「やめてよ、だめったらだめ。もういいわ。考えてみると、あなたがどこにいるか知りたいわけじゃないの。ただ、あなたに無事でいてほしいだけ。無事でいてくれるわよね。外出はしないで。異教のばか騒ぎには近づかないでね」

「礼拝堂へ行って、きみの無事を祈るっていうのはどう？」

「だめよ」エルファバがあんまり険しい顔をしたので、フィエロはそれ以上からかえなかった。

「どうして僕がそんなに警戒しないといけないんだ?」声に出して尋ねたが、半ば自分に問いかけていた。僕の人生に、果たして守るに値するものがあるのだろうか? ふるさとの山に待つ、古いスプーンのように慣れ親しんだよき妻はどうだ? 六歳のときから契《ちぎ》りの夜を怖がりつづけ、心が干からびてしまった妻。アージキ族の王である父になつかず、そばに寄ってこない三人の子供たちか? それとも、五〇〇年もの間あちこち移動しながらいつも同じ議論をし、同じ群れを追い、同じ祈りを捧げ、心配事が多くてやつれた一族の者たちか? そして、この自分。薄っぺらで、目的もなく、言葉遣いや趣味も垢ぬけず、世の中に対してこれといって優しい気持ちも持てないこの自分はどうだ? こんな人生に、守るべき何かがあるというのか?

「愛しているわ」とエルファバ。

「そう、それなんだ。それが答えなんだ」フィエロはエルファバに、そして自分自身に答えた。「僕もきみを愛している。だから約束するよ、気をつけるって」

ああ、気をつけるよ。自分のことも、きみのことも。

3

それで、フィエロは再びエルファバの跡をつけた。愛はすべからく人を狩人にする。エルファバは信心深い女みたいに黒のロングスカートに身を包み、つばの広い、先のとがった円錐形の帽子の中に髪をまとめあげている。濃い紫と金色のスカーフを首に巻き、口元まで覆っていたが、その愛らしい鼻先まで隠すには、もう少し布が必要なようだ。手には本来の好みよりもっと品のいい、ぴったりした優雅な手袋をはめている。手先を機敏に動かす必要があるのではとフィエロは怖れた。脚はグリカスの鉱夫が履いているような、つま先が鋼でできたブーツにすっぽり収まっていた。

肌の色を事前に知らなかったら、緑色だと気づかないだろう。こんなに薄暗い、雪の降りしきる午後は。

エルファバは後ろを振り向かなかった。つけられているかどうか、気にしていないようだ。街の中にあるおもな広場を歩いて回っている。ほんの短い時間、修道院の隣にある聖グリンダ礼拝堂に入っていった。初めて二人が会った礼拝堂だ。おそらく、最終的な指令を受け取ったのだろう。フィエロを（ほかにつけている者がいるなら、その誰かを）まく気はないようで、一、二分で再び姿を現した。

それとも、考えたくもないが、導きと力を与えたまえと神に祈っていたのだろうか？

それからロウ・コーツ橋を渡り、オズマ・エンバンクメント沿いをぶらつき、ロイヤル・モールの荒れ果てたバラ園を斜めに横切った。雪に難儀しているようで、ケープを何度もしっかりと体に巻きつけている。黒いストッキングを履き、ばかでかいブーツに入れた細い足のシルエットが、雪の降りしきるオズ鹿苑（もちろん今は〈鹿〉も鹿もいなくなっている）のまっさらな空間に浮かびあがった。頭を垂れ、黙々と、無謀な騒乱で命を落とした英雄たちの記念碑やオベリスクの前を通り過ぎていく。フィエロはエルファバへの愛、あるいは少なくとも愛と錯覚するに足るほど案ずる思いの中で考えた——何十人もの英雄たちの目が見下ろしてはいるが、エルファバの歩みをやり過ごしている。固定された台座から互いに視線を交わしながらも、革命が自分たちの間を、運命へと向かって歩んでいくことに気づいてはいないのだ。

けれども、エルファバの標的がオズの魔法使いであるはずがない。魔法使いの暗殺者に選ばれるには、自分はあまりにも経験が浅く、目立ちすぎると言っていたのは真実に違いない。陽動作戦をもくろんでいるのか、あるいは皇帝の座を継ぐ可能性のある人物か、有力な側近の命を狙っているのだろう。というのは、魔法使いは今夜、宮廷近くの人民芸術技術協会で開催される反王党派と修正論者の〈闘争と美徳の展覧会〉で開会の辞を述べることになっているからだ。ところがエルファバは、シズ通りの端まで行くと脇道に逸れ、ゴールドヘイヴンと呼ばれるこじんまりした高級住宅地を抜けて、宮廷から遠ざかっていった。大金持ちたちの邸宅の前には警備の傭兵が立ち、厩番の少年がほうきで雪を舗道に掃きだしている中を、エルファバは靴音を立てながら舗道の上を通り過ぎていく。顔を上げも下げもせず、肩越しに振り返ったりもしない。フィエロは一〇〇歩ほど後ろをついていきながら、雪の中をオペラ用のケープを着て大股に歩いていく自分のほうがずっと目立つだろうと思った。

ゴールドヘイヴンの端に、小さなブルーの宝石のようなレディーズ・ミスティーク劇場がある。その前の軽薄ではあるがエレガントな広場には、街灯から街灯へと、おびただしい数の白色灯や金と緑のスパンコールが吊るされていた。祭日を祝ってオラトリオなどの演目が組まれていたが、劇場前の掲示板には「売り切れ」とだけ書かれていて、まだ開場前のようだ。人々が集まりつつあり、露店では背の高い陶器のグラスに入れたホットチョコレートを売っている。不遜な若者の集団がふざけて昔のユニオン教の聖歌をもじった歌を歌い、年輩の人々は眉をひそめている。雪があらゆるものの上に降り積もる。白色灯にも、劇場にも、群集にも。ホットチョコレートの中に落ちては溶け、レンガの上に落ちては凍りつく。

勇敢と言うべきか、愚かと言うべきか。そう決意したわけでも、選択したわけでもないというのに、フィエロは群集に紛れてしまったエルファバの姿を追おうと、近くの私立図書館の階段を上がっていった。劇場の中で暗殺が行われるのか？　それとも放火によって、罪のない享楽者が栗のように焼かれるのか？　標的は一人で、犠牲者はもう定められているのか、それとも大勢の人を巻きこむ騒乱や大惨事になるのか？　犠牲者が多いほど、被害が大きいほど、作戦は成功というわけだろうか。

自分が何のためにそこにいるのか、フィエロにはわからなくなっていた。エルファバを止めようとしているのか、大惨事が起こったときに人々を助けようというのか、巻きぞえを食って怪我《けが》をした人を介抱するのか、それとも、ただ何が起ころうと、自分の目で確かめるためか。エルファバのことをもっとよく知りたいがために。愛しているのか、愛しているのかいないのか。そうすれば、その答えがわかるかもしれない。

エルファバは群集の中を、誰かを探しているかのように歩きまわっていた。なぜか、自分の存在には気づいていないという確信はある。標的を見つけるのに気をとられて、僕のことなど眼に入らないのか？　それとも、風が雪の帳《とばり》を揺らしているため、恋人が同じ野外の広場にいても感じられないのだろうか？

疾風部隊の一団が劇場と隣の学校の間の小道から現れ、劇場正面のガラス扉の前に陣取った。エルファバは石造りの展望台のような、古い羊毛市場の階段を上っていく。外套の下に何か持っているのが、フィエロにはわかった。爆弾だろうか。それとも魔術の道具？

広場のどこかに仲間がいるのか？　隊列を組んでいるのだろうか。群衆の数が増えてきた。開演の時間が迫っているのだ。ガラス扉の中では、群集をスムーズに入場させるために、劇場支配人が支柱を並べ、ベルベットのロープを張っている。公共の場に入るのに、押したり突いたりはしない。フィエロはそれを知っていた。

一台の馬車が、広場の向こう側の建物の角を曲がってきた。群集があまりに多かったために劇場の扉の前に横づけにはできなかったが、できるだけ近いところに止まった。誰かお偉方がやってきたと察知して、群集は少し静かになった。神出鬼没の魔法使い陛下が、予告なしにやってきたのだろうか。人工毛皮の帽子をかぶった御者はさっとドアを開けると、手を差し出して乗客が降り立つのを助けた。

フィエロは息をのんだ。エルファバの身体が化石のようにこわばる。この人物が標的なのだ。

雪の降りしきる道に、黒い絹と銀のスパンコールを波打たせて、巨大な女性が降り立った。堂々と威厳に満ちたその姿は、紛れもないマダム・モリブルだった。一度しか会ったことのないフィエロでさえ、それとわかった。

エルファバが殺すべき相手はこの女だったのだと、フィエロは了解した。エルファバは知っていたのだ。一瞬のうちにすべてが明らかになった。もしエルファバが捕らえられ、裁判にかけられたとしても、申し分のない動機がある。エルファバはクレージ・ホールの学生時代から頭がおかしくて、ずっとマダム・モリブルに恨みを抱いていたのだと。完璧だ。

しかし、マダム・モリブルが魔法使いと手を組み、陰謀を企てているなどということがありうるのか。あるいは、より重要な標的から注意をそらすための、陽動作戦なのだろうか？

エルファバのケープがぴくりと動いた。その中で手が、何かの準備をしているように上下に動いている。マダム・モリブルはうなるような声で群集に挨拶していた。この人物が誰なのか知らない者もいるだろうが、群衆は、別に巨体の女性の登場でなくとも、何らかの見ものに遭遇したことを喜んでいる。

クレージ・ホールの学長は、チクタク式の従僕の腕をとって劇場の方へ四歩進んだ。エルファバが羊毛市場の階段下から少し身を乗り出す。とがった顎《あご》をスカーフから突き出し、鼻先をまっすぐ標的の方に向けている。まるで、のこぎりのように鋭い自分の身体を武器にして、マダム・モリブルをずたずたに切り刻んでやろうとするかのように。その両手は今もケープの下で、何かを探っている。

（下巻に続く）

[著者略歴]

グレゴリー・マグワイア

ニューヨーク州アルバニー出身。ベストセラー作家で、『Confession of an Ugly Stepsister（醜い義理の姉の告白）』、『Lost（失われし者）』、『Mirror Mirror（鏡よ鏡）』、『Son of a Witch（魔女の息子）』などの著書がある。本書『Wicked: The Life and Times of the Wicked Witch of the West（ウィキッド：西の悪い魔女の生涯とその時代）』は、トニー賞を受賞したブロードウェイ・ミュージカル『ウィキッド』の原作。現在は家族とともにマサチューセッツ州のボストン郊外で暮らす。

ウィキッド　上

2007年10月2日　初版発行
2009年 4 月22日　第4刷発行

著　者	グレゴリー・マグワイア
訳　者	服部 千佳子、藤村 奈緒美
発行者	新田 光敏
発行所	ソフトバンク クリエイティブ株式会社
	〒107-0052　東京都港区赤坂 4-13-13
	営業　03（5549）1201
編集協力	宮島 桂子
翻訳協力	株式会社トランネット（http://www.trannet.co.jp）
地図イラスト	原田 恵都子
組　版	クニメディア株式会社
印　刷	中央精版印刷株式会社
装　丁	奥村 裕

Printed in Japan　ISBN978-4-7973-4270-3